*Jutta Hecker · Corona*

Jutta Hecker

# CORONA

## Das Leben der Schauspielerin Corona Schröter

Urachhaus

ISBN 3 87838 309 6
Verlag Urachhaus Johannes M. Mayer GmbH & Co. KG Stuttgart 1981
Lizenzausgabe für die Bundesrepublik Deutschland – Berlin-West,
die Schweiz und Österreich

Printed in the German Democratic Republic
Satz: Druck und Kulturwaren · VOB National · Leipzig
Druck: VEB Druckhaus Köthen
Buchbinderische Verarbeitung
VEB Druckhaus «Maxim Gorki», Altenburg

Dieses Buch widme ich

voller Dank

IRMGARD HECKER

der treuesten Schwester

Nach ewigen, ehrnen,
Großen Gesetzen
Müssen wir alle
Unseres Daseins
Kreise vollenden.

Nur allein der Mensch
Vermag das Unmögliche;
Er unterscheidet,
Wählet und richtet;
Er kann dem Augenblick
Dauer verleihen.

GOETHE

Corona Schröter stand, auf ihren Auftritt wartend, zwischen den Kulissen. Sie nahm alles wahr, was um sie her vorging, doch war sie ihrer Umgebung auf seltsame Weise entrückt. Sie roch die stickige Luft, die von Puder, Schminke, Kleister und den nach Kräutern duftenden Mottenbüscheln verbreitet wurde; sie spürte die Zugluft; sie sah, wie die Choristen und Choristinnen an ihr vorüberzogen und die Bühne betraten. Hier bückte sich einer und lockerte das zu straffe Knieband, dort zupfte sich ein Mädchen eine zu steife Busenschleife zurecht. Sie hörte das leise Schlurfen der Füße. Nervös zog sie den rotsamtenen Umhang, den sie als Kaiserin Helena trug, am Hals zusammen und preßte ihn gegen die Kehle. Sie fröstelte, ihr Herz klopfte so hart, daß ihr die Ohren dröhnten. Der große Stein, der ihr an zwei Kettchen vom Diadem herab tief in die Stirn hing, störte sie, eine harte Flachslocke aus der Perücke kratzte auf der Haut; das Kostüm war unbequem und schwer. Draußen begann schon der Chor zu singen. Gleich, gleich würde auch sie hinaustreten müssen in den kühlen offenen Raum der Bühne, an den sich der dunkle Abgrund des Zuschauerraumes anschloß. Hunderte von fremden Augen würden von dort auf sie gerichtet sein, Hunderte von Ohren bereit sein, ihrer Stimme zu lauschen. Sie preßte gequält die Lippen zusammen. Doch da ertönten die Akkorde, die ihren Auftritt einleiteten. Sie erwachte aus ihrer Betäubung, sie horchte auf; die lähmende Angst wich dem sich anspannenden Willen. Sie ließ sich tragen von den Tönen der Musik. Da kam unsichtbar, ungreifbar und doch deutlich spürbar etwas auf sie zu – etwas Fremdes, Hilfreiches: ihre vorgezeichnete Rolle! Die Gestalt der Kaiserin Helena! Sie brauchte sich nur hinzugeben, nur diese ihr so bekannte Form mit ihrem ganzen Wesen, mit all ihren Kräften auszufüllen. Sie wußte: Stimme, Gebärden, Mimik würden ihr zur Verfügung sein. Ihre Hände ließen den krampfhaft gefaßten Mantel los, ihr Körper straffte sich. Alles war nun ganz leicht. Sie trat hinaus. Die Zuschauer im Dunkel machten ihr auf einmal Mut. Der weite Bühnenraum war nur noch der Schauplatz, auf dem sie zur Wirkung kommen würde. Sie war Kaiserin Helena, die Mutter Konstantins des Großen, die das Kreuz Christi suchte. Mit flüchtigem Blick nahm sie wahr, wie Hillers Dirigentenstab ihr das Zeichen zum Einsatz gab, und dann sang sie. Sie hörte sich singen; die Stimme klang zwar leise, aber weich und biegsam, war das rechte Instrument für Klage und Enttäuschung und Frage, dann für Staunen, für Jubel und inbrünstigen Dank. Sie sank vor dem endlich gefundenen Kreuz in die Knie, den Kopf geneigt, hob die schönen Hände und drückte, während sie betete, den Stein des Diadems fest gegen die Stirn. Er schien ihr Kraft zu geben, er bedeutete einen Halt. Obwohl sie hingegeben sang und agierte, war sie doch gleichzeitig von dem Bewußtsein erfüllt, daß das Publikum sie schön fand, daß sie schön war, daß sie, trotz ihrer demütigen Gebärde, die Bühne und die Menschen beherrschte. Ihre Arie war beendet, der Chor setzte mit dem großen Finale ein, in das sie einstimmen mußte. Dies war für sie die schwierigste

Stelle der Rolle, denn ihre Stimme besaß zwar Weichheit und Wärme, aber die volle Stärke, der metallische Klang, der sie befähigt hätte, über dem mächtigen Chor, über den Instrumenten zu schweben, war in früher Jugend durch törichte Überanstrengung verdorben worden. Doch heute spürte sie genau, daß die Schönheit ihrer Gestalt, die Anmut ihrer Bewegungen die Schwäche der Stimme ausgleichen würde! Und wirklich: es gelang. Erst durch Corona, so schien es, wurde das Werk des Komponisten Hasse zu einem Oratorium. Ihr herrlicher Wuchs, ihr schönes Gesicht, der seelenhafte Ausdruck ihres Gesangs hob sie über das singende Gefolge hinaus. Golgatha war wiedergefunden! Und aus der Stätte qualvollen Todes ging neues Leben hervor. Ostern! Ostern 1771 in Leipzig.

Corona war glücklich. Sie sang und spielte nun völlig gelöst. Sie fühlte die Kraft der Kunst, die Zeiten und Räume und Menschen verband. Ihre Augen strahlten – fast überstrahlten sie mit ihrem warmen Leuchten den kalten Glanz des Steins auf der Stirn.

Dann rollte der Vorhang nieder. Sie sah noch flüchtig das zustimmende Nicken des Dirigenten Adam Hiller. Und jetzt setzte draußen das seltsam leere, prasselnde Geräusch klatschender Hände ein. Der Vorhang rollte wieder empor. Corona erfaßte mit beiden Händen den roten Samtmantel, um ihn hinter ihrem Rücken in die Breite zu ziehen; sie verbeugte sich ernst. Da ertönte von der Galerie eine junge Männerstimme. «Corona!» rief sie inbrünstig und schwärmerisch. Sogleich fielen andere ein. Und immer von neuem rief es durch den Saal, die klatschenden Hände übertönend: «Corona! Corona!»

Die Sängerin trat einen kleinen Schritt vor, verbeugte sich hierhin und dorthin; ein Lächeln erschien auf ihrem Gesicht. Schließlich, als der Beifall kein Ende nehmen wollte, kreuzte sie die Hände über der Brust und verharrte so.

Die Aufführung von Hasses Oratorium «Kaiserin Helena auf dem Kalvarienberg» war wieder einmal vorüber. Tief befriedigt, ja ergriffen erhob sich das Publikum. Das «Große Konzert» war eine ureigene Sache: Kein Hof, kein Adel finanzierte es, sondern allein die sich ihrer Macht bewußte Bürgerschaft. Nach den Verwüstungen, die der Siebenjährige Krieg auch in Leipzig angerichtet hatte, war der tüchtige Adam Hiller gekommen, hatte sich klug der geistigen und finanziellen Hilfe der Bürger versichert und dieses Konzert aufgebaut, das schnell zur Krönung des Leipziger Kulturlebens geworden war. Hiller hatte beste Musiker engagiert und es gewagt, statt leichter Singspiele Neues wie Händel und Hasse auf die Bühne zu bringen. Noch spielte man zwar in einem Ballsaal hinter einer Wirtsstube; doch hoffte man, bald einen würdigeren Raum zu finden; etwa im Zunfthaus der Schneider, dem Gewandhaus.

Dann saß Corona Schröter in der Garderobe an ihrem Schminktisch. Sie hatte behutsam die Perücke mit dem Diadem und dem herabhängenden Stein abgenommen und die Nadeln aus ihrem Haar gezogen; erleichtert schüttelte sie die dichte, lockere Mähne zurück. Mit allen zehn Fingern fuhr sie sich über die Kopfhaut und atmete tief. Der Beifall war heute besonders lebhaft gewesen; aber sie war Beifall gewohnt, und ihr lag nicht übermäßig viel daran. Das blecherne Klatschen nach dem Wohllaut der Musik ließ sie jedesmal zusammenschrecken. Jäh holte es sie aus einer Sphäre, der sie sich ganz hingegeben hatte, in die Wirklichkeit zurück. Beifall war nötig, doch tat er ihr weh. Nach jedem Spiel fühlte sie sich leer, wie ausgehöhlt. Ach, wenn Samuel noch da wäre, der um ein Jahr ältere Bruder! Er war Sopransänger in Leipzig gewesen, ein Künstler von hohen musikalischen Gaben, der rechte Gefährte. Er war immer sogleich in ihre Garderobe gekommen und hatte sein unbestechliches Urteil abgegeben. Seit sechs Jahren aber war

Samuel als Pianist mit dem Vater auf Konzertreisen, er wurde überall stürmisch gefeiert. Sie hätte eigentlich daran gewöhnt sein müssen, daß sie nun auf ihr eigenes Urteil angewiesen war. Mit hinter dem Kopf verschränkten Armen saß sie zurückgelehnt da, so daß sie die hölzerne Lehne im Rücken spürte.

«Na, Corona», rief einer der Kollegen ihr zu, «willst du heute so sitzen bleiben?» Sie schreckte auf, lachte verlegen, griff nach dem Lappen, suchte eine saubere Ecke und wischte sich die Schminke ab, die blaue von den Augendeckeln, den schwarzen Strich vom Nasenrücken, das Rot von den Lippen. Zwischendurch unterbrach sie sich immer wieder, um denen, die die Garderobe bereits verließen, freundlich zuzunicken. Endlich war sie allein. Sie hielt mit dem Abreiben inne und besah sich im Spiegel: das braunblonde Haar krauste sich um das reine Oval des Gesichts, das über einem hohen, glatten Hals emporragte. Die großen blauen, leuchtenden Augen kontrastierten reizvoll mit dem brünetten Teint. Die Nase war gerade, der Nasenrücken vielleicht um eine Spur zu breit. Der Mund hatte eine schöne Form, die Lippen waren voll, doch nicht üppig. Corona hatte nicht den kleinen Puppenmund, der damals als schön galt, und sie versuchte auch nicht, ihn durch die Schminke zu verkleinern. Sie fuhr sich mit der Zungenspitze über die Lippen, so daß sie feucht glänzten. Unwillkürlich lächelte sie ihr Spiegelbild an. Dabei wurden die weißen Zähne sichtbar; die beiden Vorderzähne waren ein wenig schräg gegeneinandergestellt. Sie wandte den Kopf nach rechts und nach links und betrachtete sich. Ja, sie war schön. Nun, sie war eben zwanzig Jahre alt. Wohlgefällig strich sie sich über die schmale Taille; sie war sich bewußt, daß sie gut gewachsen war. Nur die Stimme machte ihr Kummer. Ach, warum hatte der Vater die Stimme in den Entwicklungsjahren verdorben! Sie klang leicht verschleiert; weich, aber bedeckt, ohne metallischen Glanz. Es gab Sängerinnen, bei denen strahlte die Stimme! Chor und Orchester wurden von einem solchen Organ mühelos übertönt, und es blieb dennoch rein und makellos! Allerdings hatte sie von heute an keine derartige Rivalin mehr zu fürchten. Vorerst wenigstens nicht. Elisabeth Schmehling hatte gestern abend Leipzig verlassen.

Corona seufzte bei diesem Gedanken erleichtert auf. Fünf Jahre lang hatte sie jede Rolle alternierend mit der Schmehling gesungen, natürlich auch zu Ostern die Helena in Hasses Oratorium. Das war bitter gewesen, weil die Stimme der Schmehling sie jedesmal neu zum Vergleich mit der eigenen herausforderte.

Im Jahre 65 hatte es begonnen – zwei Jahre zuvor hatte der Patenonkel Adam Hiller die Musikantenfamilie Schröter aus Warschau zu sich nach Leipzig gerufen –; damals waren nach den ersten Wochen des Glücks in Leipzig schwere Schläge auf sie niedergefallen: Die Mutter starb bei der Geburt eines Mädchens, Samuel und der Vater begaben sich auf Tournee nach Holland. Sie, Corona, blieb mit dem kleinen Bruder Heinrich und der soeben geborenen Schwester allein zurück. Heinrich und Luise waren in Pflege gegeben worden, sie selbst suchte sich vor dem Stadttor ein eigenes Appartement. Ach, wie allein hatte sie sich gefühlt! Und da kam diese Schmehling! Sie war ein ungeschickt sich bewegendes häßliches Geschöpf mit einem groben, breiten Gesicht. Corona hatte die Neue abschätzig, fast mitleidig begrüßt. In der Garderobe hatte sie fast erschrocken die abstoßend verkrümmten Beine der anderen wahrgenommen. Und dann war von der Bühne her ein Gesang erklungen, wie sie noch keinen gehört: mächtig und voll und klar. Mühelos stiegen aus diesem kurzen, gedrungenen Hals die herrlichsten Töne. Es war kaum zu fassen. Das Publikum jubelte. Gewiß, es jubelte nach wie vor auch ihr zu. Aber im Nu waren die Besucher des «Großen Konzerts» in zwei

Parteien gespalten. Die Musikenthusiasten schlossen die Augen und lauschten dem wunderbaren Gesang der Schmehling; die anderen, jene Kunstfreunde, die das Zusammenwirken von Schönheit, Anmut und Beseeltheit schätzten, feierten Corona. Jedesmal, wenn die Schmehling sang, wurde mitten im Applaus von der Galerie her mit großer Lautstärke Coronas Name gerufen. Doch wenn Corona sich nach der Vorstellung verneigte, hörte sie den Ruf «Schmehling, Schmehling» aus dem jubelnden Beifall heraus.

«Onkel Hiller», hatte sie in der ersten Zeit geklagt, «ich bin gegen sie im Nachteil. Du weißt es ja am besten. Wenn du uns nicht immer die gleiche Rolle gäbest, würde das viel weniger auffallen!»

«Im Nachteil? Der dürfte doch wohl auf ihrer Seite liegen.» Hiller hatte die Augenbrauen hochgezogen und Coronas Erscheinung gemustert. «Wäre ihre Mutter nicht bei ihrer Geburt gestorben und hätte ihr Vater, um Geld zu verdienen, nicht die Kleine den ganzen Tag allein lassen müssen, so wären ihre Beine nicht verkrüppelt. Er band das Kind jahrelang jeden Tag, wenn er zur Arbeit ging, am Stuhl fest, damit ihm nichts geschehe. Laufen lernte sie erst, als sie schon ziemlich groß war.»

«Aber die Leute vergessen ihr Aussehen über ihrer herrlichen Stimme», hatte Corona entgegnet.

«Und vergessen sie nicht über deinem Aussehen, daß deine Stimme keine Posaune ist?»

Hiller hatte sie ruhig und durchdringend angesehen. Der Fünfzehnjährigen waren die Tränen in die Augen getreten.

«Gerade jetzt, da der Vater und Samuel fort sind und ich ganz allein geblieben bin, muß diese Schmehling kommen!» schluchzte sie auf.

«Allein geblieben? Obwohl halb Leipzig dir zujubelt? Du bist nicht allein. Das Publikum gehört zum Künstler. Und im übrigen», fuhr er fort, «ihr könnt beide voneinander lernen. Es kommt nicht auf deinen Triumph an oder auf ihren, sondern auf die Musik und das Werk und auf die Menschen, die es hören und sehen, nicht wahr?»

Oh, Corona würde dieses Jahr 1765 nie vergessen. Außer der Ankunft der Schmehling hatte sich noch etwas anderes ereignet. Eines Abends nach der Vorstellung – in der Zeit, als die Trauer um Samuels Fortgang noch ganz frisch war – tauchte in dem Kreis der Verehrer, die nach der Aufführung auf sie warteten, ein fremdes Gesicht auf: ein empfindsames Antlitz mit fast südländisch-brauner Hautfarbe und großen dunklen Augen – Augen, die an Samuel erinnerten. Er stand im Schatten des Hauses, und sie war erschrocken: war Samuel wieder da? Erregt hatte sie sich umgewandt – ach nein, es war nicht Samuel. So stutzerhaft hätte der sich nie herausgeputzt. Es war ein Studentlein aus Frankfurt. In den beiden folgenden Jahren war er ihr immer wieder begegnet, bei Oesers, bei Breitkopfs, nach jeder Aufführung. Er war zwar auch genial, von einem unbändigen Temperament, sprudelnd von Einfällen; aber auch launisch und unberechenbar: ein vermögender Patriziersohn, der sich austoben konnte und nichts von der Mühe des Broterwerbs wußte. Und er war nicht sehr musikalisch. Er klimperte zwar ungeniert auf dem Klavier oder blies Flöte oder spielte Cello. Doch eigentlich mußte sie immer über ihn lächeln. Er wirkte so unreif, obwohl er doch ein Jahr älter war als Samuel. Er hieß Wolfgang Goethe.

Im Jahre 68 war er auch dabeigewesen, als man bei Meister Oeser voll Freude und Spannung auf den weltberühmten Winckelmann wartete, der aus Rom in die alte Heimat kommen sollte. Statt des Ersehnten war die grauenvolle Nachricht seiner Ermordung eingetroffen. Kurze Zeit später war dann Goethe so lebensgefährlich erkrankt, daß sie alle um ihn gebangt hatten. Wie seltsam war das doch verstrickt: der abwesende Samuel, die Schmehling, die Nachricht vom Morde und dieser Goethe! Sie hatte ihn nicht vergessen. Sie konnte sich seine großen dunklen Augen genau vorstellen. Gerade eben hatte sie gehört, daß er für den «Wandsbecker Boten» zwölf elsässische Volkslieder gesammelt hatte «aus denen Kehlen der ältesten Müttergens». Wie sonderbar, daß sie ausgerechnet zu dem Zeitpunkt an ihn denken mußte, da Elisabeth Schmehling Leipzig verlassen hatte.

Wo mochte die Schmehling in diesem Augenblick sein? Gestern hatte das ganze Ensemble ihr ein Stück Wegs das Geleit gegeben. Ja, die arme, reiche Schmehling – die konnte im Vertrauen auf das wunderbare Instrument ihrer Stimme fortgehen – weitergehen – sie, Corona, mußte bleiben. Für eine gewisse Zeit würde sie nun wieder allein die Bühne beherrschen und Erfolg haben. Man brauchte Erfolg – noch mehr aber brauchte man einen Freund, einen Menschen, der zu einem gehörte. Sie senkte schwermütig die Augen.

«Weeß Kneppchen, da sitzt de Schrötern noch! Wollnse heute nich heeme?» Die heisere Stimme des Theaterdieners, der die Lampen ausblasen und die Tür zuschließen wollte, schreckte sie auf. Sie war ins Träumen geraten! Sie bat um Entschuldigung und beeilte sich, das Kostüm abzulegen und in ihr Alltagskleid zu schlüpfen. Dann drehte sie das Haar zu einem losen Zopf zusammen und steckte es hastig auf.

«Ich bin fertig!» rief sie dem Diener zu, «das nächste Mal beeile ich mich mehr. Gute Nacht!»

«War halb so schlimm», brummelte der Alte freundlich, «aber Ihr Minchen, das wird warten!»

Richtig, Minchen ... Ungeduldig stand sie draußen und hielt den warmen Mantel für Corona über dem Arm. Corona lief mit großen, schwingenden Schritten auf sie zu und drückte ihre Wange zärtlich gegen die der Freundin. Und während sie die Arme nach hinten streckte, um sich in den Mantel helfen zu lassen, drängten sich schon die begeisterten

Verehrer herzu, um ihr noch ein Kompliment, einen Dank zu sagen oder um einen Blick, ein Lächeln von ihr zu erhaschen. Über und über errötend, verbeugte sich ein bildhübscher Junge vor ihr. Selbst jetzt im Halbdunkel, fielen die zarte Haut und das blonde Haar auf.

«Demoiselle», sagte er fast stammelnd, in einem übertriebenen schwärmerischen Ton, der in einem seltsamen Gegensatz zu seinem harten ostpreußischen Dialekt stand, «morgen ... darf ich morgen bei Ihnen erscheinen? Morgen zur gewohnten Stunde? Mit meiner Geige? Obwohl mein armes Geigenspiel nichts ist gegen Ihren herrlichen Gesang?»

«Gewiß, lieber Reichardt», erwiderte Corona lächelnd, dann fuhr sie mit freundlichem Spott fort: «Ihr armes Geigenspiel und mein herrlicher Gesang wollen doch nur miteinander üben, nicht wahr?» Sie wußte, wie alle Umstehenden, daß Fritz Reichardt, jetzt Student in Leipzig, dereinst auf der Violine ein Wunderkind gewesen war und daß er keinen Grund hatte, die eigene Leistung geringzuachten. Bei ihren letzten Worten reichte sie schon dem Kriegsrat Dr. Müller, einem Vierziger, die Hand. Höflich hatte er gewartet, bis sie mit dem Studentlein fertig war. «Sie hätten nicht so lange ausharren sollen, Herr Kriegsrat», sagte sie, während Müller sich über ihre Hand neigte, um sie zu küssen.

«Oh», antwortete er, «es ist mir eine Freude, auf Sie zu warten. Und es könnte ja sein, daß Sie meine Begleitung in Anspruch nehmen wollen.»

«Vielen Dank», wehrte Corona freundlich ab. «Bitte verstehen Sie, daß ich heute lieber ohne Geplauder heimgehen möchte.»

«Ganz nach Wunsch, Corona», antwortete Dr. Müller, ohne seine Enttäuschung zu zeigen. «Lassen Sie mich Ihnen nur noch versichern, daß Ostern für mich eigentlich erst dann beginnt, wenn ich Sie die Sankt Helena habe singen hören.»

Corona neigte für den Bruchteil einer Sekunde den Kopf; ihre Augen streiften ihn mit nachdenklichem Ernst. Gleich darauf wandte sie sich dem nächsten zu, der sie begrüßen wollte, dem Kaufmann Steinauer.

Doch da schob sich der alte Maler Oeser, seine Tochter Friederike am Arm hinter sich herziehend, dazwischen: «Entschuldigens, nur a Momenterl!» sagte er in seiner halb österreichischen, halb ungarischen Mundart. «Warst scharmant, Kronerl, einfach scharmant! Morgen, wannst kommst, mehr davon!»

Die Tochter Friederike konnte gerade noch ihr «Wunderbar, Corona!» hervorstoßen, da hatte er sich schon umgewandt, und immer aufs neue mit dem Hut und der Hand winkend und grüßend, ging er davon. Steinauer und die beiden Brüder Breitkopf hatten belustigt dem eiligen Gehabe zugeschaut; nun hofften sie, ihr Kompliment vorbringen zu können. Aber Corona schloß soeben die obere Mantelschnalle. Freundlich grüßend blickte sie danach in die Runde: «Gute Nacht, die Herren, bis bald. Ich bin heute schrecklich müde.»

Sie zog den Knoten ihres Kopftuches fest, hakte sich bei Minchen ein und ging ohne weiteres davon.

«Gute Nacht!» und «Vielen Dank!» und «Schlafen Sie wohl!» tönte es hinter ihr her; sie aber sah sich nicht um. Die Zurückbleibenden lächelten resigniert. «Das Volk wartet», spottete der ältere Breitkopf gutmütig, «aber die Königin geruht zu gehen. Man kann sich nur mit ihrem ‚Bis bald!' trösten!» Man schüttelte einander die Hand. Nur Dr. Müller und Reichardt blieben noch stehen und schauten dem Mädchenpaar nach. Neben der kurzen, dicken Gestalt von Minchen Probst wirkte Corona doppelt gut gewachsen. Und welch herrlichen Gang sie hatte! Doch plötzlich wurden beide Bewunderer einander gewahr. Sie griffen ernüchtert nach ihren Hüten und entfernten sich mit knappem Gruß nach verschiedenen Richtungen.

Wie schön war die Nacht! Die Scheibe des abnehmenden Mondes stand groß und silbern leuchtend am nachtblauen Himmel. Selbst hier in der Stadt war die Luft voller Frühling. Die Straße zwischen den hohen, stattlichen Bürgerhäusern lag ganz still da; laut hallten die Schritte der Mädchen wider.

«Sieh», sagte Corona plötzlich, «die Häuser dort drüben werden hell beschienen. Wir gehen hier im Dunkeln, alles Licht liegt auf der anderen Seite.»

«Warst du nicht zufrieden mit dir heute abend?» fragte Minchen daraufhin. «Ich wunderte mich schon, daß du so lange ausbliebst. Die Schmehling ist doch nun fort.»

«Ja», fiel Corona ein, «die Schmehling ist fort – sie konnte es wagen. Und ich, ich werde immer den gleichen Weg gehen, bis ich alt bin und gar nicht mehr auftreten kann.» Sie lachte leicht; aber in ihrem Ton klang Bitterkeit.

«Du könntest es auch anders haben», meinte Minchen, «du brauchtest dich bloß zu entschließen, dem Kriegsrat Doktor Müller dein Jawort zu geben.» Corona schwieg, und Minchen fuhr fort: «Er hat eine reputierliche Stellung – gewiß, er ist zwanzig Jahre älter als du, aber er würde dir alle Wünsche erfüllen und dich auf Händen tragen – ganz bestimmt.»

«Vielleicht will ich gar nicht auf Händen getragen werden», antwortete Corona leise. «Weißt du», meinte sie dann, «wenn man von frühester Jugend an nichts als Komplimente gehört hat und Liebesbeteuerungen, so glaubt man kein Wort mehr. Aber insgeheim glaubt man's vielleicht doch und überschätzt sich.»

«Ja, ich verstehe schon», antwortete Mine nüchtern,

«in Wahrheit ist's eben so, daß du ihn nicht magst. Aber wenn einer liebenswert ist – und das ist er –, so wird sich, denke ich, in der Ehe alles finden.»

Die Mädchen hatten das Stadttor hinter sich gelassen, ein Stück freies, baumbestandenes Gelände umgab sie; schon sahen sie das Probstsche Licht aus der Gärtnerwohnung im Richterschen Garten blinken. Hier wohnte Corona seit dem Fortgang des Vaters und des Bruders. Plötzlich blieb sie aufatmend stehen und zog einen Zweig zu sich nieder. «Das Jahr bringt neue Hoffnung», sagte sie; «jedes Jahr. Sieh die Knospen! Hoffnung ist eine Kraft. Es ist Ostern.» Sie ließ den Zweig zurückschnellen und sah ihm nach. Er schwankte noch eine Weile auf und nieder und hob sich dunkel gegen den silberblauen Himmel ab.

Regelmäßig, seit Jahren schon, versammelte sich in Leipzig ein Kreis junger Menschen. Einige waren beständige Teilnehmer, weil sie in Leipzig wohnten, so zum Beispiel die Geschwister Breitkopf: Bernhard, Gottlob und Konstanze; ebenso Friederike Oeser und der Kaufmann Steinauer; andere wechselten, weil sie sich, wie Fritz Reichardt, nur während der Studienzeit in Leipzig aufhielten oder bloß zur Messe kamen. Die Begehrteste, Geliebteste, Beständigste in der Runde war seit sieben Jahren Corona. Man versammelte sich meist bei Breitkopfs. Der berühmte Musikverlag hatte sich gerade ein prächtiges Haus gebaut, den «Silbernen Bären». Da hatte man Platz. Man tanzte oder veranstaltete Gesellschaftsspiele, man musizierte oder plauderte über Kunst und Theater; man spielte auch selber Theater, manchmal improvisierend, manchmal, indem man ernsthaft probte. Einer dichtete, Breitkopf komponierte, Friederike Oeser malte unter Anleitung ihres Vaters die Kulissen. Bei alledem durfte Corona nicht fehlen. Sie war zu allem zu gebrauchen: sie sang oder deklamierte, sie spielte

Flöte, Gitarre, Geige oder Pianoforte, sie malte und zeichnete. Sie übernahm mit Lust und Laune jegliche Rolle. Einmal hatte auch Goethe zu diesem Kreis gehört. Man erinnerte sich seiner noch immer, obwohl er schon fünf Jahre fort war.

Heute, an einem Mittwoch im März 1773, saß man wieder beisammen. Man hatte nichts Besonderes vor.

«Wißt ihr das Neueste?» fragte Bernhard Breitkopf plötzlich, «unsere Schmehling hat geheiratet. Wider den Willen des Königs!»

«Den König hat sie sowieso am Bändel», meinte Steinauer. «Wißt ihr noch, wie wir sie alle vor zwei Jahren vors Tor hinausbegleiteten? Sie fuhr ins Ungewisse; mir tat sie eigentlich leid. Sie wollte ihr Glück in Italien versuchen. Und dann blieb sie schon in Potsdam hängen. General Tauentzien hörte, daß sie da wäre – er kannte sie von hier – und schlug dem König vor, sie sich anzuhören. Der große Friedrich wehrte mokant ab: Eine deutsche Sängerin?! Da könne ihm ebensogut seine Stute etwas vorwiehern! Dann ließ er sich dennoch dazu herab, ihr zuzuhören. Er empfing sie ohne Gruß und verlangte, daß sie eine der schwierigsten Arien von Graun vortrug. Die Schmehling sang sie! Ex tempore! leicht und rein! Die endlosen Koloraturen stiegen empor wie ein silbriger Springbrunnen. Der König schloß die Augen. Als sie geendet hatte, erhob er sich, trat auf sie zu, ergriff ihre Hand, um sie zu küssen – führte sie natürlich nur bis an sein Kinn, wie das die hohen Herren zu tun pflegen – und sagte: ‚Superbe, Madame! Wenn Sie bei mir in Potsdam bleibt, biete ich Ihr dreitausend Taler Gage im Jahr. Gebe Sie mir morgen durch General Tauentzien Ihre Antwort.' Sie blieb und hat's wohl nicht zu bereuen gehabt. Der König versäumte nie einen ihrer Auftritte. Aber nun verliebte sie sich in einen Violoncellisten. Er soll bildschön sein.»

«Und ein Lump – ein Säufer», ergänzte Bernhard Breitkopf entrüstet. «Der König verbot die Heirat. Sie hat sich nicht daran gekehrt. Sie liebt eben diesen Menschen!»

Alle äußerten nun lebhaft ihre Meinung. Nur Corona schwieg. Wie ein Stein hatte sich die Nachricht auf sie gewälzt. Liebe? dachte sie. Das arme häßliche Geschöpf! War nicht einmal das Geschenk einer so begnadeten Stimme groß genug, um ihre Trägerin vor einer entwürdigenden Ehe zu schützen? Sie wußte, wie schwer es war, allein zu sein, allein als Frau, allein als Künstlerin. Wie oft hatte auch sie das Bedürfnis verspürt, sich bei einem Manne anzulehnen, beschützt zu werden. Aber war das Liebe?!

«Und du sagst gar nichts dazu, Corona?» hörte sie sich plötzlich angesprochen.

Sie rieb nachdenklich die Handflächen gegeneinander. «Ich finde es tragisch», sagte sie leise. «Kunst und Liebe sind zwei große Mächte im Leben. Sie gehören eigentlich zusammen. In Wirklichkeit stehen sie nur allzuoft gegeneinander.» Und dann fragte sie, um das Gewicht ihrer Worte zu mildern: «Wie heißt sie denn nun?»

«Mara», antwortete Breitkopf, «Elisabeth Mara.»

Jeder schwieg. Aus dem sensationellen Klatschbericht hatte sich durch Coronas Worte plötzlich ein aktuelles menschliches Problem ergeben. Die Männer musterten heimlich die Frauen des Kreises. Konstanze Breitkopf würde wohl eines Tages standesgemäß heiraten, sie war jung und reich. Friederike Oeser hatte dem verwitweten Vater zu Liebe auf eine eigene Ehe verzichtet. Vielleicht wäre es für das selbständige, talentierte Mädchen auch gar nicht leicht gewesen, den passenden Partner zu finden. Und Corona? – Niemand aus diesem Kreise hätte gewagt, seine Hand nach ihr auszustrecken. Sie schien so überlegen, so begnadet – konnte es sein, daß sie sich trotzdem nach Liebe sehnte und daß sie für den Beruf, der sie erfüllte, Opfer brachte? Jeder verglich sie insgeheim mit der Mara; es entstand eine Pause.

«Kommt, laßt uns ein wenig musizieren!» rief endlich Bernhard Breitkopf. Es lag ihm daran, der ungewohnt bedrückten Stimmung ein Ende zu machen. «Ich las kürzlich ein wundersames Gedicht auf das Genie eines großen Menschen von unserem Goethe: ‚Mahomets Gesang'. Wir haben eigentlich seine Gedichte, die ich im Oktober neunundsechzig vertonte und herausgab, sehr lange nicht gesungen. Möchtest du uns nicht jetzt eines singen, Corona?»

Er trat zum Büchergestell, griff ein Heft heraus und blätterte ein wenig darin. Dann überreichte er es der Sängerin.

«Gern», stimmte Corona bereitwillig zu. «Hört mal, wie schön dies hier ist.» Halblaut begann sie zu lesen:

«Auf Kieseln im Bache, da lag ich wie helle!
Verbreite die Arme der kommenden Welle...»

Dann verstummte sie nachdenklich.

«Wie es klingt, wenn du es sprichst», meinte Friederike Oeser. «Ich sage ja immer, du müßtest Schauspielerin werden!»

«Ein großes Lob für eine Sängerin», sagte Corona lachend.

Aber Friedrich Reichardt fiel sofort schwärmerisch ein: «Ich träume manchmal des Nachts von Coronas Rezitativ. Da begreift man erst, was Melodie ist. Demoiselle Schröter singt, ohne daß sie singt.»

Alle brachen in Gelächter aus über den Enthusiasmus und den sinnvollen Widersinn dieser Worte.

Corona aber meinte: «Ihr habt gut reden. Sich als Sängerin allein in der Welt herumzuschlagen ist schon schwer – aber als Komödiantin? Mit einer Truppe von Ort zu Ort ziehen? Und jeder denkt, er dürfe sich einer Schauspielerin gegenüber alles erlauben! Oder noch schlimmer: sie sei bereit, ihm alles zu erlauben!»

«Aber Corona», sagte Steinauer, «von dir würde das niemand denken, du bist doch mit Leib und Seele Künstlerin – ob du singst, sprichst oder malst. Friederikes Rat wäre zu überlegen.»

«Ich bin jedenfalls dafür, daß sie nun singt», meinte Gottlob Breitkopf. Merkwürdig, aus jeder Bemerkung wurde ja heute abend ein Problem!

Corona erhob sich, stellte das Heft aufs Notenpult, schlug einen Auftakt auf dem Piano an und sang leicht und silbrig:

«Es flattert um die Quelle
Die wechselnde Libelle,
Mich freut sie lange schon;
Bald dunkel und bald helle
Wie der Chamäleon ...»

Lachend applaudierte der Kreis, denn jeder hatte eigentlich das «Auf Kieseln wie helle» erwartet.

«Was macht er denn jetzt, unser Goethe?» fragte Constanze die ältere Freundin Friederike Oeser. Sie wußte, daß Friederike noch immer in Briefwechsel mit ihm stand.

«Er praktiziert als Jurist in Frankfurt. Aber er überarbeitet sich gerade nicht. Sein Vater macht die Hauptarbeit für ihn.»

«Er hat Wichtigeres zu tun», verteidigte Steinauer den Abwesenden; «er schreibt. Jetzt soll es ein Schauspiel über ‚Götz', den Ritter mit der eisernen Hand, werden.»

«Seitdem er von uns fortging», bemerkte Friederike nun, «seit seiner schweren Krankheit, hat er sich in einem Maße weiterentwickelt, wie man es sich damals kaum vorstellen konnte.»

«Doch», widersprach Corona, «man konnte es eigentlich schon damals ahnen. Man brauchte bloß seine Augen anzusehen... Mir erscheinen solche dunklen Augen immer so, als sähen sie alles ganz anders!» Sie lachte leicht und schwieg dann nachdenklich.

Ermutigt von dem Erfolg, den er mit der Schröter und der Schmehling gehabt hatte, begründete Adam Hiller in Leipzig eine Singschule. Sie erwarb sich bald einen guten Ruf, und von überallher, auch aus fremden Ländern, kamen die jungen Sängerinnen nach Leipzig, um sich bei Hiller weiterzubilden. Corona blieb der anerkannte Star. Niemand besaß eine solche Ausgewogenheit von Geist, Seele und Leib, von Schönheit, Ausdruckskraft und Talent. Sie selber aber war trotz aller Erfolge nicht mit sich zufrieden, besonders nicht mit ihren Leistungen in den «Concerts spirituels», in denen Hiller große Oratorien, etwa Händels «Messias», ganz ohne Kostüm aufzuführen wagte.

Es war der 16. März 1776. Corona saß über ihr Zeichenbrett gebeugt auf der Pleißenburg in dem kleinen Atelier, das Meister Oeser für seine Schüler neben seiner Wohnstube eingerichtet hatte.

«Warst gestern wieder wundervoll, Kronerl», sagte er, indem er an ihrer Skizze vom Apoll von Belvedere herumstrichelte, und er summte die Melodie vor sich hin, die zu den Worten gehörte: «Die Tromba erschallt, und die Toten erstehn...» «Wunderbar hast du gesungen.»

Corona lachte. «Das sang der Baß, nicht ich! Aber Sie haben recht, das war wunderbar. Meine Arie dagegen hätte viel kräftiger kommen müssen – doch das gibt meine Stimme nicht her.»

Oeser ließ den Stift sinken und schaute auf den geneigten Kopf nieder. Kräftiger? dachte er. Ihn hatte gerade der weiche leise Ton, in dem sie ihr: «Ich weiß, daß mein Erlöser lebet» vortrug, bezaubert. Doch er verstand ihre Klage. So versuchte er zu trösten.

«Ich kann auch nicht so malen, wie ich wohl möchte. Aber es ist seltsam: Die Schüler, die machen es hernach so, wie ich es nur dachte und fühlte. Der Mengs, der Winckelmann, der Goethe – es ist halt wie ein Wunder! Vielleicht gibt's Maler ohne Hände und Sängerinnen ohne Gesangsstimme.» Er lachte.

Corona hob den Kopf nicht. Sie lachte auch nicht mit. «Sängerinnen ohne Gesangsstimme», sagte sie heftig, «und dann nicht mehr jung sein – und doch auf eigenen Füßen stehen müssen, das ist nicht leicht!»

«Ich habe ja auch nicht gesagt, daß es leicht ist», entgegnete Oeser, «ich habe nur gesagt, daß es auf ganz andere Weise, als man denkt, sinnvoll sein kann. Und nicht mehr jung? Jung bist du und schön!» Er musterte das nun zu ihm emporgewandte Gesicht.

«Ich bin schon fünfundzwanzig. Und die Schönheit einer Frau ist bald dahin. Was dann, Papa Oeser, was dann? – Mein Leben liegt vor mir wie eine öde graue Straße.» Der Ton, in dem das hervorgebracht wurde, klang verzweifelt.

«Und das sagt jemand, dem die ganze Welt zu Füßen liegt.»

«Nun ja, die Leipziger!»

«Und die Weimaraner», ergänzte Oeser, «der alte Wieland und die Herzogin Anna Amalia und ihr Sohn, der Herzog, und ein so tüchtiger Mann wie Bertuch. Jetzt ist übrigens der Goethe ebenfalls dort – der war doch damals auch dein Verehrer! Aber wir schwätzen, kopier lieber den Apoll weiter. Die Form hast du getroffen.»

Gehorsam beugte sich Corona wieder über ihr Zeichenbrett. Goethe, dachte sie, Goethe in Weimar – was sollte ihr das schon nützen! Das groß geschnittene, großäugige Gesicht, das sie vor sieben Jahren so oft in den Malstunden hier auf der Pleißenburg neben sich gesehen hatte, stieg plötzlich vor ihr auf. Und während sie abwechselnd die

Statuette des Apoll und ihre Skizze betrachtete, erinnerte sie sich an eine drollige Szene. Die Schüler hatten den Blumenstrauß eines Niederländers kopieren sollen. Sie selbst war schlecht mit ihrer Aufgabe fertig geworden, und hilflos war ihr Blick zu Goethes Kopie hinübergegangen. Du liebe Zeit! was hatte der erst für ein steifes, eng zusammengedrücktes Gebilde geschaffen! Da war Oeser hinter ihn getreten, hatte mit dem Finger quer über seine Zeichnung gewischt und ausgerufen: «Mehr Papier!» Sie erinnerte sich noch deutlich an den überraschten Blick Goethes. Sie selbst hatte nicht recht verstanden, was der Lehrer meinte – aber Goethe hatte sogleich begonnen, unten in der Ecke des Blattes ein Phantasieblumengebinde zu entwerfen, in dem überall zwischen Blüten und Blättern das grobe blaue Papier freigeblieben war, so daß man hinter den Blumen den Himmel zu sehen meinte. Oeser hatte beifällig genickt. «Papier genug! fehlt noch die Wirklichkeit!» Alle drei hatten gelacht. Auch jetzt erschien ein Lächeln auf Coronas Lippen.

«Lächelst deinem Apoll zu?» fragte Oeser.

Zur gleichen Zeit, an diesem 16. März 1776, kamen Goethe und der junge Herzog Karl August müde von einem langen Ritt zurück. Sie waren in den weiten Wäldern des Troistädter Forstes im Süden Weimars umhergestreift, um selber den Baumbestand zu prüfen. Zum Teil lag der Boden noch unter verharschtem graukörnigem Schnee. Aber in den Senken schimmerte schon Tauwasser, und auf den geschützten Lichtungen breiteten sich in ganzen Flecken blaublühend die Leberblümchen aus. Die beiden Freunde hatten ihre Pferde an Bäume gebunden und waren quer durch den Wald gestapft. Der Morast quatschte unter ihren Tritten. Aufmerksam hatten sie Wipfel und Kronen gemustert, hie und da ein Stück Borke von den Stämmen abgerissen, hatten es geprüft und dann mit dem Taschenmesser die Bäume markiert, die gefällt werden mußten. Nun heimgekommen, wollten sie den schönen Tag auch gemeinsam beschließen.

«Schlaf bei mir», bat Karl August. «Für mich ist's schön, mit einem Kameraden zu schlafen. Ich war von klein an eingesperrt in mein künftiges Fürstenamt.»

Sie überließen die Pferde den Husaren und stiegen, von des Herzogs Hund laut bellend begrüßt, die breite Treppe des Ständehauses hinauf, das seit dem Schloßbrand vor zwei Jahren dem jungen Fürsten als Wohnung diente. Sie winkten dem Diener ab und gingen sogleich ins Schlafzimmer. Ein breites, niedriges Bett stand da, und Karl August ließ sich aufs untere Ende fallen und begann, sich die langen schmutzigen Reitstiefel von den Füßen zu ziehen. Goethe warf sich auf die andere Seite, nachdem er brüsk den ovalen Tisch beiseite geschoben hatte. Er streckte beide Beine weit von sich, hob die Arme, ballte die Fäuste und reckte sich ungeniert.

«Dein Land ist klein, Karl, aber eben das hat auch sein Gutes. Man kann alles übersehen, jeden Ort kennenlernen, alles erreiten, ergehen, er*fahren.*» Bei dem letzten Wort lachte er kurz auf.

Karl August, noch immer mit seinen Stiefeln beschäftigt, knurrte zustimmend.

«Bis zur Erschöpfung in Bewegung sein, sich anstrengen, tätig sein – das tut gut – das macht den Mann aus!» Er ließ den zweiten Langschäfter achtlos fallen, stieß ihn mit dem Fuß beiseite, klopfte sich den Schmutz von den Händen und lehnte ebenfalls den derben Kopf zurück. Mit der Linken streichelte er die Ohren seines Jagdhundes, der sich mit den Vorderpfoten quer über seinen Schoß gelegt hatte. «Ein Hund, ein Pferd, ein Gewehr!»

«Nicht genug für einen regierenden Fürsten.»

«Laß mich nur erst mal ein Mann werden. An deiner

Seite. Aber was die Kleinheit des Landes betrifft, so hast du gut reden. Dabei weißt du doch auch, was alles fehlt! Wege, Soldaten, Geld!»

«Soldaten nicht! die verzehren Geld! Man müßte einen Staat aufbauen ohne Soldaten – mit neuen Ideen.»

«Neue Ideen muß man auch verteidigen!»

«Erst muß man sie verwirklichen!» Goethe zählte auf: «Arbeit und Verdienstmöglichkeiten schaffen, Wege bauen, Flußläufe regulieren, Brandschutz organisieren, ja und – Kultur fördern, um für den neuen Staat neue Menschen heranzubilden.» Seine Stimme wurde weich und träumerisch. «Man müßte ein Theater haben. Anna Amalia fing so verheißungsvoll an: sie hatte die Kochsche Truppe engagiert und gewährte allen Leuten dreimal in der Woche freien Eintritt zu den Aufführungen – und jetzt? Gut, wir spielen – aber laienhaft!»

«Theater!» unterbrach ihn Karl August. «Eben noch trittst du ein für praktische Dinge – und nun phantasiert der Poet von einem Theater! Wir haben keinen Saal seit dem Schloßbrand, keine Truppe, nicht einmal eine Sängerin!»

Goethe hatte inzwischen gleichfalls Schuhe und Rock ausgezogen, jetzt legte er sich der Länge nach aufs Bett, indem er den Platz an der Wand einnahm, und breitete sich den Rock über die Füße.

«Eine Sängerin?» sagte er nachdenklich. «Ich wüßte eine – ich habe sie nicht vergessen, seit ich sie in Leipzig hörte. Die würde alle Wünsche erfüllen.»

«Nun also, wer ist's?»

«Corona Schröter aus Leipzig.»

«Die Schrötern? Alle Wetter! Ja, das wäre was!» Karl August schob impulsiv den Hund zurück und warf sich gleichfalls der Länge nach auf das breite Bett. Der Hund betrachtete das als Aufforderung hinaufzuspringen; umständlich drehte er sich zu den Füßen seines Herrn im Kreise und ließ sich schließlich aufseufzend neben ihm nieder.

Goethe deckte die Hände über die Augen – Corona in Weimar – das wäre wahrhaftig eine großartige Sache! Es hatte sich ihm tief eingeprägt: die Schmehling und die Schröter, abwechselnd in den gleichen Rollen. Man wurde hingerissen von der klaren, mächtigen Stimme der einen und tief verzaubert von dem seelenvollen, wohllautenden Gesang und der Anmut der anderen ...

«Unvergeßlich», sagte er träumerisch, «ganz unvergeßlich!»

«Du hast recht», meinte Karl August nun in dem gleichen Ton. «Die Schmehling zwar habe ich nie gehört, sie soll seit einigen Jahren bei meinem Großoheim in Potsdam sein – aber die Schröter – in Klang und Bewegung vollendete Grazie! Meinst du, sie würde in unser kleines Weimar kommen?»

«Man müßte sie fragen.»

Als Corona von der Probe heimkam, lag ein Brief auf dem Tisch. Sie kannte die Handschrift nicht, aber ein unbestimmtes, seltsames Gefühl durchdrang sie. Sie riß das Siegel auf und las die Unterschrift. Von Goethe aus Weimar! Ob es ihr recht sei, wenn er am 25. März käme, um ihr seine Aufwartung zu machen; am Nachmittag.

Corona hielt den Brief in der Hand und blickte in den Garten hinab. An schattigen Stellen, unter den Taxushecken, lag noch Schnee. Aber die zarten Ruten der Weide, die tief über den Teich hingen, waren schon frühlingsgelb. In der Abendsonne leuchteten bunte Krokusse, die zu zierlichen Mustern angeordnet waren. Eine Welle der Freude schlug plötzlich in ihr hoch. Gerade vor wenigen Tagen hatte sie so lebhaft an Goethe gedacht! Wie mochte er jetzt aussehen? Kam er zufällig nach Leipzig? Sieben Jahre lang hatten sie einander nicht gesehen! Sie legte den Brief auf den Tisch und griff dann aufs neue danach. Was für eine zügige, schöne Schrift hatte er bekommen! Dann las sie nochmals. Am 25.? Das war ja übermorgen! Das Blut schoß ihr ins Gesicht. Plötzlich flötete draußen eine Amsel, laut und süß. Die Töne drangen durch das geschlossene Fenster zu ihr ins Zimmer.

Goethe stand in der Tür. Corona musterte ihn. Der unfertige Junge von damals war fast nicht wiederzuerkennen – dort stand ein selbstsicherer, schöner Mann. Sie beobachtete, wie aus der abwartenden Miene, mit der er eingetreten war, Überraschung wurde und dann ein warmer Glanz in seine dunklen Augen trat. Nun verbeugte er sich; es wirkte wie eine Huldigung. Er griff hinter sich, um die Tür zu schließen, und tat einige Schritte auf sie zu.

«Corona!» sagte er. Seine Stimme klang tief und voll.

Corona stand am Klavier; sie hatte die Hand leicht auf das Instrument gestützt. In dieser Haltung – hatte sie gemeint – müßte sie ihn empfangen. Nun stellte sie fest, wie gut es war, eine Stütze zu haben. Ihr Herz schlug hart, sie spürte den Pulsschlag bis in den Hals. Sie sagte nichts, sie lächelte nicht, sie reichte ihm nicht die Hand. Sie wartete. Es war, als sei Schicksal in ihr Zimmer getreten und sie könne nichts tun als warten.

Sie ist noch schöner, als ich sie in Erinnerung hatte, dachte Goethe überrascht. Als sie sich immer noch nicht rührte, meinte er: «Willst du einem alten Freund nicht die Hand reichen?»

«Doch ...», antwortete sie. Aber dann mußte er selber auf sie zutreten, ihre Hand ergreifen und aufheben. Er hielt sie ohne Druck in der seinen, die breit war und etwas kurzfingrig, dabei warm und fest. Corona ließ ihre Hand einen Augenblick bewegungslos in der seinen ruhen, ehe sie sie ihm entzog.

«Guten Tag, Corona! Guten Tag!» rief Goethe in einem auffordernden Tone, so, als rüttle er sie an der Schulter. «Warst du nicht durch meinen Brief auf mich vorbereitet?»

Nun lächelte sie. «Findest du, daß ein kurzes ‚Ich komme' einen nach sieben Jahren genug vorbereitet?»

Er lachte, froh, daß ihre Befangenheit überwunden zu sein schien. «Habe ich mich verändert? Ich fühle es selber. Vor allem daran, daß ich Leipzig schrecklich finde. Und wie habe ich's damals bestaunt!»

«Natürlich», spottete sie freundlich, «inzwischen bist du ja in der Welt herumgekommen!»

«Nun ja, ein wenig – bis zum Sankt Gotthardt jedenfalls.»

«Ich sehe, daß du viel weiter gekommen bist», meinte sie.

«Ja, bis an den zur Zeit schönsten Ort der Welt, bis Weimar!»

«Und ich bin in Leipzig geblieben», erwiderte sie.

«Ich bin gekommen, dich zu holen, wenn du willst.»

«Ja, ich weiß.»

«Du weißt? Woher? Von wem?»

«Aus mir selbst.»

«Und du kommst?»

«Reitest du noch immer so ungestüm? Damals bekamst du danach einen Blutsturz.»

Minchen kam mit einem Tablett herein. «Ich dachte, ein Imbiß könnte Ihnen guttun», sagte sie.

«Wahrhaftig!» rief Goethe lebhaft. «Ich habe mich nur notdürftig im Gasthaus zurechtgemacht und bin gleich hierhergekommen. Ich konnte die Zeit nicht abwarten. Vielen Dank, Minchen. Darf ich noch so sagen?»

«Es ist mir gleich, wie Sie zu mir sagen.» Sie setzte das Geschirr auf den Tisch. «Der eine sagt so, der andere so.»

Goethe lachte. «Ihr habt also noch immer viele Verehrer.»

«Doktor Müller kommt getreulich – den kennst du wohl noch und den guten Steinauer auch. Fritz Reichardt und Gottlieb Körner, die schwärmerischen Studenten, waren wohl vor dir in Leipzig», antwortete Corona. Sie wunderte sich selber, daß sie so offen zu ihm sprach. Er sah nicht mehr aus wie Samuel, und doch hatte sie das Gefühl, der Bruder sei da.

Goethe aber beobachtete entzückt, wie sie anmutig den Arm bog, nach der Kanne griff, die andere Hand auf den Deckel legte und sich vorneigte, um den Kaffee einzugießen – es ging alles so natürlich vor sich und sah doch so aus, als habe sie die kleinste Bewegung überlegt.

«Um fünf Uhr morgens war ich in Naumburg, um halb zehn in Rippach, um drei Uhr schon hier. Es war sehr kalt. Aber die Sonne ging auf – herrlich! Im Gasthaus hier dachte ich, eigentlich ist's noch zu früh für den Besuch. Nun sehe ich, daß ich viel früher hätte kommen sollen.»

Corona tat, als hätte er gar nichts gesagt, sie hielt ihm das Körbchen mit Gebäck hin.

«Du bist anders geworden, Corona», sagte er.

«Du auch», antwortete sie.

«Ja, ich!» meinte er, «das ist kein Wunder! Ich war ein unfertiger Knabe damals. Mir ist, als zöge ich jetzt das Fazit meines Lebens oder doch das der vergangenen sieben Jahre.»

«Ich ziehe auch ab und zu ein solches Fazit», sagte Corona und lachte leicht auf. «Nur sieht es vermutlich ein bißchen anders aus als das deine.»

Goethe blickte sie forschend an. «Bist du nicht glücklich?» fragte er ernst. Dann lenkte er wieder ab und schlug einen leicht spöttischen Ton an, weil er sich nicht darüber klar war, wie weit er sich vorwagen durfte. «Nicht glücklich bei den Huldigungen all der Studentlein und dem freundschaftlichen Umgang mit den Getreuen? Jeder, der dich sieht und hört, schwärmt von dir – übrigens auch der Herzog von Weimar.»

«Würde es dich denn glücklich machen, wenn man dich anschwärmte?»

«Ich bin ja auch ein Mann und will etwas leisten.»

«Und du glaubst, solche Wünsche stünden einer Frau nicht zu?»

«Nein, nein», sagte Goethe beschwichtigend und sah sie nachdenklich an. «Aber die meisten Frauen sind froh und zufrieden, wenn sie umschwärmt werden.»

«Jedenfalls glaubt ihr das.»

«Corona», sagte er nun, «ich bin ja gekommen, dich nach Weimar zu holen!» Er sagte es eifriger und schneller, als er eigentlich gewollt hatte. «Wir in Weimar, wir wollen nach neuen Ideen unser Land reformieren, in der Wirtschaft, in der Verwaltung, auf jede nur mögliche Weise – wir wollen aus Weimar einen Mittelpunkt deutscher Bildung machen. Dazu brauchen wir ein Theater, und zu unserem Theater brauchen wir dich!»

«Wir? Wir? – Du bist doch nicht der Herzog», spottete Corona.

«Nein, aber sein Freund, sein Ratgeber, sein Mentor – wenn du willst, sein Bruder. Er ist eine feurige Willensnatur, noch ungezügelt und unreif – bedenke, er ist achtzehn Jahre alt –, aber von Grund auf gut – er braucht mich, sein Land braucht mich. Ist das nicht schön, daß jemand einen braucht? Ich wäre in Frankfurt in der Vetternwirtschaft erstickt. Jetzt habe ich mich entschlossen, ganz in Weimar zu bleiben; habe mir bereits gegenüber dem Schloß eine Wohnung gesucht. Zuerst war ich bei dem Präsidenten von Kalb einquartiert – aber nun wird mir der Herzog ein Häuschen schenken in einem verwilderten Garten vor der Stadt – ich will bleiben. Ich bin nicht der einzige Zugereiste – da ist zum Beispiel Wieland. Und im Herbst kommt ein neuer Geistlicher. Du hast vielleicht schon von ihm gehört – Herder. Aber eine Sängerin fehlt uns noch: du.»

Corona blickte ihn schweigend an.

«Nicht eigentlich eine Sängerin, keine Virtuosin», verbesserte er sich, «wir brauchen einen Menschen, der für die Kunst lebt. Du könntest überall mitwirken – du wärest die Trägerin aller Hauptrollen: im Oratorium, im Singspiel, im Schauspiel. Du wärst die Krone. Lockt dich das nicht?»

Corona lauschte seinen Worten; sie hatte den Kopf ein wenig zur Schulter geneigt; ihre Augen glänzten, ihre Lippen waren leicht geöffnet.

«Wir wollen nicht das übliche Theater», erklärte Goethe, «wir wollen einen Mittelpunkt schaffen für den schöpferischen Geist, ein Reich der Phantasie, des Ernstes, des Scherzes ... ein lebensvolles, lebendiges Reich. Versteh doch! Und du wärst dabei meine Partnerin.»

«Du Dichter!» sagte sie lächelnd.

«Ich hoffe, du hältst es nicht für etwas Schlechtes, ein Dichter zu sein?»

«Gewiß nicht. Es gibt nicht sehr viele bei uns in Deutschland, und ich würde ganz gern die Maria in deinem ‚Götz' spielen.»

«Den ‚Götz' kann man nicht spielen ...», wehrte er ab.

«Nun, dann die ‚Stella'», meinte sie. «Alles um Liebe ...» Leise begann sie zu rezitieren:

«Fülle der Nacht, umgib mich! Fasse mich!» Sie wurde dringlicher, flehend: «Leite mich! ich weiß nicht, wohin ich trete!»

Es klang, als wende sie die Worte des Monologs auf die gegenwärtige Situation an und richte ihre Bitte an Goethe. Der saß und lauschte. Seitdem er – fast noch ein Knabe – bei Breitkopf und Oeser aus und ein gegangen war, lebte

*Corona Schröter*

diese Stimme in seiner Erinnerung, dieser innige Ausdruck, dieser weiche, merkwürdig verschleierte Klang, der alles zauberhaft und magisch machte. Diese Stimme sprach nun seinen Monolog! Fazit seines Lebens, hatte er vorhin zu ihr gesagt – Coronas Stimme, Coronas Kunst mußte er sich aus all dem Vergangenen und Abgetanen in die neue Zukunft hinüber retten. Er sah sie an. Dann sprang er auf.

«Krone», sagte er erregt, «laß mich jetzt gehen. Mit dieser Musik will ich die erste Leipziger Nacht erleben.» Er beugte sich vor und wollte sie küssen: aber sie wich ihm aus und lächelte ihn nur an – ohne Abwehr, zaghaft und unsicher.

Sie hörte, wie Minchen den Gast unten hinausließ und die Tür schloß. «Ich habe noch zu tun», rief die Freundin ihr zu, «du brauchst mich wohl jetzt nicht?»

Nein, Corona brauchte niemanden. Sie saß da und hatte die Augen geschlossen. Nach Weimar gehen? War das die Rettung? Hatte ihr Herz deshalb so stürmisch, wie im Lampenfieber, geklopft, vorgestern, als der Brief kam, weil sie dieses Angebot erhofft, erwartet hatte? – Du sollst meine Partnerin sein! Partnerin dieses genialen Menschen? Mit ihm zusammen wirken durch die Kunst? Mit ihm leben in einer Kunst, die alles umfassen würde: Gesang, Deklamation, Bewegung, Mimik? Alles aus sich herausholen? Oh, sie würde die Menschen lachen und weinen machen, indem sie selbst neben ihm lachte und weinte. Sie würde zeigen können, was schön, wahr und gut war in der Welt und was verächtlich und hassenswert. Sie würde nicht nur Sängerin sein oder Schauspielerin – vor dieser Entscheidung hatte sie sich immer gefürchtet –, sie würde Darstellerin sein, Künstlerin! Wie neu! Wie voller Möglichkeiten! Sie kreuzte die Arme über der Brust und umfaßte mit beiden Händen ihre Schultern. Es war ihr, als müsse sie den Reichtum, das Glück, die große Hoffnung dieser Begegnung fest umschließen, damit nichts davon verlorengehe. Ein hilfreicher Bruder war wieder da! Er holte sie!

Da hörte sie Minchens schweren Tritt auf der Treppe.

«Nanu! Du sitzt hier noch im Dunkeln!»

«Es ist nicht dunkel, Minchen», antwortete Corona, «es war hell, strahlend hell.» Sie sprang auf, umarmte die Gefährtin und drehte die Widerstrebende im Kreis.

«Du bist ja ganz aus dem Häuschen!» meinte Mine, «nun laß mich erst mal die Lampe anzünden»; und sie machte sich freundlich, aber entschieden mit ihrem dicken, kräftigen Arm frei.

«Er holt mich nach Weimar, Minchen!» jubelte Corona. «Denk dir. Ich werde in Weimar die Erste sein! So werde ich mich verneigen vor Anna Amalia»; sie faßte ihr Kleid und sank in einem feierlich-steifen Hofknicks nieder. «Und den Herzog etwa so grüßen! Dann wird er sagen: ‚Demoiselle Schröter, wollen Sie mir die Ehre erweisen, mir den ersten Tanz zu gewähren?' Und ich werde kühl erwidern: ‚Verzeihen Sie, Durchlaucht, der erste Tanz gehört meinem Jugendfreund Goethe!' Und vor seiner Nase – weißt du, er hat eine große, etwas schiefe Nase über fleischigen Lippen – tanze ich mit Goethe davon.» Sie drehte sich trällernd um sich selbst. «Und während wir tanzen, wird Goethe sagen: ‚Ich habe ein Schauspiel geschrieben, Corona, für dich, du wirst die Hauptrolle darin haben – ein Schauspiel wie Lessings ‚Nathan'. Und ich werde spielen, daß den Menschen das Herz im Leibe klopft. Und dann wird Wieland uns anhalten, mit seinen lustig blinkernden Augen wird er sagen: ‚Corona, Krona, Krone, wollen Sie mit Goethe zusammen die Patin meiner neugeborenen Tochter sein' – er kriegt jedes Jahr ein Kind, weißt du –, ‚damit die Muse persönlich an der Wiege steht?' Herder wird sie taufen. Und ich werde einen Kranz von Rosen nehmen und ihn dem Kind aufs Deckbett legen. Aber

Goethe wird sagen: ‚Der Rosenkranz ist vorerst nur für dich, Corona!'» Sie hob die Arme, tat, als setze sie sich einen Kranz ins Haar, wandte den Kopf nach rechts und links, als betrachte sie sich im Spiegel. «Und dann werden wir wieder tanzen.» Sie summte eine Menuettmusik.

Minchen hielt die angezündete Lampe in der Hand und schaute belustigt zu. «Ja, ja», sagte sie trocken, «so wird alles werden. Und dann wird wieder ein Jemand abends auf seinem Bette sitzen und klagen: ‚Ich war nicht gut' oder: ‚Minchen, warum ist meine Stimme verdorben!'»

Corona lachte. «Ich fürchte, du hast recht. Aber heute abend will ich nicht daran denken. Ich will mir vorstellen, daß der Herzog sagen wird: ‚Demoiselle, Sie wiehern nicht nur nicht wie ein Pferd, Sie singen wie eine Nachtigall! Dreitausend Taler sind zu wenig für Sie. Ich biete Ihnen viertausend, wenn Sie nur kommen! Minchen, dann sind wir reich und kaufen uns ein Haus mit einem Garten in der Nähe des Brühlschen Palais in Warschau; und wir leben darin und sind glücklich, und jeder, der an unsere Tür klopft, hat da ein Heim und wird gespeist und gekleidet, so daß gar keine Not mehr ist auf der Welt.»

«Ja, der Herzog wird sagen: ‚Demoiselle Schröter' – wird er sagen –, ‚wollen Sie meinen Thron besteigen, meine Gemahlin wird gern zurücktreten für Sie!'»

«Pfui, Minchen», rief Corona aus, «reiß mir meine Luftschlösser nicht ein!»

«Ich reiße sie gar nicht ein, ich baue sie nur aus.» Mine räumte Tasse, Kanne und Gebäckkörbchen zusammen.

«Ich werde dir erst mal was Richtiges zu essen bringen», meinte sie, «dabei wirst du dann wohl so weit die Fassung wiedergewinnen, daß du mir berichten kannst, was ihr eigentlich miteinander verabredet habt.»

«Verabredet?» sagte Corona verwundert, «verabredet haben wir gar nichts.»

Minchen blickte erstaunt auf.

«Nichts über Gage und Pflichten?»

«Er kommt ja morgen wieder», beruhigte Corona sich und die Freundin.

Aber auch am nächsten Morgen, als Goethe wiederkam, wurden die praktischen Fragen nicht besprochen. Beide waren über das wiederangeknüpfte Freundesverhältnis glücklich. Einer berichtete dem anderen von seinen Erlebnissen; einer entzückte sich an Art und Wesen und Erscheinung des anderen.

Man besuchte gemeinsam Freund Steinauer und Breitkopf und Oeser. Man ging ins Konzert und ins Theater. Jeder genoß den Tag, als sei er der letzte gemeinsame. Und gleichzeitig hatten sie das Gefühl, daß unendlich viele gleichartige ihm noch folgen würden.

Goethe sah auch seine Leipziger Jugendliebe wieder: Kätchen Schönkopf; sie hieß nun Frau Dr. Kanne. Sie hatte immer noch ihre kokette Art, wenn sie sich auch als verheiratete Frau erstaunlich behäbig und bürgerlich gab.

Corona lachte, als er es ihr erzählte. «Offen gestanden», sagte sie neckend, «man weiß als Frau nie, was einem Mann an einer anderen gefällt. Wie viele sind es inzwischen bei dir noch gewesen?»

«Einige, Corona», antwortete er offen und zugleich ausweichend. «Man gerät in so etwas hinein, ohne daß man etwas dafür kann, und fühlt doch nachher lebenslang Schuld – sonderbar!»

«Und die letzte?» fragte Corona.

«Die letzte ...», Goethe zögerte. «Lili? – Ja, Lili Schönemann. Sie war sehr schön. Aber eigentlich floh ich vor ihr aus Frankfurt nach Weimar.»

Corona sah ihn prüfend an.

«Heißt die letzte nicht Stein?» fragte sie.

Goethe fuhr auf, da sagte Corona beschwichtigend:

«Über einen berühmten Dichter klatscht man eben. Eine ganze Menge Fäden gehen zwischen Weimar und Leipzig hin und her: Bertuch kommt und Wieland, Oeser reist zu euch und andere auch. Aber nicht nur deine Person erregt das Interesse der Welt, sondern auch der Umstand, daß ein Bürgerlicher jetzt Erster Mann an einem Hofe ist – und das ist wirklich zum Erstaunen. Es läßt einen hoffen, damit finge eine neue Epoche an.»

«So ist es ja auch, Corona – oder so soll es werden; denn wir sind erst am Anfang. Noch geht es manchmal ein wenig laut und wild bei uns zu – aber schlimm und verderbt sind wir nicht; ganz gewiß nicht. Du kannst mir glauben, daß hier in Leipzig viel schlimmere Dinge getrieben werden, ohne daß jemand sich darüber aufregt. Es ist Zeit, daß man wie ein *Mensch* lebt, als Fürst, Adliger, Bürgerlicher oder Bauer – ganz gleich. Welche unmenschlichen, überholten Klassifizierungen! Was ein Mensch tut, was er wert ist, danach sollte er eingestuft werden, und wir in Weimar wollen damit den Anfang machen.»

Corona nickte zustimmend. «Du hast recht. Ich weiß, wie es zuging am Hof des Grafen Brühl in Warschau. Damals freilich kannte ich noch nichts anderes. Aber als ich dann, schon halb verständig, mit zwölf Jahren hierher nach Leipzig kam, da sah ich den Unterschied. Hier sind es die Bürger, die sich der Kultur annehmen und sie voranbringen. Sie bilden eine Gruppe freier Menschen.»

«So?» fragte Goethe zweifelnd. Als er auf dem Brühl die Herren und Damen aufgeputzt habe herumscharwenzeln sehen, habe er gedacht, sie seien auch nicht viel besser als der Adel. Ihr einziges Bestreben sei, es dem Adel gleichzutun. In Weimar herrsche ein anderer Geist. Zwar habe die Herzoginmutter Anna Amalia sich noch vor fünfzehn Jahren, wenn sie auf der Allee der Esplanade spazierengegangen sei, von ihren Untertanen den Rocksaum küssen lassen, aber dann habe sie vieles geändert, habe den liberalen Wieland aus Erfurt nach Weimar geholt, damit der Erbprinz nach modernen Ideen erzogen würde. Und seit sie dem Sohn zuliebe vorzeitig abgedankt habe, lebe sie unzeremoniell, fast bürgerlich und der Herzog gar wie ein Naturbursch. «Du mußt Weimar kennenlernen», sagte er. «Da lebt das Neue.»

«Die junge Herzogin soll sehr für Zeremoniell sein.»

«Ja, die junge Herzogin – du hast recht, das ist ein wunder Punkt. Sie ist noch immer scheu wie ein junges Mädchen und empfindsam, und ihre Ehe mit dem derben jungen Draufgänger ist bis jetzt nicht glücklich. Sie baut einen Wall von Konvention und Etikette um sich auf, sie meint, sie könnte sonst nicht bestehen – und in Wahrheit würde sie mit ihrem klugen Freimut und ihrer klaren Sittlichkeit ganz in unserem Sinne wirken können. Aber noch steht sie immer abseits, immer allein.»

«Und die Stallmeisterin Stein ist ihre Hofdame?»

«Ja», sagte Goethe. «Gewiß; sie paßt zu ihrer Herrin. Aber ich bin sicher, daß du sie auch schätzenlernen würdest, wenn du sie näher kenntest. Sie ist dir in manchem ähnlich.» Er musterte die Freundin, und dabei stieg vor seinem inneren Auge die zierliche Erscheinung der Stein mit ihren südländisch-brünetten Farben auf. Wie reizvoll war sie doch mit ihrer leichten Schwermut und wie ganz anders als die schöne, blühende, lebensvolle Sängerin neben ihm! Und doch stimmte, was er eben gesagt hatte: durch Anmut, Kunstsinn, lockende Zurückhaltung waren beide Frauen einander ähnlich.

Am 5. April fuhr Goethe zurück nach Weimar. «Du erhältst Nachricht von uns, Krönchen», hatte er gesagt, «sobald es nur irgend geht. Und dann läßt du uns nicht lange warten, nicht wahr?»

Corona hatte nichts geantwortet; sie hatte ihn nur ernst angesehen.

Doch Coronas nächste Freunde in Leipzig hielten es für ausgemacht, daß sie nach Weimar gehen würde, und das gab jedem Beisammensein einen besonderen Reiz. Man war im Freundeskreis an das stete Kommen und Gehen gewöhnt; Leipzig als Universitäts- und große Handelsstadt brachte das so mit sich. Wie viele waren schon gegangen! Aber Corona? Man konnte es sich nicht vorstellen, daß sie nicht mehr dabeisein würde. Doch was sie selbst über den Plan dachte und was sie fühlte, wußte niemand. Jedenfalls war sie verändert. In den ersten Tagen nach Goethes Abschied wirkte sie froh, ja ausgelassen, dann seltsam niedergedrückt.

Wirklich war die Sängerin zuerst von einer Welle des Glücks und der Erwartung erfaßt worden. Welche Chance bot sich ihr! Welche beglückende einmalige Möglichkeit! Goethes Bewunderung und Zuneigung hatten sie erwärmt, nie zuvor hatte Bewunderung das vermocht. Seine temperamentvoll vorgebrachten Ideen hatten sie entflammt. Er hatte sie davon überzeugt, daß nirgendwo so gut Neues begonnen werden konnte wie in Weimar. Aber nun war er fort, und sie kam zum Nachdenken.

Weimar war klein. In Weimar bestimmte der Hof alles, sogar zwei Höfe oder drei, wenn man den der jungen Herzogin mitzählte. Sie kannte die Herzogin Luise nicht, sondern nur Anna Amalia und flüchtig den Sohn. Sie entsann sich, wie ungeniert seine hellbraunen Augen sie gemustert hatten. Impulsiv hatte er ihr Beifall gezollt. Doch sein sinnlicher Mund mit den aufgeworfenen Lippen gefiel ihr nicht. Von diesem Mann abhängig sein ...? Und das Theater dort – seit dem Schloßbrand hatten sie nicht einmal einen ordentlichen Saal zur Verfügung! So war es kein Wunder, daß die Kochsche Truppe, die vor einigen Jahren von Leipzig nach

Weimar übergesiedelt war, nach Gotha zog. Eine Künstlerin brauchte Publikum, brauchte Applaus! Woher sollte das in diesem als Stadt aufgemachten Dorf kommen! Gewiß, es hatten sich dort einige hervorragende Menschen zusammengefunden. Sie kannte Wieland gut und ebenso den Schatullier des Herzogs, den großzügigen, tatkräftigen Bertuch; von dem neuen Generalsuperintendenten Herder hatte sie gehört.

Aber kannte sie denn Goethe? Mit einem Male stand ihr das Bild des jungen Fants von damals vor Augen. Er war gewiß noch immer eitel und unstet, ja unsicher. Er trug jetzt zwar keine Spitzenmanschetten mehr, die ihm weit über die Hand fielen – sondern den blauen Wertherfrack mit gelben Hosen, so hatte er ihr berichtet. Aber war das nicht ebenfalls eine Maskerade? Damals hatte er dieses Kätchen Schönkopf umschwärmt und hatte sich doch zugleich nächtelang mit fragwürdigen Mädchen in fragwürdigen Lokalen umhergetrieben. Sie hatte ihn nach seinen Liebeserlebnissen gefragt, und er war halb ausgewichen. Doch wußte sie ziemlich gut über alles Bescheid. Da war bei Straßburg eine Pfarrerstochter gewesen, er hatte sich von ihr getrennt, und das hatte sie fast das Leben gekostet. In seiner Wetzlarer Zeit hatte er sich der Braut eines anderen genähert. Er hatte sich zwar auch hier schließlich zurückgezogen, aber seine Erlebnisse taktlos in einem Roman preisgegeben. Und diese Lili Schönemann? Warum war er vor der geflohen? Man sagte, sie sei reich und schön und jung und anziehend. Warum also hatte er auch da die Verbindung gelöst? Und nun machte er der ältlichen Charlotte von Stein den Hof, so daß man bereits darüber klatschte.

Corona fuhr sich mit beiden Händen von unten her über das Gesicht, strich dabei die Haare von den Ohren und preßte die Hände eng an den Kopf. Wie kam sie dazu, ihm das alles vorzurechnen! Es ging sie doch gar nichts an!

Ach, was sollte sie tun? Sie schämte sich, weil sie sich wie eine Achtzehnjährige benommen hatte! Gewiß, sie hatte sich nichts vergeben, äußerlich nicht. Aber vor sich selber schämte sie sich. Doch warum? War es denn schmählich, auf ein solches Angebot einzugehen? Nur: es war ja gar kein Angebot! Das sollte erst kommen. Er hatte sie vertröstet. «Ich denke, du bekommst ebensoviel Gage wie hier», hatte er gesagt. Jedoch hatte sie die Unsicherheit wohl gefühlt. War es demnach nicht besser, in Leipzig zu bleiben? Was sie hier hatte, wußte sie. Was aber würde sie in Weimar erwarten?

«Ich begreife dich gar nicht. Du bist wie aus allen Fugen, seit dieser Goethe da war. Nu warte doch in Ruhe ab», riet Mine Probst.

Corona nickte. Mine war nüchtern und praktisch. Sie konnte dieses Hin und Her der Gefühle nie verstehen. Aber da war Steinauer. Er war zehn Jahre älter, hatte einen klaren Blick für Realitäten und hatte doch auch etwas von einem Künstler in sich. Er kannte Goethe, er kannte Weimar, und sie waren seit langem befreundet. Seine Verliebtheit von einst hatte sich in Verständnis, Zuneigung und Freundschaft umgewandelt. Sie bat ihn eines Nachmittags zu sich, und er kam ihrem Wunsch gern nach. Als er gegen Abend den Probstschen Garten verließ, entschloß er sich, sofort an Goethe zu schreiben. Was mochte den davon abhalten, der Sängerin das in Aussicht gestellte konkrete und verbindliche Angebot zu machen? Die Ungewißheit rieb die Freundin auf!

Goethe war ehrlich betroffen. Er war dankbar für Steinauers Hinweis und antwortete sogleich. «Trösten Sie den Engel», schrieb er kurz. Er hatte weder Corona noch seine Pläne mit ihr vergessen. Aber als er nach Weimar zurückgekommen war, fand er Wielands drei Töchterchen an

Masern erkrankt, und beide Eheleute waren so unpraktisch! Er mußte trösten, den Arzt holen, Medizin besorgen. Dann war der Herzog krank geworden und lag ungeduldig und verdrossen im Bett: er mußte unterhalten werden. Dabei gab es doppelt soviel Amtsgeschäfte zu erledigen. Und zu allem beschwerte Charlotte sein Herz, die geliebte Verehrte! Sie hatte ihn mit betont kühler Zurückhaltung empfangen. Zwar machte sie ihm keine Vorwürfe über die herrlichen ungebundenen zehn Tage mit der Schrötern; aber an der Resigniertheit, mit der sie immer wieder auf ihr Alter, auf ihre Unfähigkeit, Männer zu fesseln, anspielte, merkte er, wie eifersüchtig sie war. Er suchte sie zu versöhnen, sie zu beruhigen. All dies hatte Zeit und Kraft gekostet.

Am 16. April, am Bett des schlafenden Herzogs sitzend, fand er endlich Zeit, ausführlicher an den mahnenden Freund in Leipzig zu schreiben. Er bat, Steinauer möge ein Dutzend Schnupftücher aus feinstem holländischem Tuch besorgen und sie ihr mit einem Scherz überreichen. Vielleicht konnte er sie im Namen Weimars wie Fahnen schwenken oder etwas Ähnliches machen, damit Corona wieder lachen lernte.

«Für der Schrötern Schicksal ist mir nicht bange», versicherte er zum Schluß, «es ist mit dem meinen verbunden.»

Steinauer schüttelte leicht den Kopf: Scherzhaft überreichte Schnupftücher? Goethe konnte sich in Coronas Seelenverfassung offenbar überhaupt nicht hineindenken. Die Schnupftücher wollte er jedenfalls lieber lassen. Aber den Schluß des Briefes wollte er ihr mitteilen.

«Sein Schicksal mit dem meinen verbunden?» meinte Corona nachdenklich. «Ja, das glaube ich allerdings auch. Ihm ist nicht bange! Aber mir!»

Ihr Ton klang ungewohnt bitter.

«Corona», fuhr Steinauer auf, «wie legst du das nun wieder aus! Ich fürchte, selbst wenn ein Engel vom Himmel herabkäme, so gelänge es ihm nicht, dich aus deiner Verwirrung zu reißen. Das mußt du schon selber tun!»

Corona blickte ihn zweifelnd von der Seite her an und zwang sich zu einem Lächeln.

Dann geschah etwas völlig Unerwartetes. Corona sang eines Abends die Sopranpartie im «Messias» von Händel – Hillers «Concerts spirituels» hatten zwischen Ostern und Pfingsten ihre große Zeit. Sie stand, das Notenblatt in der Hand, neben den anderen Solisten. Ihre Arie «Ich weiß, daß mein Erlöser lebet» war zu Ende. Sie hatte gewirkt, sie fühlte es. Nun stand sie und lauschte dem Rezitativ des Bassisten: «Vernehmt, ich künd ein Geheimnis an: Wir entschlafen nicht alle, doch werden alle verwandelt...» Da fiel ihr Blick auf ein Gesicht in der ersten Reihe der Zuhörer. Sie erschrak und ließ die Augen schnell weiterwandern; und abermals, um sich zu vergewissern, zu jenem Gesicht zurück: ein schmales, blasses Oval, umgeben von dunklen Haaren – ohne Puder, ganz unmodisch. Auch das Gesicht selbst schien völlig zeitlos. Es zeigte einen Ausdruck tiefer Versunkenheit. Vor etwa einem Dutzend von Jahren hatte sie es an der Galatafel des Grafen Brühl in Warschau gesehen. Sie entsann sich deutlich:

Ihr Vater, ihr Bruder Samuel und sie hatten zu Tisch aufspielen und singen müssen – Samuel besaß damals noch seinen hohen, glockenreinen Knabensopran. Die Kinder hatten miteinander ein Duett gesungen, und heimlich hatte Corona den Bruder um den unirdischen Klang seiner Stimme beneidet. Während sie also beide sangen, ließ ein Gast, eben dieser Mann, ganz entgegen der Sitte, Messer und Gabel sinken, lehnte sich leicht zurück und lauschte aufmerksam. Als sie zu Ende waren, drehte er sich um und nickte ihnen zu. Sie freute sich, aber ihre Gedanken konnten sich mit ihm nicht beschäftigen, denn es galt, pausenlos zu musizieren. Schnell griff sie nach der Gitarre, Samuel nach seiner Geige, um den Vater bei einem Menuett auf dem Violoncell zu accompagnieren. Als dann der Nachtisch serviert wurde und die Teilnehmer der Tafelrunde, die kostbaren Mokkatäßchen aus Meißen in der Hand, umherstanden und plauderten, näherte sich der Fremde ihrem Podium. Er war hochgewachsen und bewegte sich elegant und geschmeidig, obwohl er sicher nicht mehr ganz jung war. Er sah sie – nur sie – mit seinen dunklen Augen eindringlich an und sagte: «Dir ist viel gegeben, Mädchen – du bist anders als andere. Du wirst deinen Weg machen. Aber es wird Opfer kosten.» Corona hatte überrascht aufgeblickt und vor Staunen vergessen, das vorgeschriebene tiefe Kompliment zu machen. Der Zeremonienmeister hatte sie später dafür grob angefahren: «Wenn der Herr Graf aus Frankreich unsere Mokkatasse, die mit so viel Kosten aus Meißen beschafft worden ist, bewundert hätte, wäre das weniger erstaunlich. Doch ist es seine Sache, ob er dich beachten will. Wenn er es aber tut, so hast du dich zu verneigen. Ihr seid engagiert, um zur Unterhaltung aufzuspielen. Hast du verstanden?» Corona nahm den zornigen und zugleich hilflosen Blick des Vaters über die Zurechtweisung der Tochter wahr. Aber weder der Aufseher noch der Ärger des Vaters hatten ihre Freude über die Worte des Unbekannten überdeckt.

Nun, da sie das Gesicht plötzlich wiedersah, war sie sich sogleich dieser Worte wieder bewußt: Du wirst deinen Weg machen. Sie erinnerte sich deutlich der langen Tafel mit dem weißen Damast; die Glasur des Meißener Porzellans hatte im unruhigen Licht der vielen Kerzen geblinkt. Sie roch den Duft des Wachses, des Gebäcks, des Kaffees. Sie wußte sogar die Melodie jenes Duetts wieder, mit seinen vielen Koloraturen. Da erbrauste plötzlich hinter ihr der Händelsche Chor: «Drum Dank sei dir, o Gott ...» Sie fuhr zusammen: gleich war sie selber wieder an der Reihe. Sie straffte sich und begann: «Ist Gott für uns, wer könnte uns schaden?» Auf einmal empfand sie den Text, den sie zu singen hatte, wie eine Hilfe. Denn sie spürte, wie der musternde Blick jener dunklen Augen auf ihr ruhte. Hatte er sie erkannt? Sie war damals ein Kind gewesen!

Als sie den Saal verließ, trat er auf sie zu.

«Irre ich mich, oder habe ich die kleine Sängerin aus Warschau vor mir?» fragte er mit fremdem Akzent.

«Seitdem Graf Brühl und der König tot sind, leben wir hier in Leipzig», entgegnete sie; fast kam sie sich vor wie damals als kleines Mädchen – so gehorsam antwortete sie.

«Wo kann ich Sie sprechen?»

«Wenn's beliebt», antwortete sie, ohne sich lange zu besinnen, «draußen im Richterschen Garten beim Gärtner Probst, um elf Uhr.»

«Wer war denn das?» fragte Mine erstaunt. «Seine Worte klangen beinahe wie ein Befehl.»

«Ein alter Bekannter aus Warschau», erklärte Corona stockend und verwirrt.

«Er sieht fremdartig aus. Wie heißt er denn?»

«Er stammt aus Frankreich.»

Mine musterte die Freundin von der Seite; aber sie mochte nichts sagen. Seit Goethes Besuch war Corona unberechenbar. Gewiß, auch vorher schon war sie manchmal bedrückt gewesen – aber im ganzen konnte man sich keine fröhlichere Gefährtin denken. Wie übermütig konnte sie sein! Wie oft kam sie in den Garten gesprungen und rief: «Genug für heute mit den verflixten Übungen!» Wenn Mine jätend am Boden hockte, stieß sie sie im Spaß um, hüpfte auf einem Bein, den anderen Fuß in der Hand, im Kreis um sie herum und sang einen polnischen Kindervers. Oder sie zog die Gefährtin zu dem Glockenturm, an dem die Porzellanglöckchen aus Meißen im Winde hin- und herschwangen und leise läuteten. Sie neigte den Kopf und lauschte, sang die Töne nach und rief: «Ich singe wie der Wind!»

Und nun lud sie auf einmal ohne weiteres diesen Mann zu sich! Ein Bekannter – und sie schien nicht einmal seinen Namen zu wissen!

Der Fremde stellte sich pünktlich am nächsten Morgen ein und dann jeden Tag. Meist stand das Fenster in Coronas Zimmer offen, denn es war Anfang Mai. Mine hörte, wie oben musiziert wurde. Zwischendurch vernahm sie die fremde Stimme, belehrend, eifrig, eindringlich. – Wenn der Besucher ihr begegnete, grüßte er sie mit ausgesuchter Höflichkeit, als sei sie eine Dame. Er hatte sich ihr und ihrem Vater vorgestellt, aber keiner hatte den Namen verstanden; zwei Nasallaute kamen darin vor! Mine nannte den Fremden nur den «Franzosen». Auf gelegentliche Fragen gab Corona ausweichende Antworten. «Er interessiert sich für Musik, für meine Musik», sagte sie wohl. «Er hat die Welt gesehen und weiß viel; viel mehr als andere.»

Mine war beruhigt, denn sie sah, daß Corona sich weder in einem rauschhaften Zustand befand wie zu der Zeit, da Goethe sie besucht hatte, noch so angstvoll und zwiespältig wirkte wie in den letzten Wochen. Im Gegenteil: sie war ruhig und ausgeglichen und schien von einer tiefen Freude beherrscht zu sein. Es war, als lebe sie in einer anderen Welt. So ging es eine ganze Zeit lang; dann blieb der Besucher weg.

«Kommt er nicht mehr?» fragte Mine vorsichtig.

«Er ist wieder abgereist», antwortete Corona kurz. «Er hat viele Pflichten.»

Statt seiner kamen nun Briefe, nicht eben viele, aber in regelmäßigen Abständen. Corona verlor ihre innere Freudigkeit nicht. Ab und zu las sie einen Satz vor. Es war nichts Besonderes darin, fand Mine; aber Coronas Stimme klang, als hätte sie wunder was mitzuteilen. Und dabei hieß es bloß: der Mond werde zu dieser oder jener Stunde über oder unter einem bestimmten Stern hinziehen, oder: seine Sichel werde wie eine Schale am Himmel schweben, um sich mehr und mehr mit dem Lichte der Sonne zu füllen; der Vater möge sich seiner Augen wegen in die Behandlung des berühmten Arztes Jung-Stilling begeben; oder aber: der Kehlkopf sei ein ganz besonderes Organ, sie möge den ihren achten; aus Atemluft von unten und Gedankenkraft von oben erzeuge er das Wort. Oder er riet ihr, Salzlauge verdunsten zu lassen und still das entstandene reine Kristall zu beschauen.

Eines Morgens aber rief Corona nach Mine, früher als sonst.

«Komm schnell, hilf mir packen, bitte!» stieß sie hervor.

«Du willst verreisen? Weiß Hiller davon? Du mußt doch heute abend singen.»

«Ich habe ihn um Urlaub gebeten, gestern abend. Er hat ja immer eine zweite Besetzung bereit.»

«Und wohin soll die Reise gehen?» fragte Mine gespreizt; sie war beleidigt, weil Corona sie nicht wie sonst eingeweiht hatte.

«Nach Dresden – zu jenem Bekannten. Er ruft mich.»

«Er ruft dich? Du sollst zu ihm kommen? Will er dich denn heiraten?» verwunderte sich Minchen.

«Heiraten?» fragte Corona nachdenklich. «Danach darf ich – will ich nicht fragen. Glaube mir, daß ein neues Beisammensein mit ihm mich auf jeden Fall sehr reich machen wird, reich fürs ganze Leben.» Im Grunde bin ich ja die Seine, dachte sie bei sich.

Darauf wußte Minchen nichts zu sagen. Aber als Corona weg war, machte sie sich Gedanken. Corona war wohl ganz von Sinnen! Sie, die immer so auf ihren Ruf bedacht war, fuhr auf einmal ganz allein zu diesem Fremden!

Man mußte jemanden einweihen, aber wen? den Kriegsrat Müller? Das war unklug; der warb ja um sie; er durfte nichts von dieser Affäre hören. Meister Oeser? Der war leidend; außerdem neigte er zum Leichtsinn. Hiller? Doch sie wußte nicht, mit welcher Begründung Corona sich Urlaub von ihm erbeten hatte. Steinauer? Natürlich, Steinauer! Der war treu und verläßlich und ein Mann von Welt.

«Ich bitte Sie, fahren Sie ihr nach», sagte Mine beschwörend. «Vielleicht braucht sie Hilfe. Oder doch Rat.»

«Es paßt mir gerade schlecht», meinte Steinauer zögernd, «aber gut, ich werde morgen nach Dresden fahren.»

Den Namen des Dresdener Gasthofs wußte Mine.

«Das beruhigt mich etwas», meinte Steinauer, «es ist eins der besten Gasthäuser.»

Als er am nächsten Mittag im Gasthof vorsichtig nach der Sängerin fragte, teilte man ihm ohne weiteres ihre Zimmernummer mit. Corona war also unter ihrem richtigen Namen hier abgestiegen. Steinauer ließ sich melden. Die Sängerin saß und schrieb.

«Steinauer!» rief sie, «was führt dich gerade jetzt nach Dresden?» Als der Freund ihr seine Besorgnis mitteilte, schüttelte sie entrüstet den Kopf. «Was denkt ihr denn! Bin ich nicht ein erwachsener Mensch?»

Und auf Steinauers direkte Frage antwortete sie: «Er ist heute morgen weitergereist. Ich aber wollte mir noch die Galerie ansehen. Morgen wäre ich sowieso zurückgekehrt.»

Das klang so betont sicher, daß es nach einer vorbereiteten Antwort aussah.

«Spiel mir doch kein Theater vor, Corona», sagte Steinauer.

«Warum nicht? Wolltet ihr nicht, daß ich Schauspielerin würde?» Sie neigte den Kopf zur Seite und sah ihn gemacht keck an. Unter seinem eindringlichen Blick nahm ihr Gesicht allmählich einen abweisenden Ausdruck an.

Der Freund ließ sich nicht abschrecken. «Ich will gar nicht in dich dringen, Corona. Aber ich kenne dich seit mehr als zehn Jahren. Seit Goethe wieder nach Leipzig gekommen ist, bist du verändert. Ich verstehe, daß du dich hin und her geworfen fühlst – er hat in dir eine große Hoffnung wachgerufen, und sie hat sich nicht sogleich erfüllt – aber daß du dich dadurch zu Handlungen hinreißen läßt, die zu deinem Wesen passen ...»

«Ich habe aus eigenem Entschluß gehandelt», fuhr sie heftig dazwischen.

Aber Steinauer ließ sich nicht beirren. «Die Corona, die ich kenne, wäre nie allein nach Dresden gefahren, um dort einen Mann zu treffen, wer es auch immer sei. Komm zurück! komm nach Hause, Corona!»

«Ich habe kein Zuhause», erwiderte sie leise.

«Doch, Corona, in Leipzig bist du zu Hause – da hast du dein Publikum, deine Verehrer, deine Freunde, deine Aufgabe ...» Er verstummte, weil er nicht wußte, was er noch vorbringen sollte.

«Zu Hause ...», sagte Corona bitter. «Seit wir Warschau verlassen mußten, habe ich kein Zuhause mehr gehabt ... Und die Hoffnung, die Goethe geweckt hat ... Ich gebe nicht mehr viel darauf. Du weißt ja, wie er ist: überschäumend, überquellend – er reißt einen mit, wenn er spricht – es ist ja nicht seine Schuld. Als er so lange schwieg, habe ich alles nüchtern überdacht. Willst du es mir verdenken, daß ich mich nach Geborgenheit sehne und mir ein wirkliches Zuhause suchen wollte?» Sie brach plötzlich in Tränen aus.

«Niemand verdenkt es dir, Corona. Niemand wird es je erfahren. Komm, wir nehmen die nächste Post nach Leipzig!»

Corona schluchzte eine Weile weiter. Dann zog sie ihr Taschentüchlein hervor und wischte sich über das Gesicht.

«Du kannst es mir glauben, Steinauer», brachte sie noch unter Schluchzen hervor, «es ist nichts geschehen, niemand kann mir etwas vorwerfen. Und ihm auch nicht!»

«Das glaube ich dir, Corona», sagte Steinauer begütigend. «Jeder, der dich kennt, glaubt dir das auch ohne deine Versicherung.»

«Er war gut ... und ganz anders als andere. Alles, was er mir sagte über die Welt, über Gott, Natur, Kunst, zeugte von einem ganz besonderen Geist. Aber schließlich hat er mich doch im Stich gelassen!» Wieder fing sie an zu weinen.

Steinauer legte ihr den Mantel um.

«Komm», sagte er, «solche Erfahrungen sind bitter, ich weiß.» Er reichte ihr den Hut. «Komm, jetzt fahren wir zusammen nach Leipzig zurück. In einer halben Stunde fährt die Post.»

Corona tupfte sich die Augen mit kaltem Wasser ab und fuhr sich mit der Puderquaste über das Gesicht.

«Die Reisetasche ist schon gepackt», sagte sie leise, ging auf den Schreibtisch zu, nahm das zur Hälfte beschriebene Blatt und zerriß es in winzig kleine Fetzen.

Mit geschlossenen Augen saß sie dann, in die Ecke gedrückt, in der Postkutsche und fühlte mit Behagen einen Beschützer neben sich. Sie ließ sich von der rumpelnden Kutsche wiegen und stoßen. Es war nichts geschehen – so hatte sie zu Steinauer gesagt. Und doch, in Wahrheit war unendlich viel geschehen. Unaussprechliches! Gestern abend hatte der Freund sie an ihre Zimmertür geleitet. Da bemerkte sie, daß seine Augen mit einem leidenschaftlichen Blick auf ihr ruhten. Sie war verwirrt gewesen; verstört. Eilig, um sich abzulenken, hatte sie im Zimmer ihren Schmuck und ihre Schnürbrust abgelegt und ihr Haar gelöst, da hatte es geklopft; nicht so, wie jemand klopft, der etwas auszurichten hat, sondern ganz leise. Sie hatte gelauscht, ohne sich zu rühren. Vielleicht hatte sie sich getäuscht? Doch wieder klopfte es. Sie stand da, starr vor Schreck, Angst, Empörung, Enttäuschung. Nochmals wiederholte sich das Klopfen. Dann sah sie, wie sich die Klinke geräuschlos bewegte. Es war eine schmale messingene Klinke, nach der Mitte zu wurde sie voller, um der Hand einen besseren Halt zu geben. Leise und langsam ging die Klinke in die Waagerechte zurück. Und wurde nochmals niedergedrückt. Noch immer stand Corona bewegungslos da, den Kamm in der Rechten. Jetzt legte sie ihn leise nieder und kroch, so wie sie war, ins Bett. Ihr Herz war wie aus Eis. Hatte sie ihr Vertrauen verschwendet? Konnte man kein Zuhause finden auf dieser Erde? Wärme, Verständnis, Sicherheit? Es gab kein Zuhause, es galten die Spielregeln der Gesellschaft und des Geschlechts. Sie hatte sich täuschen lassen! Seine Worte hatten die Welt leuchtender, durchsichtiger gemacht. Er hatte ihr jenes Rätselwort von damals, «du bist anders als andere», gedeutet, ihr Mut gemacht, ihr Schicksal zu bejahen. Wäre sie von Adel, wäre dann nicht alle Hoffnung erfüllbar? Sie dachte an ihren Vater – er war Hautboist gewesen im Regiment Brühl in Schlesien, und weil er ein guter Musiker war, holte ihn der Graf an seinen Warschauer Hof. Nie hatte der Vater seine Livree angezogen, ohne zu murmeln: «Gut, daß man gezwungen ist, solch ein Affenkostüm zu tragen, da vergißt man selbst über der schönsten Musik nicht, daß es zwei Klassen von Menschen gibt: jene, die Kuchen schlecken und immer besseren fordern, und die anderen, die für trockenes Brot arbeiten und sich ducken müssen.» Corona hatte den Vater mit großen Augen angesehen. Der Graf Brühl war oft sehr freundlich. Manchmal, wenn Samuel und sie sangen, kam er und steckte ihnen von seinem Teller kandierte Früchte in den Mund. Er hatte ihr einen weiten roten polnischen Rock anfertigen lassen. Sie trug ihn gern und fand sich sehr hübsch darin. Er war eine Handbreit über dem Saum mit dunklem, weichem Pelz besetzt, und bei jedem Schritt drehte er sich, schwankte und wippte. Eine winzige Bewegung der Hüften, und er begann zu kreisen. Einmal hatte der Graf den Rocksaum angefaßt und hochgehoben, um, wie es schien, die Goldschnur, mit welcher der Pelz angenäht war, zu betrachten. Erst jetzt konnte sie sich den haßerfüllten, scharf beobachtenden Blick des Vaters deuten. Graf Brühl hatte ihn sogleich verstanden, er ließ den Rock fahren und wandte sich ab. Der Rock fiel wieder herunter und verdeckte ihre weißbestrumpften Beine, so daß nur noch die roten Schuhe zu sehen waren. Wie deutlich stand ihr das alles vor Augen! Endlich schlief sie dennoch ein. Da träumte sie, daß sie in dem roten Rock tanzte. Spielerisch löste sie den Bund, so daß der Rock niederfiel. Er lag zu ihren Füßen wie ein breiter, brennender Ring. Die Goldschnur mit dem Pelz kroch wie ein Tier durch die Stoffmasse, und sie wußte, daß sie den Ring überschreiten mußte. Aber sie würde frieren, würde ungeschützt und einsam dastehen. Sie fürchtete sich so sehr, daß sie anfing zu weinen. Davon war sie erwacht.

Am anderen Morgen hatte der Hausdiener ihr einen Brief überbracht. «Verzeih mir, Corona, wenn du kannst», schrieb er, «ich reise sogleich ab. Leb wohl.» Sie hatte den Brief an ihr Herz gedrückt, hatte sich hingesetzt und versucht, ihm zu schreiben. Da war Steinauer eingetreten.

Das war im Mai gewesen. Der Sommer kam; Konzerte wurden nicht veranstaltet. Corona ging wenig aus; oft schlenderte sie im Richterschen Garten umher. Sie blieb am Glockenturm stehen und lauschte dem zarten, melodischen Geläut. Stundenlang konnte sie sitzen und lauschen. Es klang immer anders, unberechenbar. Im übrigen hatte sie einen Plan aufgestellt, nach dem sie sich fortbildete: Sie zeichnete und malte bei Oeser, sie übte Gitarre, Flöte,

Geige, Klavier; sie las fremdsprachige Bücher: französische, englische, italienische, polnische, um ihre Sprachkenntnisse zu vervollkommnen. Aber auch zeitgenössische Literatur, vor allem Lessings Schriften und große Dramen sowie Herders Studien über Ossian und Shakespeare und seine «Älteste Urkunde des Menschengeschlechts». Und in allem fand sie etwas von dem wieder, was der französische Freund ihr gesagt hatte. Sie hörte seine Stimme auf französisch, deutsch oder polnisch – in diesen Sprachen hatten sie, wie es gerade kam, miteinander gesprochen. Jetzt verstand sie alles anders, tiefer, und doch lag über allem nun ein Schimmer leiser Trauer. Sie erkannte die geheime Bruderschaft des Geistes, die sich um das Geheimnis der Welt mühte, um die Erkenntnis des Seins, um Menschlichkeit. Aber es war nicht leicht, sich dazu zu bekennen! Sie lehnte sich zurück und blickte versonnen durchs Fenster in den Himmel hinauf. Es war ja gut, daß alles so gekommen war; sie sah das nun klarer; es war bitter und doch gut.

Goethe schrieb hin und wieder; er ermunterte sie, endlich ihre Zusage zu geben. Die Briefe gingen über Steinauer, er wollte sie wohl nicht kompromittieren durch direkte Briefe. Ihre Antwort bestand meistens nur darin, daß sie dem Freund Steinauer Gruß und Dank auftrug. Wenn sie selbst nach Weimar schrieb, so war der Empfänger Friedrich Justin Bertuch. Der hatte ihr sein jüngstes Drama, «Elfriede», übersandt, und durch ihn blieb sie mit Weimar verbunden. «Brüderchen» nannte sie ihn; «Brüderchen» – es war scherzhaft gemeint, und doch hatte sie das Gefühl, er gehöre auch zu jener Bruderschaft des Geistes. – So ging der Sommer langsam zu Ende.

Der September war überaus schön; ein Tag herrlicher als der andere. Am 9. des Monats ließ sich Steinauer bei Corona melden. Sie blickte ihm freundlich entgegen.

«Wollen wir spazierengehen?» fragte sie.

«Nein», antwortete er.

«Nein? Was gibt es also?»

«Der Sommer ist zu Ende – die Ruhepause», meinte er. «Es ist Zeit zu antworten.»

Corona wußte sogleich, was er meinte. «Und was?»

«Daß du bereit bist. Jedenfalls grundsätzlich.»

«Ja», antwortete sie.

Steinauer blickte sie verwundert an. Er war eigentlich auf eine Auseinandersetzung gefaßt gewesen. Er versuchte, mit ihr zusammen noch einmal alles abzuwägen: Neben Goethe zu arbeiten würde gewiß fruchtbar sein. Weimar sei zwar klein, aber es scheine sich dort jetzt viel zu begeben. Das Ganze sei eine Chance, die sie nicht ausschlagen dürfe. Aber Corona nickte nur schweigend zu allem.

«Antworte ihm, Corona», sagte er schließlich und nahm seinen Hut. «Eines ist sicher: daß du mir sehr fehlen wirst – uns allen; das einzig Gute ist, daß dieses Weimar nicht gar so weit von Leipzig entfernt liegt.»

«Das einzig Gute?» Sie lachte. «Die ganze Zeit hast du dich doch bemüht, mir klarzumachen, wieviel Gutes daran sei!»

Er lachte gleichfalls. Aber während er heimging, dachte er: So eine Künstlerin ist doch wirklich ein schwieriges Wesen – unberechenbar ...

Coronas Gemüt blieb seltsam unbewegt. Ja, es war Zeit, daß sie ihre Zusage gab. Aber von dem überschäumenden Glücksgefühl war nichts geblieben. Sie schätzte nüchtern die Vor- und Nachteile ab. Sie kannte die lebensprühende, lebenshungrige Herzoginmutter; anläßlich der Messe war sie mehrmals nach Leipzig gekommen. Sie war eine zierliche Erscheinung; ihr groß geschnittenes Gesicht, in dem eine fast männliche Nase hervorsprang und aus dem die großen, glänzend braunen Augen hervorquollen, war zwar unschön, aber nicht unsympathisch. Anna Amalia hatte sich ihr gegenüber betont freundlich verhalten, ebenso wie der junge Herzog. An ihm war alles breit, die Schultern, der Kopf, das Gesicht; die Nasenflügel beinahe ebenso breit wie der breitlippige Mund. Doch er besaß eine wohlgeformte Stirn, kantig und klar, hinter der auch allerlei gute Gedanken entstehen mochten. Aber ihm untergeben sein? Wieder einem Hof angehören? Und da war noch die zeremoniöse junge Herzogin und die Stallmeisterin Stein – Goethes Freundin. Andererseits würde sie dort ihn selbst vorfinden, zudem Justin Bertuch und Papa Wieland; eine Reihe genialer Bürgerlicher. Und sie würde keine Nebenbuhlerin haben, keine Rivalin – wenigstens in der Kunst nicht. Vielfältige Aufgaben, so hoffte sie wenigstens, würden vor ihr stehen. Doch sie würde abermals in eine fremde Welt eintreten. Corona wog nicht etwa Vorzüge und Nachteile gegeneinander ab; sie stellte alles einfach vor sich hin. Daß sie annehmen würde, stand seit Dresden außer Frage. Länger als ein Vierteljahr hatte sie sich Ruhe gegönnt. Nun war es Zeit. Am nächsten Tag schrieb sie nach Weimar und gab ihre Zusage.

Goethe hatte indes die herrlichen Septembertage genossen. Das Häuschen jenseits der Ilm, das der Herzog ihm geschenkt hatte, war einigermaßen instand gebracht. Er hatte in dem verwilderten Gartengelände Wege und Rasenbänke anlegen lassen, umgegraben, Hecken und Bäume gepflanzt, Beete vorbereitet und war mit seinem treuen Hausgenossen Philipp Seidel, den ihm die Mutter aus Frankfurt mitgegeben hatte, bereits eingezogen. Er hatte nun ein Eigentum, fern vom Hof, in der Stille, draußen, mitten in der Natur. Wunderbar! Das Haus lag hinter einer Ilmwiese am Fuß eines Hügelzugs.

Er saß auf dem Hang, ließ sich von der Sonne erwärmen und zeichnete, den Block auf den Knien. Da näherte sich von der Stadt her Freund Wieland. Goethe sprang auf und ging ihm entgegen. Man plauderte über Zeichenkunst, Dichtkunst und Theater.

«Wenn es gelänge, die Schrötern hierherzuziehen . . .», meinte Goethe und ließ den Blick über die Wiese schweifen, die sich bis zum Fluß hinzog, und dann hinüber zum anderen Steilufer.

«Ja, wenn . . .», sagte Wieland ironisch. «Wenn die Königin von Saba hierherkäme, das wäre auch schön!» Er lächelte mokant.

«Ich hatte es so sicher im Gefühl, daß sie einwilligen würde», meinte Goethe, «aber nun ist sie merkwürdig schweigsam geworden.»

«Sie hat immerhin eine gute Position in Leipzig – sie wird sich die Sache noch einmal überlegt haben, nachdem der Götterbote Goethe wieder von ihr gewichen ist! Was habt ihr ihr denn geboten?»

«Geboten?» fragte Goethe verblüfft. «Ich habe ihr nur gesagt, daß sie hier vermutlich die gleichen Einkünfte haben würde wie in Leipzig.»

Wieland schüttelte leicht den Kopf. «Da schwärmt ihr von Kunst und Natur und denkt nicht an die Realität? Vermutlich hat sie sich kein Vermögen erspart!»

Goethe errötete.

«Ich wollte diese Sache nicht mit Geld verquicken.»

«Sie ist aber verquickt», antwortete Wieland mit nachsichtigem Spott.

Als Goethe an diesem Abend in sein Haus zurückkehrte, war er nachdenklich. Er hörte die Ilm rauschen, hörte den Klang der eigenen Schritte in der Nacht, dumpf, dann wieder hell knirschend. Die Luft war köstlich frisch und feucht. Und mitten im Dunkel, in der Einsamkeit der Bäume und Wiesen, leuchtete das Licht seines Hauses. Corona, dachte er, wenn sie herkäme – wie befruchtend könnte sich das auf sein Leben und seine Tätigkeit auswirken! War er schuld daran, daß sie noch nicht eingewilligt hatte? Wieland hatte recht und doch nicht recht. – Er ging quer über den Hang und betrat von hinten her das Haus. Schon öffnete Seidel, der die Schritte gehört hatte, die Tür.

«Es ist auch ein Brief angekommen», sagte er und nahm Hut und Umhang in Empfang.

«Ein Brief? woher?»

«Aus Leipzig.»

Goethe erbrach das Schreiben – es war Coronas Schrift; so leicht und schwingend, wie sie selber ging, eilten die Buchstaben über das Papier. Der Brief war kurz; er enthielt die Zusage. Ohne Bedingung. Goethe drückte den Brief ans Herz.

«Philipp, die Schröter kommt. Denk dir, sie kommt! Heute morgen habe ich zum Herrn Hofrat Wieland noch gesagt, es sei Zeit, daß sie sich entschließe.»

Seidel nickte. «Sie ziehen eine Menge Leute nach Weimar, Herr Doktor – das ist gut. Die unrechten stoßen wir schon wieder ab.»

Goethe lachte. «Die Schrötern stoßen wir auf keinen Fall wieder ab. Sie ist eine begnadete Künstlerin. Sollst sehen, was das nun hier für ein Leben gibt! Morgen muß ich alles mit dem Herzog besprechen. Geh gleich in der Frühe zum Herrn Hofrat Wieland und bitte ihn für zehn Uhr her. Er soll mir helfen, für die Schrötern gute Bedingungen auszuhandeln.»

Aber Goethe hätte Wielands Stimme nicht gebraucht. Der Herzog bewunderte die Kunst der Schröter selber viel zu sehr, um nicht alles daranzusetzen, daß sie nach Weimar kam.

«Wenn sie in Leipzig vierhundert Taler gehabt hat, so soll sie hier auch vierhundert bekommen. Lumpen lassen wollen wir uns nicht», meinte er.

«In Leipzig würde sie mit den Jahren aber vermutlich mehr bekommen.»

«Noch mehr?» Karl August schob die Lippen vor. «Müßten wir eben sagen: auf Lebenszeit», äußerte er nach kurzem Nachdenken. «Aber wie deklarieren wir ihre Stellung vor dem Conseil?»

Alle drei blieben eine Weile stumm, bis Wieland vorschlug:

«Kammersängerin der Herzoginwitwe – da ist sie am freiesten. Dorthin paßt sie am besten.»

Der Conseil, dem die Angelegenheit vorgetragen wurde, stimmte zögernd zu. Man sah, es war des Herzogs und Goethes entschiedener Wille. So fügte man sich denn. Man war sowieso auf vieles gefaßt. Goethe war tief befriedigt. Sogleich nach dem Beschluß ging er zu Anna Amalia. Die jubelte und die junge Göchhausen auch. «Doktor Wolf», riefen beide, «das war mal wieder großartig arrangiert!»

Für den Nachmittag war ein Scheibenschießen in Goethes Garten geplant. Goethe hatte eine Scheibe entworfen, in deren Zentrum die Sonne stand, umgeben von dem Kreis der sieben Planeten. Er und Seidel hatten einander bei der Anfertigung verschmitzt zugelächelt; nur sie beide wußten, daß Goethe in seinem Tagebuch die nächsten Freunde mit den Symbolen der Planeten bezeichnete. Der verehrten Charlotte gab er das Siegel der Sonne, dem Herzog das des Jupiter, Anna Amalia die Mondsichel, der Herzogin Luise einen Stern, Wieland nach dem Namen der Zeitschrift, die er herausgab, den Merkur.

«Wir müssen noch schnell ein neues Zeichen auf unsere Scheibe setzen!» rief Goethe, als er eilig zum Mittagessen heimkam. «Eine Krone für Corona. Nun gehört sie zum Tanz der Planeten.»

«Und wo soll ich es anbringen?» fragte Seidel. Er hatte schon Schere und Goldpapier bereit.

«Nun, irgendwo, in der Nähe der Sonne.»

Als die Gäste am Nachmittag kamen, freuten sie sich alle über den lustigen Einfall der Sternenschießscheibe. Außer den beiden Herzoginnen und dem Herzog waren Hildebrand von Einsiedel und die Ehepaare Stein, Wieland und Herder gekommen. Man drängte sich lachend um die Scheibe.

«Nach den Sternen schießen – das ist mal wieder so ein unverschämt Goethischer Einfall!» meinte Herder.

«Du als Generalsuperintendent brauchst nicht zu schießen», rief Goethe lachend, «der General in deinem Titel ist nicht ernst gemeint. – Durchlaucht, wollen Sie beginnen?» fuhr er fort, da Seidel soeben die Armbrust brachte. «Ich rate Ihnen, den Mond aufs Korn zu nehmen.»

«Den Mond?» knurrte der Herzog. «Da ich die Sonne als Sterblicher wohl unberührt lassen muß, will ich wenigstens nach dem Jupiter jagen.» Er zielte, schoß und traf.

Goethe lachte. «Da es nach Ansicht unseres geistlichen Oberhauptes sowieso eine Vermessenheit ist, nach den Sternen zu schießen, so nehme ich mir aller Vernunft zum Trotz die Sonne zum Ziel!» Goethe spannte die Armbrust. Mit einem dumpfen Laut sprang die Sehne in die alte Lage zurück, und schon hörte man den Aufschlag des Pfeils. «Verfehlt!» rief er enttäuscht, denn der Pfeil saß nur in der Nähe des Zentrums.

«Schieß du, Hildebrand», sagte er und reichte dem langen Einsiedel die Armbrust.

Dessen weiches träumerisches Gesicht verzog sich zu einem Lächeln. «Mögt ihr alle nach euren Planeten schießen», meinte er, «mir scheint ein unbekannter Stern geeigneter. Aber ich werde mich nicht groß mit ihm brüsten. Wenn man nicht trifft, kann man immer sagen, man hätte nur so ins Ungewisse gezielt!» Er hatte eine lässige Art, die Armbrust zu spannen und zu zielen. Aber sein Pfeil saß mitten im Zeichen der Krone. Goethe musterte den Gefährten; er hatte ihm gar nicht zugetraut, daß er so sicher schoß.

Nun nahm der Stallmeister Stein die Waffe zur Hand. Er war ein ebenso glänzender Reiter wie ein unfehlbarer Schütze. Er meinte: «Mit dem Rücken zum Ziel, und dann über die Schulter weg – da fängt die Schießkunst erst an!» Er drehte sich herum, wandte nur den Kopf und die Augen der Scheibe zu, visierte und schoß. Alle lachten; der Pfeil saß gar nicht so weit vom Zentrum entfernt.

Allmählich sank die Sonne; sie übergoß die Landschaft mit goldenem Schimmer.

«Wunderschön ist es hier!» meinte Anna Amalia.

«Es soll erst schön werden!» antwortete Goethe und entwickelte den beiden Fürstinnen seine Pläne.

Am nächsten Morgen schrieb er an Corona.

Corona empfing Goethes Brief, der ihr endlich die realen Bedingungen mitteilte. Sie spürte, wie sich ein Schimmer von Freude wieder in ihr auszubreiten begann. Ein neues Ufer mit neuem Land zeigte sich! Nun galt es, von Leipzig Abschied zu nehmen. Zunächst ging sie zu Hiller.

«Ich dank dir für alles, Onkel Hiller», sagte sie zu dem Paten und Lehrer, «für alles, was du für unsere Familie getan hast.»

«Ihr habt schließlich ebensoviel für mich getan», wehrte Hiller freundlich ab. «Zuerst war Samuel mit seinem reinen Sopran mir eine große Stütze im Konzert, dann warst du's, und jetzt rückt das Violinwunderkind Heinrich nach – im Grunde sind die Schröters nicht mehr aus Leipzig und nicht aus meinen Musikveranstaltungen wegzudenken.»

«Du hast viel Geduld mit mir gehabt», meinte Corona, «du mußt doch gleich, als ich nach Leipzig kam, gemerkt haben, daß meine Stimme überanstrengt und eigentlich verdorben war.»

«Verdorben!» erwiderte Hiller. «Wie du nur immer sprichst! Was man trotz aller physischen Behinderung erreichen kann, das habe ich an mir selbst erlebt. Als Knabe wurde ich wider alles Erwarten in Dresden Kruzianer – du weißt, wir lebten in Böhmen, mein Vater war ein Wildschütz und hatte meine Mutter verlassen –, und damals hatte ich das Gefühl, ich müsse nun Tag und Nacht arbeiten, um all das nachzuholen, was ich bisher in meiner armseligen Kindheit versäumt hatte. Damals habe ich mir die fürchterlichen Schwindelanfälle zugezogen, unter denen ich noch heute leide. Aber nur nicht unterkriegen lassen!»

«Ich wollte dich schon immer etwas fragen, Onkel Hiller», meinte Corona. «Du gingst dann doch als Hauslehrer zum Neffen des Grafen Brühl – ist dir diese persönliche Abhängigkeit niemals schwer geworden?»

«Nein, Kind. Ich tat meine Pflicht bei dem jungen Herrn, und dafür wurde ich bezahlt. Und als mein Dienst dort zu Ende war und die hohen Herrschaften mir in großmütiger Überlegenheit ein Gnadengehalt weiterzahlen wollten, da habe ich das ausgeschlagen. Hab mich hier im Siebenjährigen Krieg mit Übersetzungen aus dem Französischen einigermaßen über Wasser gehalten – und es ging.» Er lachte leicht auf. «Dem Grafen Brühl war so etwas wohl nicht oft begegnet.»

«Ja, du bist ein Mann!» sagte Corona. «Da ist's wohl leichter, so etwas zu tun.»

«Gewiß, nicht jede Frau hat die Möglichkeit, sich selbst durchzubringen», meinte Hiller, «aber du bestimmt. Du kannst, wenn es nötig sein sollte, Stunden geben, im Gesang, im Zeichnen, in Fremdsprachen. Du kannst doch vielerlei. Und was mir als die Hauptsache erscheint: unsereins ist nicht an Besitz gewöhnt, sondern an Arbeit. Und zudem haben wir Freude am Umgang mit der Kunst, echte Freude, aus der man immer wieder Kraft schöpft. Ich wünsche dir alles Gute für Weimar, Kind. Ich glaube, es ist eine Chance für dich. Du hast dort die Möglichkeit, mit der Vielseitigkeit deiner Begabung auf die Menschen zu wirken.»

Dann ging Corona zu Oesers. Sie war bewegt, als sie zum letzten Mal die Wendeltreppe in der alten Pleißenburg hinaufstieg. Oben angekommen, bog sie nach rechts in den langen dunklen Korridor ein, der zu Oesers Privatwohnung führte, öffnete die Tür zur Zeichenstube, wo Oeser seine Schüler unterrichtet hatte, und klopfte an seinem Wohnkabinett an. Er war zu Hause, und Friederike saß bei ihm. Sie hatte ihm gerade seine Nachmittagsschokolade gebracht.

«Grüß Gott, Corona, nimm Platz», sagte er freundlich, «magst auch eine Schokolad?»

Sie dankte, setzte sich und entfaltete Goethes Brief.

«Was meinst du dazu, Töchterl?» sagte Oeser, nachdem Corona das Schreiben vorgelesen hatte.

«Aber das muß sie annehmen», antwortete Friederike bestimmt. «Ich habe ihr immer geraten, sie solle Schauspielerin werden. – Goethe schreibt dir dort die Rollen, die du hier vermißt», fuhr sie lachend fort.

«Recht hast», fiel Papa Oeser ein. «Er hat wohl wirklich das Zeug zu einem Dichter. Ich muß halt immer staunen, was aus dem Bürscherl von damals geworden ist. Dichten kann er, scheint's, besser als zeichnen. Aber du, Kronerl, du vergißt mir dein Zeichnen nicht, net wahr? Es wird dir immer helfen. Schöne, edle Linien zu schaffen, wie es die Griechen in ihren Plastiken taten, das führt zum Guten, zum Menschlichen. Es holt alles Wertvolle hervor, was im Menschen steckt.»

Corona nickte bewegt.

«Ich will's nicht vergessen, Papa Oeser», sagte sie leise. «Ich danke Ihnen; Sie haben mich gelehrt, daß die Welt im Grund gut ist. Nur wir, wir Menschen sind's noch nicht immer. Ich fürchte, auch in Weimar wird es so sein.»

«Mußt halt Minchen mitnehmen», riet Friederike. «'s wird dann alles ein wenig leichter sein.»

Als Corona heimkam, war Mine damit beschäftigt, die Garderobe der Freundin zu mustern.

«Es gibt noch allerlei zu tun», seufzte sie.

«Einige Wochen haben wir noch Zeit. So schnell kann ich von Hiller nicht weg», sagte Corona tröstend.

«Ach, das ist gut, da habe ich dich noch ein bißchen», meinte Mine befriedigt, während sie der Freundin am Rücken die Haken und Ösen der Taille öffnete.

Corona zog die Arme aus der Bluse, hielt sie in der Hand und rieb an einer Stelle, die gar nicht beschmutzt war.

«Minchen, ich wollte dich um etwas bitten», sagte sie dann, während sie angelegentlich auf das Kleidungsstück niedersah. «Komm mit nach Weimar.»

«Ich, mit nach Weimar?» rief Mine abwehrend, «was soll ich denn da?»

«Mir beistehen.»

«Aber du wirst doch in Weimar eine Jungfer finden!»

«Eine Jungfer für Garderobe und Wäsche, ja, die würde ich vielleicht finden», antwortete Corona. «Aber ich brauche eine Freundin, eine Vertraute, der ich alles erzählen kann – bei der ich mich auch einmal ausweinen kann.»

«Ausweinen? Jetzt, da du eine ganz große Chance bekommen hast, denkst du an Weinen? Übrigens sehe ich doch, daß du dich auf das Neue freust.»

«Ja, ich freue mich», erwiderte Corona; «aber es ängstigt mich auch. Bitte, komm mit mir!»

Mine lächelte. Dann füllten sich ihre Augen mit Tränen.

«Nun ja», sagte sie und wischte sich mit dem Handrücken über die Augen. «Ich habe sowieso in den letzten Jahren kaum noch in der Gärtnerei geholfen. Und» – sie machte eine verlegene Pause – «offen gestanden, ich würde dich auch sehr vermissen, Corona.»

«Ja? Oh, dann bin ich froh!» rief Corona. «Du bist gut und treu; nie würde ich wieder jemanden finden wie dich.» Sie umarmte und küßte die Freundin. «Jetzt kann ich mich erst richtig freuen!»

Derweilen war es schon Oktober geworden; ein Tag so leuchtend wie der andere. Dann kam ein Regenmorgen; aber zu Mittag klärte sich der Himmel schon wieder auf. Goethe hatte nach dem Conseil noch mit Einsiedel beim Herzog gegessen. Als man aufbrach, bat er den Freund, noch ein wenig mit hinaus in seinen Garten zu kommen. Einsiedel war ein guter Gefährte, zu allem bereit, immer hilfreich – still, wenn es an der Zeit war zu schweigen, und teilnehmend lebhaft, wenn es galt zu diskutieren. Das einsame Häuschen schien an diesem herbstlichen Abend ohne einen Freund schwer zu ertragen. Auf dem Tisch lag noch eine Klarinette.

«Kannst du sie spielen, Hildebrand?» fragte Goethe und blies mißtönend in das Instrument.

Einsiedel nahm die Klarinette und lächelte.

«Man kann jedes Instrument zum Klingen bringen. Die Welt ist voll Musik.»

Goethe schlug vor, noch ein wenig draußen im Garten zu sitzen. Neben der Hausecke stand ein Wacholder, ein uralter, riesiger, vom Wetter verkrümmter Baum. Seidel stellte Stühle aus dem Gartensälchen darunter, ein Windlicht daneben. Und Einsiedel zauberte eine einfache Melodie hervor, stimmungsvoll und weich erklang sie in der Stille des Abends. Goethe lehnte den Kopf gegen den Wacholder und lauschte. Er sah in das Dunkel hinaus, er roch den bitter würzigen Duft des Baumes und lauschte. Die Melodie war in einen Ländler übergegangen, dann ohne Pause in ein Menuett. Nun folgte ein Marsch, dann eine Improvisation, schlicht und träumerisch, mit einem immer wiederkehrenden eigentümlich schluchzenden Motiv. Corona... dachte Goethe, bald, bald würde sie hier sein! Er vernahm deutlich ihre Stimme. Sie klang so weich, so beseelt. Irgend etwas klang darin mit, ein Unterton, ähnlich wie bei dieser Klarinette. Andere Stimmen sangen oder sprachen Worte, Sätze oder Töne; ihre Stimme sprach und sang Musik, reine Musik, Melodie der Welt. Man träumte dabei, das Herz öffnete sich. Jetzt sah er sie vor sich – wie sie ging, stand, den Kopf neigte, wie sie die Kanne hielt, um ihm einzuschenken. Deutlich erblickte er ihr lebendiges, ausdrucksvolles Gesicht. Dann lauschte er wieder der Klarinette.

«Weißt du, wie dich die Göchhausen neulich genannt hat?» fragte er, als die Klarinette schwieg. Einsiedel sah fragend auf. «‚L'ami', sagte sie, ganz einfach ‚l'ami' – der Freund!»

An einem der nächsten Tage schlug Goethe dem Herzog vor, die Sternenschießscheibe vor dem Winter noch völlig zu zerschießen. Beide standen nebeneinander am Hangweg in der blassen Sonne und schossen um die Wette. Der Herzog nahm sich Planet um Planet vor; Goethe aber zielte nur auf zwei Zeichen, auf die Sonne und auf die Krone. Als er beide in der Mitte getroffen hatte, ließ er die Armbrust sinken und lächelte glücklich.

Am 16. November 1776 trafen Corona Schröter und Wilhelmine Probst in Weimar ein. Sie würden bei Bertuch wohnen. Der hatte im Frühling seine Karoline geheiratet, eine Försterstochter aus dem nahen Waldeck, und hatte sich in der Nähe des Wittumspalais neben dem Inneren Erfurter Tor ein Haus gebaut. Er hatte Platz genug für Gäste.

Seine Übersetzung des «Don Quichote» war durch den Hausbau und seine Pflichten als Schatullier des Herzogs ein wenig ins Stocken geraten. Es gab viel Ärger mit diesem

*Johann Wolfgang Goethe (1784)*

Amt: Der Herzog und Goethe stellten immer neue Anforderungen an die Finanzen des kleinen Landes. Nun wieder 400 Taler für Corona – aber immerhin, in diesem Falle war er wenigstens mit den Absichten der beiden einverstanden.

«Wir machen die Tür weit auf für euch», sagte der Hausherr herzlich, als er die eintretenden Mädchen willkommen hieß. «Wir können gar nicht genug frisches Blut in dieses alte Weimar bekommen!»

Karoline, die junge Hausfrau, begrüßte die Gäste freundlich. Ein festlich gedeckter Tisch stand bereit. Corona ließ den Blick durch die Fenster schweifen.

«Sieh, Minchen», rief sie, «Weimar wirkt gar nicht so eng! Da! weites, unbebautes Feld jenseits der Mauer. Wie schön!»

«Nun, schön», meinte Bertuch, «schön soll alles erst werden. Was ihr rechts seht, ist der Baumgarten – den möchte ich haben. Mitten darin ein Teich, der müßte den Mittelpunkt abgeben, die vielfältigsten Baumgruppen müßte man um ihn anordnen. Weiter nach Westen breitet sich ein See aus, der Schwansee. Er gehört zwar nicht mehr zu meinem zukünftigen Baumgarten, aber der Blick bezieht ihn ein. Dadurch wird alles groß und weit.»

Karoline lachte. «Sein zukünftiger Baumgarten – er ist immer voller Pläne, und dabei weiß er gar nicht, ob der Herzog ihm wirklich dieses Stück Land geben wird.»

«Er wird. Er ist im Grunde ja gut.»

«Im Grunde?» fragte Corona lachend. «An der Oberfläche also nicht immer?»

«Hast du schon einmal einen Fürsten gekannt, dem man uneingeschränkt zustimmen könnte, Corona?» fragte Bertuch ernst. «Die Stellung verdirbt sie alle, das Soldatenspiel und die Befehlsgewalt. Vorerst läßt er sich ja von Goethe lenken, aber wer weiß, wie lange noch.»

«Von den bösen Streichen hält auch Goethe ihn leider nicht ab», meinte Frau Karoline; «im Gegenteil: er macht sogar noch mit.»

Corona sah fragend auf.

«Vergiß das doch endlich, Linchen. Sie haben es ja nicht mit Absicht getan, eher war es ein Mißgeschick.» An die Mädchen gewandt, fuhr er fort: «Meine Frau kann eine bestimmte Szene nicht vergessen, und sie war auch wirklich fatal: Wir waren gerade von der Hochzeitsreise gekommen, da ritten Goethe und der Herzog unten am Haus vorbei, sie sahen Licht und kamen herauf, um zu gratulieren. Der Herzog war von ausgelassener Lustigkeit und knallte mit seiner Hetzpeitsche in der Stube herum, als stünde er auf dem Markt. Und dabei geschah es, daß er eine Vase von der Spiegelkonsole herabschlug.»

«Eins unserer schönsten Hochzeitsgeschenke», warf Karoline entrüstet ein.

«Der Herzog erschrak; er bückte sich, hob eine Scherbe auf, betrachtete sie und sagte: ‚Scheußlich, scheußlich!'»

«Denken Sie nur», fiel Karoline ihrem Mann wieder ins Wort, «er erlaubte sich, unsere schöne Vase scheußlich zu nennen!»

«Er meinte wohl nicht die Vase, sondern das Unheil, das er angerichtet hatte», sagte Bertuch begütigend. «Goethe bückte sich gleichfalls – wahrscheinlich in der Absicht, die peinliche Situation zu retten –, und mit dem Ruf: ‚Scherben bringen Glück!' warf er das Stück aufs neue zu Boden, so daß es völlig zersplitterte. Das ermunterte den Herzog, es ihm nachzutun. Und so warfen sie die Scherben auf die Erde, gegen die Wand, gegen die Tür, als sei noch Polterabend. Und dabei sprang ein Scherben mitten in den Spiegel! ‚Ach, sieben Jahre Unglück!' schrie der Herzog wild. ‚So ist es in der Ehe!' Und als Karolinchen in Tränen ausbrach, rief er: ‚Aber Frauchen, wer wird denn weinen, wenn

Sachen kaputtgehen! Sie sollen mal sehen, was in einer Ehe alles kaputtgeht!' Er ist nicht glücklich geworden mit seiner Darmstädterin.»

«Traurig», sagte Corona.

«Gewiß, es ist traurig», schaltete sich Karoline wieder ein, «und vieles in seinem Benehmen ist gewiß darauf zurückzuführen. Man kann auch im Grunde weder ihm noch Goethe böse sein – aber denken Sie, mein erster Abend hier im neuen Heim, und dann dieses Getobe und all die Scherben ...»

«Ich verstehe Sie sehr gut», mischte sich Mine ins Gespräch. Sie fühlte auf einmal Furcht vor diesem Weimar.

«Zum Lachen traurig – wie in deinem ‚Don Quichote'», meinte Corona.

«Du hast recht», stimmte Bertuch zu, «Don Quichote und Sancho Pansa – nur: Goethe und der Herzog vertauschen ständig die Rollen. Aber in puncto Statur ist der Herzog immer Sancho Pansa!»

«Wende du nur alles ins Komische», murrte Karoline, «im Grunde trifft es dich auch.» Sie wandte sich den beiden Mädchen zu. «Im Frühjahr hat er sich vor Ärger über die beiden ein Gallenfieber zugezogen.»

«Linchen, ein Gallenfieber kann jeder kriegen.»

«Das stimmt«, sagte Corona lachend, «vor allem wir Künstler. Man müßte lernen, die Galle zu erziehen.»

Da klopfte es, und Goethe trat ein. Er trug, wie er Corona erzählt hatte, hohe Stiefel, gelbe Hosen und einen blauen Frack. Er sah blendend darin aus, burschikos und jung. Corona konnte sich leicht vorstellen, wie er in diesem Aufzug hier im Zimmer mit Scherben um sich geworfen hatte. Aber formvollendet begrüßte er zuerst die Hausfrau und danach Mine, nickte Bertuch zu und stand dann vor ihr. Er blickte sie so strahlend an, daß sie ihn überwältigt anlächelte. Wortlos reichten sie einander die Hände.

«Ich wollte dich doch gleich als erster begrüßen», sagte er endlich.

Kurz darauf lud er sie zu einem Spaziergang ein. «Es ist herrlicher Mondschein. Wenn du Lust hast, Corona, zeige ich dir gleich mein Haus und meinen Garten draußen.»

«Was, jetzt? so spät?» protestierte Karoline.

«Mine kann mich begleiten», fiel Corona sogleich ein. «Wir machen uns ganz gern noch ein bißchen Bewegung nach der langen Fahrt.»

Stumm gingen sie zu dritt nebeneinanderher, Corona in der Mitte; am schönen Fachwerkbau des Geleithauses und an der Stadtkirche vorbei zum Vorwerk, dann durchs Kegeltor und über die Ilm. Danach bogen sie scharf nach rechts ab. Hier stand auf einem Inselchen eine Mühle, und sie hörten das Wehr in der Stille laut rauschen.

Jetzt stieg der Weg für eine kurze Strecke an, dann, nachdem sie durch einen niedrigen, dunklen Torbogen gegangen waren, fiel er unversehens wieder ab und zog sich zwischen Höhenzug und dunklem Wasserlauf dahin. «Der Floßgraben für das Holz aus dem Thüringer Wald», erklärte Goethe.

Auf einmal blieben die Mädchen überrascht stehen. Sie waren aus dem Dunkel, das ihnen nach beiden Seiten die Sicht genommen hatte, herausgetreten, und vor ihnen im hellen Mondlicht breitete sich eine Wiese aus. Leichte Nebelschwaden zogen über den Boden hin. Von Büschen und Bäumen umgrenzt, wirkte sie wie ein abgeschlossener Raum, von der Natur gebildet. Corona verharrte einen Augenblick, von dem Anblick überwältigt. Dann zog Goethe sie am Arm vorwärts. Zur Linken wurde ein einsames weißes Haus sichtbar, am Fuße des Hangs; rechts die Wiese, ein gewundener Fluß, abermals ein Hang. Über dem ganzen wölbte sich mächtig der nachtblaue Himmel.

«Schön!» sagte Corona leise.

«Dort drüben zwischen dem dunklen Gebüsch fließt die Ilm.» Und dann, indem er sich dem Haus zuwandte, erläuterte Goethe voll Eifer seine Pläne: Ums Grundstück eine Hecke statt eines Zaunes; Stufen und gepflasterter Weg zum Haus hinauf. Hier hatte er vor ein paar Tagen junge Linden gesetzt, dort sollten Beete angelegt werden für Spargel und Erdbeeren. Hier würde ein Sitzplatz sein mit einer Bank. Die Bank sei schon fertig: mit leichten Rundungen, die Armlehnen in Schnecken auslaufend. Man habe einen Tischler hier, Mieding, einen echten Künstler. Er verstünde den kleinsten Hinweis. Jetzt stehe jedoch die Bank für den Winter bereits im Schuppen. Die Mädchen lachten.

«Alles, was du uns zeigst, ist noch nicht oder nicht mehr zu sehen!» scherzte Corona.

«Aber hier! Seht meinen Wacholder! Er ist da.» Goethe legte die Hand an den alten Stamm mit der zerfurchten Borke und schaute empor. Die bizarr gekrümmten Zweige ragten schwarz in den Himmel. «So ein Urriese», sagte er voller Bewunderung, «das ist ein guter Gefährte. Wie der allen Wettern standgehalten hat! Davon könnte man lernen. Und wieviel menschliches Schicksal hat sich ereignet, während er ungerührt fortwuchs. Und hier meine Bienen! Horcht mal!»

Sie taten es ihm nach und neigten den Kopf gegen die Körbe. Ein leises, warmes Gesumm drang heraus.

«Sommer mitten im November!» sagte Corona beglückt.

Er habe sie erst vor wenigen Tagen eingewintert, erklärte Goethe weiter. Und dann führte er die Mädchen ein paar Schritte zurück und stieß die Haustür auf. «Kommt herein», sagte er stolz. Zwar seien die Handwerker immer noch nicht fertig, das Dach, die Esse, die Fußböden, alles habe man erneuern müssen. «Aber hier unten sind zwei Räume schon hergerichtet: ein Zimmer und die Küche.»

Er streckte den Arm aus und öffnete über einen kleinen

Vorraum hinweg eine Stubentür. Sie betraten einen niedrigen rechteckigen Raum, der nach frischer Farbe roch. Ein paar einfache Möbel standen umher. Goethe ging sogleich auf das eine der beiden Fenster zu, riß es auf und sagte: «Mein Sälchen, meine Wiese, mein Fluß!»

Von dem Zimmer aus konnte man, obwohl es zu ebener Erde gelegen war, die Landschaft überschauen: den breiten Talgrund, den zwischen Büschen sich windenden Fluß und dahinter das wieder ansteigende andere Ufer. Die Mondscheibe stand zu drei Vierteln sichtbar am Himmel; weißer Wolkenflaum zog darüber hin und färbte sich braun und gelblich. Über der Wiese bewegten sich graue Schleier.

Goethe atmete tief die feuchte Luft ein. Er wolle es wagen, dem Winter hier draußen standzuhalten, sagte er. Fenster und Türen habe er schon abgedichtet, alle Mauselöcher zugestopft. Oben im ersten Stock wolle er schlafen. «Nachts hier draußen im Winter – eine ganze Nacht, viele Nächte – wenn's schneit, wenn's regnet, wenn's stürmt – und wenn am klaren Himmel der große Jäger über den Himmel jagt und der Mond über mein Haus zieht!» Er legte beiden Mädchen seine Hände um die Schultern. Corona nickte versonnen. Und Goethe erzählte, er habe im April seine erste Nacht hier draußen zugebracht, ganz allein; Seidel sei noch in der Stadtwohnung gewesen. Er habe sich in einen Mantel gewickelt und sich einfach auf dem Fußboden, dicht am offenen Fenster, ausgestreckt. «Ich blickte zum Himmel empor. Er war bewölkt. Nur ab und zu wurde ein blasser Stern sichtbar. Ich lauschte auf die Geräusche der Nacht: da huschte etwas, dort knackte es, dann wieder zwitscherte unvermutet ein Vogel; irgend etwas fiel dumpf zur Erde nieder. Und plötzlich strich der Wind durch die Wipfel. Es rauschte. Da stand ich auf und ging, so wie ich war, barfuß quer über die Wiese zum Fluß. Er floß, rieselte, rauschte, schwappte. Er floß mitten durch mein Herz. Dann wandte ich mich um: Am Rande der Wiese sah ich den kleinen Würfel mit dem hohen Dach – mein Haus! Ich kehrte um und legte mich nieder, als wäre dies mein Nest. Ich wußte, zeit meines Lebens ist dieses Stück Erde mein eigen. Ich kann sie hören, sehen, riechen, betasten, schmecken; ich kann sie formen, besäen, bepflanzen, bebauen ... Ich war glücklich. Und ich fühlte es mit allen meinen Sinnen, was ein Mensch ist – ein Geschöpf wie alle – und doch soviel mehr als alle ... Er ist dem ewigen Wechsel unterworfen wie alles um ihn her und hat doch teil am Bleibenden, Dauernden. Er allein denkt, erkennt, schafft.» Goethe verstummte. Er wandte sein Gesicht Corona zu, und sie schaute zu ihm auf.

«Ich erhoffe viel von Weimar», sagte sie.

«Ich auch», flüsterte er.

Sie gingen in die Küche hinüber, wo unter der offenen Esse ein Feuer flackerte. Philipp Seidel zog einen Topf am Stiel zurück und erhob sich. «Guten Abend», sagte er, «ich habe schon etwas Warmes zu trinken gemacht.»

Goethe nickte dem Gefährten erfreut zu. «Laß dich vorstellen.» Und er faßte den Getreuen bei der Schulter, zog ihn näher heran und erklärte: Philipp Seidel aus Frankfurt, ihm von seiner Mutter mitgegeben als Diener und Helfer, in Wahrheit sein Freund und Vertrauter.

Corona reichte ihm ihre Hand, faßte ihrerseits Minchen am Arm und sagte: «Wilhelmine Probst aus Leipzig, von mir mitgenommen – in Wahrheit meine Freundin und Vertraute.» Sie hatte Goethes Sprechweise karikiert und Tonfall und Dialekt so gut getroffen, daß alle vier lachten.

Man nahm in dem winzigen Raum Platz, trank und wärmte sich. Einer saß ganz dicht neben dem anderen; jeder fühlte es mit Behagen.

«Nun berichte den Damen, wie du Weimar findest», meinte Goethe.

«Wie ich das allweil hier so finde...», begann Philipp zögernd. «Wie einfach wir es haben, das sehen Sie ja selber – aber es läßt sich aushalten. Die hohen Herrschaften sind passabel und benehmen sich – jedenfalls vorerst – wie unsereiner. Nur die weniger hohen Herrschaften nicht.»

«Wieso?» fragte Corona neugierig, «das müssen Sie erklären.»

«Nun, der Minister von Fritsch und der Herr von Kalb etwa – die machen unserem Herrn Doktor viel zu schaffen.»

«Ich hoffe, das ist nun vorbei», sagte Goethe. Man könne es so einem Kammerpräsidenten und ehrbaren Beamten nicht verdenken, wenn er sich dagegen sträube, daß ein Hergelaufener plötzlich im Conseil Sitz und Stimme erhalte, bloß weil der Herzog eine Zuneigung zu ihm gefaßt habe. Gott sei Dank hätten Herzog und Herzoginmutter ihn zu besänftigen gewußt. Es wäre ihm, Goethe, nicht lieb gewesen, jemanden zu verdrängen, der doch seine Verdienste habe.

«Aber es ist hohe Zeit, daß Sie hier so manchen alten Zopf abschneiden», meinte Seidel.

«Gelingt dir das denn?» fragte Corona.

Goethe zuckte die Schultern. Er habe vielerlei Pläne: Das Bergwerk in Ilmenau solle wieder in Gang gebracht werden, damit Verdienstmöglichkeiten geschaffen würden; die Wege seien überall verbesserungsbedürftig; für Feuerschutz und Brandverhütung müsse gesorgt werden und vor allem – Soldaten müßten abgeschafft werden. Sie seien kostspielig und zu nichts nütze.

Corona und Minchen lachten. «Da habt ihr ja viele Zöpfe abzuschneiden!»

Goethe seufzte. «Wenn nur nicht der Papierkram wäre! Alles muß schriftlich niedergelegt werden. Ein Glück, daß Philipp so gut und schnell schreibt!»

Seidel lachte verschmitzt dazu. Daß er sich darin übte,

Goethes Handschrift zu kopieren, um anstelle seines Herrn zu schreiben, das sagte er nicht.

«Du hast dich ganz gut eingerichtet hier in Weimar», meinte Corona.

Goethe nickte.

«Ich hoffe, daß es dir auch gelingt. Wir alle haben uns auf dich gefreut. Und erhoffen viel von dir.»

Corona schwieg. Sie sah ins Feuer und lächelte. Es war alles so anders, als sie es sich ausgemalt hatte: klein, karg, ärmlich und doch so ungewöhnlich. Sie beobachtete die rötliche Glut, die züngelnden, flackernden Flammen, Licht und Schatten auf dem warm aufleuchtenden Kupfergeschirr. Sie fühlte die Nähe des Freundes. Ihr war, als löse sich etwas in ihr, als begänne etwas in ihrer Seele zu schmelzen. Als sie Goethe ansah, stellte sie fest, daß er sie verzehrend, voller Begier anstarrte. Sie schrak zusammen und blickte zur Seite. Das finstere Rechteck des Fensters, das noch keinen Vorhang hatte, machte sie leicht schaudern. Sie stand auf.

«Es war schön», sagte sie. «Begleitet Seidel uns heim?»

Der kleine Redoutensaal an der Esplanade, der sich neben dem Palais der Herzogin Anna Amalia befand, wurde seit dem Theaterbrand im Schloß für Spiele, Konzerte und Bälle benutzt. Auch heute war er festlich erleuchtet. Der große Kronleuchter in der Mitte glitzerte und strahlte, die kleinen Leuchter an den Wänden spiegelten mit ihren leicht schaukelnden Kristallgehängen das Licht hundertfach wider. Auf zierlich-leichten vergoldeten Stühlen bauschten sich die Reifröcke der Damen; Samt, Seide, Taft knisterten leise. Über den rosafarbenen, grünen, gelben, violetten Stoffmassen und unter hochtoupiertem, gepudertem Haar wirkten die Gesichter winzig und unwesentlich. Auch die Herren waren eingezwängt in die hohen steifen Kragen ihrer Uniform, in knappsitzende Fräcke und enge Kniehosen.

Der Hof hatte in der ersten Reihe Platz genommen, das Geplauder verstummte. Einen Augenblick herrschte erwartungsvolle Stille. Da trat Corona ein. Auf einmal stand sie da – in einem schlichtfallenden, langen weißen Kleid, das dicht unter der Brust mit einem silbernen Gürtel zusammengehalten war; die braunblonden, ungepuderten Haare fielen ihr, von einem silbernen Band gehalten, in leicht gedrehten Locken auf die Schultern. Zur Begrüßung sank sie in einem tiefen Knicks bis zur Erde nieder. Anna Amalia gab als erste das Zeichen zu einem leichten Applaus, der junge Herzog fiel lebhaft ein. Jedermann war überrascht von dieser Erscheinung, denn man war es gewohnt, Sängerinnen mit eingeschnürter Taille und üppig gebauschtem Rock auftreten zu sehen. Gewöhnlich saß ein winziges schwarzes Schönheitspflästerchen kokett dicht neben dem Mund, und im weißgepuderten Haar pflegte eine künstliche Blume zu stecken, gehalten von glitzerndem Theaterschmuck. Coronas Erscheinung war so ungewöhnlich, daß sie irgendwie schockierte. Sie wirkte ja eher wie eine Priesterin! Nun trat sie mit ungezwungenem, schwingendem Schritt zum Piano, setzte sich nach abermaliger Verbeugung nieder, schlug einige Akkorde an und begann zu singen. Dabei hob sie den Kopf, so daß die weichen Locken hin und her rollten.

Sie setzte leise ein. Doch schon nach den ersten Tönen schien sie völlig frei zu sein. Ihre Stimme klang ein wenig verschleiert; aber innig und seelenvoll. Die Lieder, die sie ausgewählt hatte, waren anspruchslose kleine Salonstücke; Corona aber machte daraus etwas ganz Besonderes: Jeder spürte den Zauber beschwingter, heiterer Anmut.

Als sie geendet hatte, dauerte es eine Weile, bis der Applaus einsetzte; diesmal ging er vom jungen Herzog aus. Anna Amalia klatschte nun auch; sie nickte mit dem gepuderten Kopf lebhaft ihrer Begleiterin, der Göchhausen, zu.

«Elle est charmante! N'est-ce pas? Sie hat eminenten Kunstsinn!»

Die Stallmeisterin von Stein musterte unauffällig das Profil der neben ihr sitzenden jungen Herzogin, und als sie es unbewegt fand, raunte sie: «Comme c'est triste! La voix est totalement ruinée!» Luise wendete ihre Augen nachdenklich der Sprecherin zu. Karl August aber konnte sich nicht genug daran tun, Beifall zu spenden, er drehte sich um und rief: «Da hast du ein Meisterstück vollbracht, Wolf!»

«Sie!» antwortete Goethe aus der zweiten Reihe. Beide strahlten. Doch schon begann Corona ihre nächste Nummer.

Als das Konzert beendet war, führte Goethe selbst die Freundin den Herzoginnen zu. Corona verneigte sich anmutig; das Blut war ihr in die Wangen gestiegen, wodurch die fast südländische Bräune ihrer Haut reizvoll verstärkt wurde. Als sie danach am Instrument stand, scharte sich ein Halbkreis von Bewunderern um sie. Wieland ergriff mit beiden Händen ihre Hand, um ganz unkonventionell seine Lippen daraufzudrücken. Goethe führte ihr den zierlichen, eleganten Maler Kraus zu und die Brüder August und Hildebrand von Einsiedel. Siegmund von Seckendorff, der Kammerherr und Hofkomponist, verbeugte sich. Bertuch drückte ihr anerkennend die Hand. Inzwischen begann der Tanzmeister Aulhorn den nun folgenden Ball zu arrangieren. Das junge Herzogspaar eröffnete den Tanz, der Minister Fritsch führte Anna Amalia; vor Corona aber verbeugten sich zu gleicher Zeit Bertuch, Goethe und Hildebrand von Einsiedel. Ein leises Gelächter entstand.

«Wen von uns wählst du dir, Krönchen?» fragte Goethe; er war sicher, daß sie mit ihm zuerst tanzen würde.

«Aus Höflichkeit den fremdesten», antwortete Corona scherzend und legte ihren Arm in den Einsiedels.

«L'ami hat gesiegt», meinte Goethe, wandte sich ab und forderte die junge Luise von Göchhausen zum Tanz auf.

«Ami?» fragte Corona, während sie sich mit ihrem Partner einreihte, «nennt man Sie so? Das ist ein großes Lob.»

Einsiedel lächelte. Er hielt die Lippen dabei geschlossen, und die Weichheit seines Mundes trat auffällig hervor.

«Es wäre mir die größte Freude, wenn ich mich auch Ihnen als Freund beweisen könnte», sagte er.

«Wie fand Thusnelda unsere neue Sängerin?» fragte Goethe die Göchhausen. Thusnelda, das war der Neckname, den Goethe für das zu klein gewachsene, bucklige Geschöpf erfunden hatte. Doch ohne recht auf ihre Antwort zu hören, verfolgte sein Blick inmitten all der pastellfarbenen, gebauschten Reifröcke das schlichte weiße Kleid. Sie fällt auf und gefällt, dachte er mit Befriedigung. Nachdem er pflichtgemäß die Herzoginnen zum Tanz geführt hatte, forderte er die Stallmeisterin Stein auf. Sollte Corona nur auf ihn warten und sich ein wenig ärgern – weshalb hatte sie ihm den Einsiedel vorgezogen!

Als er sich schließlich vor ihr verbeugte, reichte sie ihm mit so offenem, strahlendem Lächeln die Hand, daß er sich seiner Rankûne schämte.

«Mich vermißt du wohl gar nicht?» fragte er.

Sie schüttelte den Kopf. «Warum? Ich sehe, du hast viele Verpflichtungen, und mir fehlt es nicht an Tänzern. Im Grunde ist es auch gleich, mit wem man tanzt – der Tanz an sich ist schon Freude. Meinst du nicht auch?»

«Natürlich», antwortete er. Er mochte ihr nicht bekennen, wie sehr es ihn beglückte, gerade mit ihr zu tanzen. Sie tanzte leicht und ganz ungezwungen, und sie war verführerisch schön. Neben ihr fühlte er, daß auch er schön war. Er wußte: sie bildeten ein einzigartiges Paar.

Corona genoß ihr Debüt am Weimarischen Hof. Beide Fürstinnen waren unkonventionell liebenswürdig; der Herzog zeichnete sie aus, und sie bemerkte mit Freude das freie natürliche Treiben um sie her. Wie viele besondere Gesichter! Ihr Publikum würde nicht groß sein, anders als in Leipzig – aber es bestand aus Menschen, vor denen zu spielen sich wohl lohnen würde.

Am nächsten Tag saß Corona mit Minchen in ihrem Zimmer. Sie ließ sich die Rolle der Sophie abhören, die sie in Goethes Schauspiel «Die Mitschuldigen» übernehmen sollte. Der Freund hatte ihr versprochen, zu kommen, um mit ihr zu proben.

Da läutete es. Stimmen, Schritte treppauf; es klopfte, und die Tür öffnete sich, aber nicht Goethe stand im Rahmen, sondern der Herzog.

Corona erhob sich überrascht zur zeremoniellen Begrüßung. Er aber trat lebhaft auf sie zu, verhinderte ihre Verbeugung und küßte ihr die Hand.

«Ich wollte mich nur erkundigen, wie Ihnen der gestrige Abend bekommen ist», sagte er in einem frischen, lebhaften Ton.

«Danke, gut, Durchlaucht», antwortete Corona zurückhaltend.

«Sie haben mir ausnehmend gut gefallen, Demoiselle Schröter», fuhr der Herzog eindringlich fort.

«Das freut mich, Durchlaucht».

«Wir erhoffen viel von Ihnen, Corona», meinte Karl August nun.

«Ich erhoffe gleichfalls viel von Weimar, Durchlaucht», antwortete Corona.

«Sie sind sehr schön!» sagte er unvermittelt.

«Das gehört zu meinem Beruf, Durchlaucht», wehrte Corona kühl lächelnd ab.

«Durchlaucht, Durchlaucht!» begehrte Karl August auf. «Fühlen Sie nicht, daß wir Ihnen hier Freundschaft bieten?»

«Doch! Ich fühle es und bin dankbar», antwortete Corona höflich.

«So sollten Sie Vertrauen haben», meinte Karl August.

«Ich setze volles Vertrauen in Sie», entgegnete Corona. Sie unterließ dieses Mal die Anrede Durchlaucht; aber in ihrem Ton drückte sich unüberhörbar Abwehr aus. Karl August fühlte es deutlich.

«Sie sind schon bei einer Rolle?» lenkte er ab.

«Ich lerne die Sophie aus den ‚Mitschuldigen'. Ich erwarte Herrn Doktor Goethe, um meine Rolle mit ihm zu besprechen und zu proben.»

«Goethe? Den brauchen Sie heute nicht zu erwarten.» Und als Corona fragend aufsah, erklärte er: «So ist er nun einmal. Kennen Sie ihn noch nicht von dieser Seite? Er ist der beste Kamerad und Spießgeselle, und auf einmal – man weiß gar nicht, warum – ist er jeglicher Gesellschaft überdrüssig, hüllt sich wie ein Gott in Wolken und vergräbt sich in seinem Gartenhaus. Aber ich begreife ihn, ach, ich begreife ihn nur zu gut. Ich darf's zwar nicht machen wie er, ich kann höchstens ein paar Tage wegreiten, inspizieren oder auf Jagd gehen ...» Er musterte bei seinen Worten ungeniert Coronas Gestalt, und als er ihre reservierte Miene sah, fuhr er fort: «Zeit auch für mich, daß ich mich wieder einmal irgendwo vergrabe.»

«Auf Jagd gehen?» fragte Corona höflich, «dazu wünsche ich viel Vergnügen.»

«Dieses Mal haben wir nicht eine Jagd vor», antwortete Karl August, «sondern einen Besuch in Dessau. Wir gehen über Leipzig. Soll ich dort jemanden von Ihnen grüßen?»

«Danke, aber ich werde selbst schreiben», wehrte Corona in einem leicht spöttischen Ton ab. «Es verlangt mich sehr danach, meine Weimarer Eindrücke zu Papier zu bringen.»

Karl August lachte. «Hoffentlich schneiden wir dabei nicht allzu schlecht ab.»

Er war entzückt von dieser amüsanten Person, auch ihre Zurückhaltung war köstlich!

Am 2. Dezember ritten sie also ab, Goethe und Karl August. Sie brachen früh auf, der Mond stand noch am Himmel, und es war kalt.

«Schreiben wir noch einen Gruß an das, was wir lieben?» fragte Karl August, bevor sie aufsaßen, und nahm ein Papier zur Hand.

«Gut», stimmte Goethe zu, «also an die Herzogin, deine Gemahlin.»

«Ich dachte eher an dich und meinte die Stein – oder die Schröter. An welche? An beide?»

Goethe lachte nur.

«Also an die Stein», entschied Karl August. «Dann kommt der Gruß auch an meine Eheliebste.» Und er schrieb umständlich zunächst das Datum: «2. Dezember 1776 früh $^1/_2$ 7», und dann: «Lebewohl. Der Mond ist jetzt noch unser Begleiter, er scheint himmlisch schön. Empfangen Sie von uns diesen kollegialen Abschied.» Er unterstrich lachend das Wort kollegial mit festem Strich und schob das Blatt dem Freunde zu. Goethe nahm die Feder. «Ich preise die Götter», schrieb er, «die uns bei den Schöpfen fassen und uns abseits tragen.»

Karl August beugte sich über den Freund, um mitzulesen. «Dichter sind uns gegenüber immer im Vorteil – sie verhüllen den Sinn und bleiben doch wahr!»

Als Goethe protestierte, fuhr er fort:

«Jedenfalls könnte der Satz ebensogut an die Stein gerichtet sein – wie an die Schrötern, wie an die Herzogin oder an sonst jemanden!» Goethe schwieg darauf. «Also los», sagte der Herzog kurz und erhob sich, «machen wir uns auf, denn die Götter werden uns nicht tragen, wenn wir nicht reiten!»

Corona hatte sich ein wenig davor gescheut, ohne Goethe in Weimar zu sein. Aber alles ging viel besser, als sie dachte. Die Stunden, in denen sie bei Anna Amalia zu erscheinen hatte, waren genau festgelegt. Aber die Fürstin gab sich völlig unzeremoniell und empfing ihre Kammersängerin wie einen willkommenen Besuch. Sie überließ es Corona vorzuschlagen, welche Stücke sie singen wollte, und zeigte sich entzückt darüber, daß Corona ebensogut Flöte und Gitarre spielte wie Piano. Und seitdem sie festgestellt hatte, daß die Sängerin außer Polnisch auch fließend Französisch und Italienisch sprach, wurden aus den Musikstunden oftmals Plauder- oder Lesestunden. Dann kam auch wohl Wieland oder der Kammerherr Hildebrand von Einsiedel zwanglos dazu, man diskutierte über Literatur, Musik, Philosophie und natürlich über Theater. Der 30. Januar, der Geburtstag der jungen Herzogin, stand bevor, und man wollte ihn besonders feiern. Anna Amalia war freudig erregt von der Aussicht auf die bevorstehende Fete. Goethe mußte zwar erst noch ein Stück dichten; aber man konnte einstweilen das Ballett und die Dekoration auswählen.

«Wir müssen ihr doch zeigen, daß sie die regierende Herzogin dieses Landes ist und daß wir alle sie liebhaben», meinte sie. Corona musterte die Fürstin, der es eher um das eigene Amüsement zu gehen schien, und lächelte belustigt. Anna Amalia nahm das sogleich wahr. «Setzen Sie Zweifel in die Richtigkeit meiner Bemerkung, liebe Schrötern?» fragte sie argwöhnisch.

«Aber nein, Durchlaucht», versicherte Corona. Doch dann errötete sie leicht und fuhr aufrichtig fort: «Ich denke nur, daß die Lust, die Durchlaucht am Pläsier haben, dem Zweck des Vergnügens durchaus gleichkommt.»

Die Göchhausen kicherte und ließ die lebhaften Augen belustigt zwischen der Sängerin und der Herzogin hin- und hergehen.

Anna Amalia entgegnete: «Sie sind nicht dazu engagiert, das, was Sie für Wahrheit halten, von sich zu geben, liebe Schrötern, sondern nur dazu, mich zu unterhalten.»

Corona wollte antworten, doch dann schwieg sie. Ihre blauen Augen musterten die Fürstin freimütig und mit kühler Kritik. Die Göchhausen versuchte zu vermitteln.

«Und was wird die Schrötern erst sagen», meinte sie, «wenn sie erfährt, welches Amüsement Durchlaucht *ihr* zu machen im Begriff steht.»

Rasch abgelenkt, nickte Anna Amalia lebhaft. «Morgen schon werden Sie bei uns einen alten Freund aus Leipzig begrüßen können. Raten Sie, wer es ist!»

Und als Corona, noch ein wenig verstört, niemanden zu nennen wußte, rief sie: «Oeser! Denken Sie, morgen schon wird Meister Oeser hier sein. Er soll uns für die Ausschmückung des Saales Ratschläge geben.»

Corona freute sich aufrichtig. Alles in Weimar war noch fremd und ungewohnt. In Leipzig hatte sie nur der Kunst gedient. Hier diente sie einer Fürstin. Gewiß, die Fürstin konnte reizend sein, sie konnte den gesellschaftlichen Unterschied, die Vorgesetzte vergessen lassen – doch nur dann, wenn ihr der Sinn danach stand.

Oesers Gesicht in Weimar tat ihr wohl. Sie hatte in Leipzig oft den Kopf geschüttelt über seine Lässigkeit, seine Schwatzhaftigkeit, seinen Leichtsinn. Im Grunde arbeitete er nur, wenn sein Beutel leer war und das Geldverdienen unumgänglich wurde. Erst hier, am Hof in Weimar, entdeckte sie die tiefen bitteren Falten um den weichen, sensiblen Mund und die drei sorgenvollen Furchen in seiner Stirn. Sie wußte, wie mühselig er sich hatte durchschlagen müssen. Als Vierzehnjähriger schon war er, ganz allein auf sich gestellt, von Preßburg nach Wien, ins Ungewisse gegangen. Hatte Zierat für Kutschen und Werbeschilder für Läden gemalt, um Brot zu verdienen. Dann hatte er Glück gehabt, hatte einen Kunstpreis gewonnen und daraufhin von der Zarin das Angebot erhalten, nach Moskau zu kommen. Doch da starb die Zarin. Es war ein vernichtender Schlag.

Und dann hatte der Siebenjährige Krieg alle Aussichten in der Heimat zerstört. Graf Bünau nahm den Brotlosen zwar auf, der berühmte Historiker. Er besaß in Oßmannstedt bei Weimar ein Landhaus, das ließ er sich in dieser Zeit von Oeser ausmalen. Es kostete ihn nicht viel: der Künstler erhielt lediglich Unterkunft und Verpflegung. In dieser Zeit lernte Oeser die Weimarer Herzogin Anna Amalia kennen; seitdem hatte er für sie mehrere Aufträge ausgeführt. Schließlich kam er mit dem Kurfürsten von Sachsen, der König von Polen war, in Verbindung. Zu seinem Verdruß mußte er das entzückende Wasserschloß Hubertusburg, das er so gern mit Nymphen und Oreaden geschmückt hätte, mit Fahnen und Wappen ausmalen. Dies alles hörte Corona erst jetzt von ihm. Und sie betrachtete das weiche Gesicht mit den tief eingegrabenen Falten auf einmal mit anderen Augen. Sein unentwegtes Plaudern, seine lässige Unkonzentriertheit erschienen ihr plötzlich wie ein Ausweichen: Er schüttelte damit alle zu harten Anforderungen von sich ab. «Papa Oeser», sagte sie weich.

Im Auftrag Anna Amalias mußte sie wegen des Saalschmucks einmal mit ihm zu Mieding, dem Tischler, gehen. Der wohnte gegenüber der Stadtkirche, an der Ecke der Mostgasse, in einem winzigen Haus. In der Werkstatt roch es nach Holz und Leim, und Corona hörte still zu, was die beiden Männer miteinander besprachen. Irgendwie schienen sie sich zu ähneln, der Österreicher und der Thüringer. Beide waren halb Handwerker, halb Künstler; beide waren geübt im Fürstendienst. Da hantierten sie mit Zollstock und Zimmermannsbleistift, aber im Grunde schienen sie mit leichtem Schulterzucken, mit halbem Lächeln, ja mit einer widerspenstigen Passivität den Auftrag zu behandeln. Corona dachte an ihren Vater, als sie die beiden so nebeneinander sah. Alle drei besaßen Talent; aber die Verhältnisse verhinderten dessen volle Entfaltung.

«So viel Arbeit für eine Handvoll Menschen», sagte sie beim Verlassen der Werkstatt.

«Nimm's nicht so tragisch, Menschen sind's halt doch auch, die Fürsten!» meinte Oeser lächelnd.

«Nur zu sehr!» seufzte Corona.

«Das ist doch ein Trost, Kinderl», meinte Oeser, «wenn's auch noch Musterbilder wären, da hätt man halt gar nichts zum Lachen.»

Erst am 21. Dezember kamen Karl August und Goethe von ihrer Reise zurück. Sie hatten den Fürsten von Anhalt-Dessau in Wörlitz besucht und dessen herrlichen Park bewundert. Er war nach den Ideen Rousseaus und unter dem Einfluß Winckelmanns als eine großzügig gestaltete Landschaft angelegt.

«Edle Einfalt und stille Größe ...», der Fürst lachte, «im Grunde war er ein Rebell mit seinen Ideen von der Kunst der Alten!»

Goethe hörte nachdenklich zu. «Mir war es leider nicht vergönnt, ihn noch zu sehen», sagte er. «Er war Schüler Oesers. Den wollte er besuchen, als ich in Leipzig studierte. Da wurde er ermordet. Ich vergesse den Schock nie.»

Aber solche Gespräche waren nicht häufig gewesen. Der Dessauer wunderte sich, wie unersättlich seine beiden Gäste bei Saujagden und wilden Vergnügungen waren, wie tollkühn sie sich benahmen. Einmal war Goethe mit jubelndem Geschrei auf den nur leicht gefrorenen See hinausgaloppiert und eingebrochen. Die Eisdecke war dünn, aber doch wiederum so dick, daß er samt dem Pferd darunter geriet. Der Herzog setzte ihm nach, um ihn zu retten. Es kostete große Mühe, beide vorm Tode zu bewahren. Der Fürst war froh, als die Gäste unbeschadet wieder davonritten.

Sie ritten ohne Aufenthalt von Leipzig nach Weimar. Die Pferde dampften, sie selber waren in Schweiß gebadet.

«Schneller schafft's kein Kurier», rief Karl August dem Gefährten zu.

«Ganz gut, Karl, wenn man einmal selber leistet, was man seinen Kurieren abfordert», schrie Goethe lachend.

In acht Stunden hatten sie es geschafft: Um drei Uhr waren sie wieder in Weimar. Zwei Stunden später schon trafen sie sich zum Essen bei der Herzoginmutter, um ihr Bericht zu erstatten.

«So einen Park müßten wir uns in Weimar auch schaffen, Durchlaucht», rief Goethe begeistert aus, «ganz Natur, ganz der vorhandenen Landschaft angepaßt und dennoch Kunst, von Menschenhand gestaltet.»

«Wollen Sie aus der steifen sternförmigen Anlage mit den Bosketts am niedergebrannten Schloß etwa einen solchen Park machen?» fragte Anna Amalia sarkastisch.

«Es wäre nicht so schwer, Durchlaucht; der Stern könnte bleiben. Man müßte mit Phantasie an der Landschaft weiterbauen: den gewundenen Fluß, das breite Tal, die steilen Hänge nutzen ...»

Anna Amalia lachte. «So bauen Sie also, Doktor, mit Phantasie, aber ohne Geld. Denn Sie sind doch wohl sehr erpicht darauf, das zu sparen!»

Als Goethe sich verabschiedet hatte, wollte er zu Charlotte und zu Corona. Er war voller Pläne, und sie sollten sofort davon hören. Aber der Stallmeisterin war das gefährliche Abenteuer vom See schon zu Ohren gekommen. Sie empfing ihn mit Vorwürfen: Er bringe den Herzog in Gefahr und sich selbst auch. Da ging Goethe verärgert nach Hause.

Corona aber wartete auf ihn. Es war zwar nicht verabredet, daß er käme, doch es schien ihr selbstverständlich. Sie wartete vergeblich. Am nächsten Abend, am 22. Dezember, war Redoute. Auch dort ergab sich keine Möglichkeit zu einem vertraulichen Wort. Goethe begrüßte sie zwar überaus herzlich, aber er gab ihr keine Erklärung. Er lehnte mit verschränkten Armen an der Wand und sah dem Tanz zu. Nun gut, sie brauchte ihn nicht; sie war in seiner Abwesenheit auch ohne ihn in Weimar fertig geworden. Da fühlte sie seinen Blick. Unverwandt betrachtete er sie, so daß sie sich irritiert fühlte. Sie bewegte sich nun bewußt, als stände sie auf der Bühne. Sie lächelte, verbeugte sich, tanzte, plauderte.

Goethe schaute ihr fasziniert zu. Edle Einfalt und stille Größe, dachte er, in ihr sind sie wahrhaft verkörpert. Wie sie stand! Wie sie ging! Schön, natürlich, voller Grazie. Ihre Gestalt war vollendet wie ein Kunstwerk, und ein anderes Wort Winckelmanns fiel ihm ein: herrliches Gewächs! Sie vereinte schönste Natur und schönste Kunst. Welch Gewinn für Weimar! Wärme durchflutete ihn; mehr noch: heißes Verlangen.

Als Corona am Abend darauf wieder im Redoutensaal erschien, war Goethe der erste, den sie erblickte. Dieses Mal aber trat er sogleich auf sie zu und sagte: «Wie bist du schön, Krone!»

Sie lächelte, gemacht gleichgültig, so, als habe er ihr mitgeteilt, daß schönes Wetter sei.

«Wie war's in Leipzig?» erkundigte sie sich in konventionellem Ton.

«Was mich in Leipzig anzog, ist jetzt in Weimar.»

«Oeser?» fragte sie, als hätte sie ihn nicht verstanden. «Aber da ist noch die Messe, die große Stadt – das alles hast du hier nicht.» Sie lachte und musterte ihn spöttisch.

«Wir wollen tanzen», bat er.

Als der Tanz zu Ende war, bat er um den nächsten.

«Ich kann nicht», sagte sie, «den nächsten habe ich ausgespart, um ein wenig mit Papa Wieland zu plaudern. Dann ist der Herzog an der Reihe, dann Einsiedel, dann Bertuch ...»

Goethe unterbrach sie, indem er sich die Hände vor die Ohren hielt. «Hör auf! Ich weiß ja, daß ich für dich nur einer unter vielen bin.»

Sie sah ihn an und dachte: eher bin ich für dich eine unter vielen. Doch fühlte sie, daß das im Augenblick nicht stimmte. –

Der erste Tag des Jahres 1777 war trüb und grau. Die Ilm, obwohl nur ein kleiner Fluß, beherrschte mit ihren Nebeln die breite Talsohle, in der sich Weimar am linken Flußufer niedergelassen hatte.

Corona sah durchs Fenster. Merkwürdig, daß Leipzig ihr nie grau vorgekommen war. Nun ja, der Richtersche Garten hatte sie wie ein Paradiesgarten umgeben, zu jeder Jahreszeit war es dort schön gewesen; immer hatte etwas geblüht, oder der Schnee hatte wie Blüten auf den Bäumen gelegen. Immerhin war sie froh und dankbar, daß sie und Minchen in diesem verhangenen Nest nicht allein waren, sondern bei den Freunden Bertuch wohnten. Sie freute sich, den Tag mit Justin und Karoline fröhlich beginnen zu können, es war schön, daß Karoline ihr erstes Kind erwartete. Wem konnte sie wohl noch an diesem ersten Tag des neuen Jahres am neuen Ort freundschaftliche Wünsche aussprechen? «Ich werde zu Papa Wieland gehen», meinte sie zu Mine.

Sie wurde von dem Ehepaar herzlich, von den drei kleinen Mädchen mit Jubelgeschrei empfangen. Aber kaum hatte man die Begrüßung und Glückwünsche ausgetauscht, kam Karl August, um dem einstigen Lehrer ein gutes neues Jahr zu wünschen. Sein Gesicht strahlte auf, als er unerwartet die schöne Sängerin bei Wielands antraf. Und dann, kurz nachdem man Platz genommen und ein Gespräch begonnen hatte, trat wiederum ein Gratulant ein: Goethe! Er aber strahlte nicht, obwohl er mit freudigem Hallo begrüßt wurde. Mißtrauisch beobachtete er, wie unverhohlen

Karl August der liebreizenden Künstlerin den Hof machte. Goethes argwöhnische Blicke machten den jungen Herzog befangen, so daß er sich betont laut und ungeniert gab. Papa Wieland beobachtete es amüsiert. Corona aber fand alles ziemlich peinlich, sie wandte sich leise von den beiden Männern fort an eins der kleinen Mädchen und forderte es auf, sein Püppchen zu zeigen. Sogleich brachten alle drei zutraulich ihre Puppenkinder angeschleppt und legten sie auf Coronas Schoß. Goethe wie Karl August verstummten und sahen zu, wie Corona anscheinend unbefangen eine Puppe im Arm wiegte; die drei niedlichen Mädchen schmiegten sich um ihre Knie. Der Herzog saß mit verdrossen vorgeschobenen Lippen da. Goethe trommelte in schlecht verhehltem Ärger mit den Fingern auf seinem Knie. Und doch konnte er den Blick nicht abwenden von dem reizenden Bild.

Am 6. Januar, dem Dreikönigstag, wachte Corona ziemlich spät auf. Ihr Zimmer war erfüllt von einer überraschenden festlichen Helligkeit. Erst allmählich wurde ihr bewußt, worauf das beruhte: Bisher hatte immer grauer Nebeldunst über der Stadt gelegen, nun auf einmal schien die Sonne voll durch das Fenster herein. Sie leuchtete auf dem strahlend weißen Schnee, der seit Weihnachten Straßen und Dächer, Bäume und Sträucher bedeckte. Tausend Kristallsterne glitzerten und funkelten.

«Mine!» rief Corona. «Zum erstenmal scheint die Sonne in Weimar! Wie findest du es?»

Mine nickte freundlich, aber sie hatte keine Zeit zu einer Antwort, denn es klopfte draußen. Philipp Seidel überbrachte ein Billett Goethes, in dem er bat, beide Mädchen möchten ihm die Freude machen, mit ihm im Schlitten nach Tiefurt zu fahren.

«Hast du Lust?» fragte Corona leise.

«Ja», sagte Minchen, «natürlich. Es wäre ja auch herzlos

von mir, keine Lust zu haben, da ich doch sehe, wie gern du fahren möchtest.»

«Also sag, wir erwarten den Herrn Doktor um zwei Uhr.»

Pünktlich fuhr ein prächtiger Schlitten mit Schellengeläut vor dem Bertuchschen Hause vor. Goethes Schimmel war mit rotem, goldbeschlagenem Lederzeug aufgezäumt und trug einen hohen weißen Federbusch auf dem Kopf. Die Kufen liefen vorn in zwei kunstvoll geschnitzte Schwanenköpfe aus. Karoline Bertuch ging mit auf die Straße hinaus und war bemüht, die Felldecke um die Mädchen herum festzustopfen.

Corona sah reizend aus. Ein schwarzer Samtschal, mit weißem Schwanenpelz besetzt, lag eng um ihren Kopf; der weißflaumige Besatz mischte sich mit dem lockigen Haar. Die schmale Taille, die wohlgeformte Brust erhoben sich über der Felldecke. Ihre Hände steckten in einem Muff.

«Sitzt du gut, Minchen?» rief sie, da sie Goethes Blick allzu lange auf sich ruhen fühlte.

Goethe bestieg den Kutschersitz hinter den Mädchen und schnalzte mit der Zunge. Der Schimmel zog an, die Glöckchen am Zaumzeug klingelten, und unter Winken und Lachen und Zurückschauen fuhren sie die Geleitgasse hinunter, an der Stadtkirche vorbei durch das Kegeltor, die steile Altenburg hinauf und über das Brachland der «Großmutter» zum Wäldchen des Webichts. Die Kufen rauschten leise durch den Schnee, der Hufschlag klang dumpf, ab und zu schnaubte das Tier. Die drei schwiegen. Zu beiden Seiten ragten die dick verschneiten Bäume am Wege auf, und über allem leuchtete blau, tiefblau gegen das strahlende Weiß der Erde, die schmale Straße des Himmels. Coronas Herz jubelte. Noch nie war sie in Weimar so glücklich gewesen.

Als sie aus dem Webicht herauskamen, hielt Goethe das Pferd an. Seine Augen überflogen die Landschaft: unten im Tal mit spitzem Kirchturm das kleine Dorf Tiefurt, eine weite, weiße, unberührte Schneefläche stieg nach rechts, senkte sich nach links und hob sich dann wieder aus dem Ilmtal. Mit geradem langgestrecktem Höhenzug schnitt der Ettersberg in den Himmel.

«Diese Weimarer Landschaft ist so einfach, so still, so weiträumig – in ihr fühlt man sich ganz frei», sagte er, «und in der Silvesternacht habe ich hier Trübsal geblasen!»

«Du bist in der Silvesternacht allein hierhergefahren?» fragte Corona erstaunt.

«Hat dir der Klatsch noch nicht zugetragen, daß ich dabei den Schlitten zerschlagen habe?» fragte Goethe. Er zeigte mit dem Peitschenstiel nach einer schneebedeckten Miete: vor dem Ding dort habe der Gaul im Dunkeln gescheut; sei in den Graben geraten, das Gefährt sei umgekippt und auseinandergebrochen. In der Gartenlaube dort habe er die Mitternacht abgewartet.

«Und hast dein Leben betrachtet oder doch wenigstens das des verflossenen Jahres?» vermutete Corona.

Er seufzte. «Ich war nicht zufrieden.»

«Nein?» meinte sie spottend, «der Göttersohn ist nicht mit sich zufrieden?»

Goethe drohte scherzhaft, daß er beide Mädchen mitsamt Schlitten in den Graben werfen werde.

«Natürlich, du bist ja von Silvester her noch in der Übung», meinte Corona schlagfertig; ihre Augen blitzten ihn an.

Wortlos ergriff Goethe Peitsche und Zügel, versetzte dem Tier einen leichten Schlag und riß es scharf nach links, hart an den Rand des Grabens, lenkte es ebenso gewaltsam nach der entgegengesetzten Seite und wieder nach links. So fuhren sie in wildem Zickzackkurs ins Tal hinab. Der Schlitten kippte bei jeder schnellen Wendung. Minchen kreischte. Corona aber lachte. Immer wieder wandte sie Goethe ihr lachendes Gesicht zu und ermunterte ihn dadurch zur Fortsetzung der tollen Fahrt. Unten an der Brücke packte sie selber die Zügel und lenkte das Pferd nach links weit auf den Acker hinaus am Ilmbett entlang. Der Schlitten holperte gefährlich.

Goethe beugte sich über sie und riß ihr die Zügel aus der Hand. «Falsch!» rief er.

«Wieso falsch? War dein Zickzack richtig?!» Ihre Augen glänzten, ihre Wangen waren gerötet vor Lebenslust, ihre Zähne blitzten.

Goethe lachte. «Man kann dich nicht ärgern, man kann dich nicht in Angst versetzen, man kann dir keine Vernunft beibringen! Alles umsonst!»

«Alles umsonst!» bestätigte Corona, «nur das arme Minchen hast du geärgert und in Angst gebracht!»

«Verzeihen Sie, Minchen», bat Goethe reuig. Dann schlug er vor, im Tiefurter Gutshaus den Prinzen Konstantin und seinen Erzieher, den Major Knebel, zu überfallen – Anna Amalia hatte ihrem jüngsten Sohn vor kurzem Tiefurt als Wohnsitz angewiesen. – Es sei Epiphanias, und man könne tun, als kämen die Heiligen Drei Könige und bäten um einen Trunk. Er lenkte auf den Weg zurück und fuhr über die Brücke zum Haus hin.

Ein Diener kam aus dem Stall, nahm das dampfende Pferd in Empfang und versprach, es abzureiben. Derweil klopften die drei gewichtig an die Haustür. Goethe hatte den Hut tief in die Stirn gezogen, die Krempe heruntergeschlagen und den Mantelkragen hochgeklappt. Die Mädchen verdeckten ihre Gesichter mit den Schals, so daß nur die Augen hervorsahen. Corona hatte schnell ein Stück Papier zu einem Stern gerissen und ihn auf die Peitsche gesteckt; die hielt sie nun in die Höhe. Alle drei leierten den verabredeten Singsang:

> «Wir sind die drei Könige mit dem Stern
> Und hätten was Warmes zu trinken gern.»

Knebel, der als erster an der Tür erschien, lachte. «Wo habt ihr euren Stern? So ein lumpiges Ding?!»

«Und wo das Gold?» fügte Prinz Konstantin hinzu.

«Er fragt die Heiligen Drei Könige nach Gold?» empörte sich Goethe.

«Wollen wir also barmherzig sein und ihnen ohne Gold und für ihren Papierstern einen Glühwein anbieten», meinte Knebel.

«Die Dreikönigsumzüge sind meines Wissens im Lande Sachsen-Weimar verboten, wegen der Bettelei!» sagte der Prinz lachend.

Es war schon spät am Abend, als Goethe die Mädchen bei Bertuchs wieder absetzte. Er wolle zuerst den Schlitten beim Verleiher abliefern und das Pferd versorgen. «Darf ich dann noch einmal bei euch hereinschauen?» fragte er. «Es war so schön – soll nun jeder allein sitzen?» –

Um zehn Uhr wurde Corona unruhig, und schließlich mahnte sie: «Du mußt jetzt gehen, es wird Zeit.» Sie sah, daß ein Schatten der Enttäuschung über sein Gesicht zog.

«Verfluchte Konvention!» murrte er. «Haben wir das nötig?»

«Ich als Frau: ja», antwortete Corona. So verabschiedete er sich und küßte ihre Hand, ohne die Augen zu senken.

Corona war glücklich. Sie fühlte Goethes Zuneigung, und das machte sie froh. Mochte er auch um die Stein werben! Wie schön war dieser sonnige Sonntag gewesen!

Goethe indes fand die ganze Nacht keine Ruhe. Herzklopfen quälte ihn und fliegende Hitze. Er stand auf, legte sich wieder und stand nochmals auf. «Scheißweh», kritzelte er in sein Tagebuch, warf die Feder beiseite, starrte auf das Wort und ließ sich erneut aufs Bett fallen. Corona und Charlotte! Es verlangte ihn nach beiden. Er wurde nicht Herr darüber.

In den nächsten Tagen raffte er sich zusammen. Er hatte

*Leipzigs berühmte Promenade, im Volksmund die «Muhmenbörse» genannt*
*Stich von Johann August Rosmaesler*

*Der Maler Adam Friedrich Oeser*
*Stich nach einem Bild von Anton Graff*

*Der Komponist Johann Adam Hiller*
*Stich von Christian Gottlieb Geyser*

ELISABETH MARA
GEB: SCHMEELING.

*Blick auf Weimar von Osten*
*Stich nach einer Zeichnung von Georg Melchior Kraus*

*Anna Amalia, Herzogin von Sachsen-Weimar*
*Ölgemälde von Georg Melchior Kraus (1774)*

*Johann Wolfgang Goethe*
*Ölstudie von Georg Melchior Kraus (1775/1776)*

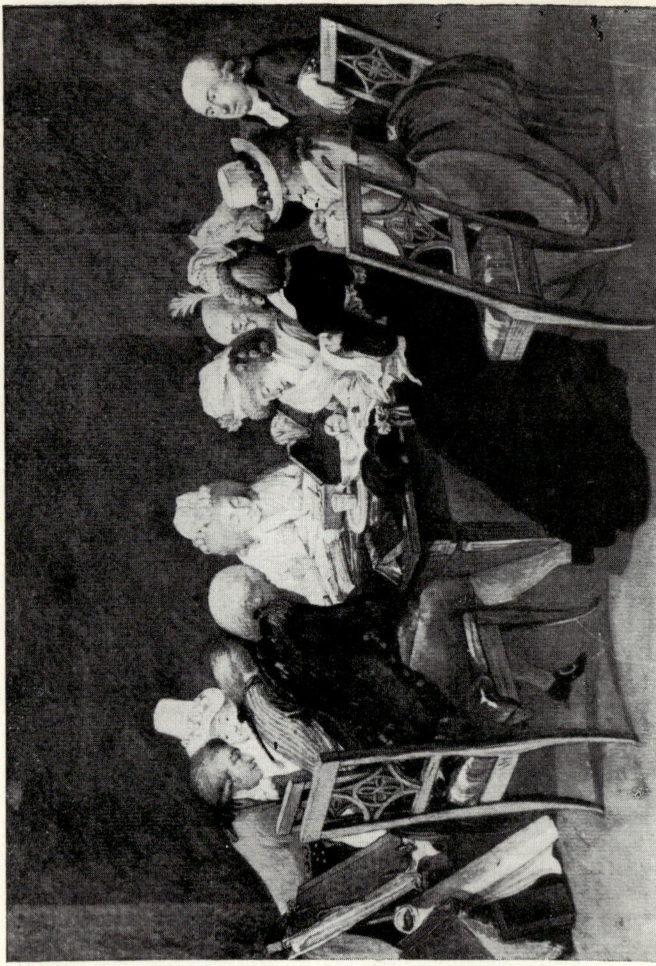

*Abendgesellschaft bei Anna Amalia*
*Aquarell von Georg Melchior Kraus (1795)*

ja übergenug zu tun mit dem Conseil, mit der Parkanlage und mit dem Festspiel zu Ehren der Herzogin Luise.

«Lila» sollte das Stück heißen; der schwebende, keusche Klang paßte zu ihrem Wesen. Er hatte noch deutlich in Erinnerung, wie er sie in Darmstadt zum ersten Male gesehen hatte – so mädchenhaft-scheu, voller Anmut, rührend zart und zurückhaltend. Die Rose, die sie damals für ihn von ihrem Kleid gelöst, trug er im Portefeuille bei sich, bis die dürr gewordenen Blätter sich zerrieben. Nun sah er mit Kummer und Sorge, daß die Ehe nicht glücklich geworden war. Sie trug Schuld daran und doch auch wieder nicht. Er mußte helfen; aber wie? Vielleicht nahm sie eine Lehre an, wenn sie indirekt aus einem Singspiel zu ihr sprach. Aber was für eine Lehre? Auf welche Weise konnte man ihr verschrecktes, starres, zurückhaltendes Wesen lösen? Karl August war derb, aber nicht böse; das mußte sie doch fühlen! Jedenfalls sollte ihr zu Ehren ein farbiges, festliches Spiel entstehen, mit Chören und Tänzen. Gnomen und Feen sollten auftreten in phantasievollen Ballettszenen – aber auch Volk und Gefangene; Gefangene, die die Hilfe der Fürstin forderten. Er hatte die Kulissen mit Oeser zu besprechen, mit Seckendorff zu reden, der, ein ganz fähiger Komponist, die Lieder in Musik setzen sollte. Er mußte zu Mieding gehen wegen der Dekoration, mit Aulhorn, dem Tanzmeister, reden, der die Tänze einstudierte, und mit dem Maler Kraus, um die Farben zu bestimmen. Er wußte nicht, wo ihm der Kopf stand, und vergaß darüber die eigenen Sorgen. Zunächst aber führte ihn die Pflicht wieder zu Corona: Die Lila müsse so dargestellt werden, daß die Herzogin fühle, sie sei im Grunde selbst eine Lila und könne helfen – und daß sie dennoch erleichtert erkenne, Lila sei nur eine unverbindliche Theaterfigur.

«Glaubst du, du kannst auf die Schwierigkeiten dieser Ehe irgendwelchen Einfluß ausüben?» fragte sie skeptisch.

«Jeder, der in sich fühlt, daß er etwas Gutes wirken kann, muß ein Plaggeist sein; er darf nicht warten, bis man ihn ruft. Ich hoffe, sie wird hören und wird sich das Wort: ‚Immer zu mißtrauen ist ein Irrtum, wie immer trauen!' zu Herzen nehmen.»

«Sie hatte zu oft Anlaß zu mißtrauen», entgegnete Corona.

Goethe vernahm den leisen Vorwurf, der sich nicht nur gegen den Herzog zu richten schien, und fühlte sich gereizt.

Corona bemerkte seine Verstimmung.

«Ich will schon versuchen, die Rolle wirksam zu machen», sagte sie einlenkend. «Ich bin nur traurig, daß ich nicht das Allerschönste in der ‚Lila' selber sprechen darf.»

«Das Allerschönste?» fragte Goethe sogleich versöhnt. «Und was ist das, nach deiner Meinung?»

«Die Verse, die du den Art Verazio in der Maske des Magus sagen läßt.»

«Ja? findest du sie gut? So sprich sie, sprich sie für mich. Ich kann sie auch gut gebrauchen!» Er lachte ein wenig verlegen.

«Ich auch», sagte Corona leise. «Jeder kann sie gebrauchen.» Und sie begann, indem sie die Worte mehr dem Rhythmus als dem Sinne nach betonte:

«Feiger Gedanken
Bängliches Schwanken,
Weibisches Zagen ...»

Sie schloß die zweite Strophe an, indem sie den Wechsel im Rhythmus deutlich hervorhob:

«Allen Gewalten
Zum Trutz sich erhalten,
Nimmer sich beugen,
Kräftig sich zeigen
Rufet die Arme
Der Götter herbei.»

Goethe hatte die Augen geschlossen und lauschte dem Klang ihrer Stimme.

Corona sah ihn forschend an. Auf einmal wurde ihr klar, daß er bei seiner Schilderung der Schwierigkeiten zwischen Lila und ihrem Gatten nicht nur an das Herzogspaar gedacht hatte, sondern auch an die Ehe der Stallmeisterin Stein!

Es entstand eine Pause.

Da bestärkte Goethe ihre Vermutung, indem er unvermittelt sagte: «Krone, Frau von Stein bittet dich, am dreizehnten nachmittags ihr Gast zu sein. Der Herzog wird auch kommen, und ich natürlich. Sie wird dich noch selber einladen.»

Corona zögerte. «Wozu soll ich mich der Konvention, die du selbst in der ‚Lila' tadelst, fügen?» sagte sie dann.

«Aber hier ist es nötig, Corona, sie ist die Hofdame der jungen Herzogin ...»

Und ich nur eine abhängige Sängerin! dachte Corona bitter.

Goethe sah sie bittend an. «Glaub mir», sagte er, «du bist ihr über – in vielem – du bist frei – du bist tätig – du darfst mit deinem Talent wirken, und *wie* wirkst du! Das alles ist ihr versagt. Sie ist auch nur eine arme Lila.»

«Ich weiß», sagte Corona kühl, «ich weiß, daß ich nur als Künstlerin hier bin.»

Goethe strich sich verzweifelt übers Haar. Er nahm ihre Hand, hielt sie flach ausgestreckt in der eigenen und betrachtete sie. Plötzlich drehte er sie um und preßte seine Lippen in die Handfläche.

«Nicht, bitte nicht», sagte Corona heftig.

Am 13. Januar dieses Jahres 1777 also hatte Frau von Stein den Tisch festlich gedeckt. Die Tischordnung zu bestimmen war nicht schwer; zwei Damen, zwei Herren; jeder war

Partner von jedem. Porzellan und Silber glänzten. Nun holte Charlotte noch ein grünseidenes Band herbei, legte es als Kreuz zwischen das feine Porzellan und stellte einen vierarmigen Leuchter in die Mitte. Es sah gut aus; sie war zufrieden. Dennoch verweilten ihre dunklen Augen nachdenklich auf dem Tisch. Es war nicht zu umgehen gewesen, die Komödiantin einzuladen; sie gehörte zum Hofe. Im Grunde hatte sie schon allzulange damit gezögert. Goethe hatte zwar schon oft gedrängt; aber eben das hatte sie abgehalten. Wie stand er denn überhaupt zu dem Mädchen? «Solch ein Weib zu besitzen –», hatte er damals aus Leipzig geschrieben. Es hatte sie tief verletzt. Sie selbst hatte zwar kein Recht auf ihn, aber dennoch ... Seit seiner Ankunft in Weimar hatte ihr Leben plötzlich einen ungeahnten Auftrieb bekommen. Die Huldigung dieses genialen Mannes tat ihr so wohl! Sie hatte nicht geahnt, daß man von der Gegenwart, vom Wesen eines anderen so belebt werden konnte; daß man einen Mann so lieben konnte. Ja, wahrhaftig! lieben. Ihre Ehe war vor vielen Jahren standesgemäß und aus Vernunftgründen geschlossen worden. Ihr Mann war ohne jedes Verständnis für Kunst und viel in Amtsgeschäften unterwegs. Liebe hatte er nie in ihr zu wecken verstanden, und die eheliche Beziehung war ihr eine Sache der Pflicht geblieben, die sie immer mehr verabscheute, je öfter sie die Beschwerden der Schwangerschaft zu tragen hatte. Siebenmal schon hatte sie diesen Zustand durchgemacht. Ach, das Los einer Frau war beklagenswert! Nun hatte sie zum erstenmal in Goethe einen Mann kennengelernt, der zwar auch vital und unbesonnen wild sein konnte, dessen Seele aber zart und empfindsam war wie die ihre. Wie gebildet er war! Wie vielfältig waren die Bereiche geistigen Lebens, die er ihr in diesem einzigen kurzen Jahr seines Hierseins schon eröffnet hatte! Durch ihn war sie dazu angeregt worden, sich mit Latein und

*Goethe in Hoftracht (1780)*

Griechisch zu beschäftigen; mit ihm las sie wichtige Werke der Weltliteratur; mit ihm zeichnete sie. Sie lernte sehen und hören, ja fühlen durch ihn. Mit einem Male schien ihr dadurch das Leben lebenswert zu sein, und sie fürchtete sich davor, ihn zu verlieren. Doch dann war Corona gekommen, und es zeigte sich, daß sie keine Komödiantin war im üblichen Sinn. Sie war schön, gebildet, voller Anstand – ach, und sie war frei und jung und gesund – eine Rivalin! Charlotte ging mit langsamem, müdem Schritt ans Fenster und sah hinaus. Ihr Herz war schwer. Sie hatte kein Recht, traurig zu sein, und konnte doch nichts dagegen tun.

Da kam Goethe. Er trat ein, als sei er bei ihr zu Hause. Er klopfte zwar an, aber öffnete sogleich die Tür, und schon ärgerte sie sich über diese Formlosigkeit. Er begrüßte sie herzlich. Sein brünettes Gesicht war von der Winterluft gerötet; er strahlte sie an.

«Danke, liebste Frau», sagte er, «danke.» Sie verstand sehr wohl, was er meinte, konnte sich jedoch kein Lächeln abgewinnen. Diesmal focht ihn das nicht weiter an; unbekümmert fragte er sogleich: «Sind die Grasaffen schon im Bett?»

«Nun, Ernst liegt ja sowieso mit seiner Erkältung, und für Fritz war es längst höchste Zeit», antwortete sie abweisend. «Karl wird wohl arbeiten. – Aber Sie sollten nicht immer ‚Grasaffen' sagen – es klingt unschicklich.»

Goethe lächelte. «Finden Sie?» fragte er mit liebevollem Spott; er wollte sich heute über nichts ärgern. Er ging ohne weiteres hinüber in das Knabenzimmer.

«Na, ihr Dreckspatzen», sagte er, das Wort «Grasaffen» absichtlich noch übertrumpfend. Das vierjährige Fritzchen richtete sich im Bett auf, schlang die Ärmchen um den Hals des geliebten Onkels und zog ihn zu sich nieder. Goethe gab ihm einen Klaps und einen Kuß und richtete sich wieder auf. Der Kleine aber ließ nicht los, sondern hing ihm am

Hals, so daß Goethe ihn aus dem Bett emporzog. Die nackten Beine baumelten an ihm herunter. Goethe umfaßte das Kind mit dem linken Arm und wandte sich dem nächsten Bett zu. «Wie geht's uns heute, Ernst?» fragte er aufmunternd.

Der kleine Kranke streckte eine blasse, dünne Hand zur Begrüßung aus. «Ich darf noch immer nicht aufstehen», klagte er weinerlich.

«Noch hat's ja auch keinen Zweck», tröstete Goethe ihn, «noch liegt überall nur Eis und Schnee – aber bald taut es – noch ein paar Wochen, und fort ist der Winter! Dann baden wir alle zusammen in der Ilm – und dann laufen wir alle nackt hintereinander quer über die Wiese zu meinem Haus: erst Fritz, dann du, dann Karl und als letzter ich – wie die Orgelpfeifen. Wenn wir das den ganzen Sommer über tun, bist du abgehärtet und nie wieder krank.»

Die Augen des Kleinen strahlten den Sprecher aus dem mageren Gesicht an. Goethe faßte dem Jungen in die Haare und schüttelte seinen Kopf sacht hin und her, dann wandte er sich dem fünfzehnjährigen Karl zu, der am Tisch saß und zeichnete, als wäre niemand hereingekommen.

«Na, und du!» sagte er.

«Guten Abend, Herr Geheimer Legationsrat», sagte Karl steif, erhob sich und machte eine Verbeugung.

Goethe blickte, unbekümmert um die abweisende Art des Jungen, auf die Zeichnung nieder. Er griff nach dem Stift. «Du *weißt*, daß der Fuß des Leuchters rund ist, und deshalb *machst* du ihn rund – aber sieh doch richtig hin! – du siehst ihn von hier aus doch nicht rund, sondern oval.» Er setzte sich, zog dem kleinen Fritz, den er noch immer auf dem Arm hielt, das Hemd über die Beine und fuhr verbessernd in der Zeichnung herum. Karl stand und sah zu.

«Wirklich», sagte er, seine Abwehr vergessend, «nun sieht's schon besser aus.»

«Probiere selbst.» Goethe gab den Stift zurück und stand auf. «Beobachte, wie hier das Licht und dort Schatten liegt. Man denkt, es ist hell, aber es ist nicht gleichmäßig hell.» Und Karl folgte eifrig den Hinweisen, während Goethe neben ihm stand.

«Das nächste Mal mehr», sagte Goethe nach einiger Zeit, trug den Kleinen in sein Bett zurück und stopfte die Decke rings um ihn fest. Er strich noch einmal dem kranken Ernst übers Haar und sagte auch ihm gute Nacht. Dieses Mal begleitete ihn Karl höflich zur Tür.

«Wir müssen den Ernst mehr abhärten», äußerte Goethe drüben zu Charlotte. «Und Karl müßte unter Altersgefährten, in eine richtige Schule.»

«Ja, ja», antwortete Frau von Stein mit müder Stimme. «Sie wachsen so schnell heran, und ich habe so viel Dienst, und Stein ist meist unterwegs. Jeden Augenblick sollte man etwas anderes.»

Dadurch, daß nun der Herzog mit Corona eintrat, wurde Goethe einer Antwort enthoben.

«Guten Abend, beste Stein», grüßte der Herzog, «vielen Dank für die Einladung. Nur im kleinen Zirkel läßt sich's gut plaudern.»

Auch Corona bedankte sich, dann sagte sie erklärend: «Durchlaucht hatten die Güte, mich abzuholen.»

Karl August unterbrach sie: «Hatten die Güte – so wollen wir doch nicht im vertrauten Kreis sprechen. Ich habe mir das Vergnügen gemacht, die Gesellschaft der Demoiselle schon ein wenig vorher und allein zu genießen, nicht wahr?»

Mit einem Blick vertraulichen Einverständnisses begrüßten sich Goethe und Corona. Charlotte von Stein bemerkte es, und das Blut stieg ihr in die Wangen. Sie mußte zugeben, daß Corona bildschön aussah und höchst passend und geschmackvoll gekleidet war; um so mehr schmerzte es sie, daß Goethe so freundschaftlich unformell mit ihr umging. Sie kam sich neben dem blühenden Geschöpf doppelt alt und verbraucht vor. Doch war sie gewohnt, sich zusammenzunehmen, und mit konventioneller Liebenswürdigkeit, wenn auch keineswegs herzlich bat sie ihre Gäste, Platz zu nehmen. Karl August war viel zu sehr mit seiner schönen Partnerin beschäftigt, um überhaupt etwas anderes zu beachten. Goethe aber spürte die seelische Verfassung der Freundin und wandte sich ihr mit verdoppelter Liebenswürdigkeit zu. Er berichtete, er habe sich heute einen Stich von Raffael angesehen: die Transfiguration – im Deutschen sage man meist ‚Die Verklärung'. Es sei unbeschreiblich! Er schaute in die Runde, doch redete er temperamentvoll nur zu ihr. «Wie die Eltern trostlos den Jüngern ihren besessenen Knaben vorstellen! Die Jünger scheinen bereits vergeblich den Versuch gemacht zu haben, den bösen Geist zu bannen; sie haben hilflos ein altes Buch aufgeschlagen, um zu sehen, ob nicht etwa eine überlieferte Formel gegen das Übel wirksam werden könnte. Vergebens! In diesem Augenblick höchster Verzweiflung erscheint oben über ihnen allen der Verklärte neben Moses und Elias. Er ist der einzig Kraftvolle, Hilfreiche, und die Jünger deuten erlöst hinauf zu diesem Quell der Hilfe. Herrlich!»

«Nirgends in der Bibel ist eine solche Szene berichtet», wandte Charlotte ein.

Goethe nickte. Er habe sich den Bericht des Markus eigens daraufhin angesehen. Raffael habe genial das Ereignis vom besessenen Knaben, das der Evangelist erst nachher berichte, mit der Erscheinung auf dem Berge Tabor zusammengebracht. Dadurch bekomme die Verklärung auf dem Tabor unmittelbare Wirkung.

«Ich kann das nicht genial finden», widersprach Charlotte, «man kann die Bibel nicht einfach ändern; außerdem zerfällt das Bild in ein Oben und ein Unten!»

Das Geheimnis der Verklärung, der Transfiguration – Markus nenne es ‚Metamorphose', Verwandlung –, bliebe ein Geheimnis, nur wenige vermöchten im Unten das Oben zu erkennen, stimmte Goethe zu.

«Ich kenne den Stich gut», mischte sich Corona nun ein, «Oeser hat ihn in seinem Atelier hängen. Es ist überwältigend, wie Raffael alles Licht oben zusammengeballt hat.»

«Ja», ergänzte Goethe, «alles Licht sammelt sich auf der breiten, emporgewandten Stirn des Verklärten.»

«Immer ist alles Licht nur oben», sagte Charlotte trübsinnig. «Von solcher Zweiteilung kann sich niemand eine Hoffnung für dieses erbärmliche Unten erwarten. Bloß weil es von Raffael stammt», fuhr sie dann gereizt fort, «muß es noch nicht gut und wahr sein.» Es verstimmte sie, daß Goethe und Corona sich einig waren gegen sie.

«Bedenken Sie, es war das letzte Bild dieses begnadeten Künstlers. Man hatte es bei seiner Totenfeier ihm zu Häupten aufgestellt», meinte Goethe, nun auch heftig werdend. «Ich denke, er hatte jederzeit recht, wie die Natur, und vielleicht gerade da am gründlichsten, wo man ihn am wenigsten begreift.»

Nun kam der Herzog dem Freunde zu Hilfe: «Ich muß ihm beistimmen; wenn es ein Raffael ist, so möchte ich zunächst denken, er hat es richtig gemacht und richtig gedacht.»

«Weil es ein Raffael ist ...», entgegnete Frau von Stein. «Sonst sind Sie, Durchlaucht, und Sie, Goethe, doch immer dafür, alles Überlieferte zu sondieren und zu prüfen und womöglich abzutun!»

«Mir ist im Augenblick Raffaels ‚Verklärung' viel weniger wichtig als meine Rolle in der ‚Lila' und der Geburtstag der Herzogin», sagte Corona, im Bemühen, das Gespräch in andere Bahnen zu lenken. «Freut sich das hohe Geburtstagskind auf das Fest?» fragte sie, an die Gastgeberin gewandt.

«Freuen?» meinte die Stein kühl, «eher fürchtet sie ja solche Feste.»

«Aber wir wollen uns alle bemühen, ihr unsere Verehrung, unsere Hochachtung, ja unsere Liebe zu zeigen», fuhr Corona in warmem Ton fort. «Allmählich wird sie das spüren.»

«Sie haben sich schon eingelebt hier?» fragte Charlotte die Schauspielerin nun freundlicher.

Mühselig schleppte sich das Gespräch noch eine Weile hin. Viel früher als vorgesehen brach man auf.

«Weißt du», sagte Corona daheim zu Minchen, die ihr beim Auskleiden half, «es ist doch schwieriger in diesem Weimar, als ich es mir gedacht habe.»

«War sie nicht freundlich zu dir?» fragte Minchen sogleich argwöhnisch.

«Sie war höflich und nicht gerade unfreundlich. Die Schwierigkeit liegt nicht so sehr im Gesellschaftlichen wie im Menschlichen. Goethe liebt sie und sie ihn wohl auch. Aber sie hält es für ihre Pflicht, ihn zurückzustoßen und an ihm herumzuerziehen. Und wenn sie ihn zurückgestoßen hat, so setzt sie alles daran, ihn wieder zu versöhnen.»

«Aber das kann dir doch gleich sein», meinte Mine nüchtern.

«Es ist mir nicht gleich», sagte Corona bedrückt. «Mein Dasein stört sie, und ihres stört mich. Man kann das Leben nicht teilen in ein Oben und Unten, in ein Rechts und Links. Ich bin da so mitten hineingesetzt . . .» Sie seufzte.

Die Aufführung der «Lila» gelang glänzend. Selbst das Geburtstagskind schien an diesem Tage fröhlicher zu sein als sonst. Sie gab ihre Zurückhaltung ein wenig auf und sprach Corona herzlich ihren Dank aus und richtete auch am nächsten Tag auf der Redoute freundlich das Wort an sie. Ob sie den auffordernden Sinn der «Lila» verstanden hatte oder ob ihr nur die Mühe, die man sich um sie gemacht hatte, wohltat, wußte keiner zu sagen.

Inzwischen probte Goethe mit Corona schon wieder ein neues Stück: «Erwin und Elmire».

«Schnell ein neues Stück, Doktor Wolf!» hatte Anna Amalia lebhaft gefordert. «‚Lila‘ war reizend; aber eben darum hat's uns Appetit auf weiteres gemacht. Ich begreife jetzt erst, wieviel Wesentliches man den Menschen durchs Theater sagen kann.»

«Durchlaucht, ich wälze Bücher über den Bergbau – das ist im Augenblick sehr wesentlich für das Land.»

«Nun denn, so haben Sie sicher etwas Altes! Mein Bruder, Fürst Ferdinand von Braunschweig, hat sich zu Besuch angesagt. Wir müssen ihm doch zeigen, daß das kleine Weimar mehr von Kunst versteht als sein Braunschweig.»

Man könnte ‚Erwin und Elmire‘ nochmals aufführen. Es habe im Sommer gut gewirkt.

Anna Amalia klatschte in die Hände. «Die Schröter wird eine entzückende Elmire sein, und meine Kompositionen könnten meinem Herrn Bruder imponieren.»

«Krönchen, eine neue Rolle», stöhnte Goethe, als er bei Corona eintrat.

«Schon wieder», stöhnte Corona ebenfalls spaßhaft.

«Zu Ehren des Herzogs Ferdinand von Braunschweig.»

«Von wem ist es denn?»

«Von mir.»

«Wo spielt's?»

«Nicht in Spanien.»

Sie lachte.

«‚Nicht in Spanien‘ – so habe ich damals den Schauplatz der Handlung angegeben.»

Corona sah ihn gespannt an.

Er lachte. Er meine damit jeden Ort, an dem Liebende sich gegenseitig plagen – jeden Ort, wo gesellschaftliche Rücksichten Liebende voneinander trennen.

«Also jeden Ort, den es auf der Erde gibt! Hast du einen Ausweg gefunden?»

«Der Mann Erwin vergräbt sich in eine Einsiedelei.»

«Also eine umgekehrte ‚Lila'! und kein wirklicher Ausweg! Wie heißt dieses Mal die Lila?»

«Elmire. Es sind hübsche Liedeinlagen für dich darin. Anna Amalia hat sie komponiert.

Ein Veilchen auf der Wiese stand,
Gebückt in sich und unbekannt –
Es war ein herzigs Veilchen ...»

«Hast du es in Straßburg gemacht? nach dem Heiderös-lein?» fragte Corona entzückt.

Goethe schüttelte den Kopf. Vor zwei Jahren in Frankfurt, während er mit Lili Schönemann verlobt gewesen sei.

Corona sah ihn prüfend an. Tat ihm die Erinnerung weh?

«Es ist vorbei, Krone – so vorbei, wie ich's selber nicht für möglich gehalten hätte.»

Und er erzählte, daß im vorigen Sommer Philipp ihn eines Abends geweckt und ihm einen Brief aus der Stadt gebracht habe. Schlaftrunken habe er die Nachricht von Lilis Heirat gelesen. «Ich seufzte auf, aber nur, weil er mich aus dem Schlaf aufgestört hatte, und drehte mich auf die andere Seite.» Er lachte leicht auf.

«Eigentlich traurig», sagte Corona nachdenklich.

«Was ist traurig?»

«Nun, daß die Liebe bei euch Männern so einfach sterben kann.»

«Du hast recht. Aber ist's bei euch Frauen anders?» fragte Goethe. «Schließlich hat sie einen anderen geheiratet und nicht ich.»

«Weil du sie verlassen hast.»

«Komm, Krönchen, halt du mir nicht auch noch Moralpredigten. Hier sind die Noten, laß uns mal probieren.»

Er schlug die einfache Melodie auf dem Piano an, und Corona sang halblaut vom Blatt.

«Es ist reizend», pflichtete sie ihm bei; «vor allem dein Text. Die Komposition könnte ich mir freilich noch etwas bedeutender vorstellen.»

Goethe sah zu ihr auf. «Immerhin erstaunlich», meinte er, «daß die Herzogin so tätig teilnimmt!» Theater attackiere, es bilde! Es sei eine Hoffnung. Etwas von dem, was der Adel den Bürgerlichen jahrhundertelang vorausgehabt habe, werde durch Kunst und Theater in breite Schichten kommen.

«Das sind so deine Ideen», wandte Corona ein. «Wenn du Berufsschauspieler wärst, so würdest du ganz anders denken. Du würdest sehen, wie verachtet das Theater im Grunde ist; und mit ihm unser Stand ...»

«Denk an Ekhof, an Iffland!» meinte Goethe. «Jederman spricht diese Namen mit hoher Achtung aus. Theater ist eine Macht! Und wenn wir nur erst genug wertvolle Stücke haben, so wird es offenbar werden, welch wichtige Erzieherrolle dem Schauspieler zukommt.»

Corona nickte. «Wenn, wenn, wenn ...», warf sie mit leisem Spott ein. «Und wenn wir zwei Jahrhunderte weiter sind, gilt's vielleicht auch mal für uns Frauen!»

Goethe aber kam ins Plaudern und berichtete von dem Puppentheater, das seine Großmutter dereinst den Kindern geschenkt hatte. Er sei vollkommen glücklich damit gewesen und habe später oftmals gedacht, daß es überaus lohnend sein müsse, alle Kraft für das Theater einzusetzen und damit Gutes zu bewirken. «Ich muß einen Theaterroman schreiben», sagte er lebhaft. «Wilhelm soll der Held heißen – Wilhelm Meister – und seine Partnerin Marianne – einen

Roman über die Sendung des Theaters. Alle weiblichen Gestalten darin werden etwas von dir haben!»

Corona sagte lachend: «Du hast zu viele Vorbilder, als daß man darauf stolz sein könnte!» Sie schüttelte gespielt entrüstet den Kopf, so daß ihr die Locken ums Gesicht flogen. Er ergriff eine der blondbraunen weichen Rollen, doch sie sagte sogleich ablenkend: «Aber nun will ich das Veilchenlied noch einmal richtig singen.»

Während Goethe ihrer Stimme lauschte, glaubte er noch ihr seidiges Haar in seinen Fingern zu fühlen. Corona indessen dachte: Bei allem, was man mit ihm spricht, hat man Gewinn. Jeder von beiden empfand die tiefe Vertrautheit, die zwischen ihnen herrschte, als ein reines Glück.

Wenige Tage später, am 8. Februar, hatte Goethe abends bei einer der Hofdamen der jungen Herzogin einen Auftrag auszurichten. Er wurde ohne weiteres hereingeführt, da sowieso Besuch anwesend war. Am festlich gedeckten Tisch saß der Herzog zwischen der Gastgeberin und Corona. Als Goethe das Zimmer betrat, lachten die Schauspielerin und Karl August gerade ausgelassen, wobei ihre Augen in fröhlichem Einverständnis ineinandertauchten. Es vergingen einige Augenblicke, ehe sie aufblickten und den Ankömmling begrüßten. Goethe stutzte: Ging zwischen den beiden etwas vor? Er kannte den jungen Herzog. Der Draufgänger würde sich nicht lange mit solchem Lachen und mit kokettierender Konversation begnügen. Und Corona? Erwiderte sie auf einmal die Neigung, die ihr der Fürst so offensichtlich entgegenbrachte? Bisher hatte er sie immer spröde und kühl gefunden; selbst gegen ihn, den Freund. War sie bei der Werbung eines Herzogs plötzlich nicht mehr so abweisend?!

Er begrüßte die beiden steif und zeremoniös, richtete der Hausfrau den Auftrag der Herzogin aus und verabschiedete sich sogleich wieder, obwohl man ihn dringend zum Bleiben aufforderte. Als er eine knappe Verbeugung vor der Freundin machte, blickte sie ihn erstaunt an. Im Hinausgehen bemerkte er, wie der Herzog, unbekümmert um den Weggehenden, die Schauspielerin begehrlich betrachtete. Die ganze Nacht hindurch konnte er diesen Blick nicht wieder vergessen. Und Corona hatte, wie ihm schien, harmlos dazu gelacht. War es nicht seine Pflicht, einzuschreiten? Gleich morgen würde er ein ernstes Wort mit dem jungen Fürsten sprechen! Er hatte die Rechte der Herzogin Luise ebenso zu schützen wie die der jungen Sängerin! Er drehte sich auf die Seite, um zu schlafen, aber es gelang ihm nicht. Rechte?! War das nicht alles nur Vorwand? Versuchte er nicht, sich darüber hinwegzutäuschen, daß er eifersüchtig war, daß er sich hintergangen fühlte, und zwar von Freund und Freundin zugleich? Er erhob sich vom Bett und trat ans Fenster: Wie kahl und öde war alles dort draußen! War er nicht ein Narr, daß er sich hier festgesetzt hatte? Er belud sich für diesen jungen Herzog mit der schwierigen Verwaltung eines winzigen Landes, setzte sich Händeln und Intrigen aus! – Wofür?

Auch Corona schlief in dieser Nacht nicht. Wie durfte es Goethe wagen, sie durch sein Betragen derart zu maßregeln! Und ohne Grund! Was erlaubt er sich! Sie war nicht seine Untergebene! Am wenigsten in ihrem Privatleben. Unterordnen wollte sie sich allein ihrer Aufgabe. Der Argwohn, den Goethe mit seiner kalten Förmlichkeit zum Ausdruck gebracht hatte, verletzte sie tief. Er schien ohne weiteres anzunehmen, daß etwas Unerlaubtes zwischen ihr und diesem Jungen bestünde – ein Junge war der Herzog doch gegen sie! Goethe war kein echter Freund.

«Sollte der Geheime Legationsrat Goethe mich besuchen wollen», ordnete sie am nächsten Morgen an, «so bin ich nicht für ihn zu sprechen. Ich habe zu arbeiten.»

Einige Tage später brachte Philipp Seidel ein Billett, in dem Goethe sie kurz bat, ihm zu verzeihen. Alles sei nur ein Mißverständnis gewesen. Sie las es mit Befriedigung, und dennoch blieb eine Wunde in ihr zurück.

Der 15. Februar 1777 zog leuchtend über Weimar herauf. Der Schnee war überall geschmolzen, die Vögel riefen und lockten, die Bäume dehnten ihre Zweige, die Sonne strahlte aus einem tiefblauen, wolkenlosen Himmel herab.

«Wollen wir einen Spaziergang machen?» schlug Corona der Freundin Mine vor, «vielleicht zum Stern? Dort sind sicher die Wege schon trocken.»

Minchen nickte. «Es ist der rechte Tag dazu», sagte sie verständnisvoll.

«Wenn er im Garten sein sollte, begrüße ich ihn», fuhr Corona lächelnd fort. «Ich werde es dem Schicksal anheimstellen.»

Als die Mädchen am Floßgraben entlanggegangen waren und aus dem Gehölz am Stern heraustraten, sahen sie Goethe mitten in der Sonne bei seinen Beeten beschäftigt. In seiner gelben Nankinghose kniete er mit einem Bein auf der Erde, der blaue Frack stand offen; grell leuchteten die beiden Farben. Er blickte sogleich auf, als er unten auf dem Sandweg Schritte hörte, klopfte sich den Schmutz von den Händen und kam in großen Sprüngen den Hang herab auf sie zu.

«Wunderbar, daß ihr kommt», sagte er strahlend. «Ich habe euch so viel zu zeigen! Seht nur meine Krokusse! Welch herrliches Safrangelb!» Dann streckte er die Hand nach einer der jungen Linden aus und bog zart einen Zweig herab. «Sie haben Wurzeln geschlagen», sagte er glücklich.

Nun führte er sie zu Miedings Bank, die schon aufgestellt war. Sie plauderten miteinander, wobei sie bemüht waren, mit keinem Wort an die Verstimmung, die sich zwischen ihnen ergeben hatte, zu rühren; und doch war sie nicht ganz verwunden.

«Mine, Sie bleiben sicher lieber hier in der Sonne sitzen», sagte Goethe plötzlich und zog Corona am Arm hoch. Er wolle ihr von einem Plan erzählen. Und er führte die Freundin den Mittelweg am Hang entlang bis zum nördlichen Ende des Grundstücks. Dort blieb er stehen, zeichnete mit ausladendem Arm das Rund der Büsche und Bäume nach und sagte, hier solle ein Denkmal stehen. Er habe alles schon mit Oeser besprochen, und der habe bereits eine Zeichnung entworfen: zu einem Monument «Agathè Tychè» – für das gute Geschick – von edler Einfalt und stiller Größe. Klauer arbeite schon fleißig daran. Es solle nur ein großer, einfacher Quader von rötlichem Sandstein sein und eine Kugel darauf, die Kugel des Glücks... die Kugel der Welt... die Kugel der Sonne, des Lebens – er suchte nach Worten –, der Ball, der nur einen Augenblick lang verharrt auf dem Massiv der Erde... die Realität des Menschen... Goethe sprach stammelnd in bewegtem Ton.

Corona nickte. Sie fühlte, was im Grunde er sagen wollte, und antwortete: «Von schützenden Bäumen wie in einer Apsis geborgen...»

«Der Altar meines Hauses.» Goethe zog Coronas Arm durch den seinen und preßte ihn an sich. Sie ließ es sich gefallen.

«Schon Zweifel und Mißtrauen bringen die Kugel ins Rollen», meinte sie ernst.

«Ich weiß», antwortete Goethe. «Verzeih.»

«Du mußt begreifen, ich brauche Freiheit», entgegnete sie, «als Frau und als Künstlerin. Ich habe mich bis jetzt niemals gebunden – das mußt du respektieren.» Sie verstummte. Goethe drückte seine Finger durch die ihren und verschränkte sie miteinander. Sie fühlte, wie seine breiteren Finger die ihren auseinanderpreßten.

«Ich muß mich mit allen gut stellen und muß mich doch nach allen Seiten verteidigen», sagte sie mit leiser Stimme.

Goethe sah sie von der Seite an: So wie ihr ging es ihm selber ja auch; aber er sagte nichts dazu. Und so sprach sie weiter:

«Es gibt eben zwei Arten von Menschen: die Bevorrechtigten und die anderen.»

«Du bist bevorrechtigt», sagte er. Und als sie fragend zu ihm hinsah, fuhr er fort: «Von der Natur!»

«Darum eben spürt man alles andere um so bitterer. Natur gilt nichts, Schönheit, Talent, alles nichts. Nur Adel oder zum mindesten Reichtum. Daran ändert im Grunde keine Leistung etwas. Sie erkennen die Leistung manchmal an, aber der Mensch bleibt ihnen deshalb doch zweitrangig. Im Gegenteil: Sie tun, als stünde man allezeit in gefälliger Maske für sie auf der Bühne.»

«Ja, ja», gab Goethe nachdenklich zu. «Ich leide ja selber unter diesen Verhältnissen...»

«Du?» fragte Corona, «du gehörst doch zu ihnen! Du bist vermögend geboren, bist ein Patrizier!»

«Für sie bin ich nur der Bürgerliche», antwortete Goethe heftig, und immer erregter werdend, berichtete er von dem entwürdigenden Ärger, den er noch immer im Conseil habe. Und von der Mühe, die es koste, den jungen Herzog zur Durchsetzung notwendiger Maßnahmen zu bewegen. «Er kann zwar mit aufgeklärtem Sinn deren Wichtigkeit eingesehen haben, aber sie dann gegen all die alten zopfigen Gesetze wirklich durchzuführen, das ist eine andere Sache. Manchmal kann man sich wirklich nützlich machen und unmittelbar eingreifen; zum Beispiel, wenn es brennt. Da kannst du einfach auf ein Pferd springen, hinjagen, löschen und helfen. Trotz aller Anstrengung bin ich danach immer ganz glücklich in dem Bewußtsein, etwas Sinnvolles getan zu haben! Zu beklagen sind natürlich die armen

Kerle, denen Haus oder Scheune niedergebrannt ist – trotz aller Mühe. Sie wollen nicht davon ablassen, ihre Häuser mit Stroh zu decken, denn natürlich kostet Schiefer mehr als Stroh, und Geld haben sie nicht. Es ist zum Verzweifeln! Der Hof hier lebt ja viel einfacher als die anderen Höfe – aber im Vergleich zu den armen Leuten draußen lebt er in Saus und Braus – und zwar von ihnen, diesen armen Schluckern!»

«Siehst du», sagte Corona still. Sie waren auf dem Weg stehengeblieben. «Neulich, als Minchen und ich von Tiefurt nach Denstedt spazierten, da stand ein Bauer fluchend vor seinem verwüsteten Acker: Die sprießende Wintersaat war überall niedergetrampelt. ‚Jagd auf Wildschweine!' knurrte er. ‚Und dann sagen sie, sie befreien uns von Wildschaden ...'»

«Und?» forschte Goethe, «weiter!»

«Weiter sagte er: ‚Und wenn sie die vorhandenen Wildschweine abgeschossen haben, setzen sie Frischlinge aus, damit sie wieder was zum Jagen haben!' Stimmt das denn?»

Goethe zuckte mit den Schultern und seufzte. «Der Herzog ist eben jung und robust. Er denkt, er müsse sich austoben, weil er solange unter strenger höfischer Zucht gehalten worden ist. Er meint, er habe etwas versäumt. Und in gewisser Weise stimmt es ja auch.»

«Er ist großzügig und tatkräftig, und Wieland hat ihn dazu angeleitet, zu denken und sich für alles zu interessieren», sagte sie, «aber was ist damit schon erreicht!» Beide setzten schweigend ihren Weg fort bis zur Bank, auf der Minchen behaglich in der Sonne saß.

«Auf der nächsten Redoute werde ich als Bauer erscheinen, als Bauer Simpel, und werde ihnen unverblümt meine Meinung über diese Dinge sagen.»

«Als Bauer?» platzte Minchen heraus, «auf einer Hofredoute? Wollen Sie sich so wie jetzt etwas Schmutz an die Hosen und Schuhe kleben und ein wenig Stroh ins Haar?»

«Aber Demoiselle Probst», entrüstete sich Goethe scherzhaft. «Sie scheinen nicht zu wissen, wie malerisch die alten Thüringer Trachten sind, die Altenburger zum Beispiel! Die Hauptsache ist, daß ich, als Bauer geschminkt, ganz ungeschminkt meine Meinung sage.»

«Alle werden darüber lachen und es als Faschingsscherz abtun», meinte Minchen skeptisch.

«Soll ich vielleicht mitkommen als Bäuerin?» fiel Corona lebhaft ein.

Goethe lachte. «Schließlich will ich dem Herzog eine Rüge erteilen und ihm nicht noch eine verführerisch schöne Bauerndirne zuführen!»

Corona errötete über und über. Beide aber waren glücklich, daß die Verstimmung zwischen ihnen völlig beseitigt zu sein schien. Und als Corona ging, lud sie ihn für den nächsten Tag zum Mittagessen ein.

Er kam pünktlich und führte seine Gedanken über das Theater weiter aus, als hätten sie nie aufgehört, davon zu reden. Corona wurde auch mitteilsam und erzählte lebhaft und amüsant von ihren Bühnen- und Theatererlebnissen. Jedesmal, wenn sie schwieg, stellte Goethe ihr Zwischenfragen, damit sie weitersprach.

«Es ist eine Welt für sich», meinte er nachdenklich, «eine Welt guter Kameradschaft und zugleich böser Intrigen, eine Welt voller Schicksal. Sie besteht neben der eigentlichen Welt, und eine wirkt in die andere hinein. Im Grunde sind wir ja alle Spieler auf der Lebensbühne.»

«Es ist eine Welt voller Arbeit und Entbehrung», entgegnete Corona. «Man muß leichtblütig, ja leichtsinnig sein und doch geöffnet aller Tragik des Lebens. Man muß sich verschleiern und zugleich immer wieder zur Schau stellen.»

Goethe blickte sie nachdenklich an: Mit einem Male verstand er ihr Wesen besser, ihr ausgelassenes Temperament neben ihrer herben Reserviertheit; er verstand ihren Drang, sich allzeit irgendwie zu kostümieren und zu spielen und sich dann doch wieder still beobachtend zu verhalten.

Als er in sein Gartenhaus zurückgekehrt war, rief er laut nach Philipp, bat ihn, Papier und Feder herbeizuholen, und fing an zu diktieren. Er saß, die Füße auf den Herdrand gestemmt, den Rücken gegen die Stuhllehne gepreßt, und balancierte auf zwei Stuhlbeinen. Das Gespräch mit Corona hatte mit einem Male alles in ihm in Fluß gebracht, und er begann seinen Roman über die «Theatralische Sendung», der ihm seit vielen Jahren vorgeschwebt hatte. Die ersten Seiten strömten ihm nur so zu. Erst nach einer Stunde wurde er müde; das Feuer wärmte ihm angenehm die Füße. Wie war der Tag so schön gewesen! Ein Gefühl tiefer Befriedigung erfüllte ihn, weil er, trotz aller Arbeit im Conseil und trotz aller Ablenkung durch das Hofleben, endlich, endlich seinen dichterischen Plan in Angriff genommen hatte. Er verstummte, kam ins Träumen, und unversehens schlief er ein. Leise erhob sich Seidel, ordnete sorgfältig die beschriebenen Blätter und streckte sich auf dem Fußboden zum Schlaf aus. Beide erwachten erst, als die Sonne bereits voll in die Küche schien.

Corona genoß diesen ersten Frühling in Weimar. Goethe ging bei ihr aus und ein. Sie trafen sich abends bei den Redouten, beim Theaterspiel und bei den Konzerten. Corona hatte beruflich und menschlich Erfolg: Herzogin Anna Amalia gab sich jetzt ungezwungen und freundlich; die Herzogin Luise behandelte sie zuvorkommend; Karl August huldigte ihr nach wie vor, aber respektvoll und unaufdringlich. Sie hatte sich neue Freunde zu den alten hinzugewonnen: zum Beispiel den Erzieher des jüngeren Prinzen, den Hauptmann von Knebel, einen verkrachten Offizier. «Er war der erste», hatte Goethe von ihm gesagt; «er hat mich mit Karl August bekannt gemacht. Er ist der Urfreund.» Karl Ludwig von Knebel war ein hochgebildeter Verehrer der Musen, ein allzeit teilnehmender Freund. Dann war da Musäus, der ehemalige Pfarrer, ein Original, bieder und lebenslustig. In den schmutzigsten Gassen suchte er die ältesten Leute auf, um sich von ihnen alte Märchen erzählen zu lassen und sie niederzuschreiben. Dazu kamen der Tischlermeister Martin Mieding und Meister Klauer, der Steinmetz; beides Handwerker, aber mit stark ausgeprägtem Kunstsinn. Sie ging, auch ohne bestimmten Anlaß, in Miedings Werkstatt und plauderte mit ihm. Daß er sie auf gut thüringisch «Mädchen» nannte, empfand sie wie eine Zärtlichkeit. Dann gab es noch den allzeit lustigen, pfiffigen Philipp Seidel und vor allem ihr gutes, treues Minchen! So wußte sie sich zu trösten, wenn Goethe, in seinen Gefühlen wechselhaft wie Ebbe und Flut oder wie die Phasen des Mondes, manchmal längere Zeit ausblieb. Sie vertraute der Beständigkeit seiner Freundschaft und verargte es ihm auch nicht, daß er für Charlotte von Stein auf dem Steilufer, gegenüber seinem Gartenhaus, über dem neu erbauten Stallgebäude am Exerzierfeld, eine Wohnung einrichtete und Stunde um Stunde damit vertat, Möbel zu entwerfen und Räume einzurichten. Sie verstand, daß es ihm Freude machte, etwas aufzubauen und zu schaffen. Sollte sie ihm das mißgönnen, zumal sie selbst ihm doch in gemeinsamer künstlerischer Arbeit verbunden war?

Weimar war zwar fast ein Dorf, aber voll von vielfältigem Leben. Es kamen auch Fremde hierher, bedeutende und unbedeutende. Und alle sprachen bei Corona vor; denn sie gehörte ganz dazu.

Ein halbes Jahr lang hielt ein Philanthropist namens Kaufmann die Stadt in Atem. Er kam von Lavater aus

Zürich und wollte zu Basedow nach Dessau. Besonders Anna Amalia lud den seltsamen Mann oftmals zu sich, sie hörte sich gern einmal statt Voltaires atheistischen Ideen Lavaters mystische Religionslehren an. Eine Woge emphatischer Begeisterung schäumte um den seltsamen Besucher, der mit tiefsinnigen Bemerkungen um sich warf; nur Goethe ließ sich von der allgemeinen Schwärmerei nicht fortreißen. Er war zwar früher ein begeisterter Verehrer Lavaters gewesen und hatte die Übungen religiöser Versenkung geübt und geschätzt; aber heute begegnete er dem allen mit Kritik. Seitdem er mit der praktischen Arbeit im Weimarischen Staat zu tun hatte, seitdem er sich um Wegebau, Bergbau, Militär, Verwaltung und Finanzwesen mühte, schien ihm in zunehmendem Maße jene Bruderschaft der Geister, sobald sie zum Selbstzweck wurde, lebensfremd und verstiegen. Er verwarf sie nicht völlig, aber die Ziele schienen ihm viel zu verschwommen. Es kam ja darauf an, zu handeln, zu wirken, tätig zu sein!

Einmal – es war am 7. März –, als ihn sein Weg an Coronas Wohnung vorbeiführte, ging er hinauf, um sie zu begrüßen. Doch da fand er den Philanthropisten als Teegast bei ihr vor, und er ärgerte sich darüber. Dieser Kaufmann war ihm zuwider mit seinen tiefsinnigen Anschauungen. Was hatte der Spintisierer bei seiner fröhlichen, natürlichen Corona zu tun?! Und sie schienen einander so gut zu verstehen. Sie sprachen über Lavaters und Basedows Bestrebungen, und Corona konnte sich im Fragen nicht genugtun. Er hörte, daß sie sich eingehend nach dem Grafen Saint-Germain erkundigte. Goethe blieb schweigsam. Dann erzählte er in etwas gereiztem Ton davon, daß er sich als Erzieher versuchen wolle.

«Ich warte jetzt auf einen zwölfjährigen Knaben», sagte er. «Ein Bekannter in der Schweiz hatte einen Hirtenbuben aus seinen armseligen Verhältnissen herausgenommen, adoptiert und mich gebeten, eine Art Patenstelle bei dem Jungen zu übernehmen, falls er selbst vorzeitig stürbe. Nun ist es soweit. Lindenau muß ein Art Vorahnung von seinem frühen Tod gehabt haben; er ist nun tot, und sein Schützling, Peter im Baumgarten, tut absolut nicht gut in dem Philantropischen Internat, in dem man ihn untergebracht hat. Ich muß ihn zu mir nehmen.»

«Da tun Sie ein gutes Werk», fiel Kaufmann sogleich in überschwenglichem Ton ein. «Sie werden für diesen Knaben zum Schicksal.»

Corona sah den begeisterten Sprecher sinnend an. War Goethe nicht auch für sie zum Schicksal geworden?

Goethe aber verabschiedete sich ziemlich unvermittelt. Am nächsten Tag kam er aufs neue zu Corona.

«Heute, gottlob, ohne deinen Genieapostel!» Er ließ sich sogleich ungeniert am Tisch nieder.

«Wie kannst du nur so reden! Im Grunde schätzt du diese Ideen doch auch!»

«Da ist eine Schwarmgeisterei am Werk, die alles Richtige ins Falsche verkehrt. Du hast dich offenbar von ihm anstecken lassen, du warst ja ganz versunken gestern!»

«An deinem Hof käme eine solche Stimmung freilich nicht auf», sagte sie spöttisch. «Sie nehmen ja alles nur als Zeitvertreib.»

«An meinem Hof!» brauste Goethe auf.

«Ist er's nicht?» fragte Corona spitz. «Der Herzog ist dein Bruder; Anna Amalia gibt sich als deine Mutter; die Stein als deine Schwester...»

Ein Schatten flog über Goethes Gesicht, so daß Corona mitten im Satz verstummte. Er sah sie fragend, traurig, nachdenklich an und ging.

Corona blickte ihm nach, ohne eine Miene zu verziehen. Sie war befriedigt, weil sie sich gewehrt hatte. Erst später taten ihr ihre Worte leid. Sie hätte ihn nach dem Altan fragen sollen, den er auf der Südseite seines Hauses anbauen wollte. Wie oft hatten sie sich gemeinsam alles ausgemalt! Er würde auf diesem Balkon schlafen, unmittelbar unter dem Himmel, unter Wolken oder Sternen, bei Blättergeflüster oder Windesrauschen. Er würde bei jedem Wetter hinaustreten können, auch zwischen der Arbeit, für eine kurze Atempause. Ein Altan würde sein Häuschen erst vollkommen machen. Er würde dort mit Freunden sitzen und plaudern.

«Und vor allem werden wir mehr Wirtschaftsraum haben!» hatte Philipp nüchtern dazwischengeworfen; «eine Waschküche und einen Holzstall darunter.»

«Richtig!» hatte Goethe ihm beigepflichtet und sich dann ihr zugewendet: «Wo, meinst du, soll ich die Wand durchbrechen lassen?» Nun würde all dies ohne ihre direkte Anteilnahme vor sich gehen. Sie war traurig, und doch schien ihr, daß sie recht daran getan hatte, ihn zurückzuweisen. Die Verstimmung wegen des Herzogs hatte ihr gezeigt, wie notwendig es für sie war, auch ihm gegenüber auf ihrer Freiheit zu bestehen. Aber vielleicht hätte sie ihn nicht so kränken sollen? Doch er hatte sie auch verletzt!

Bei Wieland trafen sie zufällig wieder zusammen. Corona gab sich kühl und gleichgültig. Sie spielte mit den Kindern weiter, als sei er nicht da. Da plötzlich ließ sich der Herzog melden. Sowie er eintrat, wandte sie sich von den kleinen Mädchen ab, begrüßte ihn liebenswürdig und plauderte lebhaft mit ihm. Goethe saß still und in sich gekehrt dabei. Als sich der Herzog schließlich verabschiedete, schloß sich Goethe ihm an.

«Was ist los mit euch beiden?» fragte Wieland die Sängerin. Corona zuckte die Schultern und schwieg. «Corona», sagte der Alte mahnend, «ich weiß ja nicht, was es gegeben hat; aber man muß ihm wohl manches zugute halten. Ich selber mußte das auch. Bevor er hierherkam, schrieb er eine freche Posse über mich – es war eine Laune von ihm. Soll ich ihm das nachtragen? Auf ihm liegt die Last eines übergroßen Talents. Ich will Ihnen nicht hineinreden; aber ich fürchte, er hat echte Freundesliebe sehr nötig.»

«Er sucht sie an einem anderen Ort», antwortete Corona abweisend.

«Ja, er sucht sie da; aber ob er sie findet?»

«Das ist seine Sache.»

«Kind», sagte Wieland mit leisem Vorwurf, «die Hand der Götter ist schwer, ich weiß es selber am besten. Ihr Frauen könnt doch leicht einlenken. Übermorgen ist Gründonnerstag, da hat er die Kinder zum Eiersuchen in seinen Garten eingeladen. Wollen Sie nicht einfach hinkommen?»

«Er hat mich nicht aufgefordert.»

«Aber sehen Sie denn nicht, daß Ihr Verhalten dem Herzog gegenüber ihn aufbringt und schmerzt? Sie sind nicht sehr freundlich zu ihm, wenn der Herzog dabei ist. Ich bin sicher, er wäre überglücklich, wenn Sie plötzlich wie der Osterhase in seinem Garten auftauchten. Sein Gesicht kann so aufstrahlen – ich habe das so noch nie bei einem Menschen gesehen.»

Corona aber ging nicht zum Eiersuchen. Sie saß mit Minchen in ihrem Zimmer und dachte an Leipzig zurück. Dort in der großen Stadt war doch alles viel leichter gewesen. Sie hatte sich vor Weimar gefürchtet, aber am meisten vor ihrer Stellung am Hof; und nun war es Goethe, der Freund, der ihr soviel Unruhe brachte. Wie viele Verstimmungen hatte es schon gegeben!

«Wir können wieder zurück nach Leipzig», sagte Minchen. «Wir sind erst vier Monate hier; es wäre nicht anders, als hätten wir eine Reise gemacht.»

«Zurück? Man kann niemals zurück», antwortete Corona; «es gibt immer nur ein Vorwärts. Ich muß dankbar sein, daß hier einige beständig treue Menschen um mich sind: du, Wieland – und Einsiedel...»

«Einsiedel?» fragte Mine, «dieser sanfte, lange Kammerherr? Der kommt doch nicht oft!»

«Nein, er wartet, bis man ihn braucht. Er trägt einen Spitznamen im Hofkreise – es war das erste, was ich von ihm hörte; sie nennen ihn alle l'ami – den Freund. Und ein Freund ist er auch. Manchmal bildet man ja in so einer Redoute den Mittelpunkt; manchmal aber lassen sie einen auch fühlen, daß man nur darum geduldet ist, weil man für sie singen oder spielen soll. Es liegt keine böse Absicht darin, es ergibt sich eben so; aber dann fühlt man bitter, daß man nicht dazugehört und nur eine Art besserer Dienstbote ist, trotz aller Kunst. Und dann ist es immer Einsiedel, der sich unauffällig zu einem gesellt und einem über alle Peinlichkeit hinweghilft.»

«Und Goethe nicht?» fragte Minchen geradezu.

Corona zögerte. «Nicht immer. Er ist zwar erfüllt von einer allgemeinen Menschenliebe und versucht auch liebreich, hilfreich und gut zu sein; aber es gelingt ihm nicht immer.» Sie lachte leicht auf. «Das kommt eben so, wenn man zwei Freundinnen hat.»

«Tust du ihm da nicht unrecht?»

Corona zuckte die Schultern.

Ab und zu schlug sie in dieser Zeit bei ihren Spaziergängen mit Minchen die Richtung zum Schloß Belvedere ein. Und da die Bäume und Büsche vorerst wenig Laub trugen, konnte man von vielen Stellen aus beobachten, wie am anderen Ufer der Ilm der Altan an der Südseite des Gartenhauses emporwuchs. Schließlich war er fertig. Die Arbeiter pflanzten eine Hecke aus Weißbuchen um das Grundstück, dazwischen wurde eine weiß gestrichene hölzerne Gartentür angebracht, Steinstufen gesetzt. Eines Tages mühte sich unter dumpfen Zurufen eine Gruppe von

Leuten unter Klauers Führung damit ab, einen schweren Quader von einem Tafelwagen herab- und den Hang hinaufzuwälzen; das gleiche geschah mit einer großen steinernen Kugel.

«Mein Anbau ist fertig, Corona, und das neue Monument steht – willst du kommen und dir alles ansehen?» fragte Goethe die Freundin, als sie sich am 17. April zufällig trafen. Er war unbefangen, als sei nichts gewesen, und strahlte sie an. Immer, wenn er sie traf, flammte helle Freude in ihm auf. So auch dieses Mal. Sie sah es wohl.

«Gern», antwortete sie ein wenig steif. Aber als sie seinen leuchtenden Blick auf sich ruhen fühlte, fuhr sie fort: «Du hast lange nicht bei mir gegessen – willst du das auch wieder einmal tun?»

«Gern», antwortete Goethe, indem er ihren Tonfall nachahmte, und lachte. Sie ist doch bezaubernd, dachte er.

Als Goethe am nächsten Mittag zu Corona zu Tisch kam, regnete es leicht. «Nun wird's wohl nichts mit eurem Besuch?» meinte er enttäuscht.

«Das Wetter kann sich ja bis zum Nachmittag noch aufheitern», antwortete Mine schnell an Coronas Statt.

Aber das Wetter heiterte sich keineswegs auf, sondern aus dem Nieseln wurde ein leiser Dauerregen. Dennoch wagten die Mädchen in schützenden Capes den Ausflug. Goethe hatte auf sie gewartet. Er lief ihnen entgegen und war übereifrig, ihnen dies und das zu zeigen: die ersten Blättchen seiner Buchenhecke und die neuen Weymouthskiefern um den Sitzplatz. Er zerrieb ein Zweiglein zwischen den Fingern und ließ sie den balsamischen Duft riechen. Dann legte er die Hand auf den rissigen Stamm des alten Wacholders und wies auf die dunkle und stumpfe Rinde, deren Schrunden in der Nässe kupferfarben leuchteten.

«Ihr wart lange nicht hier», sagte er, riß im unteren Teil

des Anbaus voll Stolz die Türen der Wirtschaftsräume auf und führte sie dann die schmale gewinkelte Treppe empor, geradeaus ins Zimmer und stieß dort mit beiden Händen die Tür zum Altan auf. Corona trat mit einem Ruf des Entzückens hinaus; tief atmete sie die frische, feuchte Luft ein, beugte sich weit vor und betrachtete Wiese und Fluß, den linker Hand ansteigenden schützenden Hang und den anderen jenseits des Flusses, der das Bild begrenzte.

«Du wirst naß, komm wieder herein», mahnte Goethe.

«Es ist schön im Regen», antwortete sie. «Hör mal, wie er niederfällt auf die Blätter.» Sie hielt den Kopf schief und lauschte. Als sie merkte, daß er sie beobachtete, formte sie beide Hände zu Mulden, um die Wassertropfen aufzufangen. Dann strich sie über das nasse Geländer. «Soll es so hell bleiben?» fragte sie sachkundig.

«Es dunkelt mit der Zeit von selber nach. Aber nun komm, dein Haar ist ganz naß!» Sie hatte die Kapuze achtlos zurückgeschoben.

«Es trocknet auch wieder», sagte sie, griff nach einer Strähne, zog sie über Stirn und Nase bis zum Mund herab und ließ sie wieder zurückschnellen. Sie schüttelte das geringelte, um Stirn, Hals und Ohren sich krausende Haar.

«Kommt noch einmal in den Garten», sagte er dann. Er ging zwischen den Mädchen durch den leise fallenden Regen den Mittelsteig am Hang entlang. Am Ende des Weges stand das neue Denkmal.

«Man geht wie in einem von der Natur geschaffenen Kirchenschiff auf deinen Altar zu», meinte Corona.

Er sah sie glücklich an. «Ich müßte hier Malven pflanzen, nicht wahr? Sie stünden wie Kerzen oder wie lebendige Säulen am Pfad.»

Sie nickte. Alle drei standen still und betrachteten den Stein, der von der Nässe ungleichmäßig gefleckt war. Büsche und Bäume umgaben ihn wie eine Apsis.

«Was soll das sein?» fragte Mine.

«Ein Mythos», antwortete Goethe, «mein Mythos: ‚Agathè tychè' – dem guten Glück.»

«Mythos? Aber dann müßte ein Gott dabei sein oder eine Göttin.»

«Man braucht sie nicht mit den Augen des Leibes zu sehen», sagte Goethe leise.

«Ein Denkmal für Eingeweihte», stimmte Corona zu; «deine Transfiguration oder Metamorphose. Es ist dir wunderbar gelungen.»

Drinnen hielt Seidel für alle einen heißen Trunk bereit. Dann saßen sie zu viert in der Küche und plauderten wie beim allerersten Mal, und als die Mädchen endlich aufbrachen, bestand Goethe darauf, sie heimzubegleiten. Als sie am Bertuchschen Hause angekommen waren, bat er, mit hinaufkommen zu dürfen.

«Man muß selber eine ganze Menge dazu tun, daß Tychè agathè wird», meinte Corona zum Abschied.

Goethe nickte. Seine dunklen Augen umfaßten ihre Gestalt. Voll Verlangen beugte er sich vor, um sie zu küssen. Doch dann tat er es nicht. Es war irgend etwas in ihr, aber auch in ihm, was ihn zurückhielt.

In der nächsten Zeit bemühte sich Goethe wieder, seine Zeit einigermaßen gleichmäßig zwischen Corona und Charlotte aufzuteilen. Immer, wenn er mit Corona zusammen war, geriet er in eine leichte, beschwingte, fröhliche Stimmung. Ihre Schönheit lockte und entflammte ihn. In Charlottes Gegenwart wandelte sich alles unversehens ins Schwere, Problematische, Quälende. Doch ihr anmutiger Ernst, ihre Unerlöstheit mahnten und riefen ihn.

Dann kam der Mai, feucht und schwül. Das Gartenhaus hatte hohe Zeit: Immer wieder fanden sich zwanglos Gäste ein, der Herzog, beide Herzoginnen mit ihrer Begleitung,

Wielands mit ihren drei kleinen Mädchen, Charlottes drei Söhne mit Herrn Kästner, ihrem Erzieher. Der Hausherr jagte mit den Kindern umher und konnte nicht genug davon bekommen. Es gab ausgelassenes Geschrei und Gelächter. Einmal rief jemand unten am Pförtchen – lange hörte es niemand in dem Getobe –; es waren Corona und Minchen, die schon einige Zeit lang unten auf der Straße gestanden hatten. Mit Hallo wurden sie eingeholt, und lachend beteiligte sich Corona sogleich am Ballspiel. Sie war geschickt und geschmeidig.

Tags darauf war Manöver. Die Husaren standen ausgerichtet auf dem Exerzierplatz am neuen Reitstall. Der Herzog, der Rittmeister von Lichtenberg und Goethe, alle drei zu Pferde, inspizierten. Schaulustige Bürger standen in gebührendem Abstand überall am Rande des Platzes umher. Da bogen plötzlich von der Ackerwand her zwei Reiter auf den Platz ein. Goethe sah sich ärgerlich um: Welche Störung unmittelbar vor dem Kommando! Da erkannte er Corona in Einsiedels Begleitung. Sie verhielten ihre Pferde und grüßten. Goethe und der Herzog ritten sogleich auf die beiden zu.

«Du reitest, Krönchen?» Goethe bewunderte ihren guten Sitz und ihre schöne Figur, die in dem knappen Reitdreß voll zur Geltung kam. In jeder Rolle, in jeder Maske war sie schön. Um den dunkelgrünen zylinderartigen Reithut hatte sie einen leichten rosafarbenen Schal geschlungen, der sich bei der geringsten Bewegung des Kopfes und bei jedem Lufthauch leicht bewegte und mit dem grünen Kleid zart kontrastierte.

Corona tätschelte ihrem Fuchs den Hals. «Durchlaucht der Herzog hatte die Liebenswürdigkeit, mir aus seinem Reitstall ein Pferd zu Verfügung zu stellen.» Verbindlich neigte sie dabei vor dem Fürsten den Kopf. «Sagte ich dir das nicht gestern?»

Nach dem Manöver ritten Corona, der Herzog, Goethe und Einsiedel, den anderen voraus, in die Stadt zurück. Der Weg führte von Taubach her über Oberweimar an Goethes Gartenhaus vorbei.

«Dein Philipp könnte uns eigentlich eine Erfrischung zuteil werden lassen», rief der Herzog, «oder fürchtest du, daß wir dich kahlfressen?» Auf einen Wink ritten Husaren herbei, nahmen die Pferde in Empfang und führten sie ab. Nur Einsiedel verabschiedete sich. Die drei anderen saßen lange im Garten, und da sie müde waren, lachten sie über alles und jedes. Niemand achtete darauf, daß sich am Himmel weißliche Wolken auftürmten und immer dunkler wurden. Plötzlich bog ein jäher Windstoß die Wipfel der Bäume nieder, ein erster Blitz zerriß zuckend den Himmel, und unmittelbar darauf krachte der Donner. Man lief ins Haus, trat auf den Altan und sah von da aus zu, wie die Blitze unaufhörlich mal hier, mal dort den Himmel erhellten. Über dem ganzen Horizont herrschte das Gewitter. Endlich begann der Regen herabzurauschen. Man zog sich ins Zimmer zurück, doch blieb die Tür weit geöffnet, und wunderbarer Erdgeruch strömte herein. Corona, die neben Goethe saß, ließ den Kopf auf die Sessellehne zurücksinken, wandte dem Freund die Augen zu und sagte tief aufseufzend:

«Du bist wirklich zu beneiden!»

«Weiß Gott, du bist zu beneiden!» sagte der Herzog; er meinte etwas anderes. Ihn selbst hatte das schöne Mädchen noch nie so angeblickt.

Als das Gewitter vorbei war und Goethe seine Gäste zum Pförtchen geleitet hatte, stieg er hinter ihnen die Stufen hinab und blickte ihnen nach. Ein Husar hatte die Pferde wieder herbeigeschafft, und so ritten sie nebeneinander auf der Chaussee am Floßgraben entlang. Die hohe, elegante Figur Einsiedels heute morgen hatte besser zu ihr gepaßt als die untersetzte Gestalt des Fürsten. Goethe stellte es mit einer Art Befriedigung fest; dann wandte er seinen Blick dem Lichtschein zu, der vom Westen her herüberschimmerte. Ob Charlotte las? Seine Augen schweiften von ihrem Licht wieder zu den davonreitenden Gestalten. Er lachte auf; es klang unfrei.

In der Mitte dieses Maimonats fuhr Charlotte von Stein für ein paar Tage nach Kalbsrieth. Goethe war traurig und zugleich erleichtert. Wie seltsam konnte ein Herz doch fühlen! Zum ersten Mal forderte er die Freundin Corona auf, einmal einen ganzen Tag mit ihm draußen im Garten zu verbringen. Sie kam gleich morgens, so daß beide zusammen im Garten frühstücken konnten. Dann zeichneten sie die gleiche Weymouthskiefer, und jeder begutachtete das Blatt des anderen.

«Weißt du noch», sagte Corona lachend, «‚mehr Papier!'» Dabei ahmte sie Oesers Tonfall täuschend nach.

Es sei genug Papier in seinem Leben, wehrte Goethe ab.

«Mit dieser Zeichnung wäre er gewiß zufrieden. Ich wenigstens finde sie ausgezeichnet. Jetzt hast du Wirklichkeit genug darin!» tröstete Corona.

Goethe musterte seine Skizze kritisch und meinte nachdenklich: vielleicht sei er eigentlich zum Maler geboren; oft dränge es ihn, Dinge, Landschaften, Menschen mit dem Zeichenstift festzuhalten. Aber seltsam – was schließlich dabei herauskäme, sei immer ein wenig enttäuschend.

«Deine Aufgabe ist es wohl, alles mit dem Wort festzuhalten.» Und, Oesers Bemerkung vom Maler ohne Hände noch im Sinn, fuhr sie fort: «Es gibt gewiß Musiker, Bildhauer, Maler – nur mit dem Wort; oder auch: nur mit der Seele.»

Und es gibt Sänger und Schauspieler ohne Stimme! dachte sie und umspannte mit beiden Händen ihren Hals, so daß sich vorn die Finger berührten. Es war eine seltsame Gebärde; drückte sie Verlegenheit aus? oder suchte Corona in sich selber nach einem Halt? «Wenn ich so singen könnte wie die Mara . . .!» seufzte sie.

Sie lehnte sich zurück und schloß die Augen. Sie fühlte die Sonne auf ihrem Gesicht. Mit einem Mal war es ihr, als fiele alles von ihr ab: Umwelt, Beruf, Zeit und Schicksal. In dieser klaren einfachen Bodenschale senkte sich mit Wärme, Licht und Stille eine Kraft in sie ein, der sie sich ruhig hingab.

Erst nach langer Zeit öffnete sie die Augen wieder. «Was hast du gezeichnet?» fragte sie.

«Dich», antwortete er und reichte ihr das Blatt hin.

«Habe ich so ausgesehen?» fragte sie. Was sie gefühlt und gedacht, spiegelte sich seltsam in dem Antlitz, das er gezeichnet hatte. Der Blumenhut machte einen merkwürdigen Kontrast zu dem entrückten Ausdruck.

Kurz darauf kehrte Charlotte nach Weimar zurück. Goethe lud sie zu sich, um ihr zu zeigen, was sich inzwischen in seinem Garten verändert hatte. Das gemeinsame Essen verlief in harmonischem Gespräch. Doch für den Garten zeigte sie, da es regnete, zu Goethes Enttäuschung wenig Interesse.

In der Nacht regnete es unaufhörlich weiter, und am nächsten Tag stürzten ganze Bäche vom Himmel herab. Die Ilm schwoll an, trat über die Ufer und überschwemmte die Wiese vor Goethes Haus. Das Wasser stand auf allen Wegen des Sterns, vereinigte sich dort mit dem Floßgraben und bildete eine einzige breite Fläche. Goethes Haus lag an einem weiten blinkenden See. Ganz Weimar war auf den Beinen, um sich die Überschwemmung anzusehen. Auch Frau von Stein hatte sich aufgemacht. Goethe sah sie mit den Hofdamen, dem Fräulein von Waldner und dem Fräulein von Oppen, auf dem Weg, der nun wie ein Damm am

Wasser entlangführte, daherkommen und bat sie herein: Vom ersten Stock aus könne man das ungewohnte Ereignis noch besser überschauen.

Kurze Zeit später kamen Corona und Mine die gleiche Straße entlang, fanden die Gartenpforte offen und stiegen ohne weiteres die Stufen hinauf zum Mittelweg. Als sie zur Haustür einbiegen wollten, war Goethe gerade im Begriff, mit den drei Damen das Haus wieder zu verlassen. Charlotte, Corona und Goethe erschraken bei dieser unerwarteten Begegnung. Welch fatales Rencontre!

Corona faßte sich und grüßte die Damen mit anmutiger Höflichkeit. Scheinbar unbefangen wandte sie sich dann an den Freund. «Verzeih bitte, daß wir so einfach eingedrungen sind. Ich stellte mir vor, wie gut man das Ganze von oben aus sehen müßte. Aber wir haben es ja nun gesehen und wollen uns verabschieden.»

Auch Frau von Stein beeilte sich zu vermitteln: «Das ist keineswegs nötig, liebe Schrötern», sagte sie. «Wir waren bereits im Gehen.»

Goethe selber fand kein Wort, um die peinliche Situation zu überbrücken. Er fühlte sich plump und unbeholfen wie ein Bär.

Schweigsam begleitete er alle fünf Damen die Stufen hinab zur Pforte und sah zu, wie sich Corona mit der Probst nach links, Frau von Stein mit ihrer Begleitung nach rechts entfernten.

«Es war fatal», sagte er drinnen zu Seidel.

«Sollten wir nicht einfach darüber lachen, Herr Doktor?» meinte Philipp tröstend. «In diesem kleinen Weimar ist ja so was unvermeidlich!» Als Goethe schwieg, fuhr er fort: «Heute steht das Wasser so hoch, daß es bis nach Taubach reicht. Morgen schon hat sich's wieder verlaufen. Zurück bleibt höchstens ein wenig Nässe auf der Wiese. So ist das Leben.»

Goethe lachte, und Seidel richtete ihm nun aus, daß der

Herzog habe anfragen lassen, ob der Herr Doktor zu ihm kommen könne. Der Herr Steinauer aus Leipzig sei da. Goethe sprang impulsiv auf. Er freute sich über diese Ablenkung. Steinauer konnte alles mögliche bewerkstelligen: Er besorgte Kupferstiche, Tuche, Porzellane, Medaillen – er hatte überallhin Verbindungen.

Etwas später ritt Goethe neben Karl August und dem Leipziger Gast nach Taubach hinaus, einem Dorf im Süden des Ilmtals. Das Wasser füllte die ganze Breite der Talsohle – ein ungewohnter, grandioser Anblick. Häuser waren zum Glück nicht gefährdet. Man ritt und schaute und hörte dabei die Hufe der Pferde durch das Wasser planschen.

«Und wie hat sich unsere Corona hier eingelebt?» fragte Steinauer. Karl August und Goethe schwiegen.

«Am besten, Sie fragen sie selbst», meinte Karl August schließlich.

«Haben Durchlaucht schon einmal erlebt, daß ein Frauenzimmer einem sagt, wie es ihr wirklich ums Herz ist?»

Jetzt fragte Goethe: «Was für eine Affäre war das übrigens voriges Jahr in Dresden? Sie schrieben mir damals andeutungsweise davon.»

«Offen gestanden, weiß ich es selber nicht genau.» Mit wenigen Sätzen erzählte Steinauer, was ihm von Coronas Erlebnis bekannt war.

«Komische Geschichte», brummte Karl August, «unser Genieapostel Kaufmann schwätzt ja viel Unsinn; er meinte, es könne sich bei diesem französischen Grafen um einen der Oberen des Illuminatenordens gehandelt haben und er habe ihr vielleicht eine Art Unterweisung zuteil werden lassen!» Der Herzog lachte spöttisch auf «Übrigens kann ich ebenfalls nicht an eine Liebesaffäre glauben. Dazu ist sie nicht gemacht.»

«Dazu ist sie allerdings nicht gemacht!» fiel Goethe scharf ein.

«Nun hören Sie bloß, lieber Steinauer, welchen Ton sich mein Geheimer Legationsrat gegen mich herausnimmt! Und dabei müssen Sie wissen, daß er selbst sie manchmal sein Misel nennt.»

«Misel ist nur eine zärtliche Abkürzung für Demoiselle; es besagt gar nichts», verteidigte Goethe sich.

«Finden Sie nicht auch das Wort ‚zärtlich' schon verdächtig, Steinauer?» spottete Karl August. «Aber im Grunde glaube ich, daß sich niemand ihrer Zärtlichkeit rühmen kann; höchstens Papa Wieland. Und da hat's keine Gefahr.» Damit gab er seinem Pferde die Sporen, so daß das Wasser hoch aufspritzte. Goethe wischte sich gleichmütig das Dreckwasser vom Gesicht.

«Er begehrt jeden hübschen Weiberrock, und da er der Herzog ist, meint er, es müsse ihm jede zu Willen sein», erklärte er. «Aber es ist wahr: sie ist zu allen gleichmäßig kühl und freundlich, und doch erregt sie uns alle; nicht nur die Kavaliere, sondern sogar die biederen Handwerker, unsern alten Tischler Mieding zum Beispiel und den Steinmetz Klauer; selbst der gute Philipp Seidel – alle versuchen, ihr irgend etwas zuliebe zu tun.»

«War es in Leipzig denn anders? Vielleicht beruht auch ein Teil ihrer Wirkung als Künstlerin darauf, daß sie so schön ist und alle anspricht und doch keinen meint.»

«Einweihung durch einen Oberen des Illuminatenordens ...», murmelte Goethe nach einer Weile; «halten Sie das für möglich?»

Steinauer schwieg einige Sekunden. «Es könnte wohl sein – auf jeden Fall hat er ihr auch als Mann etwas bedeutet und sie enttäuscht.»

Steinauer besuchte dann die alte Freundin Corona auch selber. Sie schien ihm selbstbewußter geworden und fast noch schöner. Gegen ihn war sie von der alten Herzlichkeit und Zutraulichkeit.

«Ist also Weimar nun der rechte Platz oder nicht? Habe ich dir nicht gut geraten?» fragte er. Corona lächelte. Immer fanden die Männer, daß sie ein Verdienst daran hatten, wenn etwas gut auslief. «Könnte Weimar dir ein Zuhause werden?» drang Steinauer in sie.

«Ein Zuhause?» fragte Corona gedehnt. «Dazu ist doch jemand nötig, zu dem man gehört.»

«Und den findest du hier nicht? Goethe?»

Corona blieb die Antwort schuldig.

Am 23. Mai kam eine Seiltänzertruppe nach Weimar, die berühmte Gruppe Magrini. Goethe ließ den Redoutensaal für die Vorstellung vorbereiten; denn draußen regnete es noch immer. Er ließ nach den Wünschen der Schausteller zwei Seile spannen; das eine zwischen zwei feststehenden Böcken straff angezogen, das andere an Pfosten befestigt, und zwar so, daß es ein wenig schlaff herabhing. Das Halbrund des Hintergrundes wurde mit bunten Teppichen verkleidet, so daß der Raum einen festlichen Charakter erhielt.

Am Abend war der Saal bis zum letzten Platz gefüllt, ja, selbst an den Seiten, und im Hintergrund standen die Leute. Ein lauter Tusch ertönte, und ein schlanker Knabe im roten goldverbrämten Wams trat aus einer Falte des Vorhangs hervor. Er bewegte sich radschlagend bis zur Rampe, und dort erst verbeugte er sich. Er sagte mit fremdem Akzent: «Nummeroeins.» Es war ein etwa zehnjähriger Junge mit schwarzlockigem Haar und mit dunklen Augen in einem gelblichen Gesicht. Doch ehe man ihn recht betrachten konnte, kamen schon, ebenfalls radschlagend, weitere Springer in bunten Harlekinanzügen hinter dem Vorhang hervor und füllten mit einem Wirbel von Purzelbäumen und Radsprüngen die Bühne. Ein neuer Tusch. Die Springer wichen zur Seite. Der Knabe trat abermals in die Mitte und kündigte an: «Maestro Magrini.» Magrini kam aus dem Vorhang hervor und verneigte sich schweigend: ein schlanker, mittelgroßer Mann in einem eng anliegenden Gewand, das über und über mit Pailletten benäht war, so daß es verwirrend um ihn glitzerte und funkelte. Darüber ein schmaler Kopf, der noch schmaler wirkte durch eine spitze Kappe, deren Rand wie eine Haut die Stirn umspannte; unter der niedrigen Stirn tiefliegende Augen mit stechendem Blick, eine scharfgebogene Nase und ein fast lippenloser Mund über einem spitz nach vorn gezogenen Kinn. Corona musterte die Erscheinung. Hatte sie dieses Gesicht nicht schon einmal gesehen? Es wirkte asketisch, dabei teuflisch und brutal. Während der Gaukler auf das schlaffe Seil stieg und mit nur leicht abgespreizten Armen, gewandt und mit nach vorn gerichteten Fußspitzen ohne Stange darüberlief, sich am Pfosten umwendete, sich drei Bälle zuwerfen ließ und sie beim Zurücklaufen vor sich her von einer Hand in die andere warf, fiel ihr ein, wo sie diesen Mann schon einmal gesehen hatte. In Warschau! bei einem Sommerfest des Grafen Brühl!

Damals war er noch ein Knabe gewesen, aber schon mit dem gleichen Ausdruck kalter Rücksichtslosigkeit in dem hageren Gesicht. Mit einem Schlag hatte sie den großen Park wieder vor Augen. Sie hörte die Musik, sah die geputzten Damen und Herren, von denen nur wenige der Schaustellung zusahen, viele ihr den Rücken zukehrten. Die meisten flanierten umher, flirteten, hielten Mokkatäßchen oder Weingläser in den Händen, während die Seiltänzer arbeiteten. Sie selbst hatte im Chor gestanden, angetan mit dem roten Rock mit dem dunklen goldbenähten Pelzsaum, denn sie sollte nachher ein Solo singen. Angesichts dieser achtlos plaudernden Menschen hatte sie sich den Seiltänzern zugehörig gefühlt. Ihr Vater, Bruder Samuel und sie selbst zogen zwar nicht umher wie jene, sie waren angestellt beim Grafen Brühl. Sie übten auch eine edlere Kunst aus – dennoch dienten auch sie nur seinem und seiner Gäste Amüsement, genau wie diese Gaukler.

Corona entsann sich, wie sie damals zum ersten Mal empfunden hatte, daß sie mit all ihrer Schönheit und all ihrer Kunst für diese vornehme Gesellschaft nichts weiter war als eine der Stuckrosetten an der Decke. War es hier in Weimar anders? Ihre Augen schweiften hinüber zu Anna Amalia, zur Herzogin Luise, zu Karl August, zu Konstantin. Alle hatten in der vordersten Reihe Platz genommen, sie saßen still und sahen aufmerksam zu. Nur Anna Amalia wedelte sich mit einem Spitzenfächer Luft zu. Es war in Weimar alles um einige Grade besser. In der zweiten Stuhlreihe rechts außen saß Goethe. Seine Lippen waren geöffnet im hingegebenen Schauen, seine Augen hingen unverwandt an dem Künstler auf dem Seil. Er achtete jede Leistung, die vollbracht wurde. An seiner Seite Wieland, zierlich und gebrechlich; sein sonst so mokantes Gesicht verriet reines kindliches Staunen. Neben ihm Herder, der Generalsuperintendent; das eigenartige Profil, das durch die kurze breite Nase und den vorgeschobenen Oberkiefer so löwenähnlich wirkte, war unverwandt nach vorne gerichtet. – Ihr Blick ging weiter zu dem gutmütigen Gesicht des biederen dicken Musäus, zu den intelligenten Zügen Bertuchs – sie atmete unmerklich auf: Es war viel besser hier in Weimar! Diese zweite Reihe, diese Bürger, sie prägten Weimar; sie alle achteten in jedem den Mitmenschen. Ihr Dasein konnte vieles in dieser Welt bessern; für sie lohnte es sich wohl, in einem roten pelzumsäumten Phantasierock zu tanzen und zu singen.

Allerdings auch hier hatte es ein Künstler schwer. Zu Anfang des Monats hatte sie eine unerfreuliche Aussprache mit Justin Bertuch gehabt. Als sie im November in Weimar angekommen war, hatte er ihr für das vierte Quartal hundert Taler auf den Tisch gelegt, obwohl sie doch erst Mitte

November begonnen hatte. «Der Herzog und Goethe meinen, der Umzug koste ja Geld», hatte er dazu gesagt und lachend hinzugefügt: «Ich wäre nicht so großzügig. Dir zuliebe wäre ich es natürlich gern – aber ich muß mich ja nach diesem armseligen Etat richten.» Für das erste Quartal des neuen Jahres aber hatte er ihr nur fünfundsiebzig Taler gegeben. «Hab Geduld, ich muß erst Übersicht haben.» Anfang Mai hatte sie ihn mahnen müssen. «Es geht nicht, Corona», seufzte er. Er könne nirgendwo fünfundzwanzig Taler abzwacken. «In einem halben Jahr vielleicht», hatte er tröstend hinzugefügt; «ich werde mein Möglichstes tun.» Für das zweite Quartal hatte sie dann wirklich ihre hundert Taler bekommen. Sie hätte nicht darum gekämpft, sie war es nicht gewohnt, um Geld zu feilschen, und auch zu stolz dazu, obwohl sie sich das eigentlich nicht leisten konnte. –

Inzwischen stand Magrini in der Mitte des Seiles. Er schaukelte und balancierte hin und her, als könne er jeden Augenblick abstürzen, ließ sich aber dabei eine dichte Reihe bunter Bälle zuwerfen, die er in Ovalen oder Kreisen, breit oder hoch ohne Pause durch die Luft wirbelte. Und während alle noch entzückt den farbigen Bogen zuschauten, ließ Magrini unversehens das Ganze in sich zusammenfallen und sprang glitzernd zwischen den Bällen mit einem Salto auf den Fußboden zurück. Die Harlekine, die wie leblose Puppen im Hintergrund gestanden hatten, fielen über die springenden, rollenden Bälle her, griffen sie, rauften sich um sie mit Purzelbäumen und Späßen, derweil Magrini mit auffordernd ausgebreiteten Armen vor dem Gewühl stand, leicht mit den Fingern schnalzte und sich hierhin und dorthin verbeugte, in einer seltsamen Mischung von Devotion und Anmaßung. Dann verschwand er und erschien im Handumdrehen aufs neue. Auf seinen Schultern stand hoch aufgerichtet der dunkelhaarige Knabe in seinem goldverbrämten

*Herzogin Anna Amalia*

Wams. Er machte dort einen Kopfstand und hüpfte federleicht zur Erde. Kaum aber stand er, faßte Magrini sein Handgel·nk und schleuderte ihn zu einem Salto mortale empor. Und nochmals. Und nochmals: nach hinten, nach vorn, nach der Seite. Der Knabe trat in die Hände des Meisters und sprang, sich nun nach rückwärts überschlagend, zur Erde. Man sah den geschmeidigen Knabenkörper durch die Luft wirbeln, als sei er ein Gegenstand ohne eigenen Willen. Alle schauten gebannt zu; nur Corona betrachtete kritisch das Gesicht Magrinis, der mit kalter Härte das Kind auf und nieder schleuderte und sich dann beim Applaus triumphierend verbeugte, als gelte er ihm.

Am nächsten Morgen wanderte Corona zum Gartenhaus hinaus.

«Du kennst Magrini?» fragte Goethe sogleich, da er beobachtet hatte, daß sie nach der Vorstellung mit dem Schausteller gesprochen hatte.

«Von Warschau her. Damals war er so alt wie der Knabe, den er jetzt springen läßt. Es gehörte noch ein anderes Kind zu der Truppe. Man flüsterte sich zu, es sei ein Mädchen – niemand merkte das, wenn es auf der Bühne stand: Es trug dasselbe goldverzierte Wams und die gleichen nach unten sich verbreiternden Beinkleider wie der Knabe. Aber während der kleine Magrini es schon damals gut verstand, mit Verbeugungen und Fingerschnalzen die Leute zum Applaus aufzufordern, war dieser Mädchenknabe immer ernst und stumm; übrigens auch außerhalb der Schaustellung. Der Zirkuswagen war an einer Ecke des Brühlschen Parks abgestellt, dicht bei unserer Wohnung, und meine Mutter schenkte den Leuten Kleider, die wir abgelegt hatten – da erst erfuhren wir, daß der eine Knabe ein Mädchen war, etwa meines Alters. Sie mußte einen Eiertanz vorführen und war als Mädchen gekleidet; aber niemand hätte gedacht, daß sie wirklich ein Mädchen sei. Sie stand stumm auf der

Bühne, ganz allein, fremdartig und rührend. Dann kam der kleine Magrini, nahm Eier aus einem goldenen Körbchen und legte sie betont vorsichtig auf dem Boden zu einer kunstvollen Figur zusammen. Nun trat er auf das Mädchen zu, band ihr ein schwarzes Tuch vor die Augen und drehte sie einige Male um sich selbst. Musik erklang, und sie tanzte blind eine Polka mitten durch die Eier hindurch. Ich hatte Angst um sie; mit der schwarzen Binde über dem schmalen Gesicht wirkte sie ergreifend. Ich fragte gestern Magrini nach ihr; aber er wußte nicht, wo sie hingekommen sei.»

Er erinnere sich auch an ein solches Gauklerkind, erzählte Goethe nun lebhaft: Als er von Straßburg heimgekehrt sei, habe in Mainz an einer Straßenecke ein harfespielender Junge gestanden; trotz seiner schäbigen Kleidung habe er bildschön ausgesehen. Er habe ihn angesprochen – der Bursche konnte kaum Deutsch – und habe ihn mit sich nach Frankfurt genommen. Dort war gerade Messe, dort konnte er gewiß leichter Geld verdienen. Er habe damit gerechnet, daß seine Mutter den Knaben aufnehmen würde. Sie tat es auch, sehr zum Unwillen des Vaters. Aber der Harfenjunge wollte nicht bleiben, er zog bald weiter. Manchmal habe er in späteren Jahren an ihn gedacht; er müsse ja längst ein Mann sein, ein vagabundierender Harfner – zu ihrem Mädchenknaben würde der gut passen.

«Vielleicht haben sie sich gefunden und ziehen nun zusammen umher. Im Grunde folgen sie nur gänzlich unbeirrt ihrem Schicksal. Wenn ein Dichter so unbeirrbar seinen Weg gehen könnte!» Gestern abend habe er sich selbst wie einer von diesen Springern und Seiltänzern gefühlt: Sie wissen um jede Schwierigkeit, kennen die Gefahr, müssen mit dem Mißerfolg rechnen und fassen doch immer wieder Mut und springen.

Er selber habe zuerst voller Eifer und Leidenschaft an seinem «Wilhelm Meister» geschrieben. Dann auf einmal sei er mit der Arbeit ins Stocken geraten und völlig daran irre geworden. Aber gestern nacht, da habe er gedacht, er müsse einfach wieder Mut fassen und mit einem Salto über die Schwierigkeiten hinwegkommen.

«So spring also», sagte Corona leise. «Du kannst es, und dir glückt es immer. Das weiß ich von früher.»

Goethe sann nach. Er habe gestern genau beobachtet, wie sie es machten: sie fügten irgendwelche Gliederverrenkungen oder überflüssigen Tanzsprünge ein, bis der rechte Augenblick gekommen sei. Niemand, der es nicht ganz genau verfolge, bemerke es. Sie richteten alle Kräfte auf die Leistung aus, aber sie warteten auf die Gunst des Augenblicks.

«Und eben das kann man als Sängerin nicht», sagte Corona bedrückt. Und auf Goethes fragenden Blick hin fuhr sie fort: «Deshalb hat man ja auch immer die schreckliche Angst vorher. Wenn der Einsatz kommt, mußt du beginnen. Du mußt dich völlig einfügen in die Musik, in das Ensemble, und doch ganz du selbst sein – mehr als du selbst. Es ist ein unbeschreibliches Gegeneinander von Selbstaufgabe und Einsatz deiner Persönlichkeit. Man ist im Grunde immer wie der Warschauer Mädchenknabe, der blind zwischen den Eiern tanzt.»

Eins wie das andere sei ein Wagnis! rief Goethe. Sie sah ihn an und dachte, was weiß er davon, wie es ist, Kunst um Broterwerb ausüben zu müssen!

In der zweiten Junihälfte wurde in Weimar die Nachricht bekannt, daß Goethes einzige Schwester Cornelia in Emmendingen kurz nach der Geburt ihres zweiten Kindes gestorben war. Corona dachte an Samuel. Sie wußte, was Bruder und Schwester einander bedeuten konnten. Sie entbehrte ihn immer noch, und nie würde sie aufhören, sich nach ihm zu sehnen. Er begann gerade Erfolg zu haben. Mit Hilfe von

Johann Sebastian Bachs jüngstem Sohn Christian hatte er in Hamburg seine ersten Kompositionen veröffentlicht. Wie hatte sie sich darüber gefreut! Sie verstand Goethes Schmerz. Ohne Licht zu machen, setzte sie sich ans Fenster. Zuerst sah sie nur Finsternis; allmählich unterschied sie Büsche und Bäume und Himmel. Und plötzlich schwebte zwischen den Büschen ein kleines grünliches Licht. Es erlosch und wurde an anderer Stelle wieder sichtbar. Ein Johanniswürmchen! Da! ein zweites, ein drittes! Immer neue tauchten auf, flogen empor, fielen nieder – ein lautloser, zauberhafter Reigen von kühlen grünen Lichtfunken. Mit einem Mal flog eines gradenwegs auf sie zu, zum Fenster herein, und ließ sich nieder auf ihrem Schoß. Sie deckte vorsichtig die Hand darüber, und das Licht glühte in der so entstandenen kleinen Höhle.

Sie dachte an Samuel, an diese Cornelia und an Goethe. Sie wußte, daß seine Schwester ihn sehr geliebt hatte und daß sie die Vertraute seiner Jugendjahre gewesen war. In ihrer Ehe hatte sie kein Glück gefunden. – Corona öffnete die Hand, und der Leuchtkäfer flog davon. – Wie mochte es in Goethe aussehen? Es war so schwer, sich in ihm auszukennen!

Zwar wußte sie jetzt, daß er ihr kein Bruder sein würde. Aber sie nahm sich vor, daß sie versuchen wollte, ihm eine Schwester zu sein!

Tags darauf erfuhr sie, daß Goethe mit dem Herzog, dem Prinzen Konstantin, den Brüdern Einsiedel und dem Statthalter Dalberg nach Dornburg geritten sei.

«Dieser Goethe ist doch ein sonderbarer Kerl!» sagte Hildebrand von Einsiedel, als er Corona nach der Rückkehr besuchte. «Weil er gerade seine Schwester verloren hat, behandelte ihn der Herzog wie ein rohes Ei; er war auch offensichtlich sehr niedergeschlagen. Aber dann in der Nacht, auf dem gemeinsamen Strohlager im Dornburger Schloß – wir legten uns schon alle zum Schlafen zurecht –, da saß er noch immer, hielt den Leuchter, den er eigentlich hatte ausblasen wollen, in der Hand und redete das tollste Zeug. Sie können sich nicht vorstellen, was er da alles an radikalen Ideen vorbrachte. Er und mein Bruder August überboten einander förmlich. Die Klasse von Menschen, die man die geringste nenne, sei die beste! In ihr allein gäbe es wertvolle Menschen! rief Goethe schließlich ungestüm. Ich mußte heimlich lachen. Es waren zwei Fürsten unter uns und drei hochgeborene Adlige! Bis auf meinen Bruder August schwiegen sie auch alle eine Weile verblüfft. Dann gab ihm der Herzog recht. Weiß der Himmel! er gibt ihm ja immer recht.»

«Im Grunde hat er auch recht!» rief Corona lebhaft.

Einsiedel sah sie erstaunt an. «Wissen Sie, ich glaube, es gibt in jeder Klasse wertvolle Menschen. Es kommt immer bloß auf den einzelnen an. Goethe war wohl nur in der Stimmung, alle zu brüskieren.»

«Sie haben unrecht», widersprach Corona. «Er weiß aus Erfahrung, daß in den einfachen, unverbildeten Leuten Kräfte und Tugenden verborgen sind, die man nur zu wekken und zu fördern braucht, damit sie den Vorzug der vornehmen Geburt zunichte machen. Er lebt mit seinem Seidel wie mit einem Freund. Er vertraut ihm alles an. Er geht zu Mieding und zu Klauer nicht nur, um Aufträge zu besprechen; eher hat man den Eindruck, als suche er bei ihnen Erholung vom Hof.»

«Aber er kann mit dem Hof auch toll und ausgelassen sein, man hat dann den Eindruck, daß er durchaus dazugehört», wandte Einsiedel skeptisch ein. «Am anderen Morgen zum Beispiel – nach der Regennacht war ein herrlich klarer Morgen aufgezogen – trat er laut gähnend ans Fenster, sah unten die Fünfeckterrasse, wo die Feuerböller stehen, schrie laut vor Begeisterung und ruhte nicht, bis wir alle dort unten frühstückten. Den Dienern machte das ziemlich viel

Mühe. Dann wollte er partout eine der kleinen Kanonen abfeuern. Es knallte hin übers Tal mit endlosem Echo. Mir tat es um die Morgenstille leid und um die Dörfler unten; die mußten ja denken, es brenne irgendwo. Aber Goethe und der Herzog konnten sich nicht genugtun und schossen sämtliche Kanonen ab. ‚Zu Ehren des Donnerers Thor!' schrie Goethe überlaut. Ein Hügel hinter den Schlössern heißt nämlich ‚Thors Heiligtum', wir waren tags zuvor vorbeigeritten. Man hat von dort eine noch herrlichere Aussicht als von den Schlössern. Ich fragte mich: Wie ist es nur möglich, daß ein Mensch derart von einem Extrem ins andere fallen kann! Wie viele verschiedenartige Farben hat er auf seiner Palette! Ein Jammer, daß der Herzog immer nur die grellen sieht und nachahmt.»

Corona schwieg nachdenklich. «Man kann ihn nicht mit gewöhnlichen Maßstäben messen», sagte sie schließlich. «Es ist nicht leicht, ihn zu verstehen. Er ist wie ein fernes Gestirn und wechselhaft wie der Mond!»

Etwa sechs Wochen später ging Corona an der Ackerwand entlang zu den neuen Ställen und der Reitbahn. Der Herzog hatte sein Gestüt seit seinem Regierungsantritt aufgefrischt und vergrößert. Für die hohe Summe von 500 Talern hatte er sich aus England einen Beschäler kommen lassen, und nun standen bereits die ersten prächtigen Fohlen bei den Stuten. Corona hatte Zucker in der Tasche und freute sich an den jungen, neugierig schnuppernden Tieren. Sie kraulte sie hinter den Ohren und sprach ihnen leise zu: «Bald kommt ihr auf die Weide hinaus!» murmelte sie und freute sich, daß die Tiere ihre Hände über den weichen Mäulern und an den kurzen struppigen Mähnen duldeten. Lebhaftes Geschrei ertönte von der Reitbahn her und lockte sie an. Sie fand dort Goethe und die drei Steinschen Jungen mit ihrem Hauslehrer: Ein Seil war straff über Böcke gespannt;

jeder der Knaben hatte eine Balancierstange, und Karl versuchte gerade, unter Goethes Anleitung auf dem Seil zu gehen. Goethe machte es selber vor, bestieg das Seil und lief ohne Stange mit weit ausgebreiteten Armen und ganz nach außen gerichteten Fußspitzen schnell darüber hinweg. Corona lächelte. Wie knabenhaft er war in seinem Eifer. Sie wollte nicht stören und wandte sich schon zum Gehen, da entdeckte sie an der Wand die stämmige Gestalt eines etwa zwölfjährigen fremden Jungen. Er trug modische Kleider, die sie schon an Karl von Stein meinte gesehen zu haben. Völlig unpassend dazu saß ihm auf dem Kopf ein speckiges Tiroler Hütchen. Der Bursche hielt eine Pfeife im Mund und sog von Zeit zu Zeit daran. Die andere Hand hatte er in der Hosentasche vergraben, aus der ein faseriger Strick hing. Daran war ein kleiner schwarzer Spitz geknotet. Das Tier saß mit hochgestellten Ohren neben dem Jungen und beobachtete angespannt die Vorgänge um ihn her. Corona trat auf den Jungen zu und sagte freundlich:

«Guten Tag, Peter! Denn, nicht wahr, du bist doch der Peter im Baumgarten?»

Der Junge musterte sie mit einem raschen Blick, antwortete aber nicht.

«Nun», fuhr Corona freundlich fort, «wenn du mich nicht begrüßen kannst, so tut es wohl dein Spitz.» Und sie beugte sich nieder und streichelte furchtlos den glänzenden schwarzen Kopf. Der Hund fühlte sich durch den freundlichen Stimmklang dazu bewogen, zu wedeln und die Schnauze ein wenig vorzustrecken. Peter ruckte kurz und hart am Strick.

«Nicht!» sagte Corona, «du tust ihm doch weh.»

Nun erst blickte Peter sie voll an. «I' tu ihm nix», sagte er, das erste Wort betonend. Dann stieß er eine Rauchwolke von sich. Corona fächelte sie lachend von sich weg.

«Probier's doch auch mal auf dem Seil! Ich halt deinen Hänsli derweil», ermunterte sie ihn, und als er nur den

Kopf schüttelte, fuhr sie fort: «Mutig bist du doch, du hast ja dem Herrn von Lindenau das Leben gerettet.»

«Daheim», antwortete Peter halb widerwillig; «i' wußt halt den Weg und er net.»

«Einen Menschen vor einer Lawine zu retten, das ist trotzdem etwas!»

«Daß sie so schnell abikam, wußt i' selber net», wehrte Peter kurz ab.

«Und in dem Internat, in das er dich danach gebracht hat, mochtest du nicht sein? Du hättest doch dort etwas lernen können.»

«I' brauch nix lernen», gab der Junge zur Antwort.

«Wir alle müssen immerzu lernen.»

Der Junge schaute sie ernsthaft an. Aber ehe er etwas sagen konnte, kam der kleine Fritz von Stein angerannt, umschlang den Größeren und rief: «Hast du gesehen, Peter? Ich bin ein ganzes Stück auf dem Seil gelaufen.»

«I' hab nix g'si», antwortete Peter; «sie» – und er deutete mit dem Kopf auf Corona – «mußt' allweil schwätze.»

Die Sängerin lachte.

«Das ist mein Peter», sagte Goethe, der nun auch herbeikam. Und während Peter mit den drei anderen Knaben zum Essen ging, begleitete er Corona ein Stück. Es sei schwierig, sagte er seufzend. Der Junge sei selbständig wie ein Mann und doch wieder hilflos und naiv wie ein kleines Kind; dabei argwöhnisch und störrisch. Unglücklicherweise habe er bei seiner Ankunft ausgerechnet Spießrutenlaufen mit ansehen müssen. Das habe vermutlich viel verdorben. «Der Lichtenberg ist auch wirklich ein zu roher Mensch! Und der Herzog schenkt ihm noch seine Gunst! Bloß, weil er wie ein Teufel reitet, sieht er ihm jede Brutalität gegenüber den Leuten, die Schuldenmacherei, sogar die offensichtlichen Betrügereien bei den Equipierungen nach! Den Knaben hat das wüste Schauspiel erschreckt. Zwar hat er willig Karl von Steins Kleider angezogen; aber seinen Hund, seine schreckliche Pfeife und seinen alten Hut läßt er sich durchaus nicht nehmen.»

«Er ist ein Fremdling hier, wie dein Harfenjunge», sagte sie. «Du mußt viel Geduld haben. Gib ihn doch erst einmal tagsüber zu Steins. Im Zusammensein mit den Kindern wird er sich eher eingewöhnen. Nachmittags oder abends kann er ja zu dir kommen, damit er weiß, daß er zu dir gehört.»

Goethe nickte zustimmend. Er werde sowieso jetzt einige Zeit von Weimar weg sein. Der Herzog und er müßten wegen des Bergwerks nach Ilmenau und dann nach Eisenach zur Jagd.

«Wann kommst du wieder?» fragte sie.

Er wisse es nicht.

Und da übernimmt er die Sorge für einen fremden Halbwüchsigen! dachte sie. Im Grunde zerrt er wie dieser Lindenau den Jungen aus seinen Verhältnissen. Plötzlich wurde sie sich der Bitterkeit ihrer Gedanken bewußt. Sie verglich sich mit diesem fremden Jungen. Aus einem schnellen Impuls heraus, so schien es ihr, hatte er sie nach Weimar geholt. Sie entsann sich, mit welch überschwenglicher Hoffnung sie zuerst an Weimar gedacht hatte – und im Grunde war sie doch einsam und fremd hier wie dieser Peter im Baumgarten!

Eines Tages, als Goethe fort war, traf Corona mit Charlotte von Stein zusammen. Beide spazierten im Park und hatten den Weg nach Oberweimar eingeschlagen. Hatte es sie deshalb beide hierher getrieben, weil sie wußten, daß Goethes Haus leer stand? Jede sah die andere kommen; aber keine konnte mehr ausweichen. So begegneten sie sich genau vor dem hohen, schindelbedeckten weißen Haus. Man begrüßte einander höflich und wechselte ein paar unverbindliche

Worte. Man sprach über die Saison, die bald wieder beginnen würde, und beide seufzten leicht. Sie lächelten über diesen gemeinsamen Seufzer.

«Der Dienst bei der jungen Herzogin ist angenehm», beeilte sich Frau von Stein sogleich zu versichern; sie konnte jedoch nicht verhindern, daß ihr dabei ein wenig Rot in die bräunlichen Wangen stieg. «Aber es ist immerhin Dienst. Wenn man noch so jung wäre wie Sie...» Ihre dunklen Augen musterten Coronas blühende Gestalt.

«Ich bin nicht mehr so jung», wehrte Corona ab. Zum ersten Mal fühlte sie den Charme dieser Frau, den Reiz zarter Melancholie und anmutiger Resignation, die den Gesprächspartner dazu veranlaßte, aus sich herauszugehen und sie aufzumuntern. Sie verstand auf einmal Goethes Zuneigung. Die zierliche Gestalt mochte wohl in jedem Mann Beschützergefühle wachrufen; um wieviel mehr bei dem von Grund aus ritterlichen Goethe. Sie hatte auf einmal das Gefühl, als ob Goethes Augen aus einem der Fenster dort oben auf sie beide herabsähen. Wir sollten für ihn Schwestern sein, dachte sie und entsann sich, daß sie ihn in Leipzig mit dem Monolog aus der «Stella» überrascht hatte. Sie entschloß sich, herzlich zu sagen:

«Ich werde mich freuen, wenn ich Sie in der Saison wieder öfter sehe. Dann werde ich daran denken, daß auch Ihnen Ihre Pflicht nicht immer leichtfällt.»

Aber Charlotte von Stein blieb reserviert. Ihr Haar ist honiggolden wie ihr Teint, dachte sie; dazu die leuchtenden blauen Augen – apart. Sie ist mir über, in allem: sie ist jung, gesund, impulsiv – fast wie Goethe selber.

Am 9. Oktober erst kam Goethe wieder zurück. Am folgenden Morgen besuchte er sogleich Corona, um ihr seine Erlebnisse zu berichten. Er habe Heimweh nach seinem Häuschen gehabt, sagte er. Corona fand ihn verändert; doch sie stellte keine Fragen. Es tat ihm wohl, daß sie nicht neugierig in ihn drang. Da gestand er ihr – fast ohne es zu wollen –, daß sein alter Freund aus Darmstadt, der Kriegsrat Merck, gleichfalls in Eisenach gewesen sei und ihm heftige Vorwürfe über sein jetziges Leben in Weimar gemacht habe. Seine Kritik sei nicht nur scharf, sondern auch ungerecht gewesen; aber sie habe ihn dennoch getroffen. Er sähe ja selbst, wie alles im argen liege – trotz aller Mühe.

«Wenn wenigstens der Zehnte aufgehoben werden könnte! Der Boden ist sowieso schon karg und unergiebig, und von diesem geringen Gewinn muß nun noch ein Teil abgeführt werden! Der Hof sitzt ihnen allen wie eine Laus im Pelz!» Nach einer Weile fuhr er fort: «Ich habe alles offen mit dem Herzog besprochen – fast war es mit uns wie im Anfang, in den ersten Wochen und Monaten.»

Corona sah ihn nachdenklich an: Sie selbst hatte oftmals ähnlich gedacht wie dieser Merck. Goethe brauchte Verständnis – und wer brachte ihm das wirklich entgegen?

Goethe ging nun zu einem anderen Thema über. Er habe wieder etwas geschrieben: eine tolle Posse über die Empfindsamkeit! Eine Satire auf sich und die Welt. Es seien genug Tränen über den «Werther» vergossen worden, nun solle auch einmal darüber gelacht werden.

Sie lächelte. «Ist eine schöne Rolle für mich darin?» fragte sie, auf ihn eingehend. Doch wunderte sie sich wieder einmal darüber, wie unversehens seine Stimmung umschlagen konnte.

Zum Geburtstag der Herzogin Luise im Januar solle es fertig sein. Und wer anders als sie sollte wohl die Hauptrolle darin spielen! Sein Blick wurde zärtlich und werbend.

«Wie soll's denn heißen?» fragte sie ablenkend.

«Der Triumph der Empfindsamkeit.»

«Wieder nur eine Posse», murrte sie scherzhaft. «Ich warte auf die große ernste Rolle, die du mir schreiben sollst!»

«Es wird eine ernste Posse!» verteidigte er sich. «Im übrigen werden wir nun wirklich beginnen. Mir hat das Schicksal die Mütze vom Kopf gezogen.»

Corona glaubte ihm und war voll froher Erwartung. Als sie kurz darauf hörte, daß er abermals fortreisen wollte, in den Harz, verspürte sie Ärger und Enttäuschung. Es war schwer, Verständnis für ihn aufzubringen. Doch dann traf ein Brief von ihm ein: Beim Besuch eines Bergwerks in Altenau habe sich plötzlich ein fünf bis sechs Zentner schweres Gesteinsstück von der Decke des Stollens gelöst und sei herniedergestürzt. Der Führer, ein bärenstarker Mann mit breitem Buckel, habe sich noch ducken können und die Hauptmasse über sich wegstürzen lassen. «Ein Schritt von mir», schrieb er, «mich hätte es gleich niedergeschlagen und zerquetscht. Das Schicksal hat mir mal wieder ein großes Kompliment gemacht. Es ist nun neun Jahre her, fast auf den Tag, daß ich auf den Tod krank war.»

Sie las und nagte nachdenklich an ihrer Unterlippe. Abermals ein Wink das Schicksals? Auch für sie selbst? Auch sie hatte ja eine Chance erhalten, und doch hatte sie sich noch immer nicht völlig zu diesem Weimar bekannt. Noch immer spielte sie bei jeder Schwierigkeit, bei jeder Enttäuschung mit dem Gedanken, nach Leipzig zurückzukehren. Man durfte nicht fliehen, sondern mußte sich zu seinem Schicksal bekennen. Man mußte das Leben, das einem vergönnt war, nutzen, bis an die äußerste Grenze der Möglichkeiten, mit Sinn erfüllen! Hatte nicht so der Freund damals gemahnt?

Das Jahr 1778 begann verheißungsvoll.

Goethe hatte die Freundin gebeten, den ersten Nachmittag des neuen Jahres bei ihm draußen zu verleben. Sie machte sich mit Minchen früh auf den Weg, und sie trafen Goethe in der strahlendsten Laune an. Am Morgen war

Karl August dagewesen, und beide hatten genaue Pläne für das neue Jahr aufgestellt: Reduzierung der Soldaten, Verbesserung bestimmter, genau festgelegter Wege, Wiederaufbau des Schlosses, Ausgestaltung des Parkes und – endlich wieder ein richtiges Theater!

Man könne mit Cumberlands «Westindier» beginnen. Das Stück ginge mit großem Erfolg über alle Bühnen.

«Und wer soll die schwierige Rolle des Stockwell spielen? Sie fordert einen wirklichen Schauspieler! – Vielleicht unser guter Musäus mit seinem Embonpoint und seinen kurzen Beinen?»

Goethe zögerte absichtlich mit der Antwort. «Ekhof!» rief er dann, «er ist ja in Gotha!» Seine dunklen Augen funkelten sie an.

«Oh! Ekhof!» stammelte Corona. «Wieviel könnten wir alle von ihm lernen! Meinst du, der käme?»

Am 7. Januar kam Konrad Ekhof wirklich nach Weimar herüber. Er stand neben den theaterspielenden Laien: neben Goethe, Karl August, Musäus und Einsiedel, auf der Bühne, gab nachsichtig und sachverständig Ratschläge und spielte selber! Eben noch hatte er irgendeine Regieanweisung gegeben oder jemandem eine beredte Gebärde vorgemacht, da stand plötzlich mitten unter ihnen Stockwell, ein vergrämter alter Mann, mit hängenden Schultern, leicht hinkend, resigniert und doch immer wieder neu dem Schicksal standhaltend. Er war Stockwell, das heißt, er war er selbst; ein einfacher alter Mensch, vom Leben geschlagen, ein Mensch, wie es ihn tausendfach gibt, mit versagender physischer Kraft, aber mit zähem Willen dem Schicksal Trotz bietend, durch Geist das Dasein meisternd.

Corona spielte nicht mit; Luise von Göchhausen hatte auf ihre Bitten hin die weibliche Rolle übernommen. Sie wollte zuschauen, nichts als zuschauen, jede Kleinigkeit in sich aufnehmen. Keine Bewegung, kein Zug des Gesichts, keine Nuance der Stimme entging ihr. Ekhofs Stimme klang spröde, unschön, blechern und heiser; aber wie verstand er es, eben diese Mängel einzusetzen: heiser zu schreien, daß man tief erschrak, tonlos zu flüstern, daß es einen erregte, in natürlichem Sprechton zu reden, so daß im gebrochenen Klang des Organs das Alter beklagenswert offenbar wurde. Er handhabte die unschöne Stimme wie ein besonderes Instrument; er setzte ihren anscheinend unergiebigen Klang bewußt zu überwältigender Wirkung ein. Corona schloß die Augen und lauschte. Plötzlich verstand sie, was ihr schon Oeser und Hiller gesagt hatten, was sie selbst aber bisher nur gefühlsmäßig erfaßt hatte: daß der bisher schmerzlich empfundene Schaden, der ihrer Stimme anhaftete, von ihr zu vertiefter Wirkung eingesetzt werden konnte. Eine klare, mächtige Stimme brachte den Wohllaut des Worts, der Musik zur Wirkung – sie aber hatte die Möglichkeit zu menschlichstem Ausdruck. Alles Virtuose war ausgeschaltet; um so stärker sprach die Macht des Herzens, die Kraft der Darstellung, der Sinn des Worts. Sie ließ Ekhofs brüchige Stimme tief in sich eindringen. Wie oft hatte er wohl im wirklichen Dasein mit dieser Stimme aufgeschrien vor Zorn, vor hilfloser Empörung, vor Schmerz. Es war, als hätten viele ungeweinte Tränen dieses Organ so mißtönend und so ausdrucksfähig gemacht. Corona schlug die Hände vors Gesicht. Kunst, dachte sie – was war denn Kunst? Leben sichtbar, hörbar, fühlbar zu machen auf einer Ebene, höher als die Wirklichkeit, eine winzige Spur nur höher, nur um so viel, daß Freiheit darin Raum hatte. Nur durchlittenes Leid drang durch jedes Wort, jedes Mienenspiel, jede Geste. Sie dachte an Warschau, an Leipzig, an Dresden und schließlich an Weimar. War das nicht ein gerader Weg zur Kunst echter Menschlichkeit? Sie hatte Goethe zur Seite. Nein, keine Flucht nach Leipzig, niemals; sie wollte warten, was Weimar von ihr fordern würde. Sie war bereit.

Die Tage, in denen Ekhof in Weimar war, wurden wahre Festtage für alle. Corona bemerkte mit Stolz, daß der «Komödiant» als Ehrengast am herzoglichen Tisch saß, zusammen mit Goethe und ihr selbst. Beide Herzoginnen zeichneten den alten Schauspieler aus, indem sie sich betont freundlich mit ihm unterhielten. Goethe und Corona blickten einander heimlich an, wie zwei Verbündete. Wie gelegen kam ihnen dieser Besuch für ihre Theaterpläne!

Am 10. Januar hatte Goethe den berühmten Schauspieler bei sich im Häuschen zum Essen.

Konrad Ekhof saß im Gartensälchen. Das Mittagslicht schien voll ins Zimmer. Man sah, was während des Spiels nie so deutlich wurde: wie alt, müde, faltig und verbraucht er war. Seine Bewegungen wirkten wie sein ganzes Gehabe merkwürdig ungelenk. Keine körperlichen Vorzüge hatten ihn bei seiner Laufbahn begünstigt, und doch war er der berühmteste Schauspieler Deutschlands geworden! Zögernd, stockend erzählte er von seinem Leben. Mühe und Arbeit wie in jedem Dasein; darüber hinaus Schauspielerlos: dauerndes Umherziehen; ewiger Kampf um Anstellung; Erfolg und Mißerfolg, beides meist unbegreiflich. Und das Verschmelzen mit den fremden Gestalten! Alles muß erlebt sein, wenn man es darstellen will. Fremde Leidenschaften, fremde Übeltaten, fremdes Geschick auf sich nehmen! Einmal, in seiner Heimatstadt Hamburg, habe er eine schöne Zeit gehabt, eine große Zeit – nur wenige Jahre – dennoch die Krönung seines Lebens! Dort stand ihm ein Dichter zur Seite, ein Dichter, der etwas zu sagen hatte: Lessing. Eine freigesinnte Bürgerschaft dazu, der es um gutes Theater zu tun gewesen sei. Sie wollten ein «Nationaltheater» schaffen, damit ein solcher Mittelpunkt echter Kunst alle deutschen Menschen zu einer Nation zusammenfüge. Aber es gelang nicht, es blieb nichts als eine Hoffnung.

Die kleinen rotumränderten Augen mit den herabhängenden Tränensäcken hatten einen müden Blick. Die blassen, wie zerfasert wirkenden Lippen preßten sich zusammen. Plötzlich wandte er seinem Gastgeber das fahle, faltige Gesicht zu, er musterte ihn, dann sagte er knarrend: «Hier in Weimar ginge es vielleicht. Der Hof hat Mut, Sie schreiben die Stücke; und Sie haben die Schröter! Ich kenne sie von Leipzig her. Sie kann etwas.»

Danach sank er wieder in sich zusammen. «Für mich ist's zu spät», murmelte er und strich sich mit gelblichen, langen Fingern über die Wange, als wische er Tränen weg. «Wenn nur sie es erst geschafft hätte!» Unaufgefordert sprach er weiter, es brach förmlich aus ihm heraus: die tragische Geschichte seiner Frau. «Wie jung sie war, wie reizend und adrett! Ich nahm nicht gern Schülerinnen, aber sie nahm ich. Sie war hochbegabt. Hübsche Frauenzimmer haben ja leicht Erfolg, aber sie konnte wirklich etwas! Jeder bewunderte sie, jeder liebte sie. Wie sehr liebte ich sie! Sie war wie mein Kind, mein Geschöpf! Wie sie mich ansah, wenn ich ihr eine Rolle erklärte! Ihre Seele war wie ein Blatt, das jeder Windhauch bewegt. Das muß so sein, sie wäre ja sonst keine echte Künstlerin gewesen. Plötzlich veränderte sie sich. Sie weinte viel, sie klagte, ihr Beruf wäre ehrlos, jeder Mann, der sie auf der Bühne sähe, würde auf sie lüstern. Vergeblich redete ich ihr zu, nahm sie in meine Arme. Schließlich schlug ich sie. Um ihr zu helfen!» Er zog sein Taschentuch aus der Rocktasche und hantierte ungelenk mit dem nicht ganz sauberen Tuch. «Ein engstirniger Priester steckte dahinter. Sie verlor darüber den Verstand. Sie lebt noch in einer Anstalt – ein armer Schatten!...» Unter dem Taschentuch lief ein heller Tropfen über sein Kinn.

Corona sah Goethe mit großen Augen an, als er ihr von diesem Besuch erzählte. «Siehst du», sagte sie, «und da willst du einen poesievollen Roman über Schauspieler schreiben!» Sie zog den Morgenrock, den sie noch trug, da er unvermutet früh gekommen, wie in Abwehr eng am Hals zusammen.

Er stand auf und ging im Zimmer umher. Sie sah, daß auch er erregt war. Vorsichtig schob er mit dem Fuß ihre Schuhe beiseite, die sie achtlos gestern abend abgestreift hatte. Dann machte er sich am Fenster einen Stuhl frei, um sich wieder zu setzen. In Gedanken versunken, ergriff er das Mieder, das sie dort abgelegt hatte. Als er merkte, daß er ein Gestell in der Hand hielt, das in Fischbein und Drillich ihre Figur nachbildete, ließ er es fallen, als habe er sich verbrannt.

«Siehst du», wiederholte Corona und errötete über und über.

«Was?»

«Wie schwer es ist mit uns Künstlerinnen. Wie sind wir wirklich? Im Alltag sind wir ganz anders als auf der Bühne. Es fällt uns oft nicht leicht, an die ‚Theatralische Sendung' zu glauben.»

Goethe sah Ekhofs schlaffes, faltiges Gesicht vor sich und hörte seine Forderung. Ja, er mußte Corona endlich eine große, ernste Rolle schreiben!

Aber es bedurfte doch noch eines weiteren Anstoßes, bis er in dem Hofgetriebe und bei seiner vielfältigen Arbeit dazu kam.

Es war an einem Sonntag, und er lief mit dem Herzog auf dem Schwansee Schlittschuh. Vermutlich war es das letzte Mal, daß das Eis trug; überall standen schon die Lachen. Da kam ein Lakai vom Ufer her auf Goethe zu.

«Die Leute haben ein Fräulein an Ihrer Brücke aus der Ilm gezogen!»

An meiner Brücke? dachte Goethe. «Wo ist sie hingebracht worden?» fragte er.

«Ins nächste Haus, zum Herrn Stallmeister von Stein.»

«Weiß man, wer sie ist?»

«Man meint, das Fräulein von Laßberg.»

Goethe fand das ertrunkene Mädchen aufgebahrt im Vestibül der Freundin. Es war Christel von Laßberg, ein junges Mädchen der Hofgesellschaft. Sie war blaß und zart und elegisch gewesen, und Goethe hatte sie nie besonders beachtet, obwohl oder weil er spürte, wie ihre schwärmerischen Blicke ihn überallhin verfolgten. Nun lag sie da, noch blasser als sonst. Allein das blonde Haar war dunkel vor Nässe. Man flüsterte sich zu, daß sie, als man sie fand, ein Buch an sich gedrückt hielt: den «Werther».

«Man wird schuldig ohne sein Zutun», sagte er traurig, als er nachmittags bei Corona war.

«Schon der Vater ist sonderbar», tröstete Corona, «und die Tochter war es noch mehr. Wenn du Schuldige suchst, so kannst du auch Anna Amalia nennen: Sie gab die freie Hofdamenstelle nicht an die Laßberg, sondern an die Göchhausen. Denn die Göchhausen ist witzig, gebildet und leistungsfähig, und die andere war langweilig, schüchtern und kränklich.»

«Das Wasser hat schuld», sagte Goethe leise. «Es zieht einen hinab.» Wie oft habe er sich über das Geländer der Floßbrücke gebeugt, wo sich gestern das Furchtbare ereignete. Das unaufhaltsame Fließen locke unwiderstehlich, und die Tiefe rufe. «Ganz unten sieht man am lichten Tag den blauen Himmel und die Kronen der Bäume – dort ist es still und kühl. Und dann sieht man plötzlich sein eigenes Bild; mit einem Mal zittert es, zerbricht, verschwimmt. Es kann eine vernichtende Gewalt ausüben.» Dann kam er auf seinen «Werther» zu sprechen; er habe ihn gerade wieder gelesen, mit Erstaunen und Erschrecken. Was hülfen alle Possen über die Empfindsamkeit gegen das dunkle Labyrinth, das der Mensch in sich selber trage. – Und nun sei dies in der Nähe seines Hauses geschehen! Er habe zwar gerade in jener Nacht in der Stadt beim Herzog geschlafen.

Aber vielleicht hätte man doch eingreifen und verhüten können! – Kestner gab auch sorglos seine Pistolen hin und ahnte nicht, daß sich Jerusalem damit erschießen würde. «Manchmal denkt man, daß niemand das Schicksal aufhalten kann.»

«Doch!» erwiderte Corona, «doch! Über dem Unabänderlichen steht das Wandelbare, das in unsere Hand gegeben ist. Hast du es nicht an deinem Altar im Garten dargestellt? Die Gottheit gab uns die Hoffnung zur Seite; und die Liebe ...»

«Liebe – wie du sie aufzufassen beliebst.»

«Wie man es lernen muß, sie aufzufassen. Liebe ist kein Gefühl, sie ist eine Haltung.»

Es entstand eine lange Pause. Goethe blickte vor sich nieder. Ihre Stimme hallte in ihm nach: sie tönte wie Musik; nuancenreich, von seltsam magischer Wirkung. Ein Melodram müßte er schreiben, einen dramatischen Monolog, der diesen weichen, verhaltenen Klang ihres Organs zur vollen Wirkung brachte. Vor Monaten hatte der Musiker Willibald Gluck ihn aufgefordert, für seine junge Nichte einen Totensang zu schreiben. Auch dieses Mädchen war eine hoffnungsvolle Sängerin gewesen; jedermann hatte sie bewundert, geliebt und ihr eine große Zukunft prophezeit. Plötzlich war sie gestorben. Proserpina! hatte er damals gedacht, Persephone! die Blühende, die unerbittlich vom Gott der Unterwelt herabgezogen wird, damit im Dunkeln neuer Samen entstehe! Er hatte die Jungverstorbene nicht gekannt, und da er zu jener Zeit gerade auf Coronas Ankunft gehofft, hatte sie ihm vorgeschwebt, mit ihrer blühenden Gestalt, ihrer melodischen Stimme, ihrer Kunst. Mit einem Mal bedrängte ihn das alles und ließ ihn nicht mehr los: Die frühverstorbene, talentierte Nichte Glucks, die glücklose Laßberg, das verlorene Leben seiner Schwester und schließlich Corona – alle flossen sie ineinander und verdichteten sich zu einer einzigen Gestalt: Das Melodram «Proserpina» begann feste Formen anzunehmen.

Bereits in den nächsten Tagen gab Seidel den fertigen Text beider Stücke, den des «Triumphs der Empfindsamkeit» und den der «Proserpina», im Bertuchschen Hause ab. Corona schlug sogleich neugierig die Seiten auf und lächelte, während sie die Geschichte des Prinzen las, der sich an künstlichem Wassergeplätscher, Lampenmondenschein und Vogelgepiep ergötzte und in einer Kiste eine Puppe bei sich führte, die genauso aussah wie seine Gemahlin. Nun folgte ein Monolog? eine Einlage? Ihr stockte der Atem: Schicksal der Proserpina? Eine starke Erregung erfaßte sie. Da war sie, ihre erste große Rolle! Nur Wort und Gebärde, nur Stimmklang und Musik, nur Bewegung und Mimik – Sie würde allein auf der Bühne stehen. Sie würde diese melodischen, diese dramatischen, diese tragischen Worte über Tod und Leben auf der Erde sprechen! Ihr Gesicht glühte, ihr Mund flüsterte einige Zeilen mit. Als sie zu Ende war, stützte sie den Kopf in beide Hände. Während sie las, hatte sie sogleich gewußt: so war dieses, so war jenes zu sprechen, hier war diese Gebärde am Platz, dort jene. Sie sah sich schon im Kostüm, war bereits völlig eingegangen in die rührende, tiefsinnige Gestalt des Mythos. Und nun plötzlich wurde sie mutlos. Die Rolle wälzte sich wie ein Stein über sie: sie selber war Proserpina! Eine dunkle Macht, ein früher Tod würde nach ihr greifen! Ihre Schönheit, ihr Talent, ihre Kunst waren zum Opfer bestimmt. Kunst war Leben – man selbst aber verging in der Kunst. Sie erschrak vor solchem Geschick. Ihre Glieder wurden schwer, ihr Herz krampfte sich zusammen. Sie fühlte sich krank und müde. Zweifel bedrängten sie. Würde sie diese große Tragik glaubhaft darstellen können? Würde ihre Stimme ausreichen?

Da hörte sie Goethe die Treppe heraufkommen. Lebhaft

trat er ein und wollte ihre Meinung hören. Sie sah seine freudige Erwartung und raffte sich zusammen. Sie dankte ihm und lobte sein Stück. Aber er spürte, daß sie nicht erfüllt war von freudiger Zustimmung, wie er erwartet hatte.

«Ich habe Angst», erklärte sie geradezu auf seine Frage, «die Rolle ist wunderbar – auch ist sie mir, wie man zu sagen pflegt, auf den Leib geschrieben. Aber vielleicht gerade deshalb habe ich Angst.»

Goethe sprach ihr ermunternd zu, und allmählich kam durch seine Gegenwart die gewohnte Zuversicht wieder über sie. Sie lächelte ihn an, zaghaft zuerst. Er betrachtete ihre weichen, halbgeöffneten Lippen, die gesenkten Augen – wie mädchenhaft sie doch wirkte! «Krönchen», sagte er gerührt, «du Grasaff!» Dann schlug er vor, daß sie sogleich gemeinsam zu Meister Mieding gehen sollten. Mit ihm könne man besprechen, wie alles zu bewerkstelligen sei: das Wassergeplätscher, das Vogelgezwitscher und das Mondenlicht. Alles müßte unverkennbar künstlich wirken.

Schon von draußen her, durch das Fenster, erblickten sie den Alten in seiner Werkstatt. Der lange hagere Mann hobelte an einem Brett. Auch als er sich zur Begrüßung aufrichtete, blieb sein Rücken krumm. Der Kranz von weißen, wolligen Haaren um den kahlen Schädel war an den Spitzen feucht von Schweiß. Sein durchfurchtes Gesicht war krankhaft blaß; aber seine Augen strahlten, als Goethe und Corona seine Werkstatt betraten. Er machte noch zwei, drei Hobelschwünge, und dann erst wischte er mit seiner dunkelblauen Schürze über einen Schemel.

«Nehmen Sie Platz, Demoiselle», sagte er und zog seinen dicken Zimmermannsbleistift und einen Zollstock aus den Gesäßtaschen. «Was soll's denn wieder sein, Herr Doktor?»

Goethe erläuterte seine Wünsche. Mieding kratzte sich nachdenklich hinter dem Ohr; seine Vorschläge brachte er nur stockend hervor.

Als sie sich verabschiedeten, atmete Corona den Werkstattgeruch noch einmal tief ein. Mieding nickte.

«Kirsche riecht gut», sagte er, «aber der Leim, der stinkt. Er legt sich mir immer auf die Brust.» Dabei drückte er beide Hände gegen die Rippen.

«Wie fahl er aussieht», sagte Corona draußen besorgt. «Seine Brust ist ganz eingefallen – und dabei immer Arbeit!»

Goethe hatte nicht recht zugehört. «Wie er auf alles einzugehen versteht!» sagte er lebhaft. «Er ist mir die beste Stütze unseres Liebhabertheaters. Wie er gleich darauf kam, daß durch kurze, stufenförmig angeordnete Rinnen, über die sich Wasser aus einem Schlauch ergießt, künstliches Geplätscher erreicht werden kann!»

«Und wer bezahlt ihm all seine Mühe?» fragte sie. «Er muß schließlich leben und seine Familie auch.»

«Du hast recht», sagte Goethe. «Ich muß mich wirklich mit Bertuch darüber besprechen.»

Der 30. Januar, der Geburtstag der jungen Herzogin, war herangekommen. Der Saal im Redoutenhaus war wie immer dicht besetzt. Der Vorhang öffnete sich, und die Satire über die Empfindsamkeit begann. Die Anwesenden lachten, lächelten oder fühlten sich getroffen. Da agierte auf den Brettern vor ihnen ein junger Prinz – Goethe spielte ihn selber. Er schwärmte gefühlvoll für Liebe und Natur und vergaß über allem romantischen Getue das echte Leben, die Wirklichkeit. Er reiste ruhelos von Ort zu Ort und zauberte sich überall aus Theaterrequisiten eine Scheinwelt hervor.

Als der Vorhang fiel, plauderte man leise, tuschelte auch wohl etwas Abfälliges und wartete – aus Pflicht, nicht gerade aus übermäßiger Spannung. Da! gänzlich unerwartet ein Allegro furioso der Musik. Der Vorhang rollte empor, ohne daß man es merkte, auf der Bühne herrschte Dämmerlicht. Von hinten näherte sich eine Gestalt. Ihr Schritt war unsicher, sie blieb immer wieder stehen, um sich angstvoll umzusehen: die Schröter! Ihr weißes Gewand wurde angestrahlt und leuchtete hell im Dämmerlicht. Nun begann sie zu sprechen; verhalten, als seien die Worte nur für sie selbst bestimmt:

«Ach! Tochter du des Jupiters,
Wie tief bist du verloren!»

Ihre Stimme füllte den Raum, sie griff ans Herz. Dann wurde die Klage lauter, steigerte sich zu dramatischer Höhe.

«Weggerissen haben sie mich,
Die raschen Pferde des Orkus;
Mit festen Armen
Hielt mich der unerbittliche Gott...
Heruntergerissen,
In die endlosen Tiefen!
Königin hier!
Königin?
Vor der nur Schatten sich neigen!»

Sie verstummte und ließ die Arme mutlos sinken, während hinter der Bühne eine Andante lamentabile ertönte. Regungslos stand sie da, wie eine griechische Statue. Sie trug einen bunten Kranz auf dem Kopf, der Schleier, der zuerst auf dem Haar gelegen hatte, war auf die Schultern niedergefallen. Sie bot ein Bild unaussprechlicher Anmut: den Kopf leicht geneigt, den nackten Fuß in goldener Sandale vorgestellt; mit der Rechten hielt sie den Schleier so, daß er sie schützend umgab. Dann schwieg die Musik; aber ihre Stimme setzte das Lamentabile fort. Sie schilderte die Schreckensbilder der Unterwelt: die vergeblich Wasser schöpfenden Danaiden, den dürstenden Tantalus, vor dessen Mund der Trank ewig zurückwich, den Helden Sisyphus, der immer von neuem mühselig den zurückfallenden Stein emporwälzte – alle die gequälten Schatten. Sie riß den Blumenkranz aus ihrem Haar, drehte ihn in der Hand und ließ ihn zu Boden gleiten. Es war, als löse diese resignierende Bewegung das Adagio grazioso aus, das nun ertönte. Doch schon schlugen die weichen Klänge um in ein Presto, das wiederum in ein Furioso überging. Proserpina blickte empor: Sie schien über sich das Drachengespann zu erblicken, in dem ihre Mutter Ceres auf der Suche nach ihr um die Erde jagte. Sie rief ihr zu:

«Wende aufwärts,
Aufwärts den geflügelten Schlangenpfad,
Aufwärts nach Jupiters Wohnung!
Der weiß es,
Der weiß es allein, der Erhabene,
Wo deine Tochter ist!»

Ein Maestsoso des Orchesters folgte, und jeder meinte den stürmischen Drachenflug aufwärtsfahren zu sehen. Da begann Corona zu singen. Ihre Stimme löste sich aus dem Brausen der Instrumente und erhob sich zu einsamem Gesang, zu Menschengesang, zum Wort, zur flehenden Bitte:

«O du hörst mich,
Freundlich-lieber Vater ...»

Die Bühne wurde hell: man blickte in eine liebliche Landschaft, in der ein Granatbaum mit roten Früchten stand. Proserpina wähnte sich gerettet, verlangend trat sie auf den Baum des Lebens zu, brach eine Frucht, hielt sie in der Hand, betrachtete sie voll Entzücken und sang:

«Laß dich genießen,
Freundliche Frucht!
Laß mich vergessen
Alle den Harm!

Wieder mich wähnen
Droben in Jugend,
In der vertaumelten
Lieblichen Zeit ...»

Selbstvergessen biß sie in den Apfel. Da erklang Paukenwirbel, leise grollend, dumpf sich steigernd. Sie hatte wider das Gebot Jupiters noch einmal die Süße der Erde genossen und sich damit völlig dem Tode geweiht. Donner dröhnte, Blitze zuckten, Sturm heulte auf, Finsternis zog aufs neue über die Bühne. Vielstimmig, schaurig triumphierte der Chor der Parzen:

«Du bist unser!»

Corona lauschte. Sie ließ den Granatapfel fallen. Sie suchte zu fliehen – hierhin – dorthin –, schließlich blieb sie stehen: Gegen den Entschluß des Himmels war nicht anzukommen. Sie legte den Arm mit dem Schleier über ihr Haupt, beugte sich, als müsse sie niedersinken, faßte sich aber und ging hochaufgerichtet mit langsamen Schritten davon; ihr Gesicht war geradeaus gerichtet, so daß die Zuschauer nur das ernste Profil sahen.

Jeder starrte wie gebannt auf die Bühne, obwohl sie längst leer war. Das Gestirn war gesunken, der Winter herrschte, der Tod – bis zu einem neuen Beginn.

Welch ein Drama! Dargestellt von einer einzigen Schauspielerin, von einer einzigen Stimme, die aus der Musik aufgestiegen und wieder in ihr versunken war; eine Stimme, die alle Saiten im menschlichen Herzen zum Tönen gebracht hatte, reiner, deutlicher als jegliches Instrument.

Proserpina, dachten die Zuschauer oder auch: Corona, oder: Goethe! Welche Einheit von Dichtung und Schauspielkunst!

Und während noch jeder ergriffen war, rollte der Vorhang unvermittelt wieder in die Höhe, und die Komödie vom «Triumph der Empfindsamkeit» nahm ihren Fortgang.

Nach der Aufführung begann der Tanz; Karl August eröffnete ihn mit seiner Gemahlin. Goethe führte die Herzoginwitwe. Nach dem Tanz mit dem Geburtstagskind tanzte er mit Corona. Keiner von beiden sprach. Jedes Wort war überflüssig. Auch die weiteren Tänze tanzten sie miteinander. Im gleichen Rhythmus faßten und lösten sie sich, bewegten sich wieder aufeinander zu, drehten sich im Kreis. Seine Finger ergriffen die ihren und ließen sie wieder, sein Arm lag um ihre Taille und löste sich davon, seine Hand schmiegte sich um ihre runde Schulter und glitt wieder ab – ihre Augen aber hielten einander fest. Sie tanzten und tanzten und konnten nicht genug davon bekommen. Jeder sah es, aber diesmal wagte sich keine hämische Bemerkung hervor.

Am 13. April mußte Goethe beim Bergwerk in Ilmenau nach dem Rechten sehen. «Begleitest du mich? Nur ein Stück?» bat er die Freundin. Sie nickte.

Sie ritten nebeneinander dahin. Es war noch früh. Zuerst führte der Weg bergauf, und so ließen sie die Pferde langsam gehen; dann bergab und abermals aufwärts. Corona schaute entzückt umher. «Auf und ab, dunkle Tannen und heller Laubwald, Wiesen und Bäche – o Thüringen!» sagte sie. Sie wiegte sich im Takt des Reitens und genoß die Nähe des Gefährten. Nun öffnete sich der Wald, und das Dorf Berka lag zwischen grünen Bergen vor ihnen. Welch vielfältige Fülle von Grün ringsumher: Gelbgrün, Rotgrün, Goldgrün, Blaugrün – dazwischen der zartviolette Schimmer knospender Buchen, und über allem strahlendblau der Himmel. Corona stieß einen jubelnden Schrei aus, spornte ihr Pferd an und trabte, ohne auf Goethe zu achten, hinab. Er blickte ihr nach. Der Schleier an ihrem Hut wehte. Die Schönheit selber ritt da vor ihm her. Erst nach einer Weile setzte er ihr nach. Dann ging es auf ebener Talsohle dahin. Die Ilm floß neben dem Weg her. Corona und Goethe lauschten dem weichen Hufschlag der Pferde, dem Strudel des Wassers, dem Knarren des Zaumzeugs, dem Schnaufen der Tiere. Von beiden Seiten wölbten sich junge Zweige über den Weg und schlossen die Reiter ein. Es war, als seien sie beide allein auf der Welt. Dann kamen sie wieder ins Freie. Seitlich vom Dorf Kranichfeld lagen zwei Burgen: links die Niederburg, rechts die Oberburg. Grau und fest und herrisch überragten sie die kleinen Katen.

«Man sieht's, wie die Burgleute die Häusler drücken und sich von ihnen tragen lassen», meinte Corona. «Es ist ungerecht.»

«Wenn es nur der Adel wäre, der den Dörflern im Nakken sitzt», knurrte Goethe. Aber dazu komme noch die Kirche. Einmal habe ihm ein Fuhrmann erzählt, daß ein Pfarrer für den «Zehnten», den ihm die Gemeinde schuldete, ein größeres Maß schmieden lassen wollte. Der Schmied habe die Arbeit empört abgelehnt. Darauf ging der geistliche Herr ins Nachbardorf; aber auch der dortige Schmied wies ihn ab; und der nächste gleichfalls. «So wehren sie sich auf ihre Weise.» Dann schwiegen beide. Inzwischen war es 11 Uhr geworden. Um 6 Uhr früh waren sie in den kühlen Tag hineingeritten; nun stand die Sonne schon hoch am Himmel.

«Ich muß umkehren», sagte Corona, «leider.» Sie waren bei dem Dorf Klein-Hettstedt angekommen, und ringsum verdeckte bewaldete Berge ragten vor ihnen auf.

«Ich bringe dich wieder ein Stück zurück», meinte Goethe, «wir könnten noch zusammen in Kranichfeld essen.»

«Dann kommst du zu spät nach Ilmenau!»

Goethe wiegte den Kopf. «Soll ich dich jetzt, da ich dich endlich einmal wirklich für mich habe, verlassen?»

«Meinst du, du hast mich für dich?» Corona blitzte ihn lachend von der Seite an, drückte ihrem Pferd die Sporen in die Seite und galoppierte davon. Sie wandte den Kopf zurück, und als sie sah, daß er sie bereits verfolgte, trieb sie, in den Steigbügeln stehend, auf den Hals des Tieres gebeugt, mit Zuruf und Gerte das Pferd zu größter Eile an. Goethe jagte ihr nach. Als er sie fast erreicht hatte, wich sie in einen Hohlweg aus. Es ging steil bergauf, die Schenkel des Pferdes arbeiteten mächtig unter dem glatten Fell, Schaumflocken wehten ihm vom Maul, die Hufe rissen ganze Erdballen vom Waldboden los. Der Verfolger war nicht auf diesen Haken gefaßt gewesen; er mußte sein Pferd parieren und verlor dabei Zeit. In dem engen Holzfällerweg war kein Platz zum Überholen. Als der Kopf seines Pferdes endlich bis zur Kruppe des ihren vorgestoßen war, beugte er sich weit vor und packte ihre Zügel. Da sprang sie geschmeidig nach der anderen Seite ab. Er stürzte ihr nach durch Laub und Dickicht. Sie aber blieb schon nach wenigen Schritten keuchend stehen und ließ ihn herankommen. Sie hatte ihre Kräfte überschätzt. Den Arm gegen einen Baum gestützt, hob sie harmlos lachend die Reitgerte senkrecht vor Mund und Stirn. Ihre Brust hob und senkte sich in heftigen Atemzügen.

Goethe kam langsam auf sie zu. Da sah sie, daß es für ihn kein Spiel mehr war. Er entriß ihr die Gerte und packte ihre Hand; sie überließ sie ihm, ohne sich zu wehren.

«Ihr spekuliert darauf, daß man ein anständiger Kerl ist!» rief er erregt.

Da hakte sie sich schmeichelnd bei ihm ein.

«Wenn ich nicht wüßte, daß du ein anständiger Kerl bist, so wärest du nicht mein Freund, nicht wahr? Bitte, fang die Pferde wieder ein, ich habe schrecklichen Hunger! Einen Eierkuchen wird's hoffentlich geben in deinem Kranichfeld.»

Sie saßen an der Straße vorm Wirtshaus auf einer rohen hölzernen Bank an einem ungehobelten Tisch. Daneben standen die Pferde, noch schweißnaß, an einer Krippe angebunden. Man hörte sie behaglich den Hafer mahlen.

«Schmeckt es dir auch?» fragte Corona, «mir herrlich!» Wieder gab sie sich völlig harmlos.

Goethe lachte. «Grasaff!» antwortete er kauend. Er fühlte, daß sie mit ihm spielte, und er freute sich darüber. Was war sie für ein herrlicher Kamerad!

Dann half er ihr aufs Pferd und reichte ihr zum Abschied die Hand hinauf. Sie berührte sie nur leicht mit der Gerte, lächelte und ritt an. Sie ließ das Pferd langsam gehen und wandte sich nicht um. Dabei fühlte sie, daß er ihr verlangend nachsah.

Vor ihr öffnete sich der Hohlweg mit den überhängenden grünen Zweigen. Sie ritt hinein wie in ein Tor. Aus dem Licht ritt sie in den Schatten, und Kühle umfing sie. Die Ilm strudelte nun zu ihrer Rechten. In dem hellen Wasser sah sie die bunten Kiesel und die bewegten Wasserpflanzen, die wie Nixenhaare hin und her wallten. Wie ganz anders als vorher war es jetzt, da sie allein zurückritt. Wie ganz anders – aber doch auch schön. Sie war voller Hoffnung und Erwartung. Etwas Neues hatte wirklich begonnen; mit Ekhof und der Proserpina hatte es endlich begonnen.

Nach Weimar zurückgekehrt, stürzte sich Goethe in eine neue Arbeit: die Ausgestaltung des Steilufers auf der anderen Seite der Ilm. Es war der Weg, der zu der Freundin Stein führte; er wollte ihn verschönen und besser begehbar machen. Moospolster wurden eingesetzt, Gebüschgruppen und Bäume gepflanzt, Felsen versetzt, Stufen gehauen, ein Grottengang gebaut. Des Abends, wenn die Arbeiter fort waren, griff er selber zu und arbeitete mit Spitzhacke und Spaten. Manchmal hielt er inne, um die Schichtung des Muschelkalks zu bewundern oder auf das Brünnlein zu lauschen, das aus einem Felsen zutage getreten war. Weder Charlotte noch Corona hatten sich in dieser Zeit über zu dringliches Werben zu beklagen.

Dann trat nach heftigen Gewittergüssen im Thüringer Wald die Ilm abermals über die Ufer und stand auf den Wiesen und im Stern. Goethe mußte einen weiten Umweg machen, um in die Stadt zu gelangen. Da fiel ihm ein Spaß ein, ein Sommerspiel, das man im Juli, zum Namenstag der jungen Herzogin Luise, aufführen konnte. Ein rundes Hüttchen am Hang des Steilufers sollte eine Art Kloster sein; das Luisenkloster. Mönche sollten dort vor der großen Überschwemmung Zuflucht gefunden haben und der Fürstin für das Asyl danken. Schnell schrieb er einige Verse nieder, suchte Mitspieler, probte flüchtig und lud die junge Herzogin und den Hofkreis ein. Als Luise kam, zog ihr eine Schar singender Mönche in weißen Kutten entgegen, der Prior trat vor und erklärte: Zum Dank für die gewährte Zuflucht hätten sie sich erlaubt, die Fürstin zu einem Imbiß zu sich zu laden. Luise trat zögernd in das runde Hüttchen: da standen auf einem Tisch mit grobem Leinentuch trocken Brot und Wasser. Die Herzogin sah sich um: was sollte dieser unziemliche Scherz? Wie sollte sie sich verhalten? Doch schon schoben unsichtbare Hände die Rückwand des Hüttchens auseinander, man sah ein Treppchen, das zu einem erhöhten Platz führte. Dort war eine Tafel fürstlich mit Wein, Pasteten, Obst und Süßigkeiten gedeckt. Alle waren überrascht, lachten und ließen sich fröhlich nieder. Selbst Luise fand den Einfall nun reizend und den Ort auf der Höhe über dem Fluß und den überschwemmten Wiesen wunderbar schön. Sie lächelte, blickte umher, und ihre Augen füllten sich mit Tränen.

Daheim, in Darmstadt, hatte es auch so einen Felsenplatz gegeben, und sie hatte dort als glückliches Mädchen mit Freunden und Freundinnen stimmungsvolle Feste gefeiert, auf denen man schwärmerische Gedichte rezitierte. Einmal war auch Goethe dabeigewesen. Er hatte nachher ein Gedicht auf diesen geweihten Platz im Walde gemacht:

Sei du mir heilig,
Sei den Geliebten
Lieber als andre
Felsen des Tals!

Sie wußte es noch gut. Karoline Flachsland – sie war nun Herders Frau – hatte eine Schale duftender Veilchen in der Hand getragen und sie am Fuß des Felsens ausgeschüttet. Hatte Goethe ihr wieder einen solchen Platz schenken wollen? Sie lächelte ihm und ihrem Gemahl freundlich zu, nahm die Rose vom Ausschnitt ihres weißen Kleides und reichte sie Goethe zum Dank hinüber. Es war die gleiche Szene wie damals in Darmstadt, da Goethe sie zum ersten Mal gesehen hatte, und fast wider Willen war er bezaubert von ihrer rührenden Mädchenhaftigkeit. Sie hätte wahrhaftig ganz gut als Priorin in ein Kloster gepaßt. Und Charlotte neben ihr auch. Und Corona. Er blickte von einer zur andern: Irgendwie schienen sie ihm wie Schwestern. Aber Weimar war kein Kloster. Sein poetischer Einfall war nicht recht treffend, und auch das folgende Feuerwerk, das Wasser und Bäume abwechselnd in Hell und Dunkel tauchte, täuschte ihn nicht darüber hinweg.

Das Hüttchen blieb stehen. Es lag so hübsch und schmückte das Gelände. Bald ließ Karl August die Wände und den Unterbau befestigen, einen Kamin hineinsetzen, Decke und Wände mit Leinwand bespannen und bemalen und nahm es in Besitz. Er verbrachte viele Stunden des Tags und oftmals die Nacht hier draußen. Nun hatte auch er sein Häuschen an der Ilm. Goethe und er saßen einmal hier, einmal drüben zusammen, zwei Spießgesellen oder zwei ernsthafte Staatsbeamte – wie es gerade kam. In der Stille der Nacht oder in der Hitze des Mittags sprachen oder lachten sie zusammen, stritten und machten Pläne. Im grauen Morgendämmer gingen sie gemeinsam auf Entenjagd und lauschten auf die Geräusche, die die Stille durchbrachen. Nach dem Schuß hörten sie die Vogelschar mit schwerem Flügelschlag auffliegen, einen Körper ins Wasser plantschen. Sie beobachteten die Sterne und stiegen nackt in den Fluß. Mit einem Pfiff oder Schrei riefen sie einander herbei. Und Corona saß einmal hier, einmal drüben, spielte Gitarre und sang oder beteiligte sich an ernsten Gesprächen. Sie hatte von allem ihre eigene Meinung, so daß die Männer staunten. Sie fühlte sich zwischen ihnen ganz sicher und genoß die offensichtliche Werbung beider. Sie hielt den einen durch den anderen in Schach.

Wieland schüttelte den Kopf. «Sie behexen alle beide und haben noch Ihren Spaß daran. Wie eine Circe saßen Sie neulich auf der Bank über dem Kloster und sangen.»

«Wie eine Circe?» fragte Corona lachend, «ich hoffe, daß sie sich nicht durch mich in Schweine verwandeln.»

«Kind», sagte Wieland, «wir sind schließlich alle nur Männer!» Corona lächelte undurchsichtig. «Wäre es nicht besser, ihn zu heiraten?» meinte er unverblümt und blickte sie mit seinen kleinen hellen Augen an.

«Er will nicht und ich auch nicht», antwortete sie.

«Wenn ich Sie wäre», sagte Wieland, «so würde ich es ihm erleichtern.»

«Wenn Sie ich wären, so würden Sie das nicht», antwortete Corona.

Kurze Zeit nach diesem Gespräch hüllte sich Weimar abermals in Regen. Die Wolken hingen schwer und grau über Stadt und Tal. Es schien, als wollte es niemals wieder aufhören zu regnen. Da kam eines Morgens ein einsamer Reiter die Landstraße von Oberweimar her. Die Zügel hingen locker herab, und der Gaul ging mit gesenktem Kopf langsam dahin. Die Gestalt war grau vermummt und trug einen großen Schlapphut. Als der Reiter an Goethes Haus vorbeikam, hob er den Kopf und schaute zum Altan hinauf. Goethe hatte zufällig am Fenster gestanden und mißmutig in den Regen hinausgestarrt. Wer mochte das sein, bei diesem Wetter? Plötzlich stürzte er eilends die Treppe hinab und aus dem Hause hinaus.

«Corona!» rief er und fiel dem Pferd in die Zügel. «Du bist bei diesem Wetter allein unterwegs?» fragte er, indem er dem Tier den Hals klopfte und zu ihr aufschaute. Der breitkrempige Hut umrahmte ihr Gesicht. Wie verstand sie es doch, sich reizvoll herzurichten!

«Die Luft ist köstlich und die Melodie des Regens wundervoll!» antwortete sie. Sie freute sich, daß ihr Plan geglückt war, denn sie war deshalb so langsam geritten, weil sie gehofft hatte, daß er sie bemerken würde.

«Steig ab und komm herein», bat er dringlich. «Tu mir die Liebe. Dich schicken mir die Götter. Der Morgen war schrecklich grau.»

«Gegen die Götter kann man nichts machen», sagte sie lächelnd und schickte sich an abzusteigen. Goethe fing sie auf. Ein wenig zu lange hielt er sie in seinen Armen; da stieß sie ihn mit scherzhaft übertriebener Heftigkeit von sich. «Das haben die Götter nicht gewollt!» rief sie und entwand sich ihm so geschickt, daß er ins Leere griff. Sie hörte einen leisen Schrei der Enttäuschung und lief über die Wiese zur Ilm hinunter, indem sie sich nach ihm umschaute. Aber ihr Mantel war regenschwer und lang, die Wiese uneben und glitschig. Sie rutschte, stolperte, da gab sie es auf. Er kam langsam heran, faßte die Krempe ihres Hutes, bog ihr den Kopf nach hinten und küßte sie. Sie wehrte sich nicht.

Dann aber sagte sie: «Pfui! Du bist ja ganz naß!» und wischte sich mit gespieltem Abscheu über den Mund. Eine tiefe Röte bedeckte ihr Gesicht. Er aber lachte, legte vertraulich den Arm um ihre Schulter und führte sie zum Fluß.

Beide standen am Ufer und sahen zu, wie die Regentropfen in die graugelbe Strömung fielen. Wolkenschwaden zogen niedrig über die Wiese des jenseitigen Ufers.

«Warum war der Morgen grau für dich?» fragte sie, um ihre Verlegenheit zu überwinden.

«Ach, immer die Soldatenspielerei! Sie kostet eine Unmenge und führt doch zu nichts!»

«So laß ihm seine paar Husaren! Schließlich braucht er sie auch zu einer gewissen Repräsentation!»

Goethe schüttelte den Kopf. Seit dem Besuch in Potsdam und Berlin neulich bei seinem großen Onkel Friedrich sei sein Sinnen ganz und gar aufs Militär gerichtet. Er meine, er könne es dem mächtigen Preußen nachmachen. Und dabei müsse er doch gemerkt haben, was es im Grunde mit einem Militärstaat auf sich habe! Wie die Lumpenhunde über den großen Alten in seiner Abwesenheit räsoniert hätten, an seiner eigenen Tafel! «Vor ihm stehen sie stramm, und hinter seinem Rücken schimpfen sie.» Sie wollten sich darüber krank lachen, daß er des Abends durch alle Säle und Gemächer humpele und selber die Kerzen ausblase, die nach seiner Meinung überflüssig seien. Der Aufschlag seines Krückstocks halle weithin von den leeren Wänden wider. «Und im Grunde hat er recht, jede Kerze kostet Geld.»

«Aber seinen Veteranen gibt er es auch nicht», wandte Corona lebhaft ein.

«Wieso? Woher weißt du das?»

«Man erzählte es sich in Leipzig. Als er edelmütig für Rousseau einen Ehrensold aussetzte, soll der ihn mit den Worten abgelehnt haben: ‚Majestät sind ja nicht einmal imstande, für die Krüppel seines Siebenjährigen Krieges zu sorgen.'»

«Er ist trotz allem ein großer Mensch», verteidigte Goethe den König. «Tolerant, gebildet, selbständig – das ist viel für einen regierenden Fürsten von heute.»

Beide stapften Arm in Arm über die nasse Wiese zurück.

«Ja, ja», sagte Corona, «aber um Deutsche kümmert er sich nicht, weder um Lessing noch um dich – nur um Voltaire und Rousseau! Und die sind nun beide tot. Ihre Forderung nach Reform wird mit ihnen ins Grab sinken.»

«Mancher Same braucht viel Zeit zum Keimen», meinte Goethe. Er sagte es so bedeutsam und wandte ihr dabei voll sein Gesicht zu. Fast wider Willen dachte sie an seinen Kuß.

Das Pferd stand ruhig mit hängendem Kopf auf der Chaussee. «Willst du nicht doch ein wenig hereinkommen?» bat Goethe.

Sie schüttelte den Kopf. «Wir sind beide naß», antwortete sie, «und ich fürchte, uns beide könnte der graue Morgen viel rosiger erscheinen, als er ist.»

So legte er die Hände als Tritt zusammen, sie setzte ihren Fuß hinein, und er hob sie hinauf. Sie stieg so geschmeidig auf, daß er ihr Gewicht kaum spürte. Fürsorglich machte er sich noch am Zaumzeug und am Bügel zu schaffen und zog ihr den Mantel zurecht. Er sah auf ihren Mund; ihr Kuß war frisch und rein gewesen. Trotzdem fühlte er eine leichte Ernüchterung. Er hatte ihre Lippen voll Sehnsucht berührt, aber keine Antwort erhalten.

Corona umfaßte seine Gestalt vom Pferd herab mit einem langen Blick: Er stand da, mitten im Regen, mit ungepudertem, ungekräuseltem feuchtem Haar. Sein Hausrock war voll dunkler nasser Flecke. Sein schmales, hageres Gesicht, brünett mit dunklen Augen und schön geschnittenem, ausdrucksvollem Mund, war ihr lieb; aber wohl doch nicht lieb genug. Sie hatte ihn gesucht heute morgen – warum?! Was hatte sie erwartet? Sie ritt los. In der Höhe des Altars vom Guten Glück schaute sie zurück: Da stand er noch auf der Treppe vor der Pforte. Er sah ihr nach, winkte aber nicht.

Hinter dem Kegeltor traf sie auf den Bildhauer Klauer.

Er war im vorigen Herbst von Anna Amalia aus dem nahen Dorf Berka in die Residenz geholt worden. Und während die Hofgesellschaft bei dem Neuzugezogenen modische Vasen, Putten und Figuren für Gräber oder für ihre Gärten bestellte, hatte Goethe den etwa Vierzigjährigen dazu veranlaßt, eine Porträtbüste von ihm zu versuchen. Er hielt den Mann für fähig. Seine Neptunsplastik über dem Brunnen auf dem Markt gefiel ihm: sie war gut gedacht und gut in der Bewegung, wenn auch roh ausgeführt. «Man muß ihn entwickeln, ihm etwas abfordern», hatte er zu Corona gemeint.

Während er neben dem Pferd herlief, fragte sie ihn, ob sie sich Goethes Büste schon einmal ansehen dürfe.

Kurze Zeit später ging sie mit Minchen in Klauers Atelier im Roten Schloß umher. Es roch feucht und stickig. Überall standen, teils fertig, teils noch nicht ganz trocken, Vasen und Figuren umher. Klauer ließ die Urne stehen, die er gerade mit lehmigem Daumen glättete, rieb sich an einem Tuch die Hände ab und hob behutsam eine Hülle von einem Block: Goethes Bildnis! Auf hohem, kräftigem Hals der Kopf, leicht geneigt, wie lauschend; das hagere Oval des Gesichts erst in grobem Umriß ausgearbeitet: die langen mageren Wangen, die vorspringende große Nase und die schmale, zartgebuchtete Stirn unter dem zurückgekämmten Haar. Genau so hatte er vorhin neben ihr im rieselnden Regen gestanden! Sie betrachtete den noch unausgearbeiteten Mund. Sie hätte Lust gehabt, ihn selber zu modellieren: den Venusbogen der Oberlippe, die Partie der Mundwinkel, die mit winzigem Wulst vorragten, die weiche, volle Unterlippe – den ganzen sensiblen Mund.

«Wunderbar!» sagte sie sinnend zu Klauer; der hörte nur ihre Anerkennung, nicht den nachdenklichen Ton, und strahlte. Er umfaßte mit beiden Händen den rohen Sockel, Es waren derbe Hände, breit, mit rissiger Haut.

«Ich habe mich noch nie an ein Porträt gewagt» – er sagte gut thüringisch «Bordrett» –, «aber was der Herr Doktor ist, der macht unsereinem Mut.» Er hob ein Stück graugrünen Stein auf. «Sehen Sie mal! Unser neuer Marmor! Der Herr Doktor hat ihn entdeckt, als er im Schutt des alten Schlosses herumsuchte. Er ließ mich gleich rufen. Ein alter Diener wußte noch, daß der Stein aus dem Bruch bei Oettern hier in der Nähe stammte. Er läßt sich schaben und raspeln und hauen und ist doch hart.» Sein breiter Daumen rieb den Stein.

Inzwischen bemühte man sich in dem Kreis um Anna Amalia in Ettersburg, sich die Langeweile durch Theaterspiel zu vertreiben. Man griff auf eine alte Posse Goethes zurück; auf das «Jahrmarktsfest von Plundersweilern». Die derben Späße, das bunte Getriebe, die lustigen Einfälle amüsierten die Herzogin. Sie war mit Feuereifer dabei, kniete selber auf dem Boden und malte unter Anleitung des Malers Kraus Kulissen. Jeder mußte mittun. Das Schloß dröhnte von Hammerschlägen; überall roch es nach Kleister und Leim. Täglich wurden die Schauspieler zu den Proben in sechs Kutschen aus der Stadt geholt und nachts bei Fackelschein wieder heimgefahren. Es war ein tolles Treiben. Goethe war wie ausgewechselt. Corona staunte: Da war nichts mehr zu spüren von Sorgen um Regierung und Amt; er schien völlig unterzutauchen in Ulk und Spiel. Er zog seinen Philipp Seidel und Coronas Minchen mit zum Theaterspiel heran und war unerschöpflich in immer neuen Einfällen. Er selbst wollte drei verschiedene Personen verkörpern. Ausgelassen machte er Corona vor, wie er als Marktschreier auf Stelzen auftreten wollte.

«Und wenn dein Peter so in der Stadt umherläuft, dann bist du ungehalten», neckte sie ihn. Sie entsann sich noch, wie ärgerlich er gewesen war, als es dem Jungen einfiel, vor dem Conseil auf Stelzen Kunststücke zu machen und den Herrn Räten anschließend seinen Hut hinzuhalten für eine Spende. Als sie aber sah, daß ein Schatten des Unwillens über sein Gesicht ging, fragte sie sogleich ablenkend: «Welche Rolle hast du mir zugedacht?»

«Dir? Eine Tirolerin mit breitkrempigem Hut!» Sogleich zog er ein paar Verse aus der Brusttasche, um sie ihr vorzulesen:

«Nicht immer gleich
Ist ein galantes Mädchen,
Ihr Herrn, für euch!
Nimmt sich der gute Freund zuviel heraus,
Gleich ist die Schneck in ihrem Haus –
Und er macht so ...»

Er wischte sich über den Mund, so wie sie sich damals im Regen auf der Wiese übers Gesicht gefahren war und lachte sie dabei an. Sie lachte auch; aber ein Gefühl der Verwunderung erfüllte sie. Konnte er so etwas einfach für ein Stück verwenden?

Am 4. Oktober fand das erste Konzert der Saison bei Anna Amalia im Palais an der Esplanade statt. Beide Herzoginnen waren von ihren Sommersitzen aus Tiefurt und Belvedere in die Stadt zurückgekehrt. Corona sang. Sie erschien in modischer Frisur, die Haare hochgekämmt und gepudert, eine glitzernde Agraffe darin. Ihr Kleid war, wie es modern war, an den Hüften gebauscht; die Taille lief vorn in einer langgezogenen spitzen Schneppe aus. Aus dem tiefen, schmalen Dekolleté stieg der glatte hohe Hals wie eine Säule auf. Sie sang weich und melodisch, übliche Modelieder. Anna Amalia hatte das Programm ausgewählt.

Corona gab sich Rechenschaft über ihre Leistung und ihr Publikum: Nun ja, es hatte alles ein gewisses Niveau – aber lohnte es sich? Onkel Hiller in Leipzig suchte mit seinen «Concerts spirituels» wirklich neue Wege, während sich dieses Weimar mit solch flachem Amüsement begnügte! Sie fühlte zwar, daß Karl August, Goethe, Bertuch, Einsiedel, Wieland – daß sie alle keinen Blick von ihr wandten; aber es war ihr bewußt, daß nicht ihre Kunst sie alle fesselte, sondern allein ihre Erscheinung.

Als der anschließende Ball vorüber war, begleitete Goethe die Freundin nach Hause. Er war auffallend gesprächig, machte ihr Komplimente und konnte sich nicht genug darin tun, ihre Darbietung zu bewundern. Sie war erstaunt darüber; eigentlich bezeugte er ihr sonst nur mit kurzem Wort oder mit beredtem Blick seine Zufriedenheit, und im Grunde, so meinte sie, hatte sie heute nur gerade das Übliche geboten.

«In vier Tagen kommt die Schmehling her», sagte er auf einmal. «Sie hat geheiratet und heißt jetzt Mara.» Er blickte sie besorgt an. Wie würde sie es aufnehmen?

«Ich weiß», sagte sie und seufzte leicht. «Wieviel wird sie inzwischen dazugelernt haben! So etwas wird mir immer passieren: daß eine Rivalin kommt mit gesunder, unverdorbener Stimme.»

Am 8. Oktober sang die Mara in Belvedere.

«Wie ein Engel», äußerte die Herzogin Luise entzückt. Und wirklich, die Stimme war noch bewundernswerter geworden. Mühelos entfaltete sie sich in klarster Reinheit in jeder Tonlage, biegsam und weich vom gehauchten Pianissimo bis zum kräftigsten Fortissimo, mit dem sie das Orchester übertönte. Die Arien von Pergolese, Hasse und Graun, die sie ausgewählt hatte, gaben ihr mit vielen kunstvollen Koloraturen alle Möglichkeiten, ihr Talent voll zur Geltung zu bringen.

Corona hatte die Kollegin zu einer Teestunde zu sich gebeten. Elisabeth Mara kam. Die Sängerinnen standen sich

*Herzog Karl August*

gegenüber; die eine dick und klein, mit unschönem Gesicht, ohne jegliche Anmut, aber dank ihrer herrlichen Stimme auf dem Gipfel des Ruhms – die andere verführerisch schön in Wuchs, Gesicht und Haltung, dazu mit natürlicher Grazie in jeder Bewegung und mit seelenvollem Ausdruck.

«Oh», sagte Corona, als sie der Besucherin die Mantille abnahm, «ein Haken hat sich gelöst; ich will ihn dir gleich annähen.» Als sie den Mantel auf dem Schoß hatte, bemerkte sie, daß der Besatz zerschlissen und hie und da losgerissen war. «Solltest du dir nicht lieber mal einen neuen Umhang machen lassen?» meinte sie.

«Wovon?» seufzte die Mara.

«Du verdienst das Fünffache von dem, was ich bekomme», sagte Corona.

«Aber ich habe einen Mann», entgegnete die Mara lachend, «und der verbraucht das Zehnfache!»

«Du liebst ihn sehr? Du hast ihn sogar gegen den ausdrücklichen Willen des Königs geheiratet!»

«Ich lasse mir nicht vorschreiben, ob und wen ich heirate», erwiderte die Mara, «auch von einem König nicht, selbst wenn er mein Brotgeber ist. Doch du hast recht, ich liebe ihn. Ich liebe ihn sehr! Mach was dagegen! Er ist schön. Wenn ich ihn unten im Orchester sitzen sehe, das Profil mit den dunklen Locken über das Cello gebeugt, so vergesse ich alles, was er mir antut.» Corona schwieg. Man erzählte sich, daß Mara Schulden machte, trank und seine Frau prügelte. Aber Elisabeth fuhr schon fort: «Was kann ich denn anderes erhoffen? Ich meine: als Frau. Ich bin häßlich, nicht gebildet und keine gute Hausfrau. Du siehst, nicht einmal für meine eigene Garderobe sorge ich richtig. Ich weiß wohl, daß er nur des Geldes wegen bei mir ist und bleibt. Aber man braucht eben Liebe; vielleicht mehr als andere. Sie loben einen zwar alle, überschwenglich, aber das verklingt. Doch da ist jemand, der zu einem gehört: Er sitzt mit in der Stube und nimmt mich manchmal in den Arm – eine Viertelstunde lang ist man nicht mehr allein, sondern genießt Nähe, Wärme –, das ist schön, auch wenn ich weiß, daß er mir nachher wieder nur Geld abverlangt.»

«Das könnte ich nicht», antwortete Corona.

«Ja, du, du hast es gut», meinte die Mara leise. «Du bist schön; du hast Grund, dich zu bewahren. Ich bin von klein auf durch die Welt gepufft und gestoßen worden. Ich lernte Violine spielen, ehe ich sprechen und laufen konnte – zur Strafe! Denk dir, zur Strafe! Meine Mutter war tot, und mein Vater mußte zur Arbeit, da schloß er mich einfach den ganzen Tag im Zimmer ein. Einmal spielte ich mit den Wirbeln der Geige, die auf dem Tisch lag, und dabei riß eine Saite. Er war wütend, als er nach Hause kam, und ließ mich zur Strafe spielen, spielen, stundenlang Geige spielen! So wurde ich ein Wunderkind! Aber als ich elf Jahre alt war und auf Tournee in London, da fand man es unschön, daß ein so großes Mädchen mit einer Violine auftrat. Ich solle singen, so meinte man, und so erhielt ich Gesangsunterricht, bei einem Italiener; aber nur ganze elf Stunden. Mein Vater konnte schon die nicht bezahlen und saß dafür im Schuldturm. Da lernte ich allein weiter, einfach so nach der Violine, und erlangte dadurch die Reinheit meines Tons. Aber meine Beine blieben krumm, mein Gesicht häßlich und meine Bewegungen ungeschickt. Wenn du die Bühne betrittst, schlägt dir sogleich Bewunderung entgegen – ich weiß es noch von Leipzig her. Wenn ich komme, fühle ich zunächst immer nur Verwunderung, höchstens Abwarten. Ich habe nur meine Stimme – und meinen Mann.» Dann lenkte sie ab: «Aber ich rede nur von mir. Wie ist's dir denn ergangen? Du hast dich in dieses kleine Weimar gesetzt? Bist du zufrieden?»

«Zufrieden?» fragte Corona sinnend. «Immerhin achtet man mich hier. Bei mir ist's anders mit der Liebe als bei dir.

Wenn alle dir von Liebe reden, wirst du skeptisch. Sie bewundern mich; aber warum? Nicht wegen meiner Stimme! Ich sehe das Begehren in ihren Augen, und dann schrecke ich zurück. Du wirst es selber wissen: irgendwie entblößt man sich, wenn man auftritt. Der Beruf verlangt es. Im Privatleben möchte man dann anders sein.» Nach einer Pause fuhr sie fort: «Kennst du Ekhof noch? Im Frühjahr war er hier. Er war erschreckend gealtert. Damals sagte er zu mir: ‚Die Mara macht ihren Weg mit ihrer begnadeten Stimme. Ganz Europa horcht auf, wenn sie singt, und überall fragt man erstaunt, ob es wirklich eine Deutsche ist, die so singt. Ich dagegen, so meinte er, ich müsse auf dem Theater das Menschliche darstellen und es zugleich im Leben verkörpern: einen Menschen mit Gewissen und Seele. – Das sagt sich leicht.» Corona seufzte. «Es war ein Schock für uns alle, als er ein Vierteljahr später starb. Jetzt ist es mir, als hätte er mir sein Vermächtnis hinterlassen. Und ich kann's doch nicht erfüllen.»

Die Mara sah die andere nachdenklich an. «Sie machen alle so große Worte: Gewissen, Menschlichkeit, Toleranz. Auch der König in Potsdam. Vor seinem Kabinett hat er eine griechische Plastik stehen, damit er sie allzeit vom Fenster aus sehen kann: einen betenden Knaben. Aber in Wirklichkeit – wie sieht das alles in Wirklichkeit aus! Er verbietet mir zu heiraten, er verbietet mir Konzertreisen, er verbietet mir sogar eine Badekur! Ich bin nichts als ein gutbezahlter Sklave! Wenn er nicht inzwischen alt und müde geworden wäre, hätte ich gar nicht herkommen dürfen – trotz all seiner Toleranz und Menschlichkeit!»

«Vielleicht liegt es nicht nur daran, daß er müde und alt geworden ist», meinte Corona. «Der Ruhm deiner Stimme hat die Grenzen seines kleinen Preußens überflogen, und er würde sich bloßstellen, wenn er dich zwänge, nur für ihn zu singen. So ähnlich hat's Ekhof wohl auch gemeint. ‚Kunst hat keine Grenzen', sagte er, ,Kunst ist imstande, die Welt zu verändern.' Und Goethe sagt das auch.»

«Goethe – ja, du hast diesen Goethe neben dir; der kann dir doch helfen.»

«So dachte ich auch», antwortete Corona. «Aber er ist eben auch abhängig. Er schreibt Singspiele und Possen, weil die Herrschaften amüsiert werden wollen. Allerdings verleitet ihn auch seine geniale Begabung dazu. Er kann eben alles. Ein einziges Mal in diesen zwei Jahren hat er ein kleines Stück für mich geschrieben, in dem ich eine große, menschliche Rolle hatte – ein Melodrama –, ein einziges Mal...»

«Du liebst ihn?»

«Wie kommst du darauf?» fragte Corona überrumpelt.

«Ich weiß, wie eine Frau, die liebt, einen Mann anblickt und beobachtet. Aber er scheint doch auch etwas für dich übrig zu haben?»

«Etwas, ja. Nicht genug.»

«Du bist eben verwöhnt», meinte die Mara.

«Wenn ich einem Menschen angehören soll, dann ganz und gar, von meiner Seite und von seiner», sagte Corona heftig.

Die Mara lachte laut. Es klang ordinär, und Corona hielt sich in unbewußter Abwehr die Mantille, an der sie nähte, vor die Augen. Es tat ihr leid, daß sie sich nicht zurückgehalten hatte. Die Mara merkte es.

«Ich bin abgebrüht», sagte sie nachdenklich, «aber anders kann man sich nicht behaupten. Ich will nichts sein als eine große Sängerin. Das ist mein Leben. Wenn er mich betrügt, wenn er mich schlägt, wenn er mir mein Geld wegnimmt und sich damit vollsäuft, heule ich wohl. Ich dürfte es gar nicht, weil ich dann am Abend noch häßlicher aussehe. Aber seltsam – meistens singe ich an solchen Tagen noch strahlender als sonst. Und er freut sich mit mir darüber und ist stolz auf mich. Er ist musikalisch; er ist nur deshalb ein Stümper, weil er faul ist. An solchen Abenden umarmt er mich – soll ich dann fragen, was er eine Stunde vorher getan hat oder eine Stunde später tun wird? Man ist häßlich und nur eine Komödiantin – aber wenn man singt, triumphiert man, dann beherrscht man sie alle, die Hochmütigen, die Begünstigten ...» Ihre Augen glitzerten kalt.

Corona betrachtete die Sprecherin. «Es wird mir immer klarer, daß ich im Grunde nicht für das Theater geschaffen bin.»

«Aber du hast doch Erfolg», widersprach die Mara, «auf welche Weise, das ist gleichgültig.»

Corona lächelte. Es ist nicht gleichgültig, dachte sie. In der Kunst muß man nicht herrschen wollen, sondern dienen. Und sie begriff noch deutlicher, was Ekhof gemeint hatte, als er sagte, Menschlichkeit sei das Ziel, Menschlichkeit allein der Weg. Sie legte die Mantille sorgfältig und umständlich zusammen. Und dann schwatzten beide noch über die Schicksale gemeinsamer Bekannter.

Man sprach noch lange von dem großen Erfolg der Mara. Nur Karl August betonte, wo es nur anging, daß Corona die größere Künstlerin sei. Er machte ihr mehr denn je den Hof. Für den 11. November – noch war das Wetter ganz milde – plante er ein Konzert in «seinem» Luisenkloster. Er hatte Bänke vor der Rundhütte aufstellen lassen, Fackeln beleuchteten den Platz, und der Fluß in der Tiefe, die Felsen, die kahlen Bäume ringsum gaben in dem flackernden rötlichen Licht ein rembrandtisches Hell-Dunkel. Es schien, als sei man an einen völlig fremden Ort entrückt. Er wollte noch einmal die «Proserpina» gespielt haben – im Freien – im Herbst – wie mußte das wirken!

Mit blinkendem Diadem trat Corona von der Seite her auf, als sei sie seit langem umhergeirrt. Ein weiter schwarzer

Umhang bedeckte ihr weißes Kleid. Die Musik tönte aus dem Gebüsch hervor, und Corona begann die Klage der Proserpina. An diesem Novemberabend klang ihr Schmerz um die Unausweichlichkeit von Winter, Tod und Unterwelt erschütternd. Sie breitete die Arme aus, dem dunklen Himmel entgegen, und rief inbrünstig:

«Warum? Warum?
Was tat ich, daß du mich verstößest?
Warum rufst du mich nicht
Zu deinem lichten Thron auf!»

Der schwarze Mantel war ihr von den Schultern geglitten, sie stand ungeschützt in ihrem weißen Kleide da, einem unabweisbaren Schicksal preisgegeben, und stieg dann mit gesenktem Haupt langsam die Stufen hinab zum Fluß, wo sie seitlich verschwand. Die Zuschauer sahen diesem schweigenden Gang in die Tiefe ergriffen zu.

Sowie es tunlich war, stürzte Karl August hinter ihr her. «Corona!» flüsterte er leidenschaftlich und versuchte, sie in seine Arme zu schließen.

«Ich will schnell nach Hause, Durchlaucht, damit ich mich nicht erkälte.»

«Ich werde sogleich einen Wagen besorgen lassen», meinte er fürsorglich und doch leicht verletzt.

Am nächsten Tag suchte er sie in ihrer Wohnung auf. Er hatte Blumen für sie mitgebracht.

«Danke», sagte Corona und gab den Strauß an Minchen weiter. «Stell sie bitte in Wasser.»

Er setzte sich, ohne daß sie ihn dazu aufgefordert hatte. Sie aber blieb stehen.

«Durchlaucht sind müde?» fragte sie liebenswürdig.

Er verstand den Tadel und erhob sich wieder. «Ich wollte sowieso nicht bleiben. Ich kam nur, um Sie zu bitten, noch einmal einige Passagen zu wiederholen – ganz allein für mich. Würde es Ihnen morgen mittag passen? Wieder am Luisenkloster? Das Wetter hält sich.»

«Wie Durchlaucht befehlen.»

«Ich befehle nichts, ich bitte nur», verbesserte er eindringlich, «verstehen Sie mich immer noch nicht?»

Corona kam zur angegebenen Stunde mit ihrem Instrument. Der Herzog hatte sie schon erwartet, kam ihr entgegen und begrüßte sie strahlend. Beide nahmen auf der von Mieding so schön gearbeiteten hölzernen Bank vor dem ovalen Holzhäuschen Platz. Corona konnte über den Fluß und die kahlen Büsche hinweg Goethes Gartenhaus sehen: ein weißes, einsames Würfelchen in der blassen Sonne. Alle Fenster waren geschlossen; niemand war im Garten. War Goethe zu Hause? Arbeitete er Akten durch? Zeichnete er? Schrieb er an der «Theatralischen Sendung»? Würde er sie hören? Sie zupfte einige Akkorde auf den Saiten ihrer Gitarre. Die Sonne stand bereits schräg und vergoldete den jenseitigen Hang. Hier und da löste sich ein dürres verspätetes Blatt von einem Baum und schwebte wie von selbst, ohne jeden Windhauch, in leichtem Schwanken zur Erde. Sie fühlte in diesem Augenblick, wie viel sie von ihm erhoffte. Er aber würde ihre Hoffnung nie erfüllen; denn er liebte auch die Stein. Und vor allem: er wollte, er durfte sich nicht binden.

Plötzlich spürte sie Karl Augusts wartenden Blick. Sie raffte sich zusammen. Statt zu singen, begann sie das Gebet der Proserpina an Jupiter einfach zu sprechen:

«O du hörst mich,
Freundlich-lieber Vater;
Wirst mich wieder,
Wieder aufwärts heben,
Daß, befreit von langer schwerer Plage,
Ich an deinem Himmel wieder mich ergetze!...»

Dann brach sie ab. «Ich kann nicht mehr», sagte sie, «verzeihen Durchlaucht, ich fühle mich nicht wohl.»

Er legte besorgt seinen Arm um sie, und sie ließ es geschehen. Sie spürte seine Wärme, die Kraft seines Arms, und sie war so müde, so allein.

Tags darauf kehrte sie erst am späten Nachmittag vom Dienst bei der Herzogin nach Hause zurück. Sie war ohne Begleitung; den kurzen Weg bis zu Bertuchs Haus am Jakobstor konnte sie trotz der Dunkelheit gut allein zurücklegen. Das Wetter war in der Nacht umgeschlagen: Nachdem gestern die Sonne geschienen hatte, goß es nun in Strömen. Überall standen Pfützen, die ungepflasterten Straßen waren glitschig und schmutzig, aber ein reiner frischer Hauch von kalter Feuchtigkeit hatte alle unsauberen Gerüche niedergeschlagen. Sie hörte den Regen rieseln, platschen, strömen und empfand dieses Geräusch nach dem Wirbel, den Anna Amalia immer um sich verbreitete, als wohltuende Stille. Sie blieb einen Augenblick vor der überwölbten Toreinfahrt des Bertuchschen Hauses stehen. Nach hinten ging es weiter in den Industriehof, gleich vorn führte die Treppe linker Hand zur Wohnung hinauf. Sie kannte sich hier so gut aus, daß sie ihr Laternchen löschte. Ein scharfer Wind blies von Osten her unbehindert durch die Gasse, er drang ihr bis auf die Haut. Schnell trat sie unter den schützenden Gewölbebogen und schickte sich an, die Treppe emporzusteigen. Da löste sich aus dem Dunkel des Hofs eine Gestalt. «Corona!» drang es in leidenschaftlichem Flüsterton an ihr Ohr. Feste Arme packten sie.

«Durchlaucht!» rief sie und stieß den Herzog mit aller Kraft von sich.

«Laß doch, Corona!» flüsterte er und preßte seinen Mund hastig immer von neuem auf ihr Gesicht, ihren Hals, in ihren Ausschnitt. Sie versuchte sich abzuwenden; er aber faßte ihren Kopf und preßte gierig seine Lippen in die ihren: Sie fühlte seine Zähne, seine Zunge. Es gab nur einen Ausweg: zu tun, als fühle sie nichts dabei. Sie bewegte sich nicht, wehrte sich nicht. Als sei sie ein gefühlloser Stock, ließ sie alles geschehen; fast atmete sie nicht. Starr lag sie in seinen Armen mit geschlossenen Augen und in eisiger Abwehr. Sie nahm wahr, wie er stutzte, innehielt, sie ansah. Er zog seine Hand aus ihrem Ausschnitt.

«Was ist?» flüsterte er. «Ich würde für dich sorgen, du brauchst nichts zu befürchten.» Und als sie noch immer völlig regungslos verharrte, bat er: «Versteh mich doch. Ich liebe dich. Du machst mich verrückt. Du bist so schön...» Er hätte ebensogut zu einer leblosen Puppe sprechen können. Da gab er sie frei. «Verzeihung!» murmelte er verlegen und brachte seine Kleidung in Ordnung.

Marmorschön, dachte er wütend, als er durch die Geleitstraße heimwärts schritt: und marmorkalt. Er schlug sich den Kragen hoch, denn der eisige Ostwind pfiff ihm entgegen. «Verfluchtes Weiberpack!» stieß er leise hervor.

Corona war hastig die ersten Stufen emporgelaufen. Nun verweilte sie auf dem ersten Treppenabsatz. Auch sie brachte ihre Toilette wieder in Ordnung. Er war fort. Sie hatte gesiegt. Trotzdem! sie fühlte sich wie beschmutzt. Er war triebhaft und zügellos – sie wußte es; aber daß er ihr gegenüber das gewagt hatte! Sie war eben auch für ihn nur eine Komödiantin!

Im Haus war es totenstill. Draußen plätscherte der Regen. Sie stützte sich auf das Geländer. Sollte zufällig jemand noch heimkehren, so würde sie so tun, als stiege sie gerade die Treppe empor. Ruhe! einen Augenblick Ruhe! Sie ließ den Kopf auf den Arm sinken, ihr Körper lag halb auf dem Geländer. Der rote Rock, dachte sie, immer wieder der rote, goldbenähte, pelzbesetzte Rock! Sie trug ihn. Er gehörte zu ihrem Beruf. Die Männer griffen danach, der Graf Brühl, der französische Graf, nun Karl August. Aber sie war nicht die Mara, die es geschehen ließ und noch Gefallen daran fand. Plötzlich dachte sie an Goethe. Sie fühlte seinen Kuß; nie würde der sie so anfassen!

Am nächsten Tag fühlte sich Corona krank. «Ich muß nur ein bißchen Ruhe haben», sagte sie zu Minchen, «nichts als Ruhe.» Sie hatte leichtes Fieber und hustete etwas. Es schien nicht schlimm zu sein, der Arzt stellte eine leichte Erkältung fest. Aber ein Tag nach dem anderen verging, und ihr Zustand blieb unverändert. Es kamen Blumen und Briefe und Wein und Konfekt. Viele Menschen nahmen an ihrer Krankheit Anteil. Minchen brachte ihr alles ans Bett, aber sie sah kaum hin. Es war ihr alles gleichgültig. Sie beschäftigte sich nur immer mit dem Gedanken, daß sie sich nicht richtig betragen haben konnte, da dies sonst nicht geschehen wäre.

Der erste Besuch, den sie empfing, war die Göchhausen. Sie erschien im Auftrag der Herzoginmutter, man konnte sie also nicht gut abweisen. Sie überbrachte Wein, Blumen und herzliche Genesungswünsche.

«Sie fehlen uns nämlich sehr», sagte das zierliche Geschöpf lebhaft, «die Herzogin ist verwöhnt durch Sie! Am liebsten möchte sie, daß ich nun auch singen könnte wie eine Nachtigall. Aber ich kann höchstens vorlesen. Was glauben Sie, wie heiser ich manchmal nachher bin.» Sie hielt sich, übertrieben schauspielernd, die Hand vor die Kehle und räusperte sich wehleidig. Zwischendurch lachte sie, und Corona sah, wie die Brust, seltsam hochgeschoben durch den Buckel, auf und nieder wippte und wie die winzige Person auf der Kante des Stuhles balancierte, damit wenigstens die Fußspitzen den Boden erreichten. Die Füße selbst waren hübsch, schmal und klein, genau wie die Hände, die wohlerzogen und in langen weißen Handschuhen in ihrem Schoß lagen. «Also schon aus Kollegialität müssen Sie schnell wieder gesund werden!» Sie sprach in leichtem thüringischem

Tonfall. «Oder haben Sie es nur einmal satt und wollen sich einfach mal ausruhen vom Dienst? Das verstehe ich. Was glauben Sie, wie müde ich selber manchmal bin! Dann möchte ich mich einfach hinlegen und ausstrecken der Länge nach. Aber das kann ich ja nun auch wieder nicht!» Sie rückte vielsagend mit den Schultern den Höcker ein wenig nach vorn. Ihre Augen blinkten dabei, als handele es sich um einen Witz; die dünnen Flügel der schöngeformten Nase zogen sich im Lachen nach unten, so daß sich an der Nasenwurzel zwei helle Flecke bildeten. Es war reizvoll, dies anzusehen. Der Oberkiefer stand ein wenig vor, die Lippen waren blaß und breit; sie entblößten große gutgewachsene Zähne.

Dieses ganze Gesicht mit seinen lebhaften, scharfblickenden Augen und der klugen, fast männlichen Stirn stach seltsam ab von der erbarmungswürdig-verwachsenen Gestalt, die in der modischen Kleidung einen fast grotesken Eindruck machte.

«Der Dienst bei der Fürstin wird mir nicht zu schwer; er macht mir Freude», versicherte Corona. Gegen ihren Willen klangen ihre Worte konventionell.

«So geht es mir auch», versicherte die Göchhausen freimütig und ungezwungen. Ihre Herzlichkeit erwärmte Coronas Gemüt. «Es ist noch allemal ein Glück für uns ledige Frauenzimmer, wenn uns Freude macht, womit wir unser Brot verdienen müssen. Aber verheiratet zu sein ist in vielen Fällen gewiß auch nicht leicht.»

«Wenn man sich selbst sein Geld verdient, bewahrt man noch am ehesten seine Freiheit», sagte Corona nun gelöster, «nur dürfte es ruhig etwas mehr sein.»

«Da haben Sie recht!» seufzte die Göchhausen. «Aber der Herzog muß sparen – Goethe rät ihm zu sparen.»

«Der Herzog?!» fragte Corona verblüfft. «Werden wir denn nicht aus dem Etat der Herzoginwitwe bezahlt?»

«Nein, nein, das weiß ich bestimmt. Zahlt Ihnen denn nicht Bertuch Ihr Honorar aus? Der ist doch der Schatullier des Herzogs!»

«Des Herzogs», wiederholte Corona fassungslos. «Aber mein Titel lautet: Kammersängerin bei Anna Amalia ...»

«Das ganze ist doch nur eine Formsache», meinte die Bucklige. «Wichtig ist, daß wir das bißchen Geld überhaupt kriegen. Oder hat Bertuch bei Ihnen etwa Schwierigkeiten gemacht? Das sähe ihm ähnlich.»

«Im ersten Quartal des vorigen Jahres hat er mir nur fünfundsiebzig Taler gezahlt statt der vereinbarten hundert. Aber sonst habe ich die volle Summe immer erhalten. Und ich dachte, das hätte ich der Herzoginmutter zu danken – also der Herzog war es?!»

«Es ist wenig genug. Wenn man bedenkt, daß die Aufführung des ‚Triumphs der Empfindsamkeit' mit Ballett und Kulissen allein vierhundert Taler gekostet hat, sind wir dem Herzog nicht zu gar so großem Dank verpflichtet. Rechnen Sie mal aus, wieviel Triller und Koloraturen Sie im Jahr für vierhundert Taler singen müssen!»

Corona blickte in das lachende Gesicht der jungen Hofdame. «Ich begreife nicht, daß Sie über alles spotten und lachen können. Ich bewundere das.»

«Es ist der beste Weg, glauben Sie mir. Nur nichts tragisch nehmen! Wohin kämen wir sonst! Wir haben es im allgemeinen ja nicht schlecht hier. Was glauben Sie, wie es an anderen Höfen zugeht! Anna Amalia ist großzügig und hat ihre Freude am Spiel der Musen, und der Herzog – wissen Sie, ich habe eine Schwäche für ihn; er ist ein großer Junge, zwar wild und derb, aber so natürlich, so impulsiv und originell. Daß er sich einen Mann wie Goethe zum Freund ausgesucht hat und ihn gegen den Minister Fritsch mit Takt und Energie auch hält – beide hält –, das habe ich wirklich bewundert.»

Die Göchhausen plauderte noch eine Weile weiter. Aber Corona war wieder einsilbig geworden. Der Herzog bezahlt mich, dachte sie immer von neuem, als die Besucherin gegangen war. –

Eines Nachmittags kam Goethe zu Besuch. «Krönchen», sagte er zärtlich, «was machst du für Sachen?» Er streichelte ihre Hand und rüttelte sie sacht an der Schulter; dann ergriff er spielerisch einen Finger nach dem anderen, hob ihn auf und ließ ihn fallen: schlaff sank er auf die Bettdecke zurück. «Klauer soll mir deine Hand einmal abformen. Eine gute neue Aufgabe für ihn!» Und als sie ihn noch immer schweigend ansah, erzählte er ihr, daß der Meister jetzt unter seiner Anleitung an einer Statue des kleinen Fritz von Stein arbeite. Er schilderte, wie Klauer zunächst einen kleinen dicken Putto angefertigt habe in der Meinung, dem könne er nun das porträthaft geformte Köpfchen aufsetzen. Er habe lange nicht begriffen, daß gerade das Eckige, Unfertige, eben das Charakteristische dieses Knabenkörpers so reizvoll sei. Er, Goethe, habe Klauer dann abends ins Gartenhaus kommen lassen, in der Zeit, als Fritz vorübergehend bei ihm draußen wohnte, und während der kleine Bursche, glücklich über seine Nacktheit, am warmen Herd herumgetollt sei, habe er mit Klauer zusammen den Akt erst einmal gezeichnet: die langen mageren Schenkel, den noch kindhaft dicklichen Bauch, die dünnen, noch zu kurzen Ärmchen. «Was? So nackt soll ich den jungen Herrn Baron abbilden?!» habe Klauer entsetzt ausgerufen. Erstens sei es gleich, ob es ein junger Herr Baron sei, habe er, Goethe, darauf erwidert, es sei ein Knabe wie alle anderen auch, nur sehr trotzköpfig – Fritz habe ja zugehört! Und zweitens gäbe es nichts, was so schön sei, so sinnvoll, so göttlich wie der nackte Körper. «Langsam begriff er, was ich gemeint habe. Wenn du wieder gesund bist, mußt du dir die Arbeit ansehen. Sie wird schön – wie Winckelmann es uns lehrte!»

*Corona Schröter. Selbstbildnis*
*Kreidezeichnung (um 1780)*

*Winterliche Mondnacht am Schwansee*
*Zeichnung von Goethe*
*Kohle und Kreide (1777/1778)*

*Corona Schröter schlafend*
*Kohlezeichnung von Goethe (1781)*

*Aufführung des Singspiels «Die Fischerin» in Tiefurt*
*Aquarell von Georg Melchior Kraus (1782)*

*Corona Schröter*
*Selbstbildnis. Ölgemälde (um 1780)*

*Goethes Gartenhaus mit dem Altan*
*Kolorierter Stich von Georg Melchior Kraus (1783)*

*Corona Schröter an der Staffelei*
*Aquarell von Georg Melchior Kraus (1785)*

*Corona Schröter*
*Ölgemälde von Anton Graff (um 1785)*

«Es ist gut, daß du den Menschen den rechten Weg zu zeigen versuchst», brachte Corona mühsam hervor.

«Was drückt dich eigentlich?» fragte Goethe auf einmal eindringlich. «Willst du dich nicht aussprechen?» Sie schloß die Augen und schüttelte leicht den Kopf.

Er lenkte sogleich ab und erzählte ihr, daß ihm das Thema zum Roman der «Theatralischen Sendung» lange beschäftigt habe und daß er endlich – erst jetzt! – damit vorankomme: «Dadurch, daß du da bist; du als Schauspielerin, im Spiel mit den Kindern, als Reiterin, du – in vielen Formen!»

«Das Theater prägt die Menschen in viele Formen», sagte sie nüchtern.

«Ja», stimmte er lebhaft zu, «was für Schicksale! Ekhof, die Mara, du – aber du bist anders als alle anderen. Du müßtest deinen Lebensweg einmal aufzeichnen, jetzt, da du krank bist, hast du ja Zeit. Stufe um Stufe müßtest du festhalten, einfach die realen Tatsachen! Jeder Weg ist anders, jedes Talent anders, und wir alle gehen Schlängelpfade, die so verworren scheinen und doch sinnvoll sind.»

Anders als andere – das hatte schon einmal einer zu ihr gesagt.

Einige Tage gönnte sie sich noch Ruhe, dann begann sie – zunächst nur in Gedanken – sich mit der Niederschrift zu beschäftigen. Der letzte, gegenwärtige Lebensabschnitt verdrängte vorerst die früheren. Immer hatte sie zwei Gesichter vor Augen, das Anna Amalias und das ihres Sohnes. Sie waren so verschieden und doch einander ähnlich: Das magere, fast zu kleine, dreieckige Gesicht der Herzogin hatte mit dem fleischigen, vierkantigen des Herzogs, was die Formen betraf, höchstens die vorspringende Nase und den sinnlich aufgeworfenen Mund gemein. Aber beide strahlten etwas Unkonventionelles, Lebensvolles aus und wiesen, im Gegensatz zu dem blassen Gesicht der Herzogin Luise, lebhafte Farben auf.

Dann dachte sie an dieses kleine Weimar mit seinen reichen Möglichkeiten und der landschaftlich so anziehenden, lieblichen Umgebung. Hier hatte man Kontakt zu vielerlei Menschen, zum Adel und zum Hof, zu den Bauern und den Handwerkern, zu den kleinen Leuten. «Man hat hier das Leben wie in einer Nußschale in der Hand», hatte Goethe damals in Leipzig zu ihr gesagt, als er sie zum Kommen aufforderte. –

«Weshalb sind Sie eigentlich nach Weimar gekommen?» fragte sie den Freund Einsiedel, als er ihr seinen Krankenbesuch machte. Sie brauchte nicht mehr im Bett zu liegen, verließ aber das Zimmer noch nicht. Er saß mit eleganter Nachlässigkeit da, mit einem aufmerksamen und dennoch träumerischen Gesicht. «Hätten sich nicht andere Möglichkeiten für Sie geboten, zum Beispiel am Hof Friedrichs von Preußen? Er liebt die Künste doch auch.»

Einsiedel schüttelte den Kopf. Er lächelte, ohne die Lippen zu öffnen.

«Ich bin kein Soldat, obwohl ich zum Soldaten erzogen wurde. Hier in Sachsen-Weimar ist Raum für solche problematischen Naturen wie mich. Außerdem: Thüringen ist meine Heimat! Und jetzt – jetzt ist es mir noch mehr zur Heimat geworden.» Er blickte sie warm an.

«Ja?» fragte sie bewegt. «Genügt Ihnen Freundschaft?»

«Sie kennen ja meinen Spitznamen», antwortete er ausweichend. Wieder lächelte er mit breitgezogenem Mund. Das Lächeln wirkte schmerzlich, nachsichtig und überlegen zugleich.

Als er gegangen war, setzte sich Corona nieder und begann ihre Biographie zu schreiben. Doch bald stockte sie wieder. Sie dachte an die drei Männer, denen sie hier nahe gekommen war: an den vitalen Karl August, dessen unverhohlene Werbung ihr erst geschmeichelt und sie dann so verletzt hatte; an den stillen Hildebrand von Einsiedel, der immer teilnehmend und taktvoll zu ihrer Verfügung stand, und an Goethe, den Gefährten, den Mitarbeiter, den Genialen – welch eine Riesenrolle spielte er in allem! Vor ihm mußte sie ihr Herz am meisten hüten. Noch stand sie dicht an seiner Seite, noch war alles gut und schön und richtig und voller Zukunft. Verlief ihr Leben nicht in einem geraden Weg, der in Stufen aufwärts führte? Guben, Warschau, Leipzig, Weimar?

Am 7. Dezember ging sie zum ersten Mal wieder mit Mine hinaus zum Gartenhaus. Es war noch nicht spät, aber schon brach die Dämmerung herein. Kahl standen die Bäume gegen den grauen nebligen Himmel. Am Weg in der Höhe des Denkmals vom Stein des Guten Glücks ragte mit dürren, braunen Blättern eine schöngewachsene Eiche am Wege empor. Von hier aus erst erblickte man das Licht im Häuschen. Wie heimatlich mutete sie das an! Inmitten all der spätherbstlichen Einsamkeit ein freundliches Licht für sie! Sie blieb stehen und sog die kalte Luft mit tiefem Zuge ein. «Dieser Platz wirkt wie ausgespart», sagte sie zu Mine. «Nirgends könnte sein Haus besser stehen als in diesem Tal, das nach allen Seiten hin abgeschirmt ist durch Hügel und Fluß und dennoch weiträumig wirkt. Es ist, als bewohne er das ganze Tal.»

Goethe begrüßte die beiden Frauen herzlich. Die Winterluft habe ihr richtig rote Backen gemacht, sagte er zu Corona. Und dann fragte er sogleich nach ihrer Biographie.

«Noch ist sie nicht fertig; aber bald. Sie ist nicht besonders interessant. Sie beginnt wie alle Biographien.» Und sie leierte spaßhaft und ohne Betonung herunter: «Ich wurde geboren am 14. Januar 1751 in Guben als Tochter des Hautboisten Johann Friedrich Schröter ...»

«Wie?» fiel Goethe erstaunt ein. «In Guben? In Schlesien? Ich dachte, in Warschau?»

«Als ich drei Jahre alt war, siedelte mein Vater mit uns nach Warschau über.»

«Irgendwie kommst du mir immer wie eine Polin vor.»

«Warschau ist auch meine eigentliche Heimat.» Corona schob die schwanenpelzbesetzte Kapuze von Kopf und Hals zurück, so daß sie ihr in faltenreichem Wulst um die Schultern lag. Der hohe Hals ragte anmutig daraus hervor, und die Nackenlocken mischten sich mit dem weißen Flaum.

«Aber ihr wart dort Fremde; und gewiß keineswegs beliebt?»

«Wir wohnten alle in der Nähe des Brühlschen Palais oder des Sächsischen Schlosses um den Sachsenpark herum. Jeder von uns war ein Fremder, und jeder hatte doch dort sein Zuhause. Wir gehörten den verschiedensten Nationen an: Russen, Franzosen, Deutsche, Italiener und auch Polen. Niemand liebte den Grafen Brühl, und vor allem liebte man nicht seine vier Söhne, diese anspruchsvollen, arroganten jungen Herren, und vor allem nicht die Gräfin, seine Frau. Sie waren hochmütig und kalt und von einer Prunksucht ohnegleichen. Der Graf selbst gab sich betont freundlich zu jedem. Er warf nur so mit dem Gelde um sich. Als er starb, gab es einen Prozeß – du hast vielleicht davon gehört. Es stellte sich heraus, daß er fünf Millionen Taler Staatsgelder veruntreut hatte. Denk dir, fünf Millionen! Die Erben mußten sie zwar zurückzahlen, aber es blieb ihnen immer noch eine ganze Million. Als sich das abspielte, waren wir schon in Leipzig. – Es war ja seltsam, wie alles auf einmal dort zusammenbrach. Sogleich nach Abschluß des Siebenjährigen Krieges starb August III., der Sachse; und nur drei Wochen später sein Minister, der Graf Brühl. Alles, was dieser fremde, dicke deutsche König in Polen unter der Anleitung des skrupellosen Grafen Brühl aufgebaut hatte, stürzte in einer allgemeinen Katastrophe zusammen, auch die große Kolonie fremder Künstler. Keiner von uns konnte bleiben. Keiner wußte, wohin. Wir Schröters hatten Glück: Onkel Adam Hiller rief unsere Familie nach Leipzig; seine Frau stammt aus Guben und ist meine Patin. Trotzdem war alles nicht leicht für uns. Leipzig war noch vom Krieg her zerstört, und ich sehnte mich doppelt nach Warschau. Ich war drei, als wir kamen, und dreizehn, als wir gingen. Wenn ich Kindheit denke – überhaupt an etwas Schönes, so denke ich Warschau. Das Leben war so leicht, so ungezwungen und bunt und großzügig dort in Polen. Stell dir die Altstadt vor: keine niedrigen Katen wie hier, sondern zwei-, ja dreistöckige Bauten; überall dazwischen Kirchen und dann der schön gestaltete Markt! Gequetscht stehen die Häuser in schmalen, dunklen Gassen – tiefe Schluchten sind es, kaum drei Meter breit. Dort leben die Armen, zusammengepfercht mit Juden und Zigeunern. Die Wohnungen quellen fast über und schütten die Menschen des Tags auf die Straße. Das Geschrei dann! die Buntheit! das Getriebe! die vielerlei Gerüche – man vergißt Gerüche, glaube ich, nie wieder. Und zwischen allem die Weichsel – blinkend oder trübgrau, stehend oder träge ziehend und mit immer wechselndem Geruch ... Bei Warschau verzweigt sie sich in viele, viele Flußläufe – aber wenn du nur ein wenig hinausfährst, beherrscht sie als ein mächtiger Strom die Ebene. Von dort draußen siehst du auch, daß die Stadt hoch am Ufer liegt: ‚die hochgebaute Stadt'. Wenn es Frühling wurde, fuhren wir hinaus, um die Erde blühen zu sehen. Monatelang ist der breite Strom zugefroren; alles liegt starr unter Eis und Schnee. Aber wenn es endlich taut, dann blüht die Erde auf; im grünen Gras blüht sie auf. Du kannst dir nicht vorstellen, wie das ist. Überall nur Gras – wachsendes junges Gras! Zuerst ist da nur ein Schimmer, aber täglich wird es farbiger, leuchtender. Man gerät in einen Rausch des Glücks. Es scheint, als hebe sich die Erde leise empor, als atme sie auf. Wo du hinsiehst: alles grün, strahlendgrün!»

«Und im Winter ...», warf Goethe ein.

«Dann ist es auch herrlich», fuhr Corona sogleich lebhaft fort. «Diese endlose weiße Fläche! Wenn wir im Winter in einem Lustschloß der Umgebung zu einem Fest aufspielen mußten, fuhren wir alle in einem langen Zug von Schlitten dorthin. Dann saß ich neben dem Kutscher, um den bunten Zug klingelnder Schlitten besser sehen zu können – das schmale, in das Weiß hineingestickte Band. Es strotzte von Gold und Silber, von Rot und Blau und Grün. Die Pferde trugen hohe Federbüsche, ihre Leiber waren geschmückt mit herrlichstem Zaumzeug. Die Kufen endeten in phantastischen Köpfen; sie knirschten und schabten auf dem Schnee. Alles ringsumher, außer unserem Zug, weiß und ganz unberührt. Wenn etwa ein Zügel riß und man zurückbleiben mußte, fürchtete man sich; nicht nur vor den Wölfen, sondern vor der unendlichen weißen Einsamkeit. Dann verfolgte ich immer mit den Augen die Spur der anderen. Sie war so tröstlich, diese Spur. – Endlich bog man dann wohl in einen Park ein. Man fuhr durch ein prächtig geschmiedetes Tor hindurch, und dann lag wie eine Blume, völlig unerwartet, das Schlößchen vor einem. Hohe Obelisken waren zu seiten des Fahrweges aufgebaut, von oben bis unten illuminiert, immer dazwischen das riesenhafte ineinandergeschlungene H B – Heinrich Brühl – unter der Grafenkrone. Manchmal ließ Brühl eigens für diese Dekorationen Baumeister aus Dresden kommen – es war ihm nicht zu teuer –, für sie bedeutete das eine Reise von zweihundertvierzig Stunden! Mitunter mußte ich den Damen beim Ablegen der Garderobe helfen. Ich nahm die kostbaren Zobel und Hermeline in Empfang, und ein Hauch von zartem Pariser Parfüm stieg daraus hervor. Ich bewunderte die Kleider – Goldmuster oder Silberblumen waren eingewebt, und ich fühlte Seide, Samt, Taft, Brokat. Ich sah Juwelen über den tiefen Dekolletés glitzern. Manchmal waren die

Damen jung; aber oft lagen die wundervollen Steine auf welker, gepuderter Haut oder auf schwammig-fettem Fleisch. Aber dort lernte ich, wie eine Dame sich bewegt: gelassen, anmutig, kühl. Ich dachte bei solchen Gesellschaften nie an die armselige Altstadt, ich war ja ein Kind; aber jetzt denke ich daran. Wie war alles ohne Maß dort: die Armut und der Reichtum, die Weite und die Enge; edle Kunst neben grober Bestechung, und überall Lüge...»

Goethe hatte sie unverwandt angesehen. «Erzähl weiter», bat er. «Das alles hast du sicher nicht aufgeschrieben.»

Sie lachte. «Da säße ich wohl noch und schriebe! Und du meintest ja: nur die Fakten!»

«Wenn das keine Fakten sind! – Und dein Vater unterrichtete dich selber?» fragte Goethe, indem er versuchte, ihre Erzählung wieder in Gang zu bringen.

Ein Schatten flog über ihr Gesicht.

«Er dachte, er könnte es», sagte sie leise. Dann aber lenkte sie ab. «Die Abende – wir hatten nicht viele für uns, denn der Graf veranstaltete häufig Empfänge, Konzerte, Diners, bei denen wir musizieren mußten – aber wenn wir einmal des Abends zu Hause bleiben und für uns Musik machen konnten – oh, es war schön! Mein Bruder Samuel spielte Klavier und mein Vater irgendein anderes Instrument – er beherrschte viele –, und ich sang; manchmal sang Samuel ebenfalls. Die Stuben in Polen haben meist eine niedrige Balkendecke: sie ist bemalt, mit bunten Blumen, Vögeln und Genien, in kräftigen oder zarten Farben! Bei uns zum Beispiel blühte eine rote Tulpe auf einem Stück Grün, und ein blauer Schmetterling flatterte um ihren Kelch; von oben senkte sich ein weißer Vogel herab mit zart-leuchtenden Schmuckfedern an den Spitzen seiner Schwingen. Und während ich sang, träumte ich: beschützt er die Blume und den Schmetterling? Oder will er ihn von ihr vertreiben? Oder vernichtet er beide? Alles war so bewegt, so voller Anmut, und ich hatte immer das Gefühl, ich selber sei die Tulpe und Samuel der Schmetterling – und alle Musik werde oben von dem zarten Gerank aufgefangen oder sie senke sich aus den bunten Arabesken hernieder. Diese Decke gehörte für mich gleichsam zur Musik. Töne und Farben und Formen – da besteht ein Zusammenhang ...» Sie verstummte und sann nach.

«Hör nicht auf! Ich habe dich – außer über das Theater – noch niemals so viel reden hören», sagte Goethe.

Und Corona fuhr fort: «Diese Decke machte es, daß ich früh zu zeichnen begann. Zuerst die rote Tulpe und den blauen Schmetterling. Wir Kinder waren alle künstlerisch begabt. Bedenke, unser Vater hatte Musik im Leibe, und der Vater unseres Vaters war Zinngießer – das kann man nicht sein ohne Kunstverstand. Der Vater unserer Mutter war Schuhmacher. Die sind geschickt und nachdenklich; alle Handwerker haben eine ‚Sendung', wie du sagen würdest. Fremdsprachen lernte ich eigentlich nur so nebenbei, man hatte ja immer Umgang mit Fremden. So lernte ich Polnisch, Italienisch, Französisch, Russisch. Aber ich lebte nur in der Musik und in der Malerei. Das ist wie Einatmen und Ausatmen; eines ergänzt das andere ...» Sie schwieg. Plötzlich – hatte der teilnahmsvoll lauschende Zuhörer das bewirkt? –, plötzlich kam ihr eine Einsicht, unerwartet und klärend: Ihr war zwar die Vollendung in beiden Künsten verwehrt, dafür aber gelang es ihr, tiefe Wirkung zu erreichen in einer Kunst, welche die Elemente der anderen in sich vereinigte, der Kunst des Sprechens, der Gebärde, der Bewegung.

Es war eine Pause eingetreten, denn auch Goethe hing eigenen Gedanken nach. «Man müßte hier in Weimar eine Zeichenakademie einrichten», meinte er wie zu sich selber, «dazu ein Institut für Musik. Nicht für die Herren und Damen, nicht zum Zeitvertreib, sondern für die Kinder; und für alle Handwerker zu ihrer Fortbildung ...»

Corona war verblüfft, wie schnell der Freund praktische Folgerungen zu ziehen vermochte. «Wie Oeser es wollte», stimmte sie in verändertem Ton ein. «Weißt du noch, Zinngießer, Anstreicher, Konditoren, alle kamen zu ihm.»

Goethe sah erstaunt auf. Er nickte; er habe es vergessen gehabt. Er sann vor sich hin. Dann sprang er auf, ergriff die Hand der Freundin und zog sie aus der Stube. «Komm», sagte er, «ich zeige dir Handwerk!» Er lachte, nahm die Kerze und ging mit Corona hinunter ins Sälchen. Da lag auf dem Tisch die Plastik ihrer Hand. «Mein Beschwerer für die ‚Theatralische Sendung'.»

Corona betrachtete das Gebilde mit den feingliedrigen Fingern, die überraschend statt in spitzen, in runden Kuppen endeten. Es war ihre Hand und ihr doch fremd in dieser Pose. Sie würde auf den Manuskriptseiten seiner Werke liegen!

Bewegt wandte Corona ihm ihr Gesicht zu, er neigte sich vor und küßte sie. Sie erwiderte seinen Kuß und drückte einen Augenblick lang ihre Wange gegen die seine.

«Genug theatralische Sendung!» sagte sie dann gewollt forsch. «Ich muß jetzt gehen.» Aber so ganz gelang ihr der angestrebte harmlose Ton nicht.

«Komm morgen abend auf den Schwansee zum Eislaufen!» flüsterte er nahe an ihrem Mund. Aber nun zog sie ihren Kopf zurück.

«Was bist du für ein schrecklich anspruchsvoller Mensch!» –

«Hast du dich gut mit Philipp unterhalten?» fragte sie ihre Freundin Mine, als sie zusammen nach Hause gingen. Sie hatte Goethes und auch Seidels Begleitung abgelehnt; sie wollte allein sein, schon Mines Gesellschaft war ihr fast zuviel.

«Er beklagte sich über Peter», berichtete Minchen. Mit dem Zeichnen ginge es ja noch; der Doktor säße ganze Abende mit ihm zusammen, um es ihm beizubringen. Aber sonst mache er nichts als Dummheiten. Nur für Mathematik zeige er noch einiges Interesse.

«Ich dachte, im Verkehr mit den Steinschen Jungen hätte er sich etwas abgeschliffen?» warf Corona ein.

Mine lachte. «Eher schleift er die ab. Er war ja eine ganze Zeit mit ihnen draußen in Kochberg auf dem Gut. Da hat er sich mit seinem Spitz im Bett des Herrn Karl gleich so breitgemacht, daß der junge Herr lieber auf dem Fußboden schlief. Das gab eine Aufregung, als man's merkte. Nun ist er wieder hier im Häuschen. Aber Philipp meint, allmählich sähe der Herr Doktor doch ein, daß man aus so einem fremden Wildling nicht einen zivilisierten Städter machen könne. Und du, hast du dich auch gut unterhalten?»

Corona nickte. «Ich habe von Warschau erzählt.» Sie schwieg. Dann fuhr sie fort: «In Goethes Hand ist vieles gegeben. Sieh, wie er dieses Stück Ilmtal in einen Garten verwandelt. Euer Richterscher Garten ist auch schön: die dunklen Taxushecken, die buntfarbigen Sterne der Bosketts, die Springbrunnen und der Turm mit den Glocken aus Meißner Porzellan – wenn ich die Augen schließe, höre ich sie noch. Aber hier ist einfach das Vorhandene genutzt. Durch die Windung eines einfachen Weges schafft er verschiedene Räume; eine Baumgruppe in der Nähe belebt, eine Baumgruppe in der Ferne gibt das Gefühl von Weite ... Man träumt, wenn man sie sieht: dorthin möchte ich gehen, denkt man – es ist ein Ziel.»

«Du schwärmst von seinem Park und meinst ihn!» stellte Minchen fest.

Corona errötete. «Laß mich, Minchen», sagte sie, «laß mich nur. Ich bin schon auf der Hut. Es fällt jetzt ein Schimmer von Glück auf mich – ich weiß, ich darf nicht danach greifen; dennoch ist es schön.»

Auch Goethe war von Glücksgefühl erfüllt. Das Gespräch mit Corona hatte ihn angeregt und bewegt. Er stand eine Zeitlang im Gartensälchen am Fenster und starrte auf die Plastik ihrer Hand nieder. Aber er sah sie gar nicht. Er atmete noch ihren Duft, fühlte noch ihre Lippen, ihre angeschmiegte Wange, hörte ihre Stimme. Er lächelte. Wie viele Beziehungen waren doch möglich zwischen Mann und Frau! Wie reich war das Leben!

Schließlich ging er zu Seidel hinüber. «Komm noch ein bißchen herauf zu mir», sagte er, «wenn du fertig bist.» Seidel wirtschaftete nicht mehr allein, es waren noch der junge Laufbursche Paul und eine erfahrene Köchin dazugekommen. Man konnte sich nicht mehr wie früher ohne weiteres zu dem Vertrauten an den Herd setzen. Als Seidel oben eintrat, saß Goethe und zeichnete. Philipp sah, daß er an einem kunstvollen Säulenkapitell strichelte. Etwas genau und akkurat zu zeichnen, das lenke einen ab, meinte er wie zur Erklärung. Seidel besah sich die Skizze kritisch. Ablenken? Wovon? dachte er. – In solchem klassisch-antiken Stil, erklärte Goethe, wolle er jetzt hier ein Theater bauen. – Die Schrötern passe gut dazu; sie habe auch so etwas Großes, Einfaches, Schönes, sagte Seidel.

«Gefällt sie dir?» fragte Goethe geradezu; aber er sah nicht dabei auf.

«Sehr», antwortete Seidel. «Sie ist immer neu und immer schön und weiß sich zu tragen; sie ist freundlich zu jedem und hat doch so etwas Besonderes an sich. Ihnen gefällt sie ja auch!»

Goethe schwieg. Er entwarf neben seinem Kapitell eine Fassade mit Säulen und einem flachen dreieckigen Giebel. «Ich muß erst etwas leisten», sagte er, als antworte er auf eine unausgesprochene Forderung. Er warf den Stift hin und fuhr freimütig fort, es sei eine Art Reserve in ihm, ein Wille, sich frei zu halten. Er suchte Seidels Blick.

«Man braucht eine Frau, und die Stallmeisterin ist verheiratet, die Schrötern nicht», antwortete Philipp.

Goethe lachte. «Woher bist du so weise, Kerl?»

«Das lernt sich, wenn man seit seinem vierzehnten Lebensjahr auf eigenen Füßen stehen muß.»

Goethe sah den Kameraden nachdenklich an. «Sag lieber was zu meiner Theaterfassade!»

Am 15. Dezember brachte Corona dem Freunde ihre nun wirklich bis zu Ende gediehene Lebensbeschreibung. Sie war nicht umfangreich, und die Blätter wurden von einem einfachen Umschlag zusammengehalten. Es begann wahrhaftig mit dem Satz: «Ich wurde geboren am 14. Januar 1751 in Guben.» Aber Goethe hörte trotz des spröden Stils bei jedem Wort deutlich ihre Stimme, den warmen Ton, den er so liebte und der ihn immer von neuem bezauberte. Als er wieder allein war, blätterte er in dem Heft und las das Ende. Bis zur Ankunft in Weimar hatte sie ihren Bericht geführt. Aber was war damals mit dem Fremden in Dresden gewesen?! Ihr Bericht erwähnte nicht einmal eine Fahrt dorthin. Da gab es ein Geheimnis, ein Rätsel. Er hätte gern etwas darüber gewußt. Aber was wußte er überhaupt von ihr? Sie schien immer fröhlich, aber immer beherrscht. Wie war sie wirklich? Plötzlich sah er sie wieder in dem frühlingsgrünen Tor des Waldes bei Kranichfeld verschwinden. Sie hatte sich nicht umgeblickt, sondern war ruhig von ihm fortgeritten, als ginge das soeben Erlebte sie nichts mehr an. Er aber hatte ihr voller Verlangen nachgeblickt; er hatte mit seinen Augen ihre runden Schultern umfaßt und die Taille, die durch das engsitzende Reitkleid herausgearbeitet war.

Ihr Rücken hatte sich im Rhythmus des Pferdeschrittes gewiegt, lockend in seiner Geschmeidigkeit und in seiner vollendeten Form. Am liebsten wäre er ihr nachgaloppiert und hätte sie an sich gerissen. Warum hatte er es nicht getan? Warum nur nicht?! Er preßte die Fäuste in die Augen. Wäre sie nicht imstande, ihn von seiner quälenden, unerfüllten, unerfüllbaren Liebe zu Charlotte zu befreien? Sie wäre ein herrlicher Kamerad! Aber verlangte ihn danach? Wollte er nicht immer aufs neue zu Charlotte gezogen werden, zu ihrer maßvollen, gelassenen Art? Trotz der Unerfüllbarkeit dieser Liebe? Er stöhnte, schob Coronas Blätter zusammen, stieß sich schwerfällig vom Schreibtisch ab und rief nach Philipp. Er bat ihn, Hut und Rock zu bringen, denn er wolle sehen, wie weit Klauer mit Fritzens Statue sei.

Als er ins Atelier kam, fand er dort gerade die, vor der er geflüchtet war. Corona wandte sich sogleich unbefangen zu ihm und meinte, soeben habe sie zu Klauer gesagt, in zwei Jahren werde dieser Knabe in Olympia beim Wettlauf den Siegeskranz erringen! Goethe lächelte überrascht. Winckelmann! dachte er, Winckelmann hätte all seinen Absichten hier voll zugestimmt! Corona gehörte ebenfalls zu Winckelmann; sie hatte seine Lehren aufgenommen, genau wie er selbst. Dann wandte er sich an Klauer und meinte, die Drehung des Körpers erscheine ihm noch etwas steif. Er bewegte formend die Hände, um zu verdeutlichen, wie er es meinte, und Klauer sah den lebhaft Sprechenden aufmerksam an.

«Ihr Kopf, Herr Doktor, würde einem leichter gelingen», sagte er seufzend, «man müßte ihn machen wie das Haupt eines Apoll. Aber so ein halbwüchsiges Kind, das nicht Fisch ist und nicht Fleisch, als edle griechische Plastik . . .?»

Eben diese Zwischenform, dieser Augenblick, der das Werdende erhasche, sei reizvoll, entgegnete Goethe lebhaft.

«‚Als ein Gewächs', hätte Winckelmann gesagt», schaltete sich Corona ein. «Ach! wie schön wäre es, wenn wir zusammen in Athen zur Zeit des Praxiteles lebten!»

Goethe sah sie lachend an. «Du als Tempeljungfrau oder als Athene; oder nein, eine Helena, um die ein heißer Krieg entbrannt wäre!»

Sie errötete unter seinen Blicken. Nachher begleitete er

sie heim. Er habe ihre Biographie gelesen, sagte er, in einem Zuge. Jede Lebensbeschreibung sei packend, voller Zufall und voller Notwendigkeit.

Sie nickte. «Meist nennst du es ja Zettel und Einschlag, wie bei einem Tuchgewebe.»

Wichtige Fakten habe sie sowieso fortgelassen, meinte er dann.

«Welche wichtigen Fakten?» fragte sie abweisend. Er sah sie von der Seite an: Stirn und Nase setzten sich ohne Einbuchtung in einer geraden Linie fort, wie bei einer Griechin. Sie wich aus; sie verschwieg. Also war doch etwas gewesen mit diesem Grafen? Im Grunde wußte man nie, was in ihr vorging. Sie war stolz und schien sich all ihrer Handlungen und Äußerungen immer sehr bewußt zu sein. War sie bis in den Kern hinein Schauspielerin? Vielleicht sogar, ohne es selbst zu wissen?

Corona spürte die Kluft, die plötzlich zwischen ihnen war. Sie wußte, worauf seine Frage nach den verschwiegenen Fakten abgezielt hatte. Sollte Steinauer geredet haben? Nun, wenn schon! Sie würde dieses Erlebnis nie jemandem preisgeben. Nie. Es gehörte ganz allein ihr – es war ihre tiefste Erfahrung, ihr Schmerz, ihr Reichtum.

Wenige Tage später, zu Ende dieses Jahres 1778, war große Jagd in der Gegend von Apolda. Goethe und Seckendorff hatten sich bald zu entfernen gewußt und hockten im warmen Quartier. Sie kamen sich vor wie Jungen, die die Schule schwänzen, waren ausgelassen, fühlten sich frei und doch nicht ohne Schuld. Goethe hatte den Kragen aufgehakt und reckte sich.

«Man müßte für den Neujahrsmorgen auf jede der Hofdamen – natürlich anonym – einen gepfefferten Vers machen!» rief er plötzlich. «Man könnte ihn jeder in ihre Wohnung schicken!»

Er lachte schallend. Seckendorff hatte sofort ein paar bissige Bemerkungen bereit, Goethe machte daraus einen Vers. Sowie er stockte, vollendete der Kamerad. Selbst die Herzogin Luise wurde nicht verschont.

«Nun die Schröter», sagte Goethe.

«Die? Die ist doch nicht adlig, die gehört nicht dazu», meinte Seckendorff.

«Natürlich gehört sie dazu! Aber wir werden schreiben: ‚An *Mamsell* Schrötern, weil sie nicht adlig ist'. Was meinst du?»

«Gut!» schrie Seckendorff, «das wird ihr zu denken geben. Sie ist so unnahbar, als wäre sie eine geborene Prinzessin. Die sollte nur einmal ein einziges Jahr lang ihre Schönheit und ihre Verehrer entbehren müssen, dann wäre sie wohl nicht so stolz!»

«Nun, schreiben wir's so!» Und sie verfertigten die holprigen Verse:

Corona (Mamsell, weil unadelig) –
Wir möchten gern, du kannst es glauben,
Nur auf ein Jahr
Dir die Gestalt und die Verehrer rauben.
Du wärest glücklich ganz und gar,
Du ehrtest mehr die seltnen Gaben,
So schön zu sein und so viel Dienst zu haben!

«Wunderbar!» meinte Goethe spöttisch.

«Nun auf die Stein», forderte Seckendorff, «auf die gestrenge Lehrmeisterin des Hofs. Sie maßregelt jeden. Ist man entflammt, so kühlt sie einen ab; ist man gleichgültig, so sucht sie einen anzufeuern!»

«Gut», sagte Goethe, «also so:

Du machst die Alten jung, die Jungen alt,
Die Kalten warm, die Warmen kalt...»

Er stockte und schlug dann vor, es zu Hause allein fertig zu machen. Jetzt müsse man eilen, um dem herzoglichen Herrn beim Jagen seiner Sauen zu helfen.

Bei der offiziellen Neujahrscour am nächsten Morgen gab es unter den Damen Getuschel, Gelächter oder eisige Gesichter – je nachdem. Goethe amüsierte sich. Er war noch immer in der gleichen ausgelassenen Stimmung wie am vorherigen Abend und ließ durch Anspielungen jede der Damen wissen, wer der Urheber des Ulks gewesen sei. Übertrieben tief verbeugte er sich vor Corona. Doch ehe er noch etwas gesagt hatte, redete sie ihn bereits an.

«Ein gutes Jahr, *Musjöh* Wolf, weil auch du, soviel ich weiß, nicht adelig bist! Im übrigen: wenn man dir einmal für ein Jahr die Fähigkeit zu dichten raubte, würdest du danach vermutlich einen besseren Gebrauch davon machen!» Sie verzog ironisch den Mund.

«Du hast mich geschlagen, Krönchen», antwortete er, zog mit theatralischer Pose den Degen, der zur Hofuniform gehörte, aus der Scheide, und tat, als lege er ihn ihr zu Füßen.

«Spielen Sie neuerdings den Troubadour?» spottete die Göchhausen. «Was soll sie mit Ihrem stumpfen Degen? Schreiben Sie ihr lieber im neuen Jahr eine schöne Rolle!»

«Er hat keine Zeit dazu, liebste Göchhausen», scherzte Corona mit einem Unterton von Ernst. «Er muß ja Spottverse machen.»

Am nächsten Tag dieses Jahres 1779 hatte Corona dienstfrei. Sie saß mit Minchen still in ihrer Stube. Sie las, Minchen nähte. Um elf Uhr abends packten beide ihre Sachen zusammen, um schlafen zu gehen. Die Vorhänge in der Schlafstube waren noch nicht heruntergelassen, und als Corona das Zimmer betrat, wurde sie von einer unerwarteten Helligkeit überrascht. Sie trat zum Fenster. Da entdeckte sie, daß es geschneit hatte. Unten im Garten breitete sich eine makellose weiße Decke aus. Die Welt war wie verwandelt: auf allen Büschen und Bäumen dicke Polster. Sie riß das Fenster auf und atmete die kristallklare Luft tief ein.

«Komm, laß uns in den Garten hinuntergehn», rief sie Minchen zu. «Der erste Schnee – das ist ein Fest, das muß man feiern. In Warschau fuhren wir dann immer weit hinaus. Oh, es ist eine Lust, auf völlig unberührtem Schnee zu fahren oder zu gehen!»

Der Schnee war noch locker und leicht und verschluckte jeden Laut. Corona zog den Zweig eines Busches herab und ließ ihn wieder emporschnellen, so daß das lockere Polster als silbrige Wolke herabstäubte. Da und dort fiel von selber lautlos ein Flockenballen herab. Der Halbmond stand über dem Garten, in allen Kristallen glitzerte sein Licht. Wie schön war die Welt! Unversehens dachte sie an Goethes Wiese und Haus. Er liebte die Nacht; er beobachtete Mond und Sterne, er freute sich gewiß gleich ihr am Schnee. Vielleicht stand er jetzt am Hang in der weißen Einsamkeit. Vielleicht hielt er die kristallenen Sterne in seiner Hand, bewunderte sie und betrachtete ihre Struktur, ehe sie dahingeschmolz. Da fiel ihr das Wort Mamsell ein. Es hatte sie gekränkt, obwohl sie es nicht zugeben wollte. Sie beugte sich nieder, hob eine Handvoll Schnee auf, ballte ihn fest zusammen und warf ihn nieder. Es gab einen dumpfen Laut und eine kleine dunkle Vertiefung in der weißen Decke. Nun denn, Mamsell! Er hatte ja recht! War es nicht im Grunde ein Ehrentitel? Sie mußte sich behaupten, als Mamsell, an diesem Weimarischen Hof! Das verbissene Gesicht ihres Vaters stieg vor ihr auf. Sie erinnerte sich, wie seine hingebungsvollen Züge sich langsam verhärteten, wenn ein Musikstück ausklang. Er nahm das Instrument vom Mund, atmete tief, und dann schaute er mit hartem und hellem Blick um sich. Das hatte Samuel noch nicht gelernt, als er 1765 Leipzig verließ. Seine dunklen Augen träumten immer noch weiter; er ließ sie zur Seite schweifen, so, als folgten sie den verklingenden Tönen. Wie hatte sie jemals denken können, daß Goethes Augen den seinen ähnelten!

Das klare Winterwetter hielt an. Die Weimarer Gesellschaft versammelte sich täglich zum Eislauf auf dem Teich im Baumgarten hinter Bertuchs Haus. Buden und Zelte waren am Ufer aufgeschlagen, in ihnen konnte man sitzen, zuschauen und warme Pastetchen oder heiße Getränke genießen. Die Jugend tollte im Wettlauf umher, die Herren oder die jüngeren Damen schoben die älteren auf Stuhlschlitten über die glatte Fläche. Musik spielte von früh bis spät. Selbst die junge Herzogin war fröhlich mit von der Partie, und ihre gertenhafte Schlankheit kam beim Eislauf gut zur Geltung. Wenn sie müde wurde, schob Karl August ihren Schlitten ritterlich um den Teich. Goethe bemerkte es mit Freude. Er machte sich den Spaß, rückwärts vor den Herrschaften herzulaufen. Da erblickte er Corona; sie ließ sich gerade von einem Jungen die Schlittschuhe anschnallen. Goethe verabschiedete sich mit einer Entschuldigung und lief im großen Bogen auf sie zu.

«Heut abend, Corona», flüsterte er eilig, «heut abend – gleich muß ich zur Bergwerkskonferenz. Kommst du?»

«Vielleicht», gab sie zur Antwort. –

Husaren standen mit Fackeln rund um den Teich; das Eis glitzerte und blinkte in ihrem Schein. Corona kam. Goethe half ihr, die Schlittschuhe anzuschnallen.

«Krönchen», murmelte er, «wir drehen zum Schein erst hier ein paar Runden, dann ziehen wir uns zurück, laufen hinüber zum Schwansee. Alle Wiesen liegen dort unter Eis. Der Mond scheint hell; wir sind für uns allein auf der weiten Fläche.»

Corona sagte nichts. Sie reichte dem Partner die Hände, die eine durch ihren Muff hindurch. Wie es Sitte war, liefen sie mit voreinander gekreuzten Armen, im gleichen Schritt. Als das große Feuerwerk begann und aller Blicke auf sich zog, ließen sie unauffällig Lärm und Getriebe hinter sich und liefen nach Westen zu. Die Musik wurde leiser und leiser. Sie kamen aus dem rötlichen Licht der Fackeln und der zerplatzenden Raketen in das bläuliche der stillen Nacht. Die Eisfläche schimmerte. Sie hörten das Schleifen ihrer Schlittschuhe. Die kahlen Bäume am Ufer hoben sich schwarz gegen den dunklen, silbrigblauen Himmel ab, mitten darin stand leuchtend der Mond. Niemand war jetzt hier draußen. Da umfaßte Goethe Coronas Schulter, sie legte ihren Arm lose um seine Hüfte. Sie sprachen nicht, sie sahen sich nicht an, sie liefen nur im gleichen Rhythmus miteinander durch die kalte klare Nacht. Es war wie Tanz, fast wie Flug. Ein Rausch und ein Glück ohnegleichen erfüllte beide. Manchmal kam ihnen ein Windstoß entgegen; sie fühlten, wie er ihnen bis auf die Haut drang; manchmal wieder erschraken sie fast vor der lautlosen Stille ringsum. Ihr Schatten glitt blaß neben ihnen über das Eis.

Wie schön! dachte Corona, wie schön! Ihr war, als könne ihr das Leben nie eine erfülltere Stunde bringen. Ihr Herz wollte überquellen in tiefer Freude über das Dasein. Seine Hand steckte jetzt mit in dem warmen Muff, Corona fühlte ihren festen Druck. Ein Strom der Gemeinsamkeit floß von ihm zu ihr.

«Welch ein Wunder!» murmelte sie, «daß wir über tiefem, bewegtem Wasser dahinlaufen. Wenn das Eis nun plötzlich bräche!»

«Mit dir und mir bricht es nicht», antwortete Goethe. Er lächelte sie an, und sie lächelte zurück. Dann schlug er vor, dem Monde zu Ehren einen Kreistanz zu vollführen. Er wolle nach links, sie solle nach rechts laufen, in leicht gerundetem Bogen; beide zur gleichen Zeit wenden, damit sie sich in der Mitte wieder träfen; danach würde er seine

Schleife nach rechts ziehen und sie die ihre nach links. Eine große Acht würden sie so auf der Fläche einzeichnen – die Figur der Unendlichkeit! Corona nickte. Sie liefen so genau in gleichem Takt, daß sie, ohne nacheinander zu blicken, in derselben Höhe des Bogens umwendeten und wieder zusammentrafen. Sie reichten sich wie beim Contretanz die Hände, strahlten einander an und trennten sich wieder. Plötzlich hörte Corona den Freund pfeifen. Er paßte seine Schritte diesem Rhythmus an, und sie tat es ihm sogleich nach.

«Was pfeifst du?» fragte sie, als sie sich in der Mitte wieder trafen.

«Ein Lied von mir», rief Goethe zurück, da er schon wieder von ihr entfernt war. «Mir fiel's gerade so ein. Es beginnt ganz sommerlich.» Und er sang ohne eigentliche Melodie halblaut:

«Durch Feld und Wald zu schweifen,
Mein Liedchen wegzupfeifen . . .»

Bei «Schweifen» und «Pfeifen» tat er nach den schnellen kurzen Schritten einen langen Schritt.

Da fiel Corona ein:

«Und kommt der Winter wieder,
Sing ich noch jenen Traum,
Ich sing ihn in der Weite,
Auf Eises Läng' und Breite,
Da blüht der Winter schön!»

Nach dem Daktylus machten sie einen feierlich langen Bogen. Ihre Stimme klang süß in der Einsamkeit, als singe und klinge das Eis. Sie wiederholten Sang und Lauf, einmal, zweimal, dreimal, viele Male. Sie konnten nicht genug davon bekommen. Endlich blieb Corona atemlos in der Mitte stehen. Er faßte sie bei den Schultern, sah ihr glücklich in die Augen, beugte sich vor und küßte sie. Sie küßte ihn innig wieder. Plötzlich umschlang er sie heftig, bog sie zurück und faßte mit der Hand um ihre Brust.

«Nicht!» stieß sie zwischen seinen Küssen hervor, «bitte nicht!» und versuchte, seine Hand wegzuziehen.

«Warum nicht?» flüsterte er an ihrem Mund, «niemand sieht uns, nur der Mond. Und lieben wir uns nicht?» Er preßte seine Lippen heiß und leidenschaftlich auf die ihren. Da riß sie sich mit Gewalt los.

«Es wäre nicht wahr. Dies wäre nicht wahr zwischen uns», stieß sie hervor und sah ihn mit dunklem Blick an.

«Nicht wahr? Wieso?»

«Ich weiß nicht», murmelte sie. «Das Glück, das uns vorhin erfüllt hat – war es nicht von anderer Art? reiner? echter?»

«Es war das Glück innigster Gemeinsamkeit, Corona», meinte er werbend, «dürfen wir's nicht vollenden?»

«Es war vollendet», sagte sie, «auch für dich. Ich spürte es genau. – Erst im Kuß fühltest du etwas anderes – und das hättest du bei jedem Kuß gefühlt, bei jeder Frau. Bitte, laß uns wahr sein gegeneinander.»

Sie ergriff seine Hand, drückte sie schmeichelnd gegen ihre Wange und zog seinen Handrücken leicht über ihre Lippen. Sie versuchte, ihn anzulächeln; aber er lächelte nicht. Ohne ein weiteres Wort liefen sie zurück. Als sie in die Nähe des belebten Teichs kamen, verschränkten sie, wie es Sitte war, vor ihren Körpern die Hände. Sie hörten die Musik, sahen das Licht, vernahmen Gelächter und Gespräch; aber Musik, Licht und Tanz in ihren Herzen waren ausgelöscht.

«Ich bin müde», sagte Corona, als sie an der Bude mit der Bank zum An- und Abschnallen der Schlittschuhe angekommen waren.

«Ich auch.» Er kniete vor ihr nieder, um ihr behilflich zu sein. Dabei hielt er ein paar Augenblicke ihren Fuß in der Hand. «Du hast recht, Corona», sagte er dann, ohne aufzusehen, «wenn wirklich Wahrheit zwischen den Menschen waltete, würde viel Leid verhütet. Trotzdem . . .»

Beide verabschiedeten sich höflich vom Herzogspaar. Vor Bertuchs Haustür zog er ihre Hand an die Lippen.

«Gute Nacht!» sagte er, «du Priesterin der Wahrheit!» Sie wußte nicht recht, ob es Spott oder Huldigung sein sollte. Sie ergriff die messingene Klinke, die die angedeutete Form einer Hand hatte, und drückte sie langsam nieder. In der Diele traf sie auf Bertuch, der gerade ins Bett gehen wollte.

«Warst du bis jetzt auf dem Eis? Hast du dir das Feuerwerk angesehen?» Und als sie nickte, sagte er bitter: «Wenn du wüßtest, was das alles kostet! Das Überschwemmen der Wiesen, das Schneekehren, das Aufschlagen der Zelte, die Fackeln, die Stuhlschlitten, das Feuerwerk – es nimmt kein Ende! Und an allem ist Goethe schuld! Sie könnten sich ja damit begnügen, am Tage auf zugefrorenem Teich zu laufen; aber nein, es muß gleich ein Fest sein, und noch dazu bei Nacht. Immer mehr, als die Natur hergibt! Dabei ist es noch keine acht Jahre her, da wurde allen Gymnasiasten der Eislauf verboten, weil er vulgär und roh sei. Und nun gibt dieser Seidel auf Goethes Anordnung allen Jungen der Stadt darin Unterricht! Und Goethe und der Herzog hetzen sie wie die Hasen auf dem Eis herum und schießen mit Pistolen hinter ihnen her und schlagen ihnen die Peitsche um die Beine, wenn sie nicht schnell genug sind oder nicht über die aufgestellten Barrieren kommen – sie nennen das ‚Leibesübung'.»

«In manchem magst du recht haben», erwiderte Corona unsicher; «andererseits ist's wohl wirklich gesund und härtet die Jungen ab. Zudem ist es gut, daß wenigstens dabei die Unterschiede von Rang und Herkunft verwischt werden.»

Bertuch lächelte mokant. «Findest du? Mag sein beim Herzog und bei Goethe, weil ihnen das jetzt so in ihr Natur-

*Herzogin Luise*

burschentum paßt. Aber die Hofgesellschaft – hast du schon einmal eine Hofdame mit einem Jungen aus der Mostgasse laufen sehen? Aber ich weiß, du bist ja immer auf seiten Goethes.»

Corona lächelte traurig. «Das darfst du nicht sagen. Ich bin auf seiten der Wahrheit.» Sie hielt erschrocken inne. «Ich bemühe mich wenigstens darum», erklärte sie befangen; sie sprach langsam, fast stockend.

«Ich wollte dich nicht kränken», lenkte Bertuch ein. «Es war nicht recht, daß ich in so später Stunde meine Bitterkeit bei dir ablud. Ich bin auch nicht nur bitter wegen des verschwendeten Geldes, sondern vielleicht noch mehr deshalb, weil ich von Goethe etwas anderes erhofft hatte!»

«Das verstehe ich», sagte Corona. «Aber du hast es noch gut. Du hast deine Schriftstellerei und Industrieunternehmungen und dein Familienglück – eben dein eigenes Reich!»

Dann stand sie in ihrem Schlafzimmer. Minchen war schon zu Bett gegangen. Sie machte kein Licht und sah in den verschneiten Garten hinaus: Die Büsche und Bäume ragten im Mondlicht dunkel empor, aus der Ferne des Baumgartens drangen Licht und Musik zu ihr. Sie war wie betäubt. Laß uns wahr sein, dachte sie – sie war zufrieden mit sich und doch auch wieder nicht. Andere hätten sich das Glück einfach vom Tisch der Götter genommen. Sie ließ sich auf dem Bett nieder, lehnte sich mit einer Schulter gegen die Bettwand, hielt die Hände lose im Schoß gefaltet und starrte vor sich hin. Lieben wir uns nicht? lieben wir uns nicht? klang es immer wieder in ihr. Wie wäre es schön, wenn es einfach so stimmte. Sie drehte den Kopf, stützte ihn gegen das hölzerne Fußende und schloß die Augen. Die scharfe Kante schnitt ihr in die Schläfe, daß es schmerzte. Plötzlich begann sie zu weinen. Sie schluchzte auf und hielt gleich wieder an sich. Sie legte die Hände vors Gesicht, als könne sie jemand sehen. Aber immer von neuem flossen die

Tränen. Es war, als bräche alles Leid, das ihr je widerfahren war, aus ihr heraus: Sie weinte über ihre Stimme; über Samuels Fortgang; über die Schmach, die ihr Karl August angetan hatte; sie weinte über Goethe – und über ihre Liebe zu jenem Franzosen. Aus vielen schmerzhaft ausbrechenden Quellen floß der Strom dieser Tränen: Mamsell, Komödiantin, Priesterin der Wahrheit, Proserpina – und immer der rote Rock! Immer war er die Ursache für alles Leid. Sie trug ihn; jede Frau trug ihn; ach, und jede trug ihn mit heimlichem Wohlgefallen, schmückte ihn selber noch aus.

Am anderen Tag wurde dem Legationsrat Goethe im Conseil in aller Form die Kriegskommission übertragen. Der Herzog und Goethe speisten anschließend gemeinsam auf dem Eis. Dann kam Anna Amalia dazu, und man veranstaltete für die Jugend ein Preislaufen: Äpfel waren auf Ruten gespießt worden, und die Jungen sollten sie in vollem Lauf mit einem Degen herunterholen. Der Herzog und sein neuer Kriegskommissar beteiligten sich mit Zuruf, Tadel und Belohnung und waren sichtlich in ihrem Element. Sie blieben bis in die Nacht. Daß Corona nicht auf dem Eis erschien, fiel offenbar niemandem auf.

In den nächsten Tagen aber schien alles wie immer. Corona stellte sich bei dem allgemeinen Eisvergnügen ein, als wäre nichts gewesen. Sie lief mit dem Herzog, mit Einsiedel, mit Seckendorff und scheinbar unbefangen auch mit Goethe. Doch im Grunde wußten beide, daß es nicht war wie früher. Zwar sprach Goethe lebhaft zu ihr über sein neues Amt; er nannte ihr Titel von Büchern über Militärökonomie, die er schon durchgearbeitet habe; er erzählte dies und das; ab und zu streiften seine Augen ihr Gesicht.

Sie bemerkte es und unterbrach ihr Schweigen. «Ist ein Kriegsminister wichtig in einem so kleinen Land?»

Er stutzte. «Aber ja, Corona», sagte er eifrig; «natürlich.»

Es sei nicht bloß Verwaltung, nicht ein Einzelgebiet wie der Bergbau, nicht ein Teil – es sei ein Ganzes, es sei Politik.

«Politik mit den paar Soldaten?»

Er überhörte den leisen Spott. In Berlin habe er gesehen, wie alles auf einen neuen Krieg zusteuere. König Friedrich sei bereits damals schon wieder bei den Truppen in Schlesien gewesen. Der Frieden zwischen Preußen und Österreich sei nur ein Scheinfrieden.

«,Wir in Sachsen-Weimar sind keine Preußen –', so sagtest du doch damals», wandte sie ein.

«Aber man wird immer mit hineingezogen», antwortete Goethe ernst. «Einerseits gehören wir zum alten Reich, zu Österreich, andererseits durch Verwandtschaft zu Preußen.» Und Preußen nutze das aus. Ein preußischer Offizier, der Leutnant von Rheinbaben, sei nach Großrudestedt gekommen und hebe dort Rekruten aus, als handele es sich um preußisches Gebiet; andere täten anderswo das gleiche. Die Leute desertierten zwar, sobald sie könnten, aber das gäbe einen Haufen Scherereien. «Wir müssen versuchen, neutral zu bleiben!»

«Neutral? Aber seit eurer Berliner Reise exerziert der Herzog sogar persönlich jeden Tag!»

Goethe nickte sorgenvoll. Er hoffe, er könne es wieder eindämmen, erwiderte er. Einiges ließe sich in dem neuen Amt immerhin erreichen; es gäbe jetzt beispielsweise keine Kürassiere mehr, deren Monturen so kostspielig gewesen seien.

«Ich wünsche dir von Herzen Erfolg.»

«Du glaubst nicht daran?»

«Ich glaube daran, daß jeder, der ernsthaft das Rechte will, auf gewisse Weise wenigstens zu dessen Stärkung beiträgt. Das ist, glaube ich, eine Wahrheit.»

«Du hast es jetzt mit der Wahrheit, wie's scheint», scherzte er und warf ihr einen schnellen Blick zu.

Sie aber lachte. «Sie haben mir einen Schreck eingejagt mit Ihrem Hinweis auf einen drohenden Krieg, Herr Kriegskommissar», sagte sie und fügte dann ernst hinzu: «Auch wir beide haben jetzt einen Scheinfrieden. Das ist nichts Gutes.»

«Nein, Krönchen, das ist nichts Gutes», stimmte er sogleich zu, «also einen ehrlichen Frieden?»

Ihre Augen versuchten, in ihn einzudringen.

Am 9. Januar hatte Seckendorff einen kleinen Freundeskreis zum Abendessen geladen: den Herzog, Herrn und Frau Wieland, Einsiedel und Goethe; dazu das Fräulein von Waldner, um das er warb, das Fräulein von Wöllwarth und – Corona. Seckendorff war vollauf beschäftigt mit seiner eigenen Liebe und ahnte nichts von dem, was sich um ihn her abgespielt hatte. Man aß und trank und stieß miteinander an; man plauderte und scherzte. Der servierende Diener hielt die Unterhaltung im Zaum. Aber fühlbar wie elektrische Ströme gingen zwischen den Männern und Frauen am Tisch Blicke und andeutende Worte hin und her, so daß man meinen konnte, jeden Augenblick würden knisternde Funken überspringen. Wieland goß mit satirischen Bemerkungen allenthalben noch Öl ins glimmende Feuer und beobachtete amüsiert die Wirkung. Corona lachte viel. Sie spürte, daß sie gefiel. Der rote Rock, dachte sie, und konnte es doch nicht ändern, daß sie sich selber darin gefiel.

Nach dem Essen bat man die schöne Sängerin um eine musikalische Darbietung. Bereitwillig setzte sie sich ans Klavier und spielte ein Rondo von Händel. Danach begann sie etwas Neues. Goethe stutzte, er glaubte seinen Ohren nicht trauen zu können. Sie spielte die Melodie ihres gemeinsamen Tanzes unter dem Mond; unverkennbar. Er vermeinte ihre Stimme in der Stille der mondverzauberten Eislandschaft wieder zu hören: «Da blüht der Winter schön» – doch dann glitt sie in eine völlig andere Melodie über.

Sie lächelte vor sich hin. Aber als sie sich am Ende zurücklehnte, die Hände noch auf den Tasten, war ihr Gesicht todernst. Sie konnte sich selber nicht begreifen. Sie hatte ihr Eislied preisgegeben! Seltsam! Man weinte, weinte, ein Lied wurde daraus, und man spielte es anderen Menschen vor, als wäre nichts dabei!

Der Herzog war lebhaft aufgesprungen, hatte ihr Handgelenk ergriffen und es geküßt. «Bitte spielen Sie weiter!» sagte er; seine Augen schienen sie um Verzeihung zu bitten. Diese Komödiantin hatte ihm wirklich Achtung eingeflößt, und eine verlorene Schlacht war ja noch kein verlorener Krieg!

Sie aber schüttelte lächelnd den Kopf, indem sie ihn spitzbübisch ansah, sagte: «Bin ich nicht auch als Gast hier, Durchlaucht?» und stand vom Klavier auf.

Goethe bemerkte ihren schelmischen Blick. Wie rätselhaft war sie doch! Was war echt an ihr?

Schweigend ging er nach Hause. Schweigend, ohne noch nach Philipp zu rufen, legte er sich schlafen. Morgen hatte er die Offiziere und die Beamten seines neuen Dienstbereichs zu empfangen. Er durfte sich nicht ablenken lassen. Aber lohnte sich überhaupt die Mühe und Plage?

Als er müde von den Besprechungen zurückkam, hatte Philipp schon die Hofuniform bereitgelegt, denn es gab noch ein Konzert im Palais.

«Setz dich zu mir, Philipp», bat er. «Nun bin ich wirklich eingestiegen in die Lumperei dieser Welt!»

«Sie werden auch da etwas Ordentliches schaffen.»

«Meinst du?» Die Armut des Beutels sei nur halb so schlimm wie die Armut des Geistes. Einmal denke er, er gehöre hier mitten in alles hinein, und dann überfalle ihn wieder Zweifel, ja Ekel.

«Das ist gut», tröstete Philipp, «auf solche Weise findet man dann die Wahrheit.»

«Die Wahrheit?» fragte Goethe erstaunt. Coronas Wort war ihm wieder im Ohr: ‚Laß uns wahr sein gegeneinander!' Was hieß das! Er war ja wahr gewesen, war seinem Gefühl gefolgt!

«Nun ja, Sie sagen dafür wohl: Reinheit. Vielleicht könnte man ebenso davon sprechen, daß man nach seinem Gewissen handeln müßte.»

Goethe stand auf und reckte sich, daß alle Gelenke knackten. «Hilf mir, Philipp», sagte er. Seidel faßte es nur als Aufforderung auf, ihm in den Frack zu helfen und ihm Taschentuch, Uhr und Portefeuille zuzureichen. Während Goethe alles in den Taschen verstaute, fuhr er fort: «Ich versuche es ja, Philipp. Und der Herzog auch.»

«Der Herzog?» wiederholte Philipp skeptisch; «der will sich erst mal ausleben. Heute auf dem Eis war er den ganzen Morgen um die Schrötern herum, und als die wegging, ebenso eifrig um die Frau von Werthern. Man darf ja nichts sagen, aber mich ärgert's; um der Schrötern willen; und um seinetwillen!»

Das Blut stieg Goethe ins Gesicht. Wieder Corona! Und die Werthern war eine verheiratete Frau! Der Herzog müßte doch endlich Rücksicht nehmen auf seine Stellung! Aber während Seidel noch mit der Bürste an Rock und Hose herumfuhr, dachte er bei sich: Wahrheit? Reinheit? Standesrücksicht? War er nicht im Grunde bloß eifersüchtig?

Während Corona im Konzert sang, schön wie immer, beobachtete Goethe voller Argwohn den Herzog. Er sah, wie Karl August die Sängerin mit unverhohlenem Verlangen betrachtete, wie sein Blick auf ihrem Busen haftete, auf der schmalen Taille, den schön geschwungenen Hüften.

«Darf ich Sie begleiten, Durchlaucht?» fragte er hinterher.

«Was hast du?» fragte Karl August, «so förmlich?»

«Gnädiger Herr», fuhr Goethe auf, «Sie wissen, was ich sagen muß. Ihr Verhältnis zu der Schröter ...»

«Verhältnis!» unterbrach Karl August ihn. «Von Verhältnis kann wohl leider nicht die Rede sein. Das mußt du doch selbst am besten wissen.»

«Ihre Gemahlin erwartet ein Kind, und Sie treiben es derweilen mit jeder Frau, die Ihnen gefällt.»

«Dir geht es ja wohl bloß um die Schröter!»

«Sie machen ihr in auffälliger Weise den Hof, und sie scheint Ihnen Avancen zu machen.»

«Avancen?» Karl August lächelte verächtlich. «Du wirst ja wohl auch wissen, daß sie zwar schön ist wie eine Statue, aber ebenso kalt und starr und glatt. Vielleicht macht eben das uns alle so verrückt nach ihr. Wenn wir erreicht hätten, was wir wollten, hätten wir vielleicht genug von ihr. Jung ist sie ja im Grunde nicht mehr.»

«Karl!» rief Goethe empört. «Wie sprichst du von ihr! Sie ist vollendet schön und edel, gebildet und seelenvoll, und sie besitzt Würde – echte Menschenwürde!»

«Ja, ja, ich weiß. Wenn man so eine Frau hätte!» räumte Karl August ein. «Die ginge mit einem durch dick und dünn. Aber sie ist eben leider nur eine Komödiantin. Also lassen wir alle beide sie in Ruhe. Ist's so recht, Herr Hofmeister? So verführerisch sie auch ist, uns beide darf das nicht auseinanderbringen!»

Goethe schwieg. Langsam klang in ihm die Erregung ab. Welch ein unheilvolles Netz von Liebe, Verlangen, Versagen, Entbehren. Karl August und Luise, er und Charlotte – und zwischen allen Corona! Und er hatte sie hierhergeholt! Ihr Himmlischen, dachte er, die ihr uns wie an einem Gängelband führt, macht es gut mit uns allen!

Corona bemerkte bald die Veränderung im Betragen Karl Augusts und Goethes. Erst war sie erleichtert, dann erstaunt, schließlich standen Stolz und Trotz in ihr auf: Also gut! Die Mamsell Schröter konnte die hohen Herren entbehren. Sie ging weiterhin täglich zum Eislauf und tat, als vergnüge sie sich. Wenn sie mit Einsiedel oder Seckendorff einige Runden gelaufen war, fuhr sie allein. Wenn man nur ja sagte zum Schicksal, wie es der französische Freund ihr geraten hatte, dann ging alles! Sie atmete tief die frische Winterluft ein und sah um sich. Sie beobachtete die wechselnden Wolken, und wenn der Himmel klar war, bewunderte sie die Tausende von Kristallen, in denen die Sonne sich glitzernd brach. Einmal war nachts dichter Nebel aus dem Ilmtal aufgestiegen, und morgens umschloß ein Pelz von Rauhreif alle Halme und Zweige, so daß es aussah, als ob Blüten gegen die Bläue des Himmels ständen. Da klang unwillkürlich in ihr Goethes herrliche Lobpreisung auf: «Da blüht der Winter schön!» Oh, es war schön, zu leben, schmerzlich-süß! Sie wurde es nicht müde, sich nach heimlichen Melodien in Achten und Spiralen im Lauf zu wiegen. Ihr Herz war weit und groß und hell. Und doch konnte sie es nicht hindern, daß sie ganz unvermittelt traurig wurde und wider alle Vernunft nach Goethe Ausschau hielt. Aber vergebens. Er blieb jetzt meist dem Eislauf fern.

So ging es über drei Wochen. Aus dem Trotz war inzwischen eine unfrohe, müde Gedrücktheit geworden. «Lieben wir uns nicht?» Wie konnte er sie dann so wenig vermissen? Und sie hatten doch inzwischen wieder freundschaftlich miteinander geplaudert! Es mußte zwischen ihm und dem Herzog ein Gespräch über sie stattgefunden haben, von dem sie nichts wußte; denn auch Karl August zeigte sich zurückhaltend. Das allerdings war erleichternd. Ob wohl Goethe von jenem Überfall im Treppenhaus erfahren hatte? Sie selber hatte allen gegenüber geschwiegen. Hatte vielleicht Karl August im Zorn geredet?

«Lieben wir uns nicht?» erklang es wieder in ihr. Sie wußte es nicht. Sie wußte nur, daß er hier in Weimar den Mittelpunkt für sie bedeutete, daß sie mit tausend Fäden an ihn gebunden war. Irgendwie war er Art von ihrer Art – gewiß, er war genial; das war sie nicht. Aber auch er strebte nach Freiheit, Reinheit, nach Natürlichkeit – nach dem Wesentlichen, nach Menschlichkeit. Andererseits hatte sie genau wie er den Trieb zu spielen, sich in viele Formen zu verwandeln. Theatralische Sendung – wie stark verband sie das doch miteinander!

Langsam fing es an zu tauen: Die Sonne schien warm, überall rieselte und tropfte das Schmelzwasser, die Vögel begannen frühlingsfroh zu zwitschern und zu singen. Und eines Tages, da sie den Freund im Conseil wußte, ging sie ungescheut den alten lieben Weg am Stern entlang. Peter im Baumgarten saß mit seinem Spitz in der Sonne auf einer Steinstufe vorm Pförtchen und paffte eifrig Rauch aus seiner Pfeife in die Luft. Minchen und Corona blieben stehen.

«Es wird Frühling, Peter», sagte Corona freundlich. Der Junge paffte weiter.

«Peter, du solltest aufstehen und dein Kompliment machen», mahnte Minchen.

«Wenn er schon mal fort ist, will ich's behaglich haben», knurrte der Junge.

«Er! er – wie respektlos du sprichst! Und der Herr Doktor will doch nur dein Bestes», versuchte Mine zu vermitteln.

«*Mein* Bestes! *Sein* Bestes will er!» berichtigte Peter.

Corona mischte sich ein: «Wenn du richtig nachdenkst, so ist das doch dasselbe!»

«Das sagen Sie nur, weil Sie seine Freundin sind», fiel ihr der Junge patzig ins Wort.

«Ich bin nicht seine Freundin», entgegnete Corona aufgebracht. Dann verstummte sie und wurde unsicher. «Ja», gab sie zu, «ich bin schon eine Art Freundin von ihm, aber nicht deshalb habe ich das gesagt.»

Peter sah Coronas Verlegenheit und musterte sie mit abschätzigem Blick.

«Ich mag Sie ja auch», sagte er dann, und Corona errötete unter seinem Blick. «Aber deshalb ist noch lange nicht wahr, was Sie sagen», fuhr er fort. «Sie gerade müßten mich verstehen; Sie gehören doch auch nicht zu denen.»

«Wenn du älter bist, wirst du einsehen, daß der Doktor Goethe es gut mit dir gemeint hat», entgegnete Corona, ohne auf Peters Feststellung einzugehen.

Der Bursche schüttelte hartnäckig den Kopf. «Soll ich so werden wie die Steinschen, der Herr Karl, der Herr Ernst oder das Herrchen Fritz? Wenn sie mit dem Doktor im kalten Bach gebadet haben, fühlen sie sich wie die Helden.»

«Badest du denn nicht mit?»

«Ich? In dem kalten Wasser? Jetzt? Wozu denn?»

Die Mädchen lachten.

«Der Doktor badet ja nicht nur!» sagte Corona.

«Nein», antwortete Peter ironisch, «er reitet und tanzt und ficht und zeichnet, und schreiben tut er auch.»

«Schreibt er?» fragte Corona neugierig.

Peter nickte. «Er sagt dem Philipp, was der hinschreiben soll. Neulich hat er sich Musik bestellt. Er wollte sich in Laune bringen, hat er gesagt. Das war lustig. Aber er war gar nicht lustig. Er saß da wie in der Messe, und als es am schönsten war, schickte er die Leute weg und fing an zu diktieren. Eine Geschichte von einem Bruder und einer Schwester. Sie soll ihn retten. Ein König ist auch dabei. Es ist ein ewiges Gerede!»

Die Mädchen sahen sich an.

«Ich geh nun fort von hier», sagte Peter, «mich kümmert's nicht mehr.»

Corona staunte: Da war also in der Zwischenzeit allerlei geschehen in dem Häuschen. Früher war sie in alles eingeweiht gewesen!

«Ich komm zu einem Förster nach Ilmenau», erklärte Peter. «Seit ich ihm den Gipskopf angemalt habe, hat er es satt mit mir. Er hat doch auf dem Flur oben einen Kopf stehen; Lavater heißt der Mann. Er ist auch ein Schweizer, aber ein vornehmer. Er sah immer so tot aus, und da hab ich ihn mit blauer Tinte angemalt; die Augen und den Mund habe ich weiß gelassen. Es sah putzig aus. Aber als der Doktor kam und es sah, wurde er giftig. Und er sagte zu Philipp: ‚Es geht nicht, ich hab mich geirrt. Er muß fort in eine Lehre.‘ Na, und da hat er's mit dem Förster in Ilmenau ausgemacht. Sie sind putzig, diese Städter. Sie bringen einem bei, auf Stelzen zu laufen, und wenn man's nutzt, geben sie einem eine Tracht. Sie zeigen einem das Malen, und wenn man's anwendet, dann zetern sie.»

«Ilmenau ist schön», meinte Corona, «Wald gibt's dort und Berge. Vielleicht komme ich auch mal nach Ilmenau.»

Peter zuckte die Schultern. «So wie daheim ist's nirgends. Ich hätte ihn nicht retten sollen, den Herrn von Lindenau.»

Corona sah den Halbwüchsigen an. Er war heimatlos genau wie sie und in dieses höfische Nest Weimar verpflanzt worden, genau wie sie. Auch ihn hatte Goethe hergeholt! – Sie legte ihm ihre Hand auf die Schulter. «Mach's gut, Peter», sagte sie herzlich. Und dann küßte sie ihn.

Der Junge blickte sie mit ernsten Augen an. «Pfüat Gott», sagte er.

Nach diesem Frühlingsgang hatte sich in Coronas Herzen etwas gelöst. Mit einem Male dachte sie über alles Geschehene anders. War sie nicht mit Goethe tief befreundet? Durfte sie das schöne Verhältnis auseinanderbrechen lassen? Wie hatte Wieland zu ihr gesagt? Ihr Frauen könnt leichter einlenken. Sollte sie nicht einfach zu Goethe gehen und ihn fragen, was auf einmal zwischen sie getreten war? Wenigstens sie wollte alles dazu tun, daß Wahrheit zwischen ihnen war. Einige Tage trug sie diesen Gedanken mit sich herum.

Inzwischen war es draußen nochmals kalt geworden; die Straßen waren spiegelglatt. Aber dann begann es aufs neue zu tauen. Am 25. Februar entschloß sie sich, Goethe aufzusuchen. Schneematsch lag noch dick auf dem Weg, man rutschte ein wenig bei jedem Schritt, die Sohlen gruben sich in die grausilbrige Nässe. Als die beiden Frauen sich den Wiesen näherten, sahen sie, daß das ganze Tal mit weißem Nebel gefüllt war wie mit Rauch. Das Häuschen lag vor einem Nebelmeer.

Corona und Mine trugen ihre Kapuzenmäntel; es regnete zwar nicht, aber die Luft war erfüllt von Nässe. Die Kapuzen rieben und knisterten an den Ohren; nur die Augen blieben frei.

«Ihr seid ja ganz eingenebelt hier draußen!» sagte Corona zu Philipp. «Ist dein Herr da?»

«Er ist oben und arbeitet. Er hat viel zu tun mit seinem neuen Amt», antwortete Seidel.

«Ich gehe allein hinauf», sagte Corona, indem sie ihren Umhang ablegte, «ich weiß ja noch den Weg.» Sie lächelte ein wenig verlegen und hängte das feuchte Kleidungsstück umständlich in der Nähe des Herdes über eine Stuhllehne, um Zeit zu gewinnen.

Überrascht sprang Goethe auf, als sie bei ihm eintrat. «Du, Corona?» fragte er gleichfalls verlegen. «Ich hörte zwar den fremden, leichten Schritt – aber daß du es wärst, hätte ich nicht vermutet.»

Fremd! Ihr Schritt war ihm schon fremd! Doch sie überwand die aufkommende Enttäuschung und sagte anscheinend unbefangen: «Ich komme wegen der Aufführung der ‚Edelleute von Verona'. Ich wollte dich wegen meiner Rolle etwas fragen. Du läßt dich ja gar nicht mehr sehen.» Ihr Ton klang ganz natürlich; doch hatte sie das deutliche Gefühl, daß Goethe den Vorwand genau durchschaute.

«Bitte, nimm Platz!» Er rückte übereifrig einen Stuhl herbei. «Willst du hier sitzen? oder hier? Entschuldige, ich will wenigstens meinen Rock anziehen.»

Sie sah ihm halb gerührt, halb überlegen zu. So aufscheuchen hatte sie ihn nicht wollen. Aber wie hatte sie es sich denn gedacht? Es war falsch, daß sie gekommen war; doch ein Zurück gab's nicht mehr.

«Vielleicht setzen wir uns so, daß wir beide den schrecklichen Nebel nicht so vor Augen haben», meinte sie.

Er stellte sich mit dem Rücken vor die Altantür. «So verdecke ich ihn dir.»

«Ich spüre ihn doch», sagte Corona bedrückt.

«Bleib», bat er, «warte noch eine kurze Zeit; er wird sich wieder heben.» Er zog noch immer seinen Rock zurecht. Dann begann er hastig zu sprechen. Morgen hebe er selber die Rekruten aus. Wer von den Vorgesetzten habe sich schon mal selber daran beteiligt?! Er wolle zu diesem Zweck Apolda und die umliegenden Ortschaften aufsuchen. Er müsse die wirklichen Verhältnisse kennenlernen, müsse sehen, wie es den einfachen Leuten gehe. Dabei könne er dann nebenbei noch die Wege inspizieren. Das sei sehr nötig. – Er sah müde aus. Wie viele Worte er doch macht! dachte Corona; und warum redet er immer nur von seiner Regierungsarbeit und seinen amtlichen Plänen!

«Du weichst mir aus», unterbrach sie ihn enttäuscht.

«Du nicht?» fragte er heftig zurück.

«Ich? Ich bin gekommen.»

Er antwortete nicht. Eine bleierne Schwere hatte sich plötzlich über sie beide gelegt. Diese Auseinandersetzung hatte keinen Sinn. Sie erhob sich wortlos und reichte ihm die Hand. Er faßte sie zögernd, dann drehte er sie um und drückte sein Gesicht hinein. Corona fühlte die harten Bräuenwülste und die Wimpern, die sich leicht bewegten.

«Ich verstehe nichts mehr», sagte sie bedrückt, «aber ich will dir natürlich nicht zu nahe treten.»

«Aber das bist du doch schon», rief er erregt. Es war ein verzweifelter Ton in seiner Stimme, wie sie ihn so noch nie gehört hatte. «Alles reißt an mir, alles zerrt mich hin und her, die Verhältnisse, die Freundschaft, das Amt! Es ist, als jagten mich Furien!»

Corona erschrak vor diesem Ausbruch. Sie hatte sich so überlegen gefühlt, so edelmütig. Auf einmal begriff sie, daß auch er litt. Sie wußte, daß in der Aufzählung seiner Qualen noch etwas Wesentliches, Entscheidendes fehlte: seine Liebe zu Frau von Stein.

Schweigsam gingen die beiden Mädchen zur Stadt zurück. Mine fühlte, daß der Versuch zur Versöhnung fehlgeschlagen war. Da gab's nichts zu fragen. Corona aber schaute verstört um sich: Man war hier wie eingesperrt zwischen Hügel, Busch und Fluß! Der Nebel zog von allen Seiten auf sie zu. Man sah nicht, daß er sich bewegte, aber er wurde dichter und dichter. Sie ging Schritt für Schritt in dem Schneematsch vorwärts. Wie leicht verlor man den rechten Weg! Zwar ging sie weiter. Doch sie empfand Angst vor diesem kalten, feuchten, undurchsichtigen Raum. Und diesen Ort hatte sie einmal als paradiesisch, als eine Schutzinsel angesehen!

Jeden Tag mußte sie zur festgesetzten Stunde zum Dienst bei Anna Amalia erscheinen. Zum ersten Male kam es ihr wie Frondienst vor: Sie mußte eine alternde, bevorrechtigte Frau unterhalten, ihr helfen, die Zeit totzuschlagen! Sie war keine frohe Gesellschafterin in dieser Zeit.

«Fehlt Ihnen etwas, liebe Schrötern?» fragte die Fürstin; es klang nicht unfreundlich; aber Corona spürte den Tadel.

«Nein, Durchlaucht», antwortete sie verschlossen, wenn auch höflich. Was hätte sie auch sagen sollen?

«Nun, so seien Sie auch heiter wie sonst. Man wird ja ganz trübselig – keine Redoute, kein Ball wegen der Fastenzeit, und nun auch Sie noch unfroh! Wissen Sie keinen

Scherz, kein Tanzliedchen mehr? Man könnte es, wenn es polnisch ist, gemeinsam übersetzen, ins Italienische, ins Französische, ins Spanische – dann wäre man beschäftigt und könnte lachen. Volksliedertexte sind meist zum Lachen. Sie sind so rührselig mit ihren Klagen um Liebe und Tod.»

«Ja, Durchlaucht», antwortete Corona und griff nach ihrer Gitarre.

Es war ein hübsches Bild, wie sie das Band über den Kopf hob, das Instrument vor der Brust zurechtlegte und dann mit der rechten Hand die Saiten zupfte, während die Linke sich über dem Gitarrenhals bewegte. Sie begann mit einem polnischen Lied.

Anna Amalia hörte nur halb zu, lockte ihren Mops an sich, hob ihn auf ihren Schoß und trällerte ihm die Melodie in seine mit weichem, glänzendem Fell bedeckten Ohren hinein. Ihr auffallend kleiner, schmaler Fuß in dem seidenen, buntbestickten Schuh wippte im Takt dazu. «Was heißt es auf deutsch?» rief sie lebhaft; «dieses Polnisch ist scheußlich. Spielen Sie lieber ein wenig Klavier!»

«Ja, Durchlaucht!» antwortete Corona.

Aber dann unterbrach die Fürstin plötzlich wieder das Spiel. «Un moment, s'il vous plaît», sagte sie, «da ist ja noch die scheußliche Sache mit der kleinen Anne.» Ihre schöne Hand griff nach dem Glöckchen.

Auf das Klingeln hin trat das Kammermädchen ins Zimmer. Obwohl der Rock in Falten gelegt war, konnte man erkennen, daß sie schwanger war.

«Es ist Ihr wohl klar, mein Kind, daß Sie in diesem Zustand nicht hier bleiben kann», sagte Anna Amalia und musterte Annes Gestalt.

«Ja, Durchlaucht», antwortete das Mädchen leise und errötete über und über.

«Wie konnte Sie so etwas tun!» entrüstete sich die Herzogin. Doch ihr Ton war milde.

Das Mädchen sah in seiner Verlegenheit doppelt reizend aus.

«Der Herr Professor Oeser...» sagte Anne stockend.

«Ich habe Sie nicht nach Einzelheiten gefragt», unterbrach die Herzogin sie brüsk.

Anne brach in Tränen aus.

«Geh Sie hinaus! sofort!» Anna Amalia griff nach einem Stück Zucker für den Mops.

«Ja, Durchlaucht.» Das Mädchen knickste. Noch immer weinend, verließ sie rückwärtsgehend das Zimmer.

«Ich kann Tränen auf den Tod nicht ausstehen», sagte Anna Amalia, als sich die Tür wieder geschlossen hatte. «Es ist schade um die Kleine. Sie war fix und anstellig. Aber mon dieu, was will man machen!» Und dann wandte sie sich zu Corona. «Dieser Oeser! In seinem Alter!» Sie kicherte. «Er ist eben noch immer scharmant! Nun spielen Sie mein Veilchenlied – das ist hübscher als solche Affären!»

«Sie weiß nicht wohin, Durchlaucht», sagte Corona. «Sie hat keine Eltern mehr.»

«Kann ich dafür?» erwiderte Anna Amalia gereizt. «Spielen Sie jetzt!»

Das vorgeschriebene «Ja, Durchlaucht» sparte sich Corona diesmal.

Am 12. März traf Goethe von seiner Rekrutenaushebung wieder in Weimar ein. Er machte einen zufriedenen und heiteren Eindruck. Er hatte viel gesehen und manches vollbracht, vor allem hatte trotz aller Ablenkungen die Arbeit an seinem neuen Drama, der «Iphigenie auf Tauris», rasche Fortschritte gemacht. Im Schloß Dornburg und auch mitten unter den Rekruten war er mit seinem «Töchterchen» beschäftigt gewesen. Nur in Apolda geriet die Arbeit ins Stocken, da ihn die elenden Lebensverhältnisse der Strumpfwirker «aus aller Stimmung» rissen. Immerhin hatte er von dem Drama, dessen Plan schon 1776 entstanden war, in wenigen Wochen drei Akte niedergeschrieben. Das Thema war die Gefährdung und Bewährung reiner Menschlichkeit.

Goethe fühlte, daß dieses Werk einen Höhepunkt in seinem bisherigen Schaffen bedeutete. Nun war er begierig zu hören, wie die Freunde es aufnehmen würden: der Herzog, Knebel, Corona, und er lud sie für den folgenden Tag, den 13. März, zu sich.

Es war Abend, die Vorhänge waren herabgelassen, die Kerzen brannten, im Kamin flackerte das Feuer. Jeder hatte ein Glas mit rotem, dampfendem Punsch vor sich. Goethe saß an seinem Nußbaumschreibtisch in der Ecke des Zimmers, den Ellbogen auf die Platte gestützt, das Gesicht den Gästen zugewandt, neben sich die Manuskriptblätter.

«Die alte Fabel des Euripides, aber in Empfindung und Stil ganz Gegenwart», erklärte er und trank einen Schluck. «Die Geschwister Orest und Iphigenie aus dem Hause des Tantalus, als Gefangene im Lande des Königs Thoas.»

Bruder und Schwester? schoß es Corona durch den Sinn – aus dem Hause des Tantalus! Sie schloß die Augen.

Goethe hatte indes mit seiner ausdrucksvollen Stimme zu lesen begonnen:

«Heraus in eure Schatten, ewig rege Wipfel des heiligen Hains, hinein ins Heiligtum der Göttin, der ich diene, tret ich mit immer neuem Schauer, und meine Seele gewöhnt sich nicht hierher!»

Der Monolog der Priesterin Dianas. Es war Prosa, aber es klang wie Verse. Corona gab sich ganz der reinen Melodie der Worte hin. «Meine Seele gewöhnt sich nicht hierher!» Wie tief fühlte sie sich davon berührt! Sie verfolgte den Bericht, als sei ihr das alles selber geschehen: Vor der Ausfahrt nach Troja, von wo man die geraubte Helena zurückholen wollte, hatten sich die Götter den Griechen nicht gnädig gezeigt: Vergeblich hatte man auf Fahrtwind gewartet.

Vielleicht konnte Diana durch ein Opfer versöhnt werden? Durch Iphigenie, die junge Tochter des Königs? Die Göttin nahm das Opfer an; doch anders, als man gedacht: Sie verbarg das Mädchen in Wolken und, während die Griechen endlich nach Troja segeln konnten, versetzte sie es an den Strand der Barbaren; damit es ihr im fremden Lande diene. König Thoas, von der Schönheit der Fremden, von dem Rätsel ihres Erscheinens bewegt, ließ sich durch sie bestimmen, von dem barbarischen Brauch seines Landes abzustehen, wonach jeder Fremde, der an den Strand seines Landes verschlagen wurde, der Göttin zur Ehre getötet wurde. Vielleicht konnte er auf solche Weise eines Tages die schöne Priesterin gewinnen und zu der Seinen machen! Doch Iphigenie wich seiner Werbung aus: Er blieb ihr fremd, und sie sehnte sich nach der Heimat. Da verlor er die Geduld und forderte von ihr die Tötung zweier Fremder. Iphigenie erschrak. Ihr Schrecken wurde zum Entsetzen, als sie in einem der Gefangenen den eigenen Bruder, den jungen Orest, erkannte. Von ihm und seinem Freunde Pylades erfuhr sie den furchtbaren Fortgang des Schicksals der Ihren: Agamemnon, der Vater, der Sieger von Troja, wurde, heimgekehrt, von seiner Frau und ihrem Geliebten, seinem eigenen Bruder, ermordet. Orest rächte den Vater: er erschlug die Mutter und tötete Aeghist. Von den Furien seines Gewissens gehetzt, irrte er nun in der Welt umher, bis sich am Strande der Barbaren Bruder und Schwester wieder fanden; aber nur, damit nun auch noch die Schwester mit eigener Hand den Bruder tötete! Orest, in Wahnsinn gestürzt durch diese Fügung, die erst Rettung zu verheißen schien, fühlte sich bereits in der Unterwelt. Zu seinem Staunen, ja Entzücken, sah er den Vater dort friedlich bei der Mutter; die feindlichen Brüder waren versöhnt; alle, die im Leben schuldhaft verstrickt gewesen waren, weilten freundlich beieinander; alle irdische Qual war vergessen.

Der nahe Tod hatte dem Verzweifelten plötzlich die Schau in eine erleuchtete, sinnvolle Welt geöffnet, wo alle Schuld gesühnt war.

Mit weitgeöffneten Augen saß Corona da; sie sog die Worte, die Szenen in sich hinein: Geschwister, ins Dasein gestellt, aneinander schuldig geworden! Mit Iphigenie flehte sie in leidenschaftlichem Gebet die Gottheit an: «Rettet Euer Bild in meiner Seele!»

Goethe verstummte. Er war zu Ende. Niemand rührte sich; nichts war zu hören; eine vollkommene Stille erfüllte den kleinen Raum.

Karl August hatte die Füße gegen das Kamingitter gestemmt und starrte in die Flammen; Knebel, die erloschene Pfeife im Mund, die Ellbogen auf die Knie gestützt, saß da, den Kopf vornüber geneigt. Goethe hielt noch immer die letzte Manuskriptseite in der Hand. Sie zitterte leicht, denn auch er war bis in die Tiefe seiner Seele aufgewühlt. Corona sah nichts von dem, was um sie war; sie fühlte nur die Nähe Karl Augusts, ihres Dienstherrn, der sie umwarb, und sie fühlte Goethe, den Vertrauten, der doch nicht erfüllte, was sie von ihm erwartete – sie alle, eng zusammengedrängt, am gleichen Ort – sie alle Menschen, hineingestellt in die Verhältnisse der Welt, gegen die der einzelne nichts vermochte: Sie alle waren Geschwister! Wo war Rettung? Wo war Lösung? nicht nur für diese kleine Gruppe, sondern für alle, für alle Brüder und Schwestern auf dieser Erde?

Nach einer langen Weile wandte Karl August den Kopf zu Knebel. «Wie findest du's?» fragte er bewegt. Seine Stimme klang heiser.

«Es ist ein Höhepunkt», äußerte dieser, mühsam nach Worten suchend. «Man findet sich selber in dem antiken Stoff wieder; seltsam. Jeder wird dem anderen geschickt, um ihm zu helfen, um ihn zu heilen, und verursacht ihm doch Schmerz.» Er zündete umständlich seine Pfeife wieder an;

sein längliches, blasses Antlitz übergoß sich mit rötlichem Licht, als er den Fidibus langsam emporhob. Er saugte und paffte den Rauch von sich. «Winckelmanns Lehre in Dichtung umgesetzt», sagte er zwischen den Zügen. «Wie soll es enden?»

«Durch Iphigenie, durch die Frau, die ganz wahr zu sein versucht», antwortete Goethe stockend.

Er sah Corona nicht an dabei, aber sie fühlte, daß er sie meinte.

«Pylades, der Schlaue, sucht einen Ausweg», fuhr Goethe fort, «indem er die Priesterin zur Flucht überredet. Der Plan ist klar und ausführbar. Sie jedoch fragt ihr Gewissen und entschließt sich, auf Gedeih und Verderb, zu Offenheit. Sie entdeckt dem König alles: das Vergangene, das Gegenwärtige und den Plan. Sie legt ihrer aller Geschick in seine Hand. ‚Zwischen uns sei Wahrheit' soll sie sagen und durch ihre Reinheit, ihren Mut und ihre Menschlichkeit den Barbaren Thoas bezwingen. Sie entscheidet sich gegen den leiblichen Bruder für den Menschenbruder. Sie tut, was auf dieser Erde nicht üblich und nicht klug ist. Und gerade dadurch bewegt sie das Herz des Königs, der nur den alten barbarischen Brauch kennt. Er läßt die drei ziehen, unwillig zwar, denn er fühlt sich besiegt. Da aber zeigt Ihpigenie ihm ihre Liebe: eine andere Liebe, als die, die er erhofft hatte, dennoch Liebe.»

Corona sah den Freund an; ihre Augen brannten. Ich liebe dich, sagte ihr Blick, meine Seele liebt dich. Goethes Blick streifte sie. Er legte die letzte Seite zu den übrigen, stieß das Bündel auf den Knien umständlich zusammen und sah darauf nieder: Ein winziges Lächeln stand um seinen Mund. Es ließ den Venusbogen in der Mitte verschwinden und vertiefte die Winkel an beiden Seiten. Auf einmal war es ein schmerzlicher Mund. Er lächelte ihr zu, ihrem reinen, klaren Gesicht, und dachte dann an Charlotte. Welch Glück, mit beiden vertraut zu sein! Geliebte Schwester, dachte er, und gab sich keine Rechenschaft darüber, welche er meinte.

«Und wer soll die Rollen übernehmen?» fragte Karl August nun lebhaft.

«Bruder und Schwester natürlich Corona und ich. Knebel den Thoas.»

«Das kann ich nicht», sagte Knebel auffahrend und nahm die Pfeife aus dem Mund. «Das kann ich nicht, und das tue ich nicht.»

Goethe versuchte ihn zu überreden. «Du wärst aber der Rechte», sagte er; «mit deiner tiefen Stimme, deiner hohen Gestalt . . .»

«Das kann ich nicht», wiederholte Knebel erregt.

«Warum nicht? Du hast doch schon oft mitgespielt, und mit Erfolg», sagte nun auch Karl August.

«Ja, in Singspielen oder Lustspielen – aber dies – dies hier verlangt echte Schauspielkunst. Oder aber – man dürfte es nur lesen.»

«Und wer spielt den Pylades?» fragte Karl August, um das Hin und Her zu beenden.

«Prinz Konstantin», meinte Goethe; «er verfügt über Jugend, über die bewegliche Gestalt, das schwärmerische Temperament!»

«Die Gestalt hat er allenfalls», wandte Knebel ein, «aber kann er in eine solche Rolle eindringen? sie verkörpern? Es ginge ihm wie mir. Dies ist zu groß für Liebhaber!»

«Nur echte Liebhaber werden es je spielen können, nur leidende, ihres Menschseins bewußte Menschen», sagte Corona leise.

Das Blut stieg ihr in die Wangen. Iphigenie! Sie würde sie spielen. Wer konnte sie überhaupt darstellen, wenn nicht sie! Ahnte sie doch, wie jedes Wort im Herzen des Freundes zustande gekommen war. Heiße Freude stieg in ihr auf. Wie lauteten doch die ersten Worte, die sie sprechen würde?

«In eure Schatten rege Wipfel des heiligen Hains, wie in das Heiligtum der Göttin, der ich diene, tret ich . . .» So ungefähr . . . Ohne es recht zu wissen, faltete sie lose die Hände in ihrem Schoß. Der Vorhang würde aufrollen, sie würde aus Dianas Tempel heraustreten, Priesterin und Schwester.

Obwohl Goethe das Stück noch gar nicht beendet hatte, bereitete er schon feurig-tätig die Aufführung vor. Seidel mußte alle Rollen herausschreiben, der Maler Kraus einen waldigen Hain als Kulisse malen, Mieding einen Rundtempel mit Fries und Säulen anfertigen. Schnell! schnell! schnell! Vier Tage später mußte er bereits wieder eine Dienstreise nach Ilmenau unternehmen! Vorher sollte alles in die Wege geleitet sein.

Mieding besah sich die Zeichnung. «Die Rundung am Tempelsims ist nicht so einfach zu machen», meinte er. Es war auf alle Fälle gut, zunächst einmal zu zögern und Bedenken vorzubringen. Er kratzte sich hinter dem Ohr und hustete rasselnd.

«Es geht Ihnen wieder nicht gut, Meister?» fragte Goethe. Besorgt merkte er, daß ein Schweißtropfen aus dem Haar über die Schläfe rann.

«Im Frühling geht's mir immer schlecht», meinte Mieding gleichmütig und zog den Zollstock aus der Gesäßtasche. «Wie hoch soll denn das Ganze werden?» fragte er und notierte sich mit dem dicken Zimmermannsbleistift unbeholfen die Zahlen neben Goethes Entwurf.

«Herr Kraus könnte helfen», meinte Goethe. «Überanstrengen sollen Sie sich nicht.»

«Wird schon, wird schon . . .», murmelte Mieding. «Nur Geduld, nur Geduld!» Er wurde von einem neuen Hustenanfall erschüttert.

«Es eilt mir nur deswegen damit, weil gerade Ostern ist», erklärte Goethe. «Irgendwie paßt das Stück zur Osterbotschaft. Und außerdem soll damit die Geburt der kleinen Prinzessin gefeiert werden. Wenn Sie uns den Tempel als ein tragbares Modell arbeiten, sind wir nicht auf den Hauptmannschen Saal angewiesen, sondern können überall spielen.»

«Ja, ja», brummte Mieding ungehalten, lenkte aber sogleich wieder ein: «Es macht mir ja selber Spaß.»

Auf der neuen Dienstreise in der Einsamkeit des Thüringer Waldes entstand der nächste, der vierte Akt der Iphigenie, im Gartenhaus nach der Heimkehr, am 28. März, der letzte.

Für den 1. April waren bereits die Proben angesetzt. Gut, daß alles im Gedränge der Zeit und der Arbeit vor sich gehen mußte; denn der Regisseur Goethe bekam wahre Tobsuchtsanfälle wegen des Pylades. Er schrie den Darsteller, den Prinzen Konstantin, wütend an und lenkte dann wieder ein.

Konstantin wurde trotzig; er schwieg ganz und gar. Corona betrachtete Goethes erregtes, verzweifeltes Gesicht, das hochmütige des Prinzen, die hilflose Miene Knebels und verbiß sich ein Lächeln: Probe eines Stücks über mutige Menschlichkeit!

Goethe bemerkte ihren Gesichtsausdruck. Er hatte sich kaum noch in der Gewalt und schrie nun auch sie an. «Verzeih», sagte er, als er ihren kühlen Blick sah. «So muß man die Hand halten» – und er machte die Pose vor –, «der Zuschauer muß sehen, wie wunderbar eine Hand gegliedert ist.» Dann ließ er den Arm mutlos herabfallen.

Am Osterdienstag, am 6. April 1779, fand die Aufführung statt. Knebel spielte den König Thoas gut, aber Prinz Konstantin stellte den Pylades miserabel dar. Corona als Iphigenie und Goethe als Orest waren einzigartig. Schon die schönen Gestalten in den ungewohnt schlichten antiken Kostümen wirkten unvergeßlich. Dazu der innere Kontrast: der gehetzte, umhergetriebene, verzweifelte Orest neben der hellen Erscheinung der innerlich gefaßten Priesterin.

Die Zuschauer saßen da und staunten. Das war schlicht und edel und schön – aber so gar nicht das, was man vom Theater erwartete. Keine Moritat, keine Liebesgeschichte! Es geschah ja nichts! War es nicht doch etwas langweilig? Nur wenige hörten die Forderung: wahr zu sein, in jedem Menschen den Bruder zu sehen. Der Mensch sollte nicht die unbegreifliche Gottheit anklagen, sondern versuchen, hier auf Erden als sittliches Wesen Ordnung zu stiften und Menschlichkeit zu üben.

Hinter den Kulissen legte Goethe der Freundin den Arm um die Schulter. «Danke, Corona», sagte er bewegt und küßte ihre Wange.

Sie blickte zu ihm auf. Er war genau wie sie noch im Kostüm: Der kräftige Hals ragte entblößt aus dem Wams, die dunklen Haare fielen lang herab und umgaben das bräunliche Gesicht. Seine Pupillen waren groß und dunkel, sie sah ihr eigenes Bild darin. «Es ist die herrlichste Rolle, die je für eine Frau geschrieben wurde», sagte sie.

«Wie fandet ihr es?» fragte Goethe die treuen Gehilfen Mieding, Klauer, Seidel, die schon mit dem Abbauen der Kulissen beschäftigt waren.

Mieding hustete; dann lächelte er ironisch. «Wer kann sich's schon leisten, wahr zu sein? Höchstens die Reichen! Es ist Zukunftsmusik, wenn auch eine schöne.»

«Sie und die Demoiselle Schröter vor dem Tempel – dieses Bild vergesse ich nie», sagte Klauer. «Ich mußte an das denken, was Sie mir bei der Statue vom jungen Herrn Stein gesagt haben: Was Schöneres und Größeres gibt's nicht auf der Welt als den Menschen.»

«Ja», fiel Kraus lebhaft ein, der nun auch herzutrat. «Das ist wahr! Ich muß das malen! Ich hab schon etwas skizziert.

Du und die Schrötern vor dem Tempel im Waldeshain. Fast ein Liebespaar und doch keins – wundervoll, einfach wundervoll!»

«Und du, Seidel?» fragte Goethe.

Philipp musterte den Dichter nachdenklich; ein Ausdruck tiefer Teilnahme lag in seinem Blick. «Es klingt alles so leicht und einfach», sagte er, «aber ich habe es ja miterlebt: Wie Sie sich Musik bestellten, um in Stimmung zu kommen, wie Sie in Dornburg nach all der Schinderei bei der Musterung in dem zugigen Schloß saßen und bis tief in die Nacht schrieben! Dann ganz allein oben auf dem Schwalbenstein und zuletzt immer wieder zwischen allem Regierungskram im Häuschen, ohne Pause. Und nun ist etwas so Großes entstanden. Und wie es unsere Demoiselle Schröter gespielt hat! So schlicht und edel!»

Anna Amalia war hell begeistert. Zum 8. April lud sie den ganzen Kreis zur Nachfeier nach Tiefurt. Es war ein herrlicher Tag: Überall blühte der Ahorn mit gelbgrünen Dolden; der honigsüße Duft hing schwer in der Luft. Schwefelgelb leuchteten die schwanken Weidenruten gegen den blauen Himmel. Mit hellgrünen Kerzen stand im Park eine junge Lärchengruppe, und auf dem Hang am andern Ufer streckten die Buchen ihre langen spitzen Knospen aus, so daß ein zarter violett-brauner Schleier über dem Berg lag. Mitten darin rostbraun eine Eiche im dürren Winterlaub.

Man saß zwanglos hinter dem Gutshaus an kleinen Tischchen in der Sonne, und jeder Ankömmling wurde mit Hallo begrüßt. Corona wurde gefeiert. Sie saß neben der Herzogin Anna Amalia.

Da kam Goethe. Er ritt vom Teehaus her zwischen den Linden heran. Corona schaute ihm entgegen. Sie hatte ihn erwartet, o wie sehr! Dies war ja doch ihr gemeinsames Fest! Da sah sie, daß er nicht allein kam. Er hielt den kleinen Fritz von Stein vor sich auf dem Schimmel. Der Junge winkte der Gesellschaft fröhlich zu. Auch Goethe grüßte, indem er die Reitgerte wie einen Degen hob. Dann bog er zum Hof ab, um sein Pferd einzustellen. Den Jungen an der Hand, kam er zurück und begrüßte alle.

Es entstand eine allgemeine Bewegung, jeder sagte dem Dichter etwas Anerkennendes, und Goethe nahm alles froh und doch überlegen entgegen. Wie weltläufig er war! Und dabei hielt er den Kleinen neben sich, als sei es sein Sohn, spaßte zwischendurch mit ihm, gab ihm eine Erläuterung oder ermahnte ihn. Corona wartete.

Endlich wandte er sich ihr zu, ergriff einen Stuhl und sagte: «Mach Platz, Einsiedel, der Bruder hat das Recht, neben der Schwester zu sitzen!»

Corona scherzte: «Es wird auch Zeit, daß sich Orest auf die Schwester besinnt!»

«Man müßte das Stück mal hier in Tiefurt auf der Wiese spielen, Doktor Wolf», unterbrach Anna Amalias lebhafte Stimme das leise Gespräch. Sie nahm dabei dem Diener die Tasse aus durchsichtigem Porzellan ab. Ihre Armreifen klirrten. «Denken Sie, wie gut der Tempel vor der Lärchengruppe dort stehen würde!»

«Besser noch draußen in Ettersburg», rief Karl August, «am Rande des Buchenwaldes! Da hätte man den stillen heiligen Hain.»

«Ich jedenfalls mache nicht noch ein zweites Mal mit», murrte Prinz Konstantin; er hatte das deutliche Gefühl, versagt zu haben.

«Dann spiele ich selber den Pylades», rief Karl August feurig, «dort oben auf der Höhe, da muß alles herrlich wirken! Was meinen Sie, Corona?»

«Mir muß jeder Pylades recht sein, Durchlaucht», antwortete sie, «es ist die Pflicht der Priesterin, jeden, der ihr zugeführt wird, zu befreien – im Stück wenigstens!»

Karl August lachte. «Ich als Thoas würde Sie jedenfalls nicht ziehen lassen!»

Sie blickte ihn ein wenig spöttisch an.

Als es kühler wurde, schlenderte man zwanglos im Park umher und bewunderte die neuen Anlagen, die Knebel nach dem Vorbild, das Goethe am Stern geschaffen hatte, nun auch hier, das Ilmtal nutzend, angelegt hatte.

Die Ilm rauschte und strudelte. Ihr steiles Ufer auf der einen Seite, befestigt und noch höher aufgeschüttet, umgrenzte die Wiese auch hier, so daß ein abgeschlossener, natürlicher Raum entstand, ähnlich wie am Stern, nur größer.

Goethe schlenderte neben Corona am Ufer entlang. Er blieb stehen, faßte einen Ahornschößling und betrachtete ihn: die Mittelknospe, rötlich-lila in der Mitte emporragend, und zu beiden Seiten die hellgrünen Deckblätter umgeschlagen und herabgezogen.

«Sieh», sagte er, «die Lilie der d'Estes von Ferrara ...»

Corona griff ebenfalls nach der Rute. «Lebst du nun statt in der Antike in der Renaissance?»

Er nickte leicht.

«Eine Rolle für mich, wie die Iphigenie?» fragte sie weiter.

Goethe blickte auf. «Vielleicht.»

Im Grunde hatte er an Charlotte gedacht und nicht an Corona: an Lottes lieblichen, resignierten Ernst; auch ein wenig an die junge Herzogin. Und an sein eigenes Schicksal, an seine Stellung als Dichter am Hofe.

Am 12. Juli wurde im Wald bei Schloß Ettersburg nochmals die «Iphigenie» aufgeführt. Miedings Tempel war vor den schlanken silbergrauen Buchenstämmen aufgebaut worden. Leise bewegte der Wind das Blattwerk.

Anna Amalia saß in der vordersten Reihe, neben ihr die

Göchhausen, Wieland und Herder. Es gab keine Etikette hier oben. Die Fürstin betrachtete mit großen, lebhaften Augen ihren ältesten Sohn, wie er neben Goethe, Corona und Knebel seine Rolle spielte. Hatte sich ihr Jugendtraum von einem hochwertigen, menschenbildenden Theater nicht erfüllt?! Alle, die hier saßen oder spielten, waren von ihr herbeigerufen worden. Und doch war sie dabei nur Zuschauerin! Es war nicht leicht, zu verzichten. Sie warf einen Blick auf die neben ihr sitzende arme junge Bucklige. Dann sah sie die Schrötern agieren. In dem schlichten weißen Gewand kam ihre schlanke, hochgewachsene Gestalt voll zur Geltung. Wie glücklich war die doch. Keine gesellschaftliche Stellung hinderte sie daran, zu zeigen, was sie konnte. Schauspielerin zu sein, wie beneidenswert! Die Fürstin seufzte leicht.

Der vierte Akt begann: Schwermütig ließ sich Corona auf einer Grasstufe vor dem Rundtempel nieder. Sie raffte ihr weites Gewand, so daß man nur ihre schöngebildeten, nackten Füße in den goldenen Sandalen sah. Hinter ihr erhob sich ein Wald von Säulen, glatte graue Buchenstämme.

«Vergebens hofft ich still verwahrt von meiner Göttin den alten Fluch von unserem Haus ausklingen zu lassen und durch Gebet und Reinheit die Olympier zu versöhnen», klagte sie. Und dann sprach sie das Parzenlied; langsam, als ob sie nach längst vergessenen Noten suchte, in dunklem Halbgesang.

«Es fürchte die Götter das Menschengeschlecht, sie haben Macht und brauchen sie, wie's ihnen gefällt. Der fürchte sie mehr, den sie erheben! Auf schroffen Klippen stehn ihre Stühle um den goldnen Tisch. Erhebt sich ein Zwist, so stürzt der Gast unwiederbringlich ins Reich der Nacht, und ohne Gericht liegt er gebunden in der Finsternis. Sie aber lassen sich's ewig wohl sein am goldenen Tisch ...»

Sie schwieg. Der Abendwind bewegte die Blätter. Erst nach einer langen Pause fuhr sie fort:

«Tantal horcht in seiner Höhle, denkt Kinder und Enkel und schüttelt das Haupt.» Sie rührte sich nicht.

Nachher beim festlichen Schmaus in der warmen Sommernacht blieb Goethe schweigsam. Es war eine Botschaft erklungen – deutlicher noch als in der «Proserpina» ... Der Buchenwald über Weimar sollte sie bewahren; die Zeit mußte sie verwirklichen – die kommenden Menschen.

Beim Ball bat er nach den Pflichttänzen mit den Herzoginnen sogleich Corona zum Tanz.

«Hast du an mich gedacht, als du es schriebst?» fragte sie, während sie sich schon auf der schnell aufgebauten hölzernen Tanzfläche in vorgeschriebenen Schritten von ihm entfernte.

«Auch», sagte er kurz.

Sie blickte ihn forschend an; da geriet er aus dem Takt. Eine dichterische Gestalt habe nicht nur ein einziges Vorbild, versuchte er ihr zu erklären. Corona sah vor sich hin. Nach dem Tanz sagte sie:

«Als ich da vorhin allein vor dem Tempel saß, vergaß ich mit einem Mal beinahe meine Rolle. Ich war wie entrückt und stellte mir vor, was wohl vorher an diesem Ort einmal Menschen gefühlt haben mögen – man sagt, ein Kloster sei hier gewesen und zuvor eine heidnische Kultstätte – und was nach uns alles hier geschehen mag! Ich glaube, ich habe eine viel zu lange Pause gemacht.»

«Du warst sehr schön!» sagte Goethe.

«Ich dachte nicht an Wirkung. Ich spielte nicht mehr; ich war nichts als ein Mensch, der die Dunkelheit fühlt, in die er gestellt ist in unserer Zeit.»

«Du sprachst meine Worte wie Verse.»

Sie blickte fragend auf.

«Du ließest das ‚seine' vor Kinder und Enkel fort, und da war es ein Vers. Nie wird es jemand wieder so sprechen

*Charlotte von Stein*

können wie du.» Und nach einem längeren Schweigen fuhr er nachdenklich fort: «Man müßte wirklich Verse daraus machen . . .»

Sie nickte. «Komm zurück», sagte sie dann, «wir wollen uns nicht zu weit von den anderen entfernen; es wird dunkel, und wir sind tief im Wald.»

Sie waren eine schmale Schneise entlanggegangen. Ab und zu knackte ein Zweig unter ihren Füßen. Die Luft war feucht und würzig.

Gleich müßten sie an der Nordseite aus dem Wald herauskommen und ins Land hinaus schauen können, meinte Goethe. Und wirklich, schon standen sie auf der anderen Seite des Berges. Frischer Wind wehte; er roch, als trüge er Meeresluft in sich. Im Tal unten leuchtete hie und da ein einsames Licht. Beide standen und schauten.

«Es war mir nie bewußt», meinte Corona, «welche Scheide der Ettersberg ist. Man kann von hier aus in alle Richtungen rufen, nach Norden und Süden, nach Osten und Westen – ganz Europa müßte es hören. Das ‚Es fürchte die Götter das Menschengeschlecht' wie das ‚Jeder kann die Stimme der Gottheit hören in der eigenen Brust!'»

Goethe preßte dankbar ihren Arm an sich. Schweigend gingen sie dann zurück zu den anderen. Der Herzog stürzte auf sie zu. «Wo wart ihr so lange? Schließlich habe ich auch ein Recht auf meine Iphigenie.» Er zog ohne weiteres Coronas Arm durch den seinen.

Sie aber wehrte ab: «Ihre Iphigenie ist müde und möchte nichts als im Schatten der Bäume sitzen.»

Karl Augusts Gesicht wurde rot vor Ärger. «Wie's beliebt», sagte er, «so muß ich mich denn nach einer anderen Tänzerin umsehen.»

Und während sich Corona zwischen Bertuch und Einsiedel niederließ und nur noch zuschaute, wie die anderen tanzten, dachte sie: man sollte nicht tanzen nach so einem Stück.

Aber auch Goethe tanzte. Der Herzog bemühte sich auffällig um die Gräfin Milli von Werthern. Das zierliche dunkelhaarige Geschöpf, das in unglücklicher Ehe lebte, ermunterte ihn in sprühender Koketterie in seiner Werbung, tanzte ausgelassen mit ihm, und in den Pausen, wenn er neben ihr stand oder saß und zu ihr sprach, lachte sie aufreizend. Ihr juchzendes, helles Gelächter übertönte das Stimmengewirr.

Es dämmerte schon, als endlich der Befehl gegeben wurde, den Wagen anzuspannen. Corona schloß sich Bertuchs an. Die Wagen rollten rumpelnd davon. Man hörte das Getrappel der Pferde, der Schein der Fackeln glitt über Stämme und Blattwerk. Man lachte und plauderte, allmählich aber wurden alle müde. Nur Corona war überwach. Sie war aufgerührt bis ins Innerste. Alles um sie her saß schlummernd mit entspannt schaukelnden oder zurückgelehnten Köpfen. Sie betrachtete den Himmel, der allmählich grauer und heller wurde, hörte die ersten Vogelstimmen. Taufrische kühle Luft drang durchs Fenster. Als die Wagen aus dem Hochwald herauskamen, sah sie Weimar im Tal liegen: ein winziges, zusammengedrängtes, verschlafenes Nest. Irgendwo in einem Wagen dort hinten saß Goethe. Er war sicherlich auch wach, ebenso wie sie. Plötzlich dachte sie an den anderen Mann, mit dem sie einst Freundschaft, ja Liebe verbunden hatte. Wo mochte er jetzt sein? Lebte er noch? Und wo? Alles, was er ihr je gesagt hatte, lebte in ihr fort. Und wie genau entsprach es Iphigenies Forderung nach Humanität! Corona glaubte Iphigenies beschwörende Worte zu hören, mit denen sie die Götter anflehte: «Rettet Euer Bild in meiner Seele!» – «Rettet Euer Bild!» War das nicht der eigentliche Sinn von Weimar?

Der Sommer stand auf der Höhe. Goethe und Corona sahen sich fast täglich. Sie gingen vertraut und rücksichtsvoll miteinander um. Äußerlich lief alles ab wie immer. Einmal kam er unangemeldet herauf und blieb lange; ein andermal kam er nur für eine Viertelstunde, obwohl sie ihn eingeladen hatte. Ab und zu war sie sein Gast im Gartenhaus. Sie ritten zusammen oder gingen spazieren, wie es sich gerade ergab. Er las ihr jeden neuen Abschnitt seiner «Theatralischen Sendung» vor, und sie sah Klauers Abdruck ihrer Hand noch immer auf den Manuskriptseiten liegen. Wenn er ihn auch achtlos hin und her schob, freute sie sich doch darüber.

Manchmal noch fühlte sie seinen begehrlichen Blick auf ihrem Mund, auf ihrer Brust. Mitunter ließ auch sie sich für ein paar Sekunden gehen, schloß die Augen, während er las, und gab sich ganz dem Klang seiner warmen dunklen Stimme hin, ohne die Worte aufzunehmen. Wie gut wäre es, wie leicht, nachzugeben, sich anzulehnen, geborgen zu sein, ach! zu genießen! Gewaltsam öffnete sie die Augen, änderte ihre Haltung und musterte sein dunkelgetöntes, sich ewig wandelndes Gesicht. Mit leiser Enttäuschung bemerkte sie dann wohl, daß er im Grunde nur sich selber vorlas. Jeder, der ihm zuhörte, war ihm recht! Doch dann spürte er, daß sie nicht bei der Sache war, hielt inne und sah sie forschend mit seinen dunklen Augen an. Manchmal las er weiter, manchmal ließ er das Blatt gestört sinken und sprach von etwas anderem; über seine Verwaltungssorgen oder über den Bau des Komödienhauses, der nach dem Erfolg der «Iphigenie» nun wirklich in Angriff genommen worden war, oder über seine Bemühungen um die Zeichenschule. Und sie dachte, wider Willen fast: Wie steht er zu der Stein? Übt er auch da nur brüderliche Freundschaft? Und ist genauso empfindlich? Und die Stein – ist sie in ihrer reservierten, konventionellen Art klüger als ich, geschickter? Oder paßt im Grunde überhaupt keine Frau zu ihm?

Eines Sonnabends fand sie ihn, den Eingang seines Hauses zeichnend. Er sah grüßend auf, blieb aber sitzen, da der Zeichenblock auf seinen Knien lag.

«Wie das Licht auf das Blattwerk fällt, einen Zweig plastisch herausholt, einen anderen ganz zurücktreten läßt», sagte er; «sieh nur, man kann nur immer wieder versuchen, es festzuhalten, das Wunder der wechselnden Wirklichkeit!»

Sie beugte sich über das Blatt, indem sie sich vertraulich auf seine Schulter stützte. «Es wirkt in sich geschlossen, so wie du es gezeichnet hast», meinte sie, «in der Wirklichkeit geht es überall weiter – sowohl das Haus wie das Gebüsch . . .»

Er stutzte und zog sogleich abgrenzende Striche um das Ganze.

«Und das Haus wirkt bei dir römisch, da man das hohe Dach nicht sieht, sondern nur den flachen Altan. Seltsam, wie sehr jeder Ausschnitt die Wirklichkeit verändert! Die Stimmung ist echt weimarisch: vielleicht gerade durch das klassische Haus. In dein Gebilde lassen sich jegliche Wünsche, Gedanken, Ziele einbauen. Oeser würde wieder sagen: ‚Mehr Wirklichkeit!'»

Beide lachten. Dann schüttelte Goethe den Kopf. Oeser müsse jetzt wohl anerkennen, wie sehr er sich mit der Wirklichkeit plage! Heute zum Beispiel habe er den ganzen Morgen hindurch Monturen daraufhin geprüft, wieweit man sie noch verwenden könne. Das sei anstrengend und langweilig; die Fingerkuppen täten ihm noch weh! Aber niemand sonst mache sich ja diese Mühe, und es sei doch wichtig, da jede Uniform viel Geld koste. Wenn ein Schneider die Husarenhosen wende, könne man sie noch eine Zeitlang gebrauchen und für das Geld, das dadurch eingespart werde, den jungen Offizieren eine Dienstuniform liefern. Denn um die anzuschaffen, stürzten sich die armen Kerle in Schulden, aus denen sie bei dem geringen Sold nie mehr herauskämen. Das wirke sich auf ihre eigene Moral aus und damit natürlich auch auf die der Mannschaft. «Kurzum: seitdem ich Kriegskommissar bin, stehe ich mitten in der Wirklichkeit.»

«Du schreibst eine ‚Iphigenie', eine ‚Theatralische Sendung', zeichnest ein erträumtes italienisches Haus in deinen thüringischen Garten und prüfst dabei mit eigenen Fingern Hunderte von Uniformhosen!» sagte Corona nachdenklich. «Deine Idee und deine Wirklichkeit klaffen auseinander!»

Er blickte sie aufgeschreckt an, warf Stift und Block auf die Erde und sprang auf. Es weiß kein Mensch, mit wieviel Feinden ich kämpfe, um das wenige hervorzubringen, dachte er.

Dann faßte er sich. «Ich muß dir etwas sagen! Komm!» Er hakte sich bei ihr ein, steckte seine Finger, wie er das schon oft getan hatte, durch die ihren und zog sie mit sich.

«Laß, es tut mir weh!» sagte sie. Sie fühlte seinen verwunderten Blick. Schweigend gingen beide den Mittelsteig am Hang entlang und standen am Glücksstein.

Man vertue so viel Zeit und Kraft mit Schattenleidenschaft, brach es plötzlich aus ihm heraus. Er werde jetzt dreißig Jahre alt – «dreißig Jahre, Corona! Welch ein Einschnitt! Das halbe Leben ist um!»

Corona sagte nichts. Sie hatte plötzlich das Gefühl, daß sie ihn verlor, daß sie den Höhepunkt ihres Lebens überschritten hatte. Die Kugel, die krönende, die bewegliche, war unversehens für sie herabgerollt; während sie auf einmal heiß danach verlangte, das Bewegliche, das Veränderliche festzuhalten!

Er aber sprach weiter. Er habe viele alte Schalen verbrannt: Briefe und Manuskripte. «Ein richtiges Autodafé.» Er lachte leicht auf.

Sie dachte: meine Biographie – ob er sie auch vernichtet hat? Sie sah es vor sich, wie die Blätter mit ihrer Schrift sich im Feuer krümmten, aufflammten, wie die Flamme er-

Senden Sie

☐ Prospekte ☐ Probehefte

auch an folgende Adresse(n):

Bitte ausreichend frankieren

Verlag Urachhaus

Postfach 131053

7000 Stuttgart 1

losch – fest übereinander geschichtetes Papier brannte ja schwer. Zurück blieb ein verkohlter Rest. «Alte Schalen ...» hatte er gesagt? Sie umfaßte mit beiden Händen ihren Hals.

«Frierst du?» fragte er, sich ihr plötzlich teilnahmsvoll zuwendend. Sie schüttelte den Kopf. «Der Herzog und ich reisen fort, Anfang September. Nach Frankfurt fahren wir, in die Schweiz – vielleicht noch weiter.»

«Ja», sagte sie dunkel, «ich verstehe.»

Er sah sie neben sich stehen, hochgewachsen, schön. Drei Jahre lang hatte ihn ihre Schönheit betört. Proserpina, dachte er. Er umfaßte ihre Schulter, lehnte seinen Kopf an den ihren und flüsterte: «Verzeih! Alles! Du bleibst die schönste, reizvollste, anmutigste Schauspielerin! – Immer!»

Das Wort «Schauspielerin» gab ihr einen Stich.

Schweigend gingen sie zurück. Die Sonne schickte schräge Strahlen auf die Wiese, während das Gebüsch um den Ilmlauf schon dunkel wirkte. Und während er mit glücklichen Augen in das rötlich-goldene Licht blickte, berichtete er ihr, daß der Herzog ihm zu seinem Geburtstag den Geheimratstitel verleihen würde.

«Ich gratuliere», sagte sie, «ist dir das denn wichtig?»

Nach all den Kämpfen, die er als Bürgerlicher hier zu bestehen gehabt hätte, sei es schon wichtig, meinte er.

«Ihr Männer!» sagte sie und lachte leise auf. «Ich bleibe Mamsell Schröter – das ist besser. Da täuscht man sich nicht.»

«Du hast gut reden! Du bist schon gekrönt durch deinen Namen!» sagte er. «Corona – Krone – wie kam dein Vater nur darauf? Er konnte doch nicht wissen, daß du so schön, so königlich schön werden würdest.»

Merkwürdig! Er erwähnte ihren Vater; gerade hatte auch sie an ihre Familie gedacht. Der Vater war in Kassel tätig; Samuel hielt sich in London auf. Er, der geniale Klavierspieler, verdiente sich dort mühselig in einer Kirche an der

Orgel sein Brot. Von ihnen würde keiner Geheimrat werden! Soeben hatte der Bruder ihr sein Heft mit Kompositionen geschickt, und sie hatte sogleich einiges daraus gespielt; nur für sich; niemand sollte vorerst daran teilhaben. Wie zart, wie flügelleicht, wie phantasievoll klang das alles! Sie sah dabei die bunte Balkendecke in Warschau vor sich: rote Tulpe, blauer Schmetterling, großer weißer Vogel ...

Am 30. August hatte Goethe noch einmal Corona ins Häuschen zu Tisch geladen, um mit ihr seinen Geburtstag und zugleich den Abschied zu feiern. Die Köchin hatte ihr Bestes getan, und Paul Götze, der junge Diener, servierte.

Es war ein heißer Sommertag; aber im Gartensälchen, wo sie speisten, war es kühl. Es gab Pastetchen mit würziger Fleischfüllung und dazu Rheinwein.

«Auf dein Wohl, Herr Geheimrat!» sagte Corona. Sie hatte das Haar wegen der Hitze, die draußen brütete, emporgekämmt und oben auf dem Kopf zu einem weichen Haarkranz gedreht; sie trug ein gelbliches Batistkleid mit tiefem spitzem Ausschnitt, um den sich ein zu Rüschen gefälteter Volant krauste. Am Nacken stand er aufrecht; der kräftige Hals mit der glatten bräunlichen Haut ragte anmutig aus dem hellen, duftigen Stoffgebilde empor.

«Natur und Kunst sind in deiner Person wahrhaft miteinander verschmolzen», sagte er bewundernd. «Auf was soll ich also trinken, auf deine Natur? oder auf deine Kunst?» Sie hielten beide die Gläser noch in der Hand.

«Auf mein Wohl», gab sie zur Antwort.

Sie weicht immer aus, dachte er.

Das herzogliche Paar scheine, seitdem die kleine Prinzessin auf der Welt sei, glücklicher zusammen zu leben, plauderte sie, von sich ablenkend.

«Ich hoffe», antwortete er.

«Die Milli von Werthern bedeutet neue Gefahr.»

«Das ist eben bei uns Männern so – du wolltest ihn ja nicht!» neckte er.

«Nein, natürlich nicht», antwortete sie. «Aber wenn dann einer einfach aufgibt, mag man's auch nicht. Das ist eben bei uns Frauen so!»

Sie lachten und tranken einander wieder zu.

«Gehen wir noch ein bißchen bummeln?» meinte sie nach dem Essen. «In Richtung Oberweimar? zum Abschied?»

Sie schlenderten an der kleinen Dorfkirche vorbei über die alte gewölbte Ilmbrücke, standen dort still und schauten ins Wasser hinab. Dann gingen sie durch die Wiesen hinüber zur Allee, die nach Belvedere hinausführte. Die Mittagshitze war vorbei, und alles: Fluß, Bäume, Wiesen, ja die ganze Erde schienen nun still die Wärme wieder auszuatmen. Das Laub war dicht und grün, von einer Art dunklem Blaugrün. Überall stand blau und schon sperrig der Storchschnabel. Alles schien auf den Herbst zu warten.

Sie kehrten oben im Schloß ein und machten kurz ihre Aufwartung bei der jungen Herzogin; sie bewunderten das Prinzeßchen und spazierten dann im Park umher. Er fiel nach Süden zu ab in ein Tal, aus dem jenseits ein bewaldeter Hang wieder zur Höhe anstieg. Arm in Arm standen sie auf dem Weg unterhalb des Schlosses und sahen hinüber auf die Waldwand. Hie und da ragte eine dunkle Fichte mit ihren Zacken zwischen den Wipfeln der Laubbäume auf. Eine unbeschreibliche Ruhe lag über diesen Wipfeln. Kaum ein Vogel war zu hören, kein Windhauch zu spüren. Hie und da hatte sich schon ein Ahorn verfärbt. Die roten Dolden der Ebereschen leuchteten feurig, Holunderbeeren hingen schwarz herab und hatten hie und da den Weg dunkel gefleckt; burgunderrote Mehlfäßchen schimmerten zwischen dunkelgrünem Blattwerk.

«Alles trägt Frucht!» sagte Corona, «wie einfach das ist bei Baum und Strauch.» Sie gingen außen um die alte Parkmauer und die Gewächshäuser herum, standen und schauten weit hinaus ins Land, wandten sich um und kamen zu einem Teich zwischen dichtem Gebüsch. Das Wasser schimmerte fast schwarz im Schatten der Bäume; drei Schwäne ruderten darauf umher, ihr Gefieder leuchtete auf der metallisch-dunklen Fläche. Sie kamen herangeschwommen, ruhig und majestätisch, die Flügel dekorativ hochgestellt, den Hals in stolzer Anmut gebogen. Man sah ihre hellen Füße sich unter der Oberfläche bewegen. Es schien, als seien beide unvermittelt in ein geheimnisvolles Schattenreich eingetreten. Plötzlich fing Corona leise an zu deklamieren:

«Es fürchte die Götter das Menschengeschlecht . . .»

Der weiche Ton ihrer Stimme füllte das ganze abgeschlossene Rund aus; er ergoß sich über die lautlos schwimmenden Schwäne, über jeden Zweig, jedes Blatt, jeden Halm. Goethe lauschte. Er bewegte sich nicht. «Der fürchte sie mehr, den sie erheben . . .» Sie verstummte.

«Sprich weiter!» bat er leise, doch sie schwieg.

Die Schwäne tauchten am jenseitigen Ufer die Hälse tief ins Wasser: Dann kam der eine aufs neue herangeschwommen.

«Komm», sagte sie in verändertem Ton, «komm weiter. Es ist kühl hier.» Sie schauderte. Er zog seinen Rock aus und legte ihn ihr um. Sie genoß die Wärme, die das Kleidungsstück noch in sich trug.

«Die Sonne ist untergegangen, ohne daß wir's gemerkt haben», sagte sie doppeldeutig. Er antwortete nicht.

«Jetzt weiß ich, wie es mit deiner Stimme gewesen sein könnte», sagte Goethe im Weitergehen. «Gott Amor machte sich eines Tages einen Spaß, als er ein kleines Mädchen, fremd und schön, im Park des Grafen Brühl sitzen sah, und fütterte es mit seiner Pfeilspitze, als sei es eine junge Nachtigall im Nest. Das Kind saugte willig die Süße auf, und seitdem träufelt Liebesgift in jedes Herz, wenn die Stimme singt oder spricht. Und sie – sie weiß, daß es so ist; sie weiß es nur zu gut!»

«Ich muß es ja auch wissen, ich bin eine Schauspielerin», verteidigte sie sich, «ich muß selbst das Gift nutzen.»

Als sie wieder vors Schloß kamen, war wirklich die Sonne gesunken, unten im Tal brannten schon Lichter. Sie gingen die Alle hinab zur Stadt; nebeneinander, ohne sich anzufassen, aber wie immer in selbstverständlich-gleichem Schritt. Es war ein schönes und doch irgendwie kühles Miteinander. Als sie in der Nähe der «Falkenburg» waren, einem ehemaligen Vorwerk, blieb Corona stehen.

«Was denken die Leute!» rief sie. «Du in Hemdsärmeln und ich in deinem Rock!» Dabei raffte sie jedoch den Rock am Halse zusammen, als wolle sie ihn keineswegs hergeben.

«Laß sie denken, was sie wollen. Aber wir können ja hier rechts über die Brücke am Fluß entlang zu meinem Haus gehen. Da findet sich dann auch ein Schal oder ein wärmendes Tuch für dich.»

Es war inzwischen völlig dunkel geworden, die Erde duftete, die Schritte waren auf der weichen Walderde nicht zu hören. Vor dem Häuschen blieb Goethe stehen. Er ergriff ihre beiden Hände.

«Du hast mir einen überschönen Tag gemacht», sagte er.

«So wollen wir jetzt Abschied nehmen», antwortete sie, faßte mit beiden Händen seinen Kopf, zog ihn zu sich herab und fuhr mit den Wimpern schnell auf seiner Wange auf und ab. «So war es!» sagte sie mit einem weichen Lachen. «Ein Schmetterlingskuß, nichts weiter.»

Sie trafen sich in den nächsten Tagen noch hier und da, aber es blieb keine Zeit mehr, lange miteinander zu sprechen. Und sie vermieden es auch. So blieb jener Abend der Abschied. Am 12. September traten der Herzog und Goethe ihre Reise an.

Dann und wann kam ein Brief von den Reisenden; die meisten waren für die Stallmeisterin bestimmt. Alle gingen von Hand zu Hand; jeder las sie oder ließ sich berichten. Oftmals hatte Seidel nach Goethes Diktat geschrieben: manchmal nur Stichworte, die eilig die Stationen der Reise aufzeichneten; manchmal aber gaben die Briefe genaue Schilderungen der fremden Landschaft, der Seen und Berge, der Gletscher und der Gesteine, der Farben, der Wolken, des Wetters.

Auch Corona erhielt manchmal einen Brief. Einmal stand darin, daß er an seiner Schwester Grab gewesen sei, daß er dann in Sesenheim seine alte Studentenliebe und in Straßburg seine ehemalige Braut Lili besucht habe, die mit ihrem Baby spielte wie mit einer Puppe. Er könne mit beruhigter Seele an sie alle, die sie einmal seinen Schicksalsweg gekreuzt hätten, zurückdenken. Auch bei Peter Baumgartens Familie sei er gewesen. Das Schicksal seiner Freunde liege nun vor ihm, so schrieb er, «wie ein Land, in dessen Gegenden man von einem hohen Berge oder im Vogelflug sieht». Corona starrte auf diesen Satz nieder. Sie sah im Geiste deutlich seine Augen vor sich, die so eindringlich beobachteten, so vielem auf den Grund schauen konnten. Sie entsann sich, wie er bei den Theateraufführungen Regie führte, kühl befehlend oder ungeduldig auffahrend oder eifrig selber vormachend, um dann unvermittelt seine eigene Rolle wieder aufzunehmen. Sie hatte viel von ihm gelernt. Gerade das Pathos, zu dem ihn seine Leidenschaft antrieb, hatte sie dazu bewogen, ihrer bedeckten Stimme entsprechend verhalten zu spielen, mit nur andeutendem Blick, mit halber Geste zu charakterisieren. Doch immer spielte sie völlig hingegeben, während er sich im Nu umzustellen vermochte. Im Grunde war das schon bei den Aufführungen im Hause der Breitkopfs so gewesen. Beim Theaterspiel hatte der junge Stutzer die Maske vornehmer Zurückhaltung fallen lassen, und ein leidenschaftlich aufflammendes Temperament war zum Vorschein gekommen. Voller Witz, überschäumend von Einfällen, überlegen hatte er sie alle nach seinem Sinne gelenkt. Dann hatte sie wohl gedacht: der geborene Schauspieler! Und dabei war er damals eigentlich schon der kühle Regisseur gewesen! Damals schon, vielleicht unbewußt, hatte er sich an seiner theatralischen Sendung geübt. Im Grunde hatte jeder, der ihm begegnete, nur ihm, nur seinem Werk zu dienen. Er war ein Genie; aber hatte er ein Herz? Eines, das bereit war, sich für die Dauer zu binden? Sie tat ihm mit ihren Gedanken unrecht, sie wußte es, aber sie konnte es nicht hindern. Sie erkannte, daß er sich von allen gelöst hatte. Von allen? Auch von der Stein? Jedenfalls war für ihn, wie er gesagt hatte, eine neue Epoche angebrochen, und er betrachtete ihrer aller Schicksal wie von einer höheren Warte. Sie selber würde ihm hinfort nicht mehr bedeuten als jene Friederike oder Lili – wahrscheinlich nicht einmal so viel.

Knebel kam eines Tages und zeigte ihr ein Gedicht, das Goethe im Oktober an einem Wasserfall gemacht hatte. Er hatte es an Charlotte von Stein geschickt, die es an Knebel weitergab, damit der es für alle Freunde abschriebe: «Gesang der Geister über den Wassern».

Des Menschen Seele
Gleicht dem Wasser:
Vom Himmel kommt es,
Zum Himmel steigt es,
Und wieder nieder
Zur Erde muß es,
Ewig wechselnd.

Da war sie wieder, diese erhabene Gleichgültigkeit! Wortlos gab sie dem Besucher das Blatt zurück.

«Wollen Sie es nicht behalten?» fragte Knebel; seine kleinen Augen über der dünnen langen Nase blickten sie freundlich an. «Diese herrlichen Rhythmen – diese Gedanken und Bilder ...» Er sah Coronas abweisendes Gesicht. «Er ist von anderem Maß als wir alle», sagte er begütigend. «Halten Sie ihm das zugute. Wenn Sie wüßten, wie ich ihn vor sechs Jahren in Frankfurt zum ersten Mal gesehen habe, genialisch sprühend, hinreißend – und wie er sich hier verändert hat! Aber sollen wir es ihm nicht glauben, daß er noch immer das reine Quellwasser in seinem Strom mit sich führt?»

«Er hat mich nach Weimar geholt, und mein Dienst bei der Herzogin ist nicht schwer», antwortete sie, indem sie anscheinend gar nicht auf seine Worte einging; «trotzdem – wenn ich an die Zukunft denke ...» Sie verstummte. Sie hatte schon zuviel gesagt!

«Fürsten bleiben Fürsten.» Knebel zuckte die Schultern. «Sie sind geboren als Bevorzugte und betragen sich eben auch so. Prinz Konstantin und ich, wir machen uns das Leben zur Hölle. Ich werde gehen müssen – oder doch die Stellung aufgeben ...»

«Sie sind ein Mann! Sie können gehen, wohin Sie wollen», stieß Corona hervor.

«Wohin ich will?» Knebel seufzte. «Was denken Sie! Ich kann nichts, ich bin nichts.» Sein schmales Gesicht sah faltig und müde aus. «Ich bin kein Theologe, wie ich es gewollt hatte, und kein Offizier, wie ich es dann versuchte. Sieben lange Jahre diente ich als Fähnrich, unbefördert, unter König Friedrich von Preußen. Ein Diener der Musen bin ich, vielleicht ein Kenner und – ein Diener meiner Freunde; das ist alles. In guten Stunden denke ich freilich, das ist auch etwas. Freilich nur in guten.» Er lachte ironisch.

«Sie haben ihn nach Weimar gebracht», meinte Corona. «Sie waren im Dienste des Schicksals tätig – in seinem, in dem der Stadt, des Hofes, in meinem –, da haben Sie Wichtiges vollbracht! Aber ich?» Sie senkte die Lider. Es waren große Schalen mit einem blassen Schimmer. Sie wirkten fremd in dem lebhaften bräunlichen Gesicht.

«Sie haben als Iphigenie allen Barbaren gesagt, daß man den Fluch, der auf dem Geschlecht der Menschen liegt, durchbrechen kann, wenn man mutig nach seinem Gewissen handelt.»

«Er hat es gesagt; er hat es gedichtet.»

«Aber Sie haben es gesprochen ... Ein Wort wirkt erst, wenn es körperhaft wird. Niemand wird Ihre Iphigenie vergessen. Oben auf dem Ettersberg tönte es in alle vier Himmelsrichtungen.»

Als Knebel gegangen war, fand Minchen die Freundin bedrückt und nachdenklich. «Komm, wir gehen ein bißchen spazieren», schlug sie vor, «frische Luft und Bewegung haben dir immer gutgetan.»

Corona zögerte. Ja, gehen, das wäre wohl gut, dachte sie, aber wohin? In den Park? Da lag sein Gartenhaus, fast von jeder Stelle aus sichtbar. Nach Westen zu, zum Schwansee? Da waren sie zusammen Schlittschuh gelaufen. Nach dem Webicht, nach Tiefurt? Dorthin waren sie mit dem Schlitten gefahren, da hatten sie auch den Erfolg der «Iphigenie» gefeiert. In Belvedere hatten sie Abschied voneinander genommen. Nach Ettersburg? Unmöglich! Dieses Weimar war für sie durchtränkt von gemeinsamen Erlebnissen ... Und er betrachtete das Leben wie im Vogelflug oder vom hohen Berge herab. Er war ein Kind des Glücks, und er rühmte sich dessen noch. «Nein», sagte sie, «ich bin zu müde.»

Da ließ sich Herr von Einsiedel melden. Hildebrand von Einsiedel, l'ami! Sie lächelte wie befreit. «Ich lasse bitten!»

«Ich komme nicht allein», sagte Einsiedel, während er Coronas Hand küßte, und sah sie treuherzig, spitzbübisch und zärtlich an.

«Und wo ist Ihre Begleitung, mon ami?»

«Neben meinem Wetterumhang draußen: mein Cello!»

«So holen Sie es herein; Instrumente sind mir willkommene Begleiter!» Der graue Nebel war verdrängt. Er lagerte in milchigem Weiß draußen vor den Fenstern und machte das Zimmer doppelt behaglich. «Wollen wir also ein wenig zusammen musizieren?»

Einsiedel nickte. «Diese Ilmnebel legen sich einem förmlich auf die Seele. Ein mittelalterlicher Spielmann hätte in solcher Zeit eine befreundete Burg aufgesucht. Er wäre gewandert, um irgendwo eine gleichgestimmte Seele zu finden. Ich bin noch solch ein Spielmann – und bin bei Ihnen gelandet. Sie wissen vielleicht nicht, wie das ist, wenn man sein Cello trägt. Es ist eine Last, aber eine liebe, teure; fast so, als trüge man ein Kind. Es ist groß, und man muß aufpassen, daß man es nicht anstößt, man muß es behutsam einhüllen, denn es ist empfindlich – aber wenn man mit ihm angelangt ist, kann man es sprechen, lachen, weinen machen.» Seine Hand strich liebevoll über die braungoldene Politur.

«Goethe sagt, Sie spielen auch Klarinette?»

Einsiedel hielt das Cello zwischen den Knien. «Ich spiele alles. – Wenn Sie Lumpzig kennten –», er lachte, «es liegt bei Altenburg und ist das Schloß, wo mein Bruder August und ich aufgewachsen sind –, dann würden Sie das verstehen. Es liegt in flacher, reizloser Gegend und ist verschuldet, über und über, seit ich denken kann. Jeder Bissen Brot, den Ihnen der Diener mit weißen, oft geflickten Handschuhen auf silberner Platte reicht, ist von geborgtem Geld gekauft – gestohlen, wenn Sie so wollen. Sie sitzen in einem großen Saal um einen polierten Tisch und essen, was man Ihnen vorsetzt. Man hätte den Diener abschaffen, das Silbertablett verkaufen können, aber das hätte sich nicht geschickt. Mein Vater verlor darüber ein wenig den Verstand. Sie wissen es sicher von Goethe; der versteht es, den alten Herrn zu beruhigen. Man schaut von Lumpzig aus auf weite

Felder und sieht doch überall das Gitter des Käfigs, in den man hineingeboren ist. Wirtschaften will gelernt sein; aber wer von uns hat es gelernt! Und gute Inspektoren kosten Geld – und wir hatten kein Geld! Gute Leute zu finden ist außerdem Glückssache – und wir hatten kein Glück! So wuchsen wir auf, wir Freiherren von Einsiedel. Ich war ein Träumer. Ich sah, daß ich weder ein Herr war noch frei, nur ein Einsiedel. August war ein Jahr jünger. Er dachte wie ich; aber er war aktiver und rettete sich in Studien und in revolutionäre Ideen. Er lernte von den Franzosen, daß der Adel abgeschafft werden müßte.» Er lachte. «Wir waren eben Freiherren von Lumpzig – sonderbare Käuze. – Ich trieb mich draußen herum und lernte von den Hirtenjungen, Töne hervorzulocken, auf allem: auf Weidenflöten und Blättern und mit den Lippen – ich pfiff! Ich kann es noch heute. Soll ich Ihnen mal etwas vorpfeifen?» Er spitzte die weichen breiten Lippen und pfiff einen kunstvollen Triller. «Einmal fand ich in unserem Ahnensaal ein Spinett. Ich spielte sogleich darauf, und meine Mutter hörte es zufällig. Da lehrte sie mich Noten lesen, und so erschloß sich mir eine Welt. Fortan spielte ich in dem kahlen, staubigen, leeren Saal unermüdlich, derweilen August im Keller mit Chemikalien hantierte. Er ließ zum Beispiel Salzwasser eintrocknen und zu Kristallen werden. Dann kam er und zeigte mir die übereinandergelagerten Vierecke. Ich staunte und griff eine Oktave. ‚Das ist ungefähr dasselbe', sagte ich, ‚auch eine strenge, genau festgelegte Form!'»

«Ja, ich weiß», sagte Corona. Wie lange war es her, daß sie von einem Freund ähnliches gehört?

Einsiedel hatte den Bogen genommen und spannte ihn. «Jeder lebt, so gut er kann, auf der Bühne dieses Lebens. Man zieht sich ein Kostüm an – eine Hofuniform oder einen Bauernkittel; beide drücken; denn sie sind nicht nach Maß gemacht. Man schminkt sich und sagt die Worte, die von einem erwartet werden. Es ist seltsam, bei dem einen wie bei dem anderen ... Aber da gibt es die Bruderschaften; sie wissen noch etwas über die wahren Zusammenhänge.» Seine Augen leuchteten seltsam.

«Sie sind Freimaurer?»

Er nickte. «Sie haben einen Sinn in unserem Jahrhundert, sie haben eine große Aufgabe.»

Sinnend blickte Corona vor sich hin. Auch Goethe wollte schon längst einer Loge beitreten, und in seinem Roman über die theatralische Sendung sollte eine überlegene geheime Bruderschaft die Menschen führen ... Dann sagte sie: «Wollen wir also nun gemeinsam spielen?»

«Gern.»

Corona zog Samuels Notenheft hervor. «Ich habe es noch niemandem gezeigt», sagte sie. «Es sind zwar alles Stücke für Orchester – aber mein Klavier und der warme Ton Ihres Cellos werden die Melodien schon klingen machen. Wollen Sie sich dieses Rondo einmal ansehen?»

Er nahm das Heft und überflog die Noten. «Oh, schön!» sagte er; «da ist lebendige schöpferische Phantasie in Form gebracht – wie in Augusts Salzkristallen. Von wem ist es?» Er blätterte zurück, um nach der Titelseite zu sehen. «Samuel Schröter? Ihr Vater?»

«Mein Bruder, mein geliebter älterer Bruder. Er ist jetzt in London.»

Einsiedel rückte sich den Stuhl nahe an ihr Klavier, und dann begannen sie. Es ging nicht ganz glatt; trotzdem sagte Corona am Ende: «Wunderbar!» Sie ließ die Hände von den Tasten sinken und wandte den Kopf dem Partner zu. Einsiedel aber sah nicht auf, er hatte den Bogen von der Saite gehoben und verharrte noch in dieser Stellung. Seine dunklen Augen blickten zur Seite, als sähe er dem verklingenden Ton nach. Wie Samuel! dachte Corona überrascht. Genau so hatten Samuels Augen die Töne verfolgt.

«Ein Ton ist ein Wesen», sagte Einsiedel, «ein Mensch ruft ihn mit dem Instrument in die irdische Welt herab, danach steigt er wieder empor.» Er begann aufs neue mit dem Takt, mit dem das Rondo soeben geendet hatte, und machte daraus eine kleine Variation. Dann ließ er den Bogen sinken. «Wissen Sie, daß ich an einer Oper arbeite? an Shakespeares ‚Geisterinsel'? Goethe ermutigt mich. Ariel, der Geist der Luft, der Musik, hat es mir angetan.»

«Sie sind ein Künstler! Mit dem Herzen.»

«Das genügt nicht. Man müßte mehr Energie haben und natürlich Talent!» Wieder erklang sein leichtes Lachen, das so viel Selbstironie enthielt.

«Ich sollte Sie nicht wie die anderen ‚mon ami' nennen», sagte Corona, «ich sollte sagen: mon frère, Bruder.»

Einsiedel blickte sie eine Sekunde lang von der Seite an, nahm das Heft vom Notenpult, blätterte darin und sagte: «Samuel hat uns viele glückliche Stunden zugedacht.»

«Sie haben recht. Wir wollen unsere geheime Bruderschaft pflegen. Es gehören drei dazu. Sie und ich und Samuel.»

«Und die Töne...» ergänzte Einsiedel lächelnd. «Alles zusammen erst macht die kosmische Bruderschaft aus!»

Am 10. Januar 1780 kamen Karl August und Goethe zurück; voll neuer Vorsätze; Geist, Seele und Sinne bereichert von neuen Eindrücken. Sie hatten auf der Rückreise noch befreundete süddeutsche Höfe besucht; aber dort war mit einem Mal die Sehnsucht nach Weimar mächtig in ihnen aufgewacht. Wie anders, wie viel freier lebte man doch in Weimar! Was hatte man dort schon alles erreicht! Was alles ließe sich noch erreichen, mußte erreicht werden! Sie waren vorzeitig zurückgefahren. Nun aber, wirklich heimgekehrt, fühlten sie die Enge und Ärmlichkeit, nicht nur der Verhältnisse, ach, auch die der Menschen: Bertuch war kleinlich genau bei der Verwaltung des Geldes; Herder gallig und mißmutig; Wieland altmodisch und weltfremd in sich versponnen; Knebel bedrückt durch sein Verhältnis zu dem unbotmäßigen prinzlichen Zögling. Herzogin Luise empfing die Heimkehrenden kühl und konventionell. Hatten sie vergessen, wie spröde und herb sie war? Mit ihrer starren Rechtlichkeit, ihrer Betonung strenger Etikette schlug sie alle impulsiven Regungen nieder. Der Empfang bei Charlotte von Stein war besser. Die drei Jungen begrüßten den Freund jubelnd – Fritz sprang an ihm empor und hielt ihn umklammert; Ernst lächelte ihm schüchtern, aber zutraulich entgegen, sogar Karl schüttelte freundschaftlich die dargebotene Hand und fragte begierig nach Reiseberichten. Charlotte lächelte zu dem Tumult der Kinder. Wie war sie doch zart und anmutig; trotz ihrer Kinder wirkte sie fast mädchenhaft! Das schmale Gesicht mit der ein wenig langen Nase überzog sich mit leichter Röte, als sie dem Freund die Hand zum Willkommen reichte.

Am 20. Januar aß er bei Corona zu Mittag. Sie hatte den Tisch mit hellgelben Bändern und zarter hellgrüner Kresse geschmückt, die sie eigens in einer Untertasse mit warmem Wasser hatte keimen lassen. Es sah lieblich frühlingshaft aus. Ihr war bange vor der Begegnung; sie stand hinter der Gardine und schaute nach ihm aus. Wie lang konnten Minuten doch sein! Sie hatten sich zwar schon wiedergesehen, am Hof beim Dienst. Aber nun würde es das erste vertraute Zusammensein nach ihrem Tag in Belvedere werden. Er war auf der Reise breiter geworden, voller, seine dunkle Haut noch dunkler, sein Ausdruck überlegener, zusammengeraffter. Wie würde er sie begrüßen?! Sie freute sich fast wider Willen.

Aber als er kam, sah er sich zunächst befremdet im Zimmer um. «War es immer so klein?» fragte er lachend.

Corona empfand seine Worte und sein Lachen als Mißton. Beide konnten es nicht hindern, daß Befangenheit zwischen ihnen herrschte. Er begann vom Montblanc zu erzählen und von der waghalsigen Unternehmung, den gefährlichen Berg noch Mitte November zu besteigen – selbst der erfahrene Führer hatte sich über den Mut der beiden Herren gewundert. «Aber», meinte Goethe, «wenn man den Brocken im Winter bewältigt hat, warum soll es einem dann nicht auch gelingen, den Montblanc noch nach Allerseelen zu erklimmen!»

Sie ärgerte sich über diese überhebliche Art. «Daß es gelang, war nicht dein Verdienst!»

Er gab das auch zu und erzählte nun von dem großen Erlebnis des Gletschers. Dann fragte er nach ihrem Ergehen. Sie zuckte die Schultern.

«Wie es eben einer Kammersängerin an einem kleinen Hof ergehen kann», gab sie zur Antwort.

«Wenn du wüßtest, wie ganz anders es einer Kammersängerin an einem kleinen Hof ergehen kann», widersprach er lebhaft. «Dieses Weimar ist groß trotz seiner Kleinheit. Es ist fast wie ein Bethlehem in Juda. Hier kann sich etwas in die Erde senken, sich etwas entfalten, was große Frucht tragen wird!»

«Du warst lange fort, da hast du gut reden», entgegnete sie ironisch.

Er sprang heftig auf; dann beherrschte er sich, trat zu ihr, griff ihr in das lose herabhängende Haar und schüttelte ihren Kopf leicht hin und her. «Was ist mit dir, Krönchen? Wer hat dir etwas getan, während ich fort war?»

Sie rührte sich nicht, antwortete nicht, sah ihn auch nicht an. Da ließ er das Haar los und stand unschlüssig neben ihr. Sie fuhr mit den Händen wie mit einem Kamm hinein, um es wieder in Ordnung zu bringen.

«Meinst du, ich hätte gestern beim Konzert nicht deine Kritik gefühlt?»

Man dürfe ein so großes Oratorium wie Händels

«Alexanderfest» nicht mit so beschränkten Mitteln aufführen, verteidigte er sich.

«Ich habe es nicht ausgewählt! Du selber drängtest sogar einmal darauf, daß wir Händels ‚Messias' hier geben sollten. Du brauchtest im Grunde eine Mara neben dir!»

Goethe wollte widersprechen, doch es erschien ihm nutzlos; er wurde schweigsam und verabschiedete sich bald.

«Warum ist er denn schon gegangen?» fragte Minchen, als sie das Geschirr abräumte.

«Es gefiel ihm nicht bei mir», antwortete Corona. «Das ist ja verständlich, wenn jemand viel Neues erlebt hat, während der andere zurückbleiben mußte.»

«Als er kam, wirkte er so froh und strahlend», meinte Mine und setzte die Teller aufeinander. «Mir war fast, als sei das Licht wiedergekommen nach diesem dunklen Winter.»

Die Tage wurden nun deutlich länger, schon fingen die Vögel an zu zwitschern, die Starre der Bäume löste sich, die Stämme schimmerten in der Nässe in zart-farbiger Lebendigkeit: braun, grau, lilagetönt, grünlich. Alle Zweige schienen sich zu dehnen – der Himmel war von gläsernem Blau.

Goethe hatte sich eine fiebrige Erkältung geholt und mußte sich vierzehn Tage lang im Hause aufhalten. Dennoch: er war wieder da, und Corona dachte auf einmal mit Freude daran, daß das Gartenhaus wieder bewohnt war. Sie bat ihn in Gedanken wegen des kühlen Empfangs um Verzeihung.

Am Ostersamstag spazierte Corona mit Mine nach Tisch am Gartenhaus entlang. Es war sonnigschön. Goethe machte sich in seinem Garten zu schaffen.

«Kommt herein», rief er ihnen fröhlich entgegen.

«Wir wollten eigentlich spazierengehen.»

«Dann nehmt mich mit!»

So stiegen sie – anders, als sie ursprünglich gewollt – zu dritt die steile Anhöhe nach Osten zu empor, während er ihnen erzählte, daß er die ganze Anlage seines Gartens verändern wolle. Noch habe er ihn ja im Grunde so gelassen, wie er ihn übernommen habe. Nun erst wolle er alles nach seinem Sinne einrichten.

Die Mädchen hörten zu, fragten hie und da, und schon war man an der Ecke des Webichtwaldes im Südosten.

«Laß uns geradeaus an der Außenseite weitergehen», schlug Corona vor. «So können wir den herrlich weiten Blick nach Belvedere über die Felder hin genießen. Wie leuchtend grün die Wintersaat schon steht!»

«Dein Grün aus Warschau! aber natürlich nur andeutungsweise so schön», neckte Goethe sie.

«Und darüber deine Wolken», erwiderte Corona. «Dein ‚Zwischenreich'; selbstverständlich nur andeutungsweise so gewaltig wie in der Schweiz.»

«Zwischenreich?»

«Zwischen Erde und Himmel. Das Wasser, von der Wärme nach oben getrieben, fällt wieder herunter auf die Erde, dazwischen nimmt es die Form der Wolken an, der ewig wechselnden Wolken ... Du meintest es doch so in deinem ‚Gesang der Geister'!»

Er nickte. «Ich übe mich darin, zu beobachten, was ist; dabei vermag man mitzuschauen, was vorher war, was nachher kommt. Mit den Sinnen, mit denkenden Sinnen erfaßt man Wirklichkeit und Unendlichkeit zugleich. Ich denke auch aus der Wahrheit zu sein, aus der Wahrheit der fünf Sinne!» Die Tatsachen dieser Erde seien Wunder. Lavater mit seiner verschwommenen Mystik habe ihm ungewollt dazu verholfen, dies zu erkennen.

«Ist das nicht recht, Minchen? Helfen Sie mir.»

Mine lachte. «Ja, ja», sagte sie. «Als Gärtnerstochter weiß ich wohl, welch ein Wunder eine Blume sein kann.»

«Ist», antwortete Goethe, «ist. Jede Blume, jedes Blatt ist, recht betrachtet, ein Augenblick der Ewigkeit.»

Das Webicht zog sich in länglichem Rechteck auf einem Höhenzug über der Altenburg hin. Die südliche Ecke war erreicht, und auch schon die östliche, und man sah unten im Tal Tiefurt liegen und darüber die Höhe des Ettersbergs.

«Dort oben haben wir genau vor einem Jahr die ‚Iphigenie' gespielt», sagte Corona versonnen.

Sie kehrten um und gingen zu dritt nebeneinander den Waldweg nach der Stadt zurück. Alle drei schwiegen, die Erde duftete frühlingshaft feucht. Noch waren die Bäume unbelaubt, so konnte man zu beiden Seiten weithin die Stämme wie Säulen aufragen sehen. Die Sonne durchleuchtete den Wald wie einen Festsaal. Es war Ostern – Ostern 1780.

Am 1. April nach Tisch hatte Goethe die beiden Mädchen ins Gartenhaus geladen, um ihnen aus den Aufzeichnungen von seiner Schweizer Reise vorzulesen, und zwar über den Aufstieg auf den Montblanc.

«Der Ausgang wird entscheiden, ob unser Mut und Zutrauen, daß es gehen müsse, oder die Klugheit einiger Personen, die uns diesen Weg mit Gewalt widerraten wollten, recht behalten wird. Soviel ist gewiß, daß beide, Klugheit und Mut, das Glück über sich erkennen müssen.»

Während er weiterlas, dachte Corona:

Das Glück? Sie hätte gesagt: Schicksal – Aufgabe – Gott ... Man hätte viele passende Worte dafür finden können. Doch schon wurde sie abgelenkt und gefesselt von der nun folgenden Schilderung der einsamen Schneewüste, durch die die Wanderer mit ihren zwei Führern den Weg genommen hatten. Sie sah die schroffen Eisklippen vor sich, auf denen die blauen Schatten des Lichts spielten, sah die gefährlich tiefen Spalten, sah, wie aus dem Eis plötzlich ein

Stück kahler nackter Fels ragte. Kein Baum wuchs dort, alles war öde und wüst – eine gewaltige, übermenschliche Landschaft, in der nur noch Farben und Wolken, nur noch die Elemente herrschten. Sie sah einen der Führer voranstapfen, eine winzige dunkle Gestalt auf dem leblosen Weiß, sah die anderen in der Kälte ihm folgen, mühsam, ihre Mäntel vom Winde gezerrt, sie alle von Einsamkeit und Gefahr bedroht. «... in der ödesten Gegend der Welt», so las Goethe, «und in einer ungeheuren, einförmigen, schneebedeckten Gebirgswüste, wo man rückwärts und vorwärts auf drei Stunden keine lebendige Seele weiß, eine Reihe Menschen zu sehen, deren einer in des anderen tiefe Fußtapfen tritt und wo in der ganzen glatt überzogenen Weite nichts in die Augen fällt als die Furche, die man gezogen hat. Die Tiefen, aus denen man herkommt, liegen grau und endlos in Nebel hinter einem ...» Die Furche, die man gezogen hat ... In der einsamen Schneelandschaft Polens hatte sie sich bereits als kleines Mädchen an der Schlittenspur der anderen getröstet. Menschenspur, eine Kette, die halten mußte! Galt das auch für Weimar? Eine kleine Menschengruppe, mutig vorwärtsstapfend, gegen alle Spießervernunft von unten, gegen alles Geburtsvorrecht von oben! Weitergehen! Nachgehen! Standhalten! Anderes gab es nicht!

Goethe blickte auf.

«Was machst du für ein Gesicht, Krönchen?» sagte er, «du siehst aus, als marschiertest du selber mit in Wind und Wetter über den Sankt Gotthard!»

Sie lächelte befangen, und Goethe fuhr fort zu lesen. In einer Pause scherzten sie über das zu kurze Bett, das ihm die Nachtruhe geraubt, und über die Wanzen, vor denen er sich geekelt, und über die Predigt des Paters, der ihnen, den Protestanten, die katholische Kirche gepriesen angesichts des unüberhörbaren Gotteswortes der unendlichen Berge.

Als sie mitten im Reden waren, kam der Herzog dazu. «Oh! schöner Besuch!» sagte er und küßte Corona galant die Hand. Er stimmte ohne weiteres harmlos ein in Ulk und Gelächter. Philipp, der Glühwein gebracht hatte, blieb, gehalten von den Reiseerinnerungen, im Zimmer stehen und gab seinerseits Einzelheiten zum besten. Zwischen den fünf Menschen in der Stube im Gartenhaus war eine Stunde lang Spaß und Spott, Lachen und Lärm, Gespräch und Gedanken, Ehrfurcht und Ergriffenheit. Wie leicht war alles zwischen ihnen geworden! Wie einfach! Kein Begehren mehr, keine Verliebtheit, keine Eifersüchtelei. Und dennoch konnten sie im Grunde nur deshalb frei beieinander sein, weil drei Jahre Qual eine tiefe Vertrautheit zwischen ihnen hatte entstehen lassen. Jeder war einer Last ledig, und doch fühlte jeder insgeheim, wie gerade die Last ihn reich gemacht und sie alle zusammengedrängt hatte. Man lachte nur darum so laut, ja hemmungslos, weil da doch noch ein leiser Schmerz war, der übertönt werden wollte.

Am 26. Mai 1780 wurde das neue Komödienhaus eingeweiht, das gegenüber dem Wittumspalais im Eichmannischen Garten errichtet worden war. Es hatte eine klassische Front mit Giebel und Säulen, wie Goethe und Corona sie bei Oeser bewundern gelernt und wie Goethe sie oft skizziert hatte. Der Eintritt für das Volk war auch jetzt wieder an mehreren Tagen der Woche frei – wie schon zu Anna Amalias Zeiten.

Das Haus war schon fertig gewesen, als die beiden Reisenden aus der Schweiz zurückgekehrt waren, und es hatte sogleich ein erster öffentlicher Ball dort stattgefunden. Nun aber wurde die Bühne eingeweiht. Die Rückwand ließ sich durch zwei Flügeltüren öffnen, so daß der Garten mit als Kulisse dienen konnte. Goethe hatte zwar aus der Schweiz ein neues Singspiel mitgebracht: «Jery und Bätely». Dennoch wurde als erstes ein Stück von Seckendorff aufgeführt. Er war und blieb der Kavaliersdichter und -komponist. Corona und Goethe spielten die Hauptrollen. Jeder bewunderte wie immer das Paar Goethe und Corona. Man genoß das Nebeneinander dieser beiden außergewöhnlich schönen Menschen; man fand sein Amüsement an indiskreten Beobachtungen: Hatte er sie wirklich geküßt? oder nur so getan? In der dritten Szene – haben Sie es gemerkt? –, da haben sie einander ohne Anlaß zugelächelt! Liebten die beiden sich? Man sah sie viel und ungezwungen zusammen! Es war doch tragisch, daß sie nur eine Komödiantin war! Sie hätten gut zueinander gepaßt! Und beide waren doch frei! – Goethe frei? Zur Zeit – das wußte ja jeder – war er wieder ganz eng mit der Stallmeisterin Stein liiert. Wie konnte Herr von Stein das nur dulden? Na ja, das mußte er schließlich selber wissen! –

Es kam noch einmal eine beglückende Zeit vertrauter Freundschaft und gemeinsamer Arbeit für Goethe und Corona. Linden, Akazien und Jasmin blühten, und ein schwerer süßer Duft lag überall in der Luft. Jeder Windhauch brachte das Glück des Sommers heran. Die Sensen sirrten, das Heu lag in Schwaden auf den Wiesen und verströmte seinen Geruch.

Oft war Corona bei Goethe im Garten, oder sie saßen bei geöffneter Altantür im Häuschen und schauten auf den Regenvorhang, der sie zusammenschloß. Sie sahen, wie die Tropfen auf den Dielen des Balkons aufschlugen, wie das Holz dampfte und dunkel wurde. Herrlich würzige Luft drang ins Zimmer. Einmal teilte er ihr mit, daß er nun wirklich in die Freimaurerloge aufgenommen werden würde – zu Johanni. Dann wieder sprachen sie von den Vorbereitungen zu «Jery und Bätely», die Mieding wegen des dafür erforderlichen rauschenden Wasserfalls Schwierigkeiten bereiteten.

«Zu mühsam ist auch die Arbeit mit den Vogelmasken für deine neue Komödie!» meinte Corona. «Er erzählte mir, du habest verlangt, daß sie alle mit den Flügeln schlagen und die Schwänze bewegen können. Mutest du ihm damit nicht zuviel zu? Deine Aufträge setzen alle seine Kräfte in Bewegung, wie er sagt. Aber sein Gesicht wird immer hagerer und blasser. Immer steht Schweiß auf seiner Stirn!»

Er sah sie betroffen an. Dann gab er zu, daß er behutsamer, rücksichtsvoller werden müsse – edel, hilfreich und gut.

Die Aufführung der «Vögel», dieser Komödie des Aristophanes, die Goethe zu einer Satire auf die Weimarer Hofgesellschaft verarbeitet hatte, wurde ein richtiger Sommerulk. Jeder schmunzelte amüsiert, als der Papagei krächzte:

«Ich bin erklärter Freund von Nachtigallen, Lerchen und andern dergleichen Singvögeln. Ganze Stunden lang bei Tag und Nacht kann ich stehen und ihnen zuhören . . .» und dann fortfuhr: «Zum Unglück ist mein Herr auch sehr auf diese Tierchen gestellt, nur von einer andern Seite. Wo er eins habhaft werden kann, schnaps! hat er's beim Kopfe und rupft's.»

Man verstand die Anspielung genau. Corona spielte die Nachtigall. Miedings Masken mit den echten Vogelfedern waren entzückend geworden. Zwar war es heiß unter diesem Kostüm; aber es war ein besonderer Spaß, mit den Flügeln zu schlagen und mit dem Schnabel zu klappen. Der Held hieß Treufreund. «Ich glaube an Menschheit!» verkündete er pathetisch, und das Publikum, das an der gleichen Stelle im Jahr zuvor Iphigenies Worte vernommen hatte, kreischte vor Vergnügen. Sie vernahmen nicht die ernste Forderung, daß vornehme Leute die Vorteile ihres Standes mit Geringeren teilen, daß die Regenten fühlen sollten, wie dem Volk zumute war. –

Anna Amalia blitzte den Dichter nach dem Spiel mit ihren großen Augen an. «Prächtig, Doktor Wolf!» lobte sie und drückte ihm die Hand.

«Durchlaucht haben mir selbst den Anlaß gegeben: Sie haben eine aufreizende Schar seltsamer Vögel um sich gesammelt!» erwiderte er lachend. «Nicht zu reden von einer gewissen Nachtigall! Da ist noch der Spottvogel Wieland; unser guter Musäus, der mit seinen Märchen und Kinderliedern wie ein Auerhahn bunte Flügel schleift; Herder, der weiße Rabe, der vor dem strengen Dogma seiner Bückeburger Kirche sich hierher verflog und nun verzweifelt krächzt; der Zaunkönig Knebel, der behende um die Musen herumschlüpft . . .»

Anna Amalia lachte, so daß ihre Ohrgehänge schaukelten und ihr Kollier funkelte – eine gurrende Ringeltaube, die ihr schön geputztes Gefieder zur Schau stellt.

Auch Karl August war begeistert. «Wenn ich bedenke, daß mein Mentor und Moralprediger, mein Wegebauinspektor und Kriegsminister noch trotz seiner Arbeit so viel geniale Einfälle hat», rief er und schlug dem Freund auf die Schulter, «so brauche ich mich vor der Nachwelt vielleicht nicht gar zu sehr zu schämen, daß ich ihn von seinem Pegasus getrennt und vor meinen Amtsschimmel gespannt habe. Es bekommt ihm offensichtlich ganz gut!»

Da trat Corona, die inzwischen ihr Kostüm abgelegt hatte, aus dem Schloßportal. Sie trug nun ein weites, leichtes hellgrünes Gewand, von silbernem Gürtel gehalten, dazu silberne Schuhe und ein silbernes Band im Haar. Sie stieg mit stolzem, geschmeidigem Schritt langsam die Schloßtreppe herunter. Die Männer verstummten und sahen ihr entgegen.

«Da kommt deine Nachtigall», flüsterte Karl August.

Corona bemerkte, wie die beiden Männer sie mit den Blicken verschlangen. Sie wandte sich absichtlich nach der anderen Seite, um sich dem Kreis Anna Amalias zuzugesellen.

«Sie läßt uns einfach stehen» – Karl August lachte –, «und so, daß niemand ihr einen Vorwurf daraus machen kann. Es hat keinen Sinn, bei ihr Vogelsteller zu sein, sie läßt sich nicht fangen.»

Goethe blieb die Antwort schuldig. Hinter dem Hochwald lag Weimar; dort weilte Charlotte; sie war wieder einmal der Aufführung ferngeblieben. Wie sehr sehnte er sie herbei! Wie sehr liebte er sie doch! Er drehte langsam den Ring am Finger, den sie ihm vor kurzem auf sein unablässiges Drängen geschenkt hatte. «C. v. S.» war darin eingraviert. Der würde ihn fortan immer begleiten. Bald mußte er wieder umherreisen. In den Thüringer Wäldern gab es eine Menge zu tun: im Bergbau, im Straßenwesen, in der Forst- und Wiesenwirtschaft. Er mußte dort Gesteine prüfen, Baum- und Pflanzenwuchs beobachten, Klagen anhören, Verbesserungen anordnen. Aber er würde auch über den Tannenwipfeln die Nacht heraufziehen sehen, hören, wie es stiller und immer stiller wurde, spüren, wie die Nacht sich groß und schweigend über alles breitete und alle Unruhe in der eigenen Brust zum Schweigen brachte. Das einsame Jagdhüttchen auf dem Kickelhahn stieg plötzlich vor ihm auf. Er roch das trockene Holz, den kühlen Waldesduft. Dort mußte er einmal eine Nacht verbringen und sich ganz durchdringen lassen von der Erkenntnis: daß alles leidenschaftliche Begehren verging; daß es nur einen Sinn des Lebens gab: das Werk, die Botschaft für die anderen.

Vom 5. September bis zum 4. Oktober dauerte seine Dienstreise. Als er zurückkam, lud er den Freund Knebel und Corona zu sich zu Tisch. Er hatte ihnen die Steine aufgebaut, die er gesammelt: Basalt, Porphyr, Granit, Rotliegendes, Quarz, daneben Stücke mit dünnen Metalladern, um derentwillen der Mensch sich in die Tiefe der Erde hinunterwagt. Knebel brachte nur ein oberflächliches Interesse dafür auf. Corona aber nahm die einzelnen Stücke in die Hand und wandte sie hin und her. Sie bewunderte, wie sich aus grauem, farblosem Gestein plötzlich ein Turm aus schimmerndem Kristall hervorschob, wie in genauer geometrischer Form die verschiedensten Farben aufleuchteten.

«Die Offenbarung», sagte sie sinnend, «nicht wahr, deine Offenbarung der fünf Sinne?»

Goethe verstand sogleich, worauf sie anspielte. «In herbis et lapidibus – in Kraut und Stein», sagte er bewegt, überall werde Gott sichtbar.

Knebel aber fragte ein wenig gelangweilt: «Was hast du sonst noch erlebt?»

«Mörder und Diebe!» Goethe lachte unfrei. «Der Herzog nahm an Gerichtssitzungen teil und ich mit ihm. Die Physiognomien dieser Menschen ...» murmelte er. «Niemand kann sagen, ob sie von Grund auf schlecht sind oder ob die unaufhörliche Not sie geprägt hat.» Corona bemerkte seine Erschütterung, als er stockend von der Verhandlung gegen einen Häusler berichtete. Man hatte beobachtet, wie er in seinem Gärtchen des Nachts ein Grab schaufelte; es war das Grab seiner Frau. Hatte er sie also ermordet? «Nein, nein!» hatte der Angeklagte immer wieder gerufen. Aber warum hatte er den Todesfall nicht beim Pfarrer ordnungsgemäß gemeldet? – Pfarrer und Totengräber hätten Geld gekostet! Außerdem sei er zu müde gewesen. – Ob die Frau denn vorher krank gewesen sei, und warum er nicht versucht habe, Hilfe herbeizuholen? – Ja, sie sei krank gewesen. Sie habe Hunger gehabt. Er auch. Die Kuh sei verreckt, Mehl nicht mehr dagewesen, Kartoffeln auch nicht. Man habe nur darauf warten können, daß es einmal wieder besser würde. Er stützte den Kopf zwischen die Arme und stöhnte laut. Er wurde dafür zur Ordnung gerufen. Zeugen sagten aus, daß der Mann nicht gut mit seinem Weibe gelebt habe. Immer waren Zank und Streit zu hören; er hatte sie auch geprügelt. Also habe er sie im Streit erschlagen? – Es habe oft Streit gegeben, aber erschlagen habe er sie nicht. – Warum er sie dann hinten im Garten heimlich beerdigt habe? – Pfarrer und Totengräber hätten Geld gekostet ... Dem Juristen Goethe, der neben dem Landesherrn Karl August gesessen hatte, war der Schweiß auf die Stirn getreten. Er sah die Tragödie in der baufälligen Kate deutlich vor sich. Die Not, die nackte Not war schuld!

Alle drei schwiegen bedrückt.

Corona dachte: Weimar! das ist Weimar! Edel sei der Mensch, hilfreich und gut? – ach! Worte!

Nach einer Weile erzählte Goethe, bemüht, die düstere Stimmung aufzuhellen: Eine Nacht lang sei er allein im Jagdhüttchen auf dem Kickelhahn gewesen. Dort oben habe er ein paar Verse gemacht und sie sogar ins Holz geschnitzt:

«Über allen Gipfeln
Ist Ruh.
In allen Wipfeln
Spürest du
Kaum einen Hauch;
Die Vöglein schweigen im Walde.
Warte nur, balde
Ruhest du auch.»

Knebel nickte sachverständig. «Schön! Es klingt. Du hast Herders Volksliedern viel abgelauscht.»

Corona aber sah den Freund bewundernd an. Sie sagte nichts. Weimar dachte sie – das ist auch Weimar. Die Thüringer Waldberge sind geweiht: sie tragen fortan das Siegel seines Geistes.

Als sie vor die Gartenpforte traten, um heimzugehen, stand im Osten der Mond am Himmel und warf sein Licht über die Wiese vorm Haus. Alle drei verharrten regungslos, wie bezaubert, und schauten. Baum und Busch umgaben als ein dunkler Rand die blausilberne Wiese.

Eines Tages kam Corona zu Tisch hinaus ins Gartenhaus; es war Oktober. Sie hatte überraschenderweise ihre Gitarre mitgebracht. «Ich wollte dir etwas vorspielen, dir etwas schenken», sagte sie, «aber erst nach Tisch.»

Als sie gespeist hatten, setzte sie sich mit dem Rücken zum Fenster, an den Schreibtisch – genau so, wie er bei der Vorlesung der «Iphigenie» gesessen hatte. Draußen schlug der Regen gegen die Scheiben, der Wind fuhr ums Haus und bog die kahlen Baumkronen hin und her. Sie legte das bunte Band um den Hals, neigte den Kopf über das Instrument und schlug einige Töne an. Goethe blickte sie fast erschrocken an. Er erkannte sogleich die Melodie «Wie blüht der Winter schön!» Aber es war nur der erste Akkord; dann ging sie, anscheinend harmlos, in eine andere Melodie über und fing an zu singen, ganz andere Worte, als er erwartet und heimlich gefürchtet hatte.

«Wir schweben, wir wallen
Auf hallendem Meer,
Auf Silberkristallen
Dahin und daher.»

Sie blickte ihn von der Seite an; es lag Ernst in ihrem Blick und doch eine Spur von fast spöttischer Überlegenheit.

«Der Stahl ist uns Fittich,
Der Himmel das Dach –
Die Lüfte sind heilig
Und schweben uns nach,
So gleiten wir Brüder
Mit fröhlichem Sinn
Auf eherner Tiefe des Lebens dahin.»

Goethe saß vorgebeugt, die Ellbogen auf den Knien. Er schaute auf ihren Mund, auf ihre Hände, auf ihr ausdrucksvolles Gesicht; er lauschte und schaute. Welch Bild, welch Ton! welch Sinn! Sein Leben in diesem stillen Weimarer Tal – wieviel Unruhe, ja Gefahr enthielt es noch immer!

«Krone!» sagte er, als sie geendet hatte, es klang vielerlei darin: Reue, Bewunderung, Dank. «Du hast's aus Herders Liedersammlung?» fragte er dann, bloß um etwas Unverfängliches zu sagen. «Sing mir die anderen Strophen auch.»

Und sie sang. Es war eine kunstlose, heitere Melodie mit volksliedhaftem Rhythmus – aber ihre Stimme, ihre weiche, leicht verschleierte Stimme machte etwas ganz Besonderes daraus; diese Stimme rief, lockte, lachte, schluchzte – Vergangenes, Gegenwärtiges, Zukünftiges verschmolz.

Er kramte, um sich abzulenken, unter den Sachen, die auf seinem Schreibtisch lagen. «Meine ‚Iphigenie'!» sagte er. Er habe versucht, sie in Verse umzuschreiben. «Hilf mir dabei! Sprich sie mir vor – von hier an!» Er schob ihr die Blätter zu. Er wolle einfach zuhören, dann kämen ihm bestimmt die Verse.

Sie nickte und las; er machte sich hie und da Notizen. Corona empfand ein schmerzlich-süßes Gefühl von Glück. «Es ist genug», sagte sie nach einer Weile.

«Noch das Parzenlied», bat er. Sie nickte und schob das Heft weg. Dann faltete sie die Hände zwischen den Knien, als säße sie auf den Stufen des Dianentempels, und begann langsam zu sprechen:

«Es fürchte die Götter das Menschengeschlecht, sie haben Macht und brauchen sie, wie's ihnen gefällt. Der fürchte sie mehr, den sie erheben . . .»

Da brach ihre Stimme. Sie verstummte. Sie zwang sich zu lächeln, aber wider Willen flossen Tränen aus ihren Augen.

Goethe sprang auf.

*Herzogin Luise*
*und Herzog Carl August*

«Krönchen», rief er. Die Zärtlichkeit von einst klang in seiner Stimme auf.

«Es überfiel mich so», sagte sie, «laß nur!» Sie zog ihr Taschentüchlein hervor.

Er drängte sich neben sie auf die Kante des Stuhls, nahm ihr das Tuch aus der Hand und versuchte ungeschickt, ihr die Tränen abzuwischen.

«Verzeih», sagte sie.

«Verzeih du», antwortete er. Dann wußten beide nichts mehr zu sagen. Sie blieben eng aneinandergedrängt sitzen.

Nach einer Weile sagte Goethe in anderem Ton, wobei er ihr die Hand auf die Schulter legte: Er werde ihr ein neues Stück schreiben. Es solle in Tiefurt, wo die Ilm rausche, aufgeführt werden. Sie solle ein Fischermädchen sein. Weil ihr Bräutigam sie zu lange warten lasse, verstecke sie sich im Gebüsch, damit er meine, sie sei ertrunken. Aber vorher müsse sie ein Volkslied singen – daß es über den Fluß hin klinge. Sie müsse einen roten Rock tragen, eng in der Taille, über den Hüften gebauscht und unten weit, kurz genug, daß ihre schmalen Gelenke und Füße hervorschauten. Er sähe es vor sich, wie der Rock beim Vortrag des Liedes um sie schwinge, wie das Licht in seinen Falten spiele ... Dann setze sie sich auf die Wiese, der Rock lege sich wie ein breiter farbiger Ring um sie, und sie rage daraus hervor wie eine Elfe aus einer Tulpe!

«Und ein blauer Schmetterling umflattert mich und verläßt mich dann, weil er einen weißen Vogel schöner findet als die rote Tulpe.» Sie lachte, aber mit feuchten Wimpern.

Und abermals kam der Winter.

«Weißt du noch, wie wir in Tiefurt als Heilige Drei Könige anklopften?» fragte Goethe. Er war glücklichster Stimmung. «Soll ich mal ein Gedicht daraus machen, so daß alle so lachen wie wir damals?»

Sie antwortete nicht. Warum war er so glücklich?

Am 6. Januar abends hatten sich im Wittumspalais der Hof und die paar Menschen, die dazugehörten, versammelt, um ein wenig Musik zu hören. Da klopfte es dreimal an die Tür; laut und feierlich. Man schreckte auf; die Tür wurde aufgerissen, Musik erklang, und in feierlichem Aufzug erschienen mit ihrem Gefolge die Heiligen Drei Könige. Die Goldkronen blitzten auf ihren Häuptern, weite Samtmäntel hingen um ihre Schultern und endeten in Schleppen, die von Pagen getragen wurden. Die Könige umkreisten den Saal und sangen laut:

«Die Heil'gen Drei König' sind kommen allhier,
Es sind ihrer drei und sind nicht ihrer vier;
Und wenn zu dreien der vierte wär,
So wär ein Heil'ger-Drei-König mehr.»

Die Runde lachte, während aller Augen dem Zuge folgten. Dann trat der führende König allein vor und sang:

«Ich erster bin der weiß' und auch der schön'! . . .»

Schon beim ersten Ton hatte jeder Corona erkannt. Sie griff in ihre Schale und ließ Gewürzkörner durch die Finger gleiten, während sie weitersang:

«Doch ach, mit allen Spezerein
Werd ich sein Tag kein Mädchen mir erfrein.»

Neues Gelächter. Nun sang der Braune in blauem Samt – schließlich, geschmückt mit großen goldenen Ohrringen, der Mohr, gespielt vom Tanzmeister Aulhorn. Dann schlossen sich wieder alle drei zum Chor zusammen.

«Da wir nun hier schöne Herrn und Fraun,
Aber keine Ochsen und Esel schaun,
So sind wir nicht am rechten Ort
Und ziehen unsers Weges weiter fort.»

Alle klatschten amüsiert in die Hände und freuten sich des Spaßes. Anna Amalia war so entzückt, daß sie den Dichter, Corona und Knebel und Wieland bei sich zu Tisch behielt.

Wieland konnte sich nicht genug daran tun, Corona zu bewundern. «Ehe Sie zu singen begannen, habe ich Sie wahrhaftig nicht erkannt», meinte er. «Wie man doch eine so schöne Frau durch ein wenig Schminke und Vermummung völlig verwandeln kann!» Er lachte lautlos mit spöttisch blinkenden Augen und breit gezogenen Lippen.

Goethe erzählte lebhaft von dem Scherz vor vier Jahren in Tiefurt, Knebel fiel ein und ergänzte dies und das. Nur Corona blieb ernst und still.

Am Tag darauf wagte man es zum drittenmal, Händels großes Oratorium, den «Messias», aufzuführen. Für das ganze Oratorium hatte man allerdings nicht genügend Kräfte zur Verfügung; so brachte man nur den dritten, den letzten Teil zur Aufführung, in dem Corona den Sopranpart zu singen hatte.

Sie stand vorm Instrument und wartete auf ihren Einsatz. Sie war nicht in Stimmung; im Gegenteil. Gestern der Ulk, heute das Oratorium . . .! Und als sie einsetzte, war ihre Stimme gehemmt.

Erst allmählich rissen Musik und Text sie so mit sich fort, daß sie das feierliche

«Er sitzt zu der Rechten des Herrn,
bei dem Er uns Gnade erwirkt»

überzeugend zu singen vermochte.

Einsiedel gesellte sich nachher zu ihr. «Das Rezitativ des Basses muß ich auf meinem Cello probieren», sagte er, «es ist überwältigend, dieses: ‚Ich künd Euch ein Geheimnis an, wir werden alle verwandelt.' Darf ich morgen zu Ihnen kommen?»

Corona nickte, sie war dankbar, daß er die tröstlichen Worte nochmals sprach. Für ihn Händel zu singen hatte Sinn!

«An die große Verwandlung zu glauben», erwiderte sie, «wird einem nicht leicht; hier am Hof schon gar nicht.»

«Weißer König», sagte Einsiedel weich, «lassen Sie's sich nicht verdrießen, heilende Myrrhen darzubringen mit Herzen, Mund und Händen. Eigentlich tragen Sie ja Gold herbei: warmes, reines Gold ...»

Am 17. Januar, einem sonnigen kalten Wintertag, ging Corona zu Mieding. Sie wußte, daß ihn wieder eine seiner häufigen schmerzhaften Koliken angefallen hatte, und wollte ihm ein paar der Spezereien bringen, die sie als Heiliger König in ihrer Myrrhenschale getragen hatte. Der Alte hockte hager und abgezehrt, in eine Decke gewickelt, auf einem Stuhl in der Stube.

«Verzeihen Sie nur, daß ich nicht aufstehe», entschuldigte er sich.

«Haben Sie so große Schmerzen?»

«Ne, ne, die Wärmekruke fällt sonst runter», erklärte er, und beide lachten. «Nu plant er ja schon wieder einen Aufzug über den Winter. Du meine Güte! Da gibt's wieder zu tun! Man darf nicht krank sein!»

Corona überhörte die Respektlosigkeit, die in dem einfachen «Er» lag, sie fühlte sich eher dadurch erwärmt, ihr schien, daß er damit die Zusammengehörigkeit zwischen ihr, ihm und Goethe bestätigte.

«Hier sind Gewürze vom Dreikönigsspiel», sagte sie, «vielleicht tun Sie Ihrem Magen gut. Das ist das geheimnisvolle Besondere an den Myrrhen: daß sie bitter sind und dadurch heilen. Ich lernte das schon in Polen.»

Als sie später aus dem muffig riechenden, finsteren Stiegenhaus wieder heraustrat, empfand sie die kalte klare Luft als doppelt erquickend. Ihre Blicke wanderten am Kirchturm entlang in den tiefblauen Winterhimmel hinauf, und sie entschloß sich, noch ein wenig durch die Parkanlage des Sterns zu promenieren. Dort würde gewiß der Schnee weggefegt sein.

Eine unverhoffte Märchenlandschaft empfing sie draußen: die ganze Welt glitzerte und funkelte. Sie hatte es in den engen Gassen gar nicht bemerkt. Flaumiger Rauhreif umspannte strahlig mit dicken Kristallnadeln jeden Zweig, jeden Halm. Es war, als blühe alles. Zum ersten Mal entdeckte sie, wie hübsch die Anlage des Sterns gedacht war mit den vielen, vom Hauptweg abzweigenden Nebenwegen. Am Südende angelangt, sah sie Goethes Haus in der Ferne. Zwischen dem reinen Weiß der Schneewelt und dem tiefen Blau des Himmels wirkte es gar nicht so leuchtend wie sonst. Sie trat an den äußersten Rand der Büsche und ließ ihren Blick voller Glück über die weiße weite Wiesenfläche schweifen, vom Haus zum Fluß und zum Luisenkloster. Da entdeckte sie auf der Ilm zwischen dem niederen Ufergebüsch ein Paar. Es lief in der Einsamkeit dort Schlittschuh: Goethe mit der Stein! Sie erschrak; sie wollte umkehren, davonlaufen, aber sie war wie gelähmt. Die beiden liefen in südlicher Richtung, wandten ihr also den Rücken zu, und hatten, wie es Sitte war, die Arme voreinander über Kreuz verschränkt. Sie schienen zu schweigen; dennoch war da eine fühlbare Intimität zwischen ihnen. Die zierliche Stein lief mit kleinen kurzen Schritten, und Goethe, der es sonst liebte, mächtig seine Bogen zu ziehen, hatte sich ihr völlig angepaßt; bei ihm wirkte der kurze Schritt merkwürdig abgehackt. Es war, als rollten sie beide auf Rädern dahin, fremd in dieser sonnendurchtränkten Eisblumenwelt. Nun hatten sie die südliche Biegung des Flusses erreicht. Sie lösten die Hände, kehrten um und faßten sich von neuem. Corona trat eilig hinter einen Baum, das Herz klopfte ihr, als sei sie bei einem

Unrecht ertappt worden. Spähend wartete sie, bis dichteres Gebüsch den beiden die Sicht verdeckte, und hastete dann zurück, indem sie sich immer wieder angstvoll umschaute. Es war mühsam, im Schnee zu laufen. Die Luft war eisig. Erst in der Nähe der Sphinx-Grotte am Leutrabach stand sie still, völlig außer Atem. Jenseits des Flusses lag die Bastille mit dem zierlichen Schloßturm, daneben die Ruine des abgebrannten Schlosses, davor der vereiste Fluß – das Boot der Fähre war zur Hälfte eingefroren –, darüber spannte sich schönbogig die Sternbrücke. Welch ein idyllisches, abgeschlossenes Bild, und mitten darin mit leeren Fensterhöhlen die Brandruine! Es war noch der gleiche sonnige Wintertag, der gleiche strahlige Rauhreif blühte wundersam überall, der gleiche tiefblaue Himmel leuchtete. Sie aber sah auf einmal alles anders. Ihr Verstand war zwar auf das, was sie gesehen hatte, lange schon vorbereitet, nicht aber ihr Herz! Der Frost hatte seine eiskalten Kristalle plötzlich auch um sie selber gelegt.

Sie atmete die kaltfeuchte Luft so tief ein, daß sie Schmerz verspürte. Immerfort sah sie das steif dahingleitende Paar vor sich. Es hatte komisch ausgesehen mitten in diesem lebendigen Stück Paradies! Ach, wie wäre sie selbst mit ihm in dieser Märchenwelt gelaufen, in fröhlicher, freier rhythmischer Bewegung! Statt dessen paßte er sich mit kurzen Schritten dieser Stein an. Sie preßte die Lippen aufeinander. Es kamen Leute, sie mußte hie und da freundlich grüßen.

Zu Hause setzte sie sich ans Instrument und übte, am Abend war Konzert, sie hatte zu singen. Nach einer Weile aber hörte sie damit auf und begann auf dem Klavier zu phantasieren, was ihr gerade einfiel: Gluck, Händel, Hasse, Pergolese – schließlich ließ sie die Hände in den Schoß fallen. Die Zukunft stand vor ihr, trotz aller Undurchdringlichkeit klar abgezeichnet. Die Sonne war gesunken, der Schnee schimmerte bläulich, Kälte drang durch die Fenster.

«Wie blüht der Winter schön ...» fuhr es ihr durch den Sinn. Welch Wort! welch Bild! mit welchen Erlebnissen beladen! Sie hob die Rechte und ließ tastend ein paar Töne erklingen: ein Motiv, einen Grundakkord. Sie wiederholte ihn, setzte eine Tonfolge kontrapunktisch dagegen, wandelte den Rhythmus ab, fügte einen überhohen kristallischen Ton ein ... Dann hörte sie auf und schloß den Deckel.

Wenige Wochen später begannen die Proben zur «Iphigenie» wieder. Man wollte das Stück zum Geburtstag der jungen Herzogin am 30. Januar nochmals aufführen, und zwar zum erstenmal im neuen Komödienhaus. Corona ängstigte sich: Sie mußte mit Goethe spielen! Sie beide würden wieder die Hauptrollen verkörpern! Aber es ging besser, als sie gedacht, anders.

Goethe selber war unfrei. Er rieb sich den Hals und klagte, er habe sich eine Halsentzündung geholt.

«Ich auch», sagte Corona; «es tut mir weh bis tief in die Brust hinein. Das hatte ich noch nie.»

«Bis zum dreißigsten müssen wir durchhalten», meinte er seufzend.

«Danach willst du doch einen Aufzug des Winters in Szene setzen!»

Er seufzte erneut. Der sei ihm sowieso schon verleidet.

«Wirklich?» fragte sie ironisch. «Du als Schlaf – die Frau Stallmeisterin als Nacht, ich als Komödie – das ist doch überaus passend!»

«Corona, ich bitte dich», fuhr er auf. Der Klatsch über diesen Plan blühte; daß aber Corona darüber spottete, verletzte ihn tief. Sie war sowieso anders geworden als früher. Sie war kühl und abweisend, ja sie widersprach ihm in den Proben. Was hatte sie nur! Er hatte nie ein Hehl aus seiner Zuneigung zu Charlotte gemacht, er hatte ihr nie etwas versprochen, was ihn gebunden hätte.

Der freundschaftliche Verkehr zwischen den beiden ging zwar weiter, mußte weitergehen; aber jeder wich jeglichem ernsteren Gespräch aus. Corona musizierte. Meist begann sie von selbst; wenn das nicht der Fall war, bat er sogleich nach dem Essen darum. Sie sang Gluck, Händel, Hasse, Pergolese und dann die alten geliebten Lieder, das vom Veilchen und das der Bätely, auch ihre eigenen Kompositionen; aber weder das Lied «Wie blüht der Winter schön» noch Herders «Eistanzlied»; und er erbat sie sich auch nie. All das mußte versunken sein. Charlotte besaß ihn nun ganz. Sie war eifersüchtig, und so harmlos er ihr auch seine Begegnungen mit Corona schilderte, spürte sie doch immer die Gefahr, die das schöne, kluge Geschöpf noch immer für ihn bedeutete. Er dachte: Fühlt sie nicht, daß ich ihr Gefangener bin? Sie sollte die Fesseln nicht zu eng machen! «Überzeuge dich und komm und sieh. Morgen abend!» Sie willigte ein.

Auch Karl August und Einsiedel waren gekommen. Man spazierte den Weg entlang, an dem mit großlappigen Blättern und weißen, gelben, roten Rosetten die Malvenstengel wie Kandelaber standen. Die Frauen gingen voran, Goethe dicht hinter ihnen; eilfertig wandte er sich mal der einen, mal der anderen zu. Karl August und Einsiedel folgten.

«Wenn einer von der Straße unten diesen Zug sähe», raunte der Herzog, «könnte er denken: die spielen Komödie! Eine Komödie in Goethes Garten!»

«Und dabei ist's gar keine, sondern fast eine Tragödie!» gab Einsiedel zurück. «Wir sind beim letzten Akt! Jeder muß durchhalten bis zum Schluß – dann können die Leute klatschen!»

Beide lachten.

Vierzehn Tage später beging Goethe seinen 32. Geburtstag. Vormittags war Conseil, und es war ihm recht, daß er diesen Tag mit angestrengter amtlicher Arbeit beginnen konnte.

Mittags speiste er bei Charlotte. Für den Nachmittag hatte Anna Amalia alle nach Tiefurt geladen. Als es anfing zu dämmern, schlug die Fürstin einen kleinen Spaziergang vor. Ihre Augen blitzten. Auf Umwegen führte sie die Gesellschaft zu einem Platz am Fluß. Stühle waren dort in mehreren Reihen hintereinander aufgestellt, und sie forderte das Geburtstagskind auf, neben ihr Platz zu nehmen. Goethe wunderte sich über den großen Leinwandschirm, der vor den Stuhlreihen aufgebaut war. Er bekam ein Programm in die Hand gedrückt. Flüchtig las er: «Minervas Geburt, Leben und Taten». Da erschien bereits das erste Bild, eine Silhouette: ein riesiges kastenähnliches Haupt. Es fing an zu sprechen, und Goethe erkannte sofort das weiche Frankfurterisch des Malers Kraus, der als Gott Jupiter über unerträgliche Kopfschmerzen klagte; er seufzte und stöhnte erbärmlich. Der Feuergott Vulkan – Karl Augusts derbe, untersetzte Gestalt war auch im Profil unverkennbar – eilte mit geschwungenem Schwert herbei und spaltete mit mächtigem Schlag den schmerzenden kolossalen Kopf. Seine Diagnose war einfach: Jupiter hatte im Ärger seine schwangere Frau verschluckt, und die Frucht machte ihm Beschwer. Nun erhob sich aus den zur Seite fallenden Schädelhälften ganz langsam eine Gestalt, die Göttin Minerva, Corona! Unverwechselbar die stolze Haltung des Kopfes, der hohe Hals, die festen runden Brüste. Nun stand sie: der Schatten einer griechischen Göttin! Über ihr im Hintergrund die dicht belaubten Baumkronen des Tiefurter Parks. Doch schon flog auf einem Adler Ganymed, der Knabe, herbei und überreichte ihr niederkniend Helm, Schild und Speer. Da sie dies alles mit schöner Gebärde von sich wies, erhob er sich, legte ihr die Leier Apolls in den Arm und drückte ihr, auf Zehen stehend, einen Kranz ins Haar. Dann blätterte er, wieder vor ihr kniend, in einem riesigen Buch und las: «Achtundzwanzigster August»; an diesem Tage sei der Welt einer der besten, weisesten Männer geschenkt worden! In großen Schriftzeichen erschien das Datum auf der Leinwand, zuletzt stieg ein großes «G» darüber empor, und Corona-Minerva umkränzte es, nach oben greifend, mit einer Girlande. Als sie ihr Werk beendet hatte, glühte der Buchstabe «G» plötzlich auf, und rechts und links daneben erschienen, gleichfalls leuchtend, die zwei Worte: «Iphigenie» und «Faust».

Corona, die schön geformten Arme noch nach oben gestreckt, stand unbeweglich unter dieser Inschrift, bis nach einer Weile alles mit einem zischenden Schlage erlosch. Jeder wandte den Kopf zu Goethe hin. Er saß unbeweglich da: noch immer sah er Coronas herrlich gewachsenen Körper zwischen der Leuchtschrift. Welch eine Verkettung von Glück und Schönheit, von Leid und Entsagung, von Leistung und noch Ungeleistetem!

Charlotte war nicht anwesend. Charlotte: Sie hatte ihm das größte Glück seines Lebens geschenkt. In diesem Augenblick verspürte er einen solchen Schmerz, daß er beide Hände vor die Augen schlug.

Da ertönte neben ihm Anna Amalias lebhafte, auffordernde Stimme: «Hat die schöne Minerva den Doktor Wolf zum Verstummen gebracht oder die Trepanation des Vulkans?»

Goethe riß sich zusammen; er stammelte seinen Dank, erhob sich, küßte der Herzogin die Hand, winkte zur Seite, nach hinten, nickte und lächelte.

Diener kamen nun herbei, brachten Tische und Windlichter heran und setzten mit leisem Geschurr die Stühle um die Tische. Man nahm wieder Platz. Kalte Platten, gefüllte Karaffen wurden gebracht. Die Gläser klangen, ein Hoch nach dem anderen erscholl: auf Anna Amalia, auf das Geburtstagskind, auf die Schauspieler, die, nun umgekleidet, allmählich erschienen.

Goethe sprang auf, um sich bei jedem zu bedanken. Er lachte und strahlte. Da kam Corona. Beide waren sich bewußt, daß jeder der Anwesenden ihre Begegnung genau beobachtete. Er trat auf sie zu und umarmte sie leicht. Man applaudierte laut jubelnd, als gehöre dies noch mit zum Spiel.

Während Minchen spät am Abend ihrer Freundin beim Auskleiden half, sagte sie: «Mir stockte richtig der Atem, als du aus Jupiters Haupt emporstiegst – und ich ärgerte mich über den Hofrat Wieland. Er flüsterte: ‚Das Negligé ist nicht echt; griechische Göttinnen sind völlig nackt!'»

Corona antwortete nicht. Sie betrachtete sich angelegentlich im Spiegel, während sie mit einem Flanellappen sorgfältig das Rot von ihren Lippen wischte.

«Alle werden dich so im Gedächtnis behalten», fuhr Mine fort und zog Nadeln und Kämme aus dem Haar der Freundin, «wie du als eine Göttin Namen und Werk Goethes bekränzt.»

«Ja, ja», sagte Corona gemacht gleichgültig. «Goethes Name und Werk strahlend hell, und ich als Schattenbild darunter!» Sie zog beide Lippen nach innen, um sie zu befeuchten, und entfernte gründlich Farbreste, die eigentlich schon nicht mehr da waren.

«Früher nahmst du alles leicht, und jetzt kann man nichts sagen, ohne daß du's tragisch nimmst.»

Corona schwieg. Ihre Gedanken aber schwiegen nicht: Negligé und nackt! Es war keine künstlerische Leistung von ihr verlangt worden, nur ihre schöngewachsene Figur hatten sie gebraucht! Ihren Körper hatte sie zur Schau stellen müssen! Sie machten große Worte, nannten es Kunst und freies geistiges Leben, theatralische Sendung – Spiel mit der beweglichen Tochter Jupiters, der Phantasie ... Sie breitete den Schminklappen über ihre Knie, strich darüber hin und starrte auf die roten Flecke.

Zwei Tage später, am 30. August, war Einsiedel abends bei ihr zu Gast. Nachdem sie zusammen gespeist hatten, meinte der Freund:

«Diese Schattenspiele sind eine bewundernswerte Kunst. Sie stammen aus China und haben dort eine tiefe Bedeutung. Solche Burleske ist eigentlich zu schade dafür! Aber Sie sahen sehr schön aus – sehr, sehr schön!» Und dann fuhr er unvermittelt fort: «Er ist ein seltsamer Mensch. Aber geniale Naturen sind eben rätselhaft und unberechenbar.»

Corona sah ihn herzlich an, sein weiches Gesicht, seine dunklen Augen. Er – er war nicht unberechenbar. Er hatte zwar nicht übermäßig viel Talent, war aber erfüllt von einer tiefen Liebe zur Musik, zu jeglicher Kunst – und er war teilnehmend, selbstlos und taktvoll. Plötzlich dachte sie an die Mara. Ja, man war nur eine Frau und eine Künstlerin dazu . . .

«Ich bin müde, lieber Hildebrand», sagte sie, und Einsiedel packte sein Cello ein, blickte sie liebevoll an und verabschiedete sich, ohne gekränkt zu sein.

Zur gleichen Stunde trat Goethe nochmals in seinen Garten hinaus. Er kam von Charlotte, mit der er zur Nacht gespeist hatte, und fühlte sich froh und leicht. Dieser Monat August war für ihn gut verlaufen, hatte ihm Befriedigung und Selbstvertrauen wiedergegeben, die ihm seit Beginn des Jahres, nicht zuletzt durch sein zwiespältiges Verhältnis zu Corona und Charlotte, völlig geschwunden waren. Endlich schien sich alles zu klären. Amtliche und dichterische Arbeit gedieh. Der zweite Akt des «Tasso» war soeben fertig geworden. Sein Weimarer Leben, Drangsal, die Skrupel, Ärger, Verzweiflung – alles war darin ausgesprochen; er hatte sich befreit. Die Nacht dünkte ihn zu schön, um zu schlafen. So ging er langsam auf seiner Hügelseite weiter. Die Kegelbrücke mit dem rauschenden Wehr der Burgmühle zur Linken lassend, ging er um die vordere Spitze der Altenburg herum, wo die Kanonen für den Feueralarm standen, und stieg auf dem steinigen, spärlich mit Gras bewachsenen Boden den Hügel der Altenburg weiter empor. Nun stand er unmittelbar über der Stadt, die sein Schicksal geworden war. Der Mond, noch im ersten Viertel, hing als eine leuchtende Schale über dem zierlichen Stadtkern. Das Gestirn des Großen Wagens fuhr zur Rechten über dem Ettersberg dahin: Weimar, seine Heimat, seine Aufgabe! Er suchte den Polarstern und die Wega – welch gewaltiger Raum um ihn und über ihm! Das winzige Menschennest zu seinen Füßen störte dabei nicht. Enthielt es doch einen Kreis von Menschen, die ihm nahestanden – Menschen aus allen Gesellschaftsschichten: Mieding und Klauer, Herder und Wieland, Karl August und Anna Amalia und – Charlotte, die Geliebte! Nur mit Corona schien weder das Zusammenleben noch die Zusammenarbeit mehr zu glücken. Er mußte allen Ernstes versuchen, sich mit ihr zu versöhnen, sich mit ihr auszusprechen, ihr zu bekennen, was sich eigentlich jedem Bekenntnis entzog.

Als er heimkam, erfüllt vom Duft der Nacht, erlöst, verzeichnete er im Tagebuch: «Schöne Nacht auf der Altenburg».

Langsam – so schien es Corona – kam der November des Jahres 1781 heran. November – ihrer beider Ankunftsmonat! Immer hatten sie des 7. und des 16. gedacht.

«Willst du ihm nicht zum siebenten November einen Kuchen schicken?» schlug Minchen vor. «Ihr habt doch sonst immer diese Tage gefeiert.»

«Nein.»

Aber dann, nach langem Zögern, stimmte sie zu und legte sogar die Abschrift ihrer Eistanzkomposition bei. Nachher bereute sie es und hätte es gern wieder rückgängig gemacht. Ein Dank kam nicht. Auch der November ging vorüber.

Endlich, völlig unerwartet, traf ein Brief ein. Goethe hatte lange gezögert.

«Wie oft», so hieß es nun, «hab ich nach der Feder gegriffen, mich mit dir zu erklären! Wie oft hat mir's auf den Lippen geschwebt. Ich habe groß Unrecht, daß ich es so lang habe hängen lassen, und kann mich nicht entschuldigen, ohne an Saiten zu rühren, die zwischen uns nicht mehr klingen müssen. Wollte Gott, Du möchtest ohne Erklärung Friede machen und mir verzeihen. Mein Zutraun hast Du wieder, meine Freundschaft hast Du nie verloren, auch jenes nicht. Bin ich irre geworden, so war's so menschlich. Aber darinne hab ich am meisten gegen Dich gefehlt, daß ich Dich die letzte Zeit nicht mit einer eifrigen Erklärung beruhigte. Ich will nicht anführen, was mich entschuldigen könnte; vergib mir, ich habe Dir ja auch vergeben, und laß uns freundlich zusammen leben. Das Vergangene können wir nicht zurückrufen, über die Zukunft sind wir eher Meister, wenn wir klug und gut sind. Ich habe keinen Argwohn mehr gegen Dich, stoß mich nicht zurück, und verdirb mir nicht die Stunden, die ich mit Dir zubringen kann, denn so muß ich Dich freilich vermeiden. Noch einmal: verzeih mir! Mehr kann ich nicht sagen, ohne Dich aufs neue zu kränken. Mein Herz ist gegen Dich gesinnt, wie Du es wünschen kannst; nimm es so an. Verlangst Du mehr, so bin ich auch bereit, Dir alles zu sagen. Adieu! Möchte doch das so lange schwebende Verhältnis endlich fest werden.»

Dann noch ein Nachsatz: «Danke für Kuchen und Lied und schicke dagegen einen bunten Vogel.»

Corona las den Brief und kniffte ihn zusammen, wie er gewesen. Sie hatte seine Stimme gehört, seine tiefe, modulationsreiche, geliebte Stimme, aber es war vorbei! Aber alles lebte, wenn auch verwandelt, weiter. Sie hatte ihn geliebt, ähnlich wie sie den anderen geliebt hatte – ohne Erfüllung und doch mit überreicher Erfüllung – anders als andere ...

Die Saison war wieder in vollem Gange. Der 30. Januar, der Geburtstag der jungen Herzogin, stand vor der Tür. Goethe hatte sich ein Kinderballett ausgedacht: Als Gnomen verkleidete Haulemännchen und Blumenelfen sollten über einen Steg, der wie eine Brücke Bühne und Zuschauerraum verband, auf die Fürstin zutanzen.

Ach, wieviel Mühe verursachte das alles! Mieding plagte sich. Einmal war das Brückengestell zu wenig stabil, dann wieder zu schwer! Plötzlich, mitten in der Arbeit, völlig unerwartet, starb er. Es war der 27. Januar 1782.

Am anderen Mittag ging Corona zu Goethe ins Gartenhaus. «Du weißt am besten, wie wichtig er für uns alle war und wie er ausgenutzt worden ist», sagte sie ernst. «Er verdient, daß du nun großzügig etwas für ihn arrangierst.»

Goethe nickte. Er habe dem Herzog schon vorgeschlagen, für die Ausbildung der beiden kleinen Töchter zu sorgen und auch für die Frau.

«Das ist gut. Aber ich dachte noch an etwas anderes. Mieding war zwar nur ein einfacher Handwerker, aber er hat für die Kunst und für Weimar mehr getan als irgendein Höfling. Man wäre es ihm schuldig, meine ich, ihn mit allen Ehren zu bestatten. Ich habe vorhin den Sarg gesehen, in dem er aufgebahrt ist . . . Ihr alle seid in seiner Stube aus und ein gegangen, wenn ihr etwas von ihm wolltet! Und da liegt er nun in dem billigsten Sarg – euer Hofebenist. Es ist eine Schande – für uns alle!»

«Du hast ihn dir angesehen?» fragte Goethe aufgeschreckt.

«Ich wollte die Frau und die Kinder besuchen, und da führte sie mich sogleich zu ihm. Wir blieben an der Tür stehen, und sie wischte sich mit der Schürze die Tränen ab. ‚Er war so gut', schluchzte sie leise, ‚er war so gut und so geschickt. Er hätte viel verdienen können – aber immer nur sein Theater! Da saß er und sinnierte und versuchte und bastelte – statt daß er an die anderen Aufträge gegangen wäre! Immer nur das Theater!' Ihre verarbeitete, blaugeäderte Hand hielt die grobe Schürze vor den Mund, und er, er lag da in seinem Sarg, merkwürdig lächelnd. Da dachte ich: Wir reden immer nur von Menschlichkeit!»

Goethe sah sie an. So streng und bitter kannte er sie gar nicht.

«Du hast recht», meinte er betroffen.

Ehe die Sonne sank, ging er hügelauf über die Altenburg nach dem Webicht zu. Corona hatte wirklich recht: Mieding mußte begraben werden, wie er's um Weimar verdient hatte. Weimar mußte ihm wenigstens bei seinem Tode die höchsten Ehren erweisen.

Am 31. Januar fand das Begräbnis statt. Fast die ganze Stadt war zugegen. Herder hielt die Totenpredigt; die Schulkinder sangen; alle Schauspieler waren versammelt. Es war ein strahlendschöner Wintertag: wolkenloser, tiefblauer Himmel und eine glitzernde Decke von Schnee. Um so finsterer wirkte das Viereck des aufgeschaufelten Grabes. Die Träger hatten an knarrenden Seilen den Sarg hinuntergelassen. Herder hatte das letzte Vaterunser gesprochen. Der Chor sang den Schlußchoral. Weiße Rauchwölkchen stiegen in der Kälte aus den Mündern der Kinder. Karl August und Goethe standen neben Frau Mieding und den beiden kleinen Töchtern. Der Gesang verstummte, eine winzige Pause der Verlegenheit trat ein. Da löste sich aus der Schar der Schauspieler unerwartet eine dunkle Gestalt: Corona. Sie ließ den schwarzen Spitzenschleier, den sie über dem Kopf trug, auseinanderfallen. In der Rechten hielt sie einen bunten Kranz. Sie hatte ihn in Bertuchs Blumenfabrik anfertigen lassen, in den leuchtendsten Farben: rote Rosen, weiße Narzissen, gelbe Tulpen, violette Veilchen und dazwischen das helle Grün kleinblättriger Myrte. Schwarz waren nur die schmalen Bänder, die lang herabhingen, aber in der Schleife steckte ein Büschel glänzenden spitzigen Lorbeers. Der Kranz war nicht groß, aber er wirkte auf Coronas schwarzem Mantel wie dichtestes Leben. Die Sängerin trat langsam von der Seite her ans Grab, hob das schönfarbige Gebilde, hielt es senkrecht über die dunkle Gruft und sagte in feierlichem Ton:

«Du warst beseelt von der Liebe zur Kunst und hast ihr gedient. Keiner könnte je mehr tun als du, um auf dieser Erde Freude und Schönheit zu schaffen.»

Dann drehte sie den Kranz mit langsamer, anmutiger Gebärde in die Waagerechte, beugte sich und legte ihn mehr, als das sie ihn warf, hinunter auf den Sarg. Es verursachte einen leichten, dumpfen Laut. Frau Mieding schluchzte auf, dann lächelte sie, legte die Hand über die Augen und schluchzte wieder. Auch Goethe traten Tränen in die Augen: Corona, dachte er, Corona allein hat getan, was nötig war, um dem Ganzen ein besonderes Gepräge zu geben! Jedes Wort, jede Bewegung war echt und schlicht und bedeutungsvoll. Ohne Anweisung, ohne Auftrag war sie, wie die Muse der Kunst selbst, an dieses Grab getreten und hatte sie alle beschämt.

Mieding war also tot. Er war sechsundfünfzig Jahre alt geworden. Sechsundfünfzig! Und hatte ausgesehen, als wäre er weit über siebzig! Die Festlichkeiten für den Geburtstag der regierenden Herzogin liefen zwar noch programmgemäß ab, da er ja alles vorbereitet hatte. Das Gnomenballett tanzte auf dem Steg, auf die Herzogin zu. Aber alles stand unter dem Schatten dieses Todes. Die Brücke war Miedings letzte Arbeit. Nie wieder würde sein verhaltenes Lachen, sein schlurfender Schritt zu hören, nie wieder seine wache Phantasie und seine geschickte Hand zu spüren sein. Goethe fühlte erst jetzt so recht, wie sehr Mieding begriffen hatte, was er, Goethe, mit dem Theater bezweckte!

Im März dann ging Goethe abermals auf Reisen, um Rekruten auszuheben. Es war die gleiche Route, die er im Jahre 79 zurückgelegt hatte. Damals war ihm Iphigenies Gestalt so nahe gewesen, daß er im fremden Quartier des Abends, ja selbst während der Musterung an dem Schauspiel weitergeschrieben hatte.

Während dieser Reise steckte die Tragödie um Egmont, um den Volkshelden, in seinem Mantelsack. Nicht mehr um ein Drama der Seele ging es jetzt, auch nicht mehr um die Gestaltung der eigenen Konflikte wie im «Tasso», sondern um das Drama eines unterdrückten, nach Freiheit verlangenden Volkes – er wollte tief in die Wirklichkeit eindringen.

Wieder machte er in Schloß Dornburg Station. Der Wind blies kühl; in den Talschluchten hielt sich überall noch Schnee, aber Frühling lag in der Luft, wehte von den Waldbergen herüber. Schmelzwasser rieselte überall flüsternd zu Tal, von der Erde stieg ein feuchter Duft auf. Der Himmel war von einer durchsichtigen Bläue. Die Vögel lockten.

Goethe saß nach dem Dienst hoch über dem Tal am Fenster des Schlosses und schrieb. Vielleicht kam Charlotte über Sonntag mit dem Herzog herauf? Vielleicht! Er lauschte, ob Rädergeroll und Hufschlag in der Ferne zu hören wären. Nein, nichts! Die Dämmerung brach herein. Er zündete die Kerze an.

O Weimar! dir fiel ein besonder Los:
Wie Bethlehem in Juda, klein und groß...

Plötzlich stand er wieder an Miedings Grab, sah Corona unerwartet hervortreten: hoch und schlank, mit dem schwingenden Schritt, im fremden Schwarz der Kleidung. Er sah, wie sie den bunten Kranz mit ausgestrecktem Arm emporhielt und dazu sprach. Er hörte ihre Stimme, diesen samtenen, verschleierten Wohllaut. Mit einem Mal sah er sie lachen, so, wie sie ihn oft angelacht hatte, frisch und rein, mit reizvoll gestellten, blinkenden Zähnen. Immer wieder hatte es ihn danach verlangt, ihre Lippen zu küssen, ihre runde Brust mit den Händen zu umfassen.

Als eine Blume zeigt sie sich der Welt;
Zum Muster wuchs das schöne Bild empor,
Vollendet nun, sie ist's und stellt es vor.
Es gönnten ihr die Musen jede Gunst,
Und die Natur erschuf in ihr die Kunst.
So häuft sie willig jeden Reiz auf sich,
Und selbst dein Name ziert, *Corona,* dich . . .
Sie öffnet ihren Mund, und lieblich fließt
Der weiche Ton, der sich ums Herz ergießt.

Er lehnte sich zurück und las die Verse nochmals. Er streckte die Beine weit von sich. Wie deutlich sah er sie vor sich! Er hörte sie genau. Die Nachtigall sang in ihrer Stimme, die Waldtaube gurrte darin. Mit einem Mal drängte sich Lottes Antlitz dazwischen, ihr strenges und doch liebliches Profil. Wie würde sie über diesen Versen in Eifersucht die schmalen Lippen zusammenpressen! Er seufzte, blickte nachdenklich zur Seite. Dann faltete er energisch das Blatt zusammen und steckte es in sein Portefeuille. Er sprang auf und trat ans Fenster. Es war stockdunkel draußen. Er riß den einen Flügel auf; es ging mühsam, denn er war verquollen. Der Wind fuhr ihm entgegen, so daß es ihm fast den Atem benahm, er war scharf und kalt und knatterte ihm um die Ohren.

Das Ende passe zum Anfang, schrieb er an Charlotte, indem er sie im voraus zu begütigen suchte. Andern Tags fuhr er in diesem Bemühen fort. «Ich habe der Schrötern zu Ehren zwölf Verse drinne», schrieb er, «die Du, hoff ich, schön finden und in allem Sinne damit zufrieden sein sollst.» Aber erst acht Tage später ließ er ihr den Text zukommen.

In Weimar gab es eine Sensation, als das Gedicht bekannt wurde; nicht nur am Hof und am Theater, sondern in der ganzen Stadt. Was man selber erlebt, bespöttelt, kritisiert oder bewundert hatte: hier war es zusammengefaßt im Gedicht. Jeder kannte die Namen, die Szenen. Und wie lebendig der alte Mieding vom Töpfermarkt vor einem stand! Und die Schröter! Wie sie leibte und lebte! Nu gucke da! Und das gleich nach dem Wort von Bethlehem?!

Corona saß in ihrem Zimmer und las das Gedicht im Tiefurter Journal, der kleinen Zeitschrift, die Anna Amalia zu ihrem eigenen Amüsement herausgab. Als Goethe es draußen in Tiefurt bei der Herzogin vorgelesen hatte, war ihr das meiste entgangen. Zunächst zwar hatte sie wie alle anderen belustigt und gerührt mit angehört, wie da alles so real und doch so theaterhaft bunt geschildert war. Jetzt wurde der «Triumph der Empfindsamkeit», nun das «Dreikönigsspiel» erwähnt, dann «Iphigenie», und plötzlich hieß es – bedeutsam, schon durch den Rhythmus einen Einschnitt anzeigend:

> Ihr Freunde, Platz! Weicht einen kleinen Schritt!
> Seht, wer da kommt und festlich näher tritt!
> Sie ist es selbst – die Gute fehlt uns nie ...

Sie wußte sogleich, daß sie gemeint war. Blut ergoß sich ihr in die Wangen, ihr Herz klopfte so laut, daß sie nichts mehr zu hören imstande war. Alle Gesichter waren auf sie gerichtet. Stolz, Freude, Wärme überfluteten sie mit einer heißen Welle. Sie sah sich selbst, sah, wie sie in dem lichten Eckzimmer des kleinen Gutshauses saß inmitten all der Menschen – Corona – Krone ... War sie die Krone gewesen?

Und war es nun schon vorbei? Ja. Sie wußte, es war alles vorbei.

Nun aber las sie das Gedicht in aller Stille für sich. Sie lächelte nachdenklich, als sie am Ende war, und ließ das Heft sinken. Alles war schön gewesen; nicht leicht, aber doch voller Reichtum. Hier in Weimar war sie zu dem geworden, was sie sein konnte, bei Goethe, mit Goethe. Sie war, wie Friederike Oeser in Leipzig ihr geraten hatte, Schauspielerin geworden. Sie hatte Liebchen und Geliebte gespielt, hatte Proserpina und Iphigenie verkörpert, hatte die Menschen zum Weinen, zum Lachen, zum Nachdenken gebracht. Jeden Abend war sie in eine neue Rolle geschlüpft.

Da kam Minchen herein. «Sieh mal», rief sie, blätterte, bog das Heft auseinander, so daß das steife Büttenpapier krachte und knitterte, deckte die Hände oben und unten über den Text und ließ nur eine Zeile frei, die die Freundin lesen sollte. Sie war mit sauberer deutscher Gymnasiastenschrift geschrieben und lautete: «Und selbst dein Nahme ziert, Coronna, dich».

«Coronna?» fragte Minchen, «meint er dich?»

Corona nickte, sprang auf, fiel der Gefährtin um den Hals und rief halb singend: «Coronna, Corinna, Corenna, Corunna» – sie zog die Vokale komisch in die Länge und drehte sich lachend im Kreis. «Weißt du noch, wie ich damals in Leipzig getanzt habe? Nun ist alles Wirklichkeit geworden. Wahr und wahrhaftig!» Sie winkelte die Arme vor der Brust an und tanzte einen wilden, fremdartigen Tanz. Abwechselnd schlug sie mit den Fersen klappend auf den Fußboden, klatschte in die Hände und schrie: «He! he! he!» Schneller, noch schneller; nun hockte sie sich halb nieder. Der Rock flog, ihre Haare lösten sich, ihre Augen glänzten. Sie schrie: «Wolf, Wolf, Wolf!» und begann immer von neuem. Ein Porzellanfigürchen, das auf dem Sekretär stand, rutschte bei jedem Sprung klirrend auf der polierten Platte hin und her.

Mine sah lachend zu. «Und sagt der Herzog nun zu dir:

Madame Schröter, nehmen Sie den Platz ein neben mir auf dem Thron, der Ihnen gebührt!?»

Corona antwortete nicht; unvermittelt hörte sie auf, schüttelte die Haare zurück und ließ sich atemlos mit ausgebreiteten Armen aufs Sofa fallen. Sie beugte den Kopf zurück und lachte und keuchte:

«Beinah, Minchen! Gott sei Dank nur beinah!»

Sie zog ihr Taschentüchlein hervor, wischte sich über die Stirn und den Hals und lachte aufs neue. Dann las sie der Freundin die drei letzten Seiten des Gedichtmanuskripts vor. Ihre Augen strahlten.

Als sie sich aber am Abend die lange Epistel nochmals vornahm, wurde sie nachdenklich.

Ihr Schwestern, die ihr, bald auf Thespis' Karrn,
Geschleppt von Eseln und umschrien von Narrn,
Vor Hunger kaum, vor Schande nie bewahrt,
Von Dorf zu Dorf, euch feilzubieten, fahrt ...

Sie ließ das Heft sinken. So also schätzte auch er im Grunde die Theaterleute ein!

Die Mädchen eurer Art sind selten karg ...

las sie. Und plötzlich fiel ihr der Neujahrsulk ein: «Mamsell Schröter, weil sie nicht adlig ist» ... Sie gehörte zu denen, die sich feilbieten mußten – zu dem übermäßig beanspruchten und schlecht besoldeten Mieding und all den anderen. So war es. Wie verzweifelt hatte selbst ein Ekhof gegen die Mißachtung kämpfen müssen!

In der Nacht darauf bekam sie hohes Fieber, Schüttelfrost setzte ein und ein böser, quälender Husten.

Dr. Hufeland, der sogleich gerufen wurde, zeigte sich besorgt. Er horchte wieder und wieder Brust und Rücken ab. Corona spürte mit Widerwillen sein kaltes Ohr an ihrer heißen Haut.

«Absolute Ruhe», verordnete er. «Und so wenig wie möglich sprechen.»

«Weißt du, was ich habe?» sagte Corona nachher leise zu Minchen. «Die Auszehrung, genau wie Mieding.»

Sie schob den Teller appetitlos beiseite. Mine widersprach heftig, aber sie beobachtete besorgt, wie matt und lustlos Corona war, wie durchsichtig sie aussah.

«Du hast dich bei deinem wilden Tanz gestern einfach überanstrengt und erkältet. Du warst ja ganz erhitzt. Das ist alles!»

Corona aber dachte plötzlich: Vielleicht hat gar nicht die Methode des Vaters meine Stimme verdorben, vielleicht war da schon immer eine Schwäche ... Sie hatte nie, wie Samuel, metallisch-laut wie eine Violinsaite singen, nie wie die Mara ein volles Orchester übertönen können. Ihre Stimme hatte immer nur leise geklungen, süß und innig zwar – aber leicht verschleiert. Dieser Mangel eben bedeutete Gewinn. Welche Erkenntnis! Sie umspannte mit beiden Händen ihren Hals. Jene Zeichnung, die Goethe dereinst im Sommer 77 von ihr gemacht, stand ihr vor Augen. Sie sah deutlich die geschlossenen Lider, den träumenden, lauschenden Ausdruck des Gesichts. Jetzt bin ich erwacht, dachte sie, jetzt betrachte ich das Leben, wie es ist. Welch schmerzliche und doch gewinnreiche Wandlung! Sie mußte jenem Porträt ein anderes gegenüberstellen: ein Selbstporträt! Das runde junge Oval des Gesichts würde sie hagerer zeichnen; der Kopf durfte nicht mehr versunken zurückgelehnt sein; der Blumenhut mußte durch einzelne lose Blüten und Blätter ersetzt werden, die sich mit dem Haar vermischten. Vor allem aber sollten die Augen geöffnet sein: Sie erblickten die Idee in der Wirklichkeit, in der Realität der Erde.

Sie dachte an Goethes Wort: Ich gedenke auch aus der Wahrheit zu sein, aus der Wahrheit der Sinne. Wieviel tiefer verstand sie ihn mit einem Male.

Am 25. Mai kam Goethe zu der Kranken zu Besuch. Er hatte den kleinen Fritz von Stein bei sich. Der überreichte Corona einen großen Strauß Margeriten.

«Den haben wir für Sie gepflückt, Demoiselle», meinte der Junge zutraulich, als Corona die Blumen freundlich bewunderte. «Draußen auf der Altenburg.»

«Danke», sagte Corona.

Obwohl sie schon wieder angekleidet auf dem Sofa lag, fühlte sie sich immer noch matt.

Goethe sah, wie leidend sie noch war. Er selber war braungebrannt und fühlte sich frisch. Corona merkte, wie er leicht erschrak, als er sie sah. Ihm fehlt zu seinem vollendeten Glück nur noch, daß ich nicht mehr leide, dachte sie.

«Ich warte darauf, daß du gesund wirst», sagte er indes gemacht forsch, «wir wollen doch endlich in Tiefurt unser Wasserdrama aufführen.»

Coronas Augen sahen ihn mit dunklem Blick an. Immer noch Liebhabertheater! dachte sie. Und ein Wasserdrama – nach Christel Laßbergs Tod!

Dann brachte Minchen ein Tellerchen mit Kompott. «Verzeihen Sie», sagte sie, «aber Corona soll regelmäßig ein bißchen essen.»

«Ach, schon wieder!» seufzte die Patientin.

«Ich werde Sie füttern, Demoiselle», rief Fritz, füllte den Löffel, und, ihn vorsichtig am Tellerrand abstreichend, beugte er sich damit zu Corona hinüber. Corona lachte, öffnete bereitwillig den Mund und schluckte.

Goethe sah, wie sich der Kehlkopf unter der glatten Haut des Halses bewegte. Welch reizendes Bild: der Kleine auf den Rand des Kanapees gedrückt, behutsam einen Löffel nach dem anderen der Sängerin in den Mund steckend. Corona bog jedesmal willig den Kopf dem Löffel entgegen.

«Amor füttert die Nachtigall», scherzte Goethe. Plötzlich entsann er sich, daß er das schon einmal gedacht hatte –

damals vor der Schweizer Reise in Belvedere. Sie hatte an dem kleinen Teich Verse von ihm gesprochen; Verse aus der «Iphigenie». Er aber hatte gar nicht den Sinn der Worte erfaßt, sondern nur gelauscht, wie mitten in der grünen Stille ihre Stimme tönte, mit betörendem, herzergreifendem Klang, der die Seele weit machte und bereit zur Liebe. Nun kam ihm dieses Bild abermals in den Sinn: Gott Amor hatte sie gefüttert und ihr seine Liebeskraft eingeflößt!

Noch eine ganze Weile danach ließen ihn Bild und Vergleich nicht los. Die reizende Szene in der Krankenstube war wie eine Illustration zu dem Märchen, zu der Imagination von damals.

Dich hat Amor gewiß, o Sängerin, fütternd erzogen;
Kindisch reichte der Gott dir mit dem Pfeile die Kost.
So, durchdrungen von Gift die harmlos atmende Kehle,
Trifft mit der Liebe Gewalt nun Philomele das Herz ...

Er schrieb es sogleich nieder.

«Schreib das bitte ab, dreimal, oder besser viermal», sagte er dann zu Philipp und zählte an den Fingern auf: «Für die Stein, die Schrötern, die Herzogin, Knebel; einmal vielleicht noch für Oeser; der könnte eine Zeichnung machen, einen Entwurf zu einer Plastik, die von Klauer ausgeführt werden müßte – also fünfmal.»

Während Philipp schrieb, brachte er selber ein paar Zeilen an die Stein zu Papier. Sie war heute durch seinen Besuch bei der Schröter zu kurz gekommen. «Hier eine Inschrift», schrieb er. Dann nahm er Philipps soeben fertig gewordene Kopie, faltete sie und sagte, im Gegensatz zu dem eben Geschriebenen: «Bring das morgen zur Schrötern. Und dies hier» – er rollte den Brief an Lotte zusammen und kniffte die Röhre wie gewohnt in verschiedenen Richtungen mit Daumen und Zeigefinger ein, ohne die Abschrift des Gedichts beizulegen –, «dies hier gleich morgen früh zur Stallmeisterin. Sie kann die Inschrift im nächsten Brief bekommen.»

Corona öffnete Goethes Brief. Ein Vierzeiler? Sie las. Sie erinnerte sich sogleich an das Bild, das er damals auf dem Weg nach Belvedere entworfen hatte. Sang sie aus der Liebe Gewalt? Eine Woge des Glücks überflutete sie. Sie setzte beide Füße auf den Boden, nahm den Morgenrock um und trat ans Fenster. Der Himmel war grau und regnerisch. Leichte flaumige Wolken trieben wie Schleier vor schweren, dunklen dahin. Da schoben sich unversehens zwei finstere Wolkenwände auseinander; ein Fetzen Blau erschien inmitten zweier Wolken, die wie Schwingen aussahen. Zuerst hoben sie sich gegen das lichte Blau ab, dann zerfaserte der Wind sie zu einem silbrigen Grau. Ein Schmetterling? Oder ein weißer Vogel?

Corona fing leise an zu trällern – so wie Sänger es tun, um ihre Stimme geschmeidig zu erhalten. Sie faßte sich prüfend an die Kehle: Es tat nicht mehr weh – nicht im mindesten.

Am selben Tag kam ein Brief aus London von Samuel. Der Prinz von Wales hatte zufällig den Organisten Schröter gehört. Er war, entzückt von dessen Improvisation, in die kleine Kirche eingetreten, hatte mit dem Künstler ein Gespräch angeknüpft und ihn zu sich nach Windsor geladen. Er wiederholte die Einladung immer häufiger und befreundete sich mit dem begabten Deutschen, der sein Schloß mit silbrig-leichter Musik erfüllte. Er verschaffte ihm Schüler und Schülerinnen aus der besten Londoner Gesellschaft. Mit einemmal war Samuel aus aller Not gerettet; er war in Mode gekommen! Musik konnte Wunder bewirken! Und nun: «Höre, Schwesterchen, Du hast noch eine Schwester! – Betty – das liebreizendste Geschöpf der Welt, sechzehn Jahre alt, aus altem englischem Hochadel. Sie erachtet den Adel der Musik dem Adel der Geburt gleich, wenn nicht überlegen! Sie liebt mich, ach, und ich sie! Ihre Eltern sind zur Zeit auf Reisen, aber sie waren mir schon vorher von Herzen gut. Und so haben wir uns in aller Stille trauen lassen; nur der Prinz von Wales war unser Trauzeuge.» Corona drückte den Brief an die Lippen. O leuchtendblauer Himmelsvogel inmitten des Grau! Lieber, lieber Samuel! Genie war dem Adel gleichwertig, ganz gewiß!

Inzwischen hatte Oeser in Leipzig, über Goethes Vers lächelnd, eine kleine Plastik skizziert; ein puttenhafter Amor fütterte mit seinem Liebespfeil eine Nachtigall, die geborgen in seiner linken Hand im Nest saß. Goethe betrachtete die Zeichnung; er hätte sie gern herber, antiker gehabt. Die edle Einfalt und stille Größe, von der Winckelmann gesprochen hatte, blieb bei Meister Oeser allzuoft in Sanftheit und Einfachheit stecken. Aber wenn schon – mochte Klauer daraus eine Plastik machen. Zwischen Gebüsch, nahe der fließenden Ilm – im Park oder in Tiefurt – würde es seine Wirkung tun.

Für ihn war nun eine völlig neue Epoche angebrochen. Im vergangenen Herbst schon hatte er in der Stadt ein Haus gemietet; jetzt war es fertig gerichtet. Er hatte bereits einmal darin geschlafen und war zu seinem Ärger von den heimkehrenden lärmenden Wielands aufgeschreckt worden. Das Haus am Frauenplan hatte einen großen Vorteil: hintenhinaus ein Pförtchen, aus dem er ungesehen zu Charlotte gelangen konnte. Der Abschied von Wiese und Fluß, vom Häuschen am Stern wurde ihm nicht leicht; es war ein entscheidender Schritt. Er hatte das Bedürfnis, die bedeutsamsten Orte der vergangenen Epoche, die Stationen der sieben verflossenen Jahre zu markieren. Zuerst einen Platz für Charlotte in seinem Garten; nun einen irgendwo für Corona. Und einen drüben am andern Ufer der Ilm, wo er so oft gesessen hatte – in morgenkühler Dämmerung, um Enten zu schießen, oder des Abends, um sich nach den Erlebnissen des Tages zu verbergen und gesundzubaden; auf einfacher Platte ein Vers:

Die ihr Felsen und Bäume bewohnt, o heilsame
  Nymphen,
Gebet jeglichem gern, was er im stillen
  begehrt!
Schaffet dem Traurigen Trost, dem Zweifelhaften
  Belehrung
Und dem Liebenden gönnt, daß ihm begegne sein
  Glück.
Denn euch gaben die Götter, was sie den Menschen
  versagten:
Jeglichem, der euch vertraut, tröstlich und hülfreich
  zu sein.

Es klang wie ein Gebet – ein antikes? nein, ein modernes!

«Dein Bethlehem» – so hatte Lavater, auf die Verse in «Miedings Tod» anspielend, neulich spöttisch geschrieben. Ja, sein Bethlehem, ein Ort, wo sich die Kraft des Geistigen im Irdischen offenbarte. Das enge Dogma der Kirche mußte durch eine neue Art von Frömmigkeit abgelöst werden.

Bei einer Dienstfahrt entstand dann an der Saale, in Jena, das Gedicht, das Dortchen in der «Fischerin» zu Beginn singen sollte, während sie auf den Geliebten wartete: eine Ballade, in der die Natur, die Elemente eine Rolle spielten: die Geschichte vom Erlkönig, der ein todkrankes Kind durch gespenstische Nebel und Blättergeflüster ängstigt, während der Vater, selbst gejagt von Angst, mit dem Knaben durch die Nacht galoppiert.

Corona war begeistert. «Warte», sagte sie lebhaft, «ich will es gleich zu komponieren versuchen: ganz einfach, etwa acht sich wiederholende, variierende Takte in Dur. In Moll muß es dann schließen, so wie die Ballade vom Herrn Oluf aus Herders Volksliedern!» Sie begann vor sich hinzusummen, klappte das Spinett auf und probierte die Melodie, ohne den Freund weiter zu beachten. Goethe ging. Er hätte sich freuen sollen über die Wirkung seines Gedichts, aber er fühlte, daß Corona ihre eigenen Wege ging, und es kränkte ihn. Marmorkalt, dachte er, als er die Treppe hinabstieg; Karl August hat ganz recht. Zwar wußte er, daß er ihr unrecht tat; aber er wollte ihr unrecht tun. Corona bemerkte im Eifer der Arbeit nichts von Goethes Verstimmung.

Am 22. Juli 1782 wurde «Die Fischerin» in Tiefurt aufgeführt: Goethes lange geplantes Wasserdrama.

Es war ein warmer Abend. Ein Pavillon, zum Fluß hin offen, war für die hohen Herrschaften aufgebaut. Die Dörfler und die Zuschauer aus Weimar lagerten auf der Wiese oder standen etwas entfernt davon auf der Brücke.

Am Uferplatz waren Fischerzelte aufgebaut mit Netzen, ein Feuer brannte. Corona-Dortchen, die Fischerstochter, machte sich daran zu schaffen, sie legte Holz nach und rührte im dampfenden Kessel, der mit Ketten an einem Dreifuß hing. Ihr Rock schwankte anmutig um sie her; er war so kurz, daß man die schönen Füße und Knöchel in den Bindeschuhen sah. Er war nicht rot, sondern blaßrosa und gelblich, mit Falbeln geziert. Sie begann zu singen in einem einfachen, volkstümlichen Rhythmus: «Wer reitet so spät durch Nacht und Wind?» Man vernahm jedes Wort, so einfach war die Melodie. Aber man faßte eigentlich gar nicht den Sinn der Worte, hörte nicht die schlichte Melodie, man begriff nur, ohne daß man sich dessen bewußt wurde, welch ein Geheimnis im Menschenlaut war; anders als in Vogelsang, Blättergeflüster und Wasserrauschen. Mit einem Mollton schloß die Ballade. Corona schwieg. Die Menschen lauschten dem Lied nach. Da erhob sich plötzlich drüben auf dem Hang die Stimme einer Amsel. War sie aufgeschreckt worden? Sie flötete in die Stille hinein, über die Baumwipfel hin. Ein hörbares Entzücken erfaßte das Publikum. Corona erschrak fast. Eine Amsel hatte geflötet, damals, als unverhofft Goethes Angebot gekommen war. Sein Brief hatte auf dem blankpolierten Tisch gelegen, und der Vogelsang war durch das geschlossene Fenster gedrungen. Damals war Frühling gewesen und Tagbeginn. Nun neigte sich der Sommer, die Nacht kam. Aber das Lied der Erde, der Liebe würde weiter zu hören sein, wenn man nur die Sinne auftat. – Sie spielte ihr Spiel weiter; ging am Ufer entlang und hielt Ausschau. Wo blieben nur Vater und Bräutigam?! Sie wollte die Zurückkehrenden necken, indem sie sie glauben machte, sie sei ertrunken. Sie hängte schelmisch lächelnd Brusttuch und Hut an einen Zweig, der weit übers Wasser ragte, und versteckte sich dann im Gebüsch. Der Schauplatz war leer. Da kam das Boot. Von weit her hörte man schon das Rauschen des Ruders, mit dem der Bräutigam den Kahn aus der Mitte des Flusses zum Anlegeplatz vor dem Hüttchen lenkte. Die Männer sprangen ans Land, machten das Boot fest; die Kette knarrte und rasselte. Sie zerrten das Netz heraus und wandten sich zum Zelt. Aber das Feuer war niedergebrannt, der Platz verlassen! Sie riefen, sie suchten, sie gerieten in Aufregung. Sie schrien, die Hände um den Mund gelegt. Nachbarn eilten herbei. Man machte den Kahn wieder los, entzündete Fackeln, denn inzwischen war es völlig dunkel geworden. Das Licht spiegelte sich im Wasser, durch die Strömung wurde es mehrfach gebrochen. Überall wurden nun versteckte Boote losgemacht. Der idyllische Ort hatte sich unversehens in eine lebhafte hell-dunkle Szene verwandelt, in der Nacht, Strom und Feuer die Hauptrollen spielten. Da sprang Dortchen lachend aus dem Gebüsch hervor. Die Brautleute schlossen einander jubelnd in die Arme, und überall auf dem Steilhang jenseits des Flusses flammten nun Fackeln auf. Die Lichter kletterten den Berg herab, sammelten sich am Fluß um die Zelte, bis ein neckischer Chorgesang über die Vogelhochzeit das kleine Spiel abschloß.

Jubelnder Beifall! Corona war der gefeierte Mittelpunkt des Abends; sie hatte entzückend gesungen und gespielt, entzückend ausgesehen; sie war es, die selber alle Lieder komponiert hatte. In ihrer Melodie, mit ihrer Stimme war ein neues Gedicht Goethes bekanntgeworden! Der Hof und die Weimaraner waren in heller Begeisterung. Noch einmal wollte man es sehen, nur noch ein einziges Mal! So wurde denn die zweite Aufführung für den 18. September angesetzt. Sie sollte bereits um 6 Uhr nachmittags beginnen, da es dann ja schon früher dunkeln würde.

Wie ganz anders war diesmal die Stimmung! Es roch schon herbstlich. Die Ilm, von Regengüssen geschwellt, rauschte mächtig daher. Als die Sonne hinter die Bäume sank, wurde es sogleich kühl, und da und dort stieg wirklich wie im «Erlkönig» weißlich der Nebel auf. Das idyllische Spiel wurde unversehens durch Jahreszeit und Landschaft zu einer tragischen Szene. Man fröstelte: Der Winter kam. Die böse Neckerei des Mädchens war kaum zu begreifen. Hatte man im Juli gar nicht bemerkt, daß das Ganze mit dem Sang eines Todesritts begann? Doch immerhin – der leuchtende Fackelreigen den Berghang hinab war zauberhaft, und man spendete lebhaft Beifall. –

«Komm mit!» flüsterte Goethe Corona zu und zog sie über die Brücke rasch mit sich fort ans andere Ufer. Dort nahm er einem Statisten die Fackel aus der Hand und führte die Freundin am Fluß entlang. Lärm und Trubel blieben schnell hinter ihnen zurück.

«Du warst entzückend, Krone», sagte er, während er die Fackel gegen den Boden hielt, um ihr den dunklen Weg zu erleuchten; immer wieder strich er das abgebrannte Pech auf der Erde ab. Er wisse niemals, wofür sie am besten passe, scherzte er, da sie schwieg: zur edlen Priesterin, zu einem schelmischen Dorfmädchen oder zu einer Proserpina, die geraubt und in die Unterwelt gebracht werde, damit dort neuer Same entstehe.

«Eine rechte Schauspielerin muß wohl zu allem passen», entgegnete sie abweisend. Trotz des allgemeinen Beifalls war sie von ihrer Leistung nicht befriedigt. All die Kosten, der Aufwand, die Mühe schienen ihr nutzlos vertan. Das Singen in dem feuchten Tal war für ihre Stimme nicht gut gewesen. Was wollte er? Würde es nicht auffallen, daß sie beide sich miteinander entfernten? Sie folgte widerwillig.

Da hielt Goethe sie unvermutet am Arm zurück. Er neigte seine Fackel zur Seite und beleuchtete damit eine Stelle am Hang: Ein puttenhafter Amor hockte dort über frisch gepflanztem Efeu auf einem Sockel. Er fütterte mit seinem Pfeil einen Vogel, der im Nest in seiner Hand saß. Corona schreckte zusammen: Im flackernden Fackellicht wirkte das Grüppchen so, als sei ein Spuk aus Schatten und Licht, aus Moos und Gestein hervorgetreten. Auch Goethe schien überrascht und verstummte. Erst nach einer Weile fuhr er mit seinem Licht langsam an der darunter angebrachten Tafel entlang. «Dich hat Amor gewiß, o Sängerin, fütternd erzogen», las er halblaut und beleuchtete dann weiter stumm Wort um Wort. Am Ende sah er erwartungsvoll zu ihr hin. Wie mochte sie es aufnehmen? In all den Tagen war er besorgt gewesen, daß sie zufällig an diesen Ort geraten würde. Nun aber war die Überraschung voll gelungen! So hatte er sich die Wirkung im Fackellicht selber nicht vorgestellt.

Corona hatte die Lippen vor Staunen leicht geöffnet. Sie starrte die kleine Plastik an.

Dann, wie sich besinnend, sagte sie: «Schön – lieblich und schön!» Unerwartet fuhr sie fort: «Ich bin müde.» Sie lehnte ihren Kopf gegen seine Schulter. «Oder besser, ich bin's müde.»

Goethe musterte die Freundin erschrocken. Er umfaßte sie, er sagte, den letzten Vers abändernd: «Mit der Liebe Gewalt triffst du ein jegliches Herz ... Ist das nicht das Höchste?»

«Ja, ja», antwortete sie, «Bätely oder Proserpina, Iphigenie oder Dortchen, an Miedings Grab oder als Weißer König ... Du spielst, wenn du es auch ernst meinst. Auch mit mir hast du gespielt; wir haben zusammen gespielt. Aber ich, ich will nicht mehr spielen. Ich muß alles Spiel abtun.»

Sie wandte sich und ging weiter. Er lief ihr nach und versuchte, da sie auf der Mitte des schmalen Weges ging, einmal rechts, dann wieder links an ihre Seite zu kommen. Von hinten beleuchtete er mit der vorgestreckten Fackel ihren Weg. Da bemerkte sie seine Verlegenheit, blieb stehen, lächelte und hakte sich bei ihm ein; vertraut, aber nicht mit der früheren scheuen Zärtlichkeit.

«Ich spiele gewiß nicht mit dir», verteidigte er sich, ohne doch den Doppelsinn der Worte auflösen zu können.

Auf dem Brückchen vorm Schloß blieb sie stehen, lehnte sich übers Geländer und sah in das dunkle Wasser hinab.

«Was ist denn, Corona, ich verstehe dich nicht.»

«Vielleicht verstehe ich mich selbst nicht. Oder ich verstehe zu gut», sagte sie mehr zu sich selbst als zu ihm. «An deinem Grüppchen vorhin wurde es mir klar, daß ich eigentlich nicht in so einen roten Rock, wie ich ihn bisher trug, hineingehöre. Eine Nachtigall, die aus der Liebe der Welt singt, bleibt im Dunklen, sie trägt ein unscheinbares Kleid. Du siehst sie gar nicht, wenn sie singt. Und dennoch antworten ihr die anderen! Das Echte braucht keinen bunten Schein, im Gegenteil!»

«Corona!» murmelte Goethe unsicher.

«Deine erste Rolle für mich erfüllt sich nun: Proserpina; sie darf nur eine Zeitlang auf dieser Erde blühen und spielen, dann muß sie hinab, ins Schweigen.»

Sie griff nach der Fackel und warf sie ins Wassser hinunter. Es gab einen merkwürdig klatschenden, zischenden Laut. «Wir brauchen sie nicht mehr», sagte sie, «du und ich; wir brauchen sie nicht mehr.»

Wirklich, die Fenster des Schlosses leuchteten bis zur Brücke herab. Man hörte Tanzmusik. Unmittelbar vor dem Schlößchen blieb Corona stehen, drückte die Hand an die Brust und holte mühsam Atem. «Es war ein bißchen zuviel für mich, das alles heute abend. Bitte hilf mir nach Hause», murmelte sie. «Verschaffe mir einen Wagen und entschuldige mich im Schloß. Es wird dir schon etwas einfallen.»

«Aber ja, Krone, gewiß. Ich arrangiere das schon. Setz dich derweil hier auf die Bank.» Er zog seinen Rock aus, legte ihn ihr sorgsam über und ging. Sie aber zog den Rock von den Schultern, faltete ihn zusammen und legte ihn neben sich auf den Sitz. Von den Stallungen her ertönte seine Stimme, ein Husar antwortete; nun hörte man rauhe Zurufe, ermunterndes Klatschen auf die Schenkel der Pferde, das Knarren des Zaumzeuges, das Klappen von Hufen, das Klirren von Metallteilen; dazwischen die Tanzmusik aus dem Haus. Goethe erschien wieder.

«Komm», sagte er besorgt, half ihr in den Wagen und stopfte die Decke rings um sie fest. «Soll ich nicht lieber mitfahren?» Sie schüttelte den Kopf.

Er stand und sah dem Wagen nach; dann wandte er sich um. Vom Hause her strahlte das Licht in die Nacht hinaus. Corona war fort, Lotte nicht da, die Gesellschaft tanzte zu einer Française. Er schauderte leicht. Wo war sein Rock? Lag er noch auf der Bank? Er fand ihn sorgfältig zusammengelegt. Ach ja, Française, da tanzte man unbekümmert durch alle aufgestellten Paare hindurch. Er wollte doch sehen, ob die Göchhausen frei war. Die war lustig, nicht so kompliziert. Heute abend mußte er tanzen, bis er hundemüde umfiel!

Am 2. Februar 1783 schenkte Herzogin Luise dem Gemahl und dem Land endlich den ersehnten Thronfolger. Die Freudenfeste nahmen kein Ende. Die Fürstin stellte ein wenig mokant fest, daß eine Frau nur Wert habe, wenn sie Söhne gebäre.

Am 13. März abends, da die Herzogin schon wieder aufgestanden und der Prinz getauft war, veranstalteten die Herren des Hofs einen Maskenzug durch die Stadt; einhundertneununddreißig Herren der Gesellschaft mit ihrem Gefolge in prunkenden Kostümen – man hätte einem ganzen Dorf mit all dem vertanen Geld aus der Not helfen können! Weimars Bevölkerung drängte sich auf den Straßen. Für die Damen des Hofs hatte man vor dem Fürstenhaus eine Tribüne aufgeschlagen. Corona stand mit Minchen mitten unter der schaulustigen Menge. Es war zwar ein Platz auf der Bühne für sie reserviert, aber sie hatte ihn nicht eingenommen. «Mit dir zusammen macht es mir mehr Spaß», hatte sie der Freundin versichert. Insgeheim aber dachte sie: Mamsell Schröter, sie gehört zum Volk. In der Ferne erscholl Musik, Jubel, Gelächter, Rufen. An der Spitze, mit wehenden Fahnen, ein Trupp türkischer Reiter mit krummen Säbeln und Turbanen über bräunlich geschminkten Gesichtern; ihnen voran der Herzog. Sein roter, knappsitzender Dolman mit Hermelin verbrämt, mit Goldschnur besetzt; sein derbes Gesicht dunkel geschminkt. Vor der Tribüne angekommen, stellte er plötzlich sein Pferd quer und schwenkte froh lachend vor seiner Gemahlin den Krummsäbel wild über dem Kopf. Die Zähne hoben sich weiß blitzend gegen die dunkle Haut ab. Dieser Auftritt war nicht vorgesehen; der Zug geriet ins Stocken, Wirbel und Gedränge entstanden; die Pferde scheuten und bäumten sich. Er quittierte es mit lautem Gelächter. Mühsam brachte auch er sein Tier wieder in ruhigen Gang. Nun folgten Janitscharen mit Trompeten und Pauken. Die aufreizende, schrille Blechmusik übertönte die

*Charlotte von Stein*

dumpfen Schläge der Trommeln. Es folgten die üblichen Karnevalsfiguren: Narren, Pierrots, Pulcinelle; unter ihnen Seckendorff und Einsiedel. Hildebrand von Einsiedel steckte in weiten, weißwollenen Hosen und lose fallender Jacke, an der dicke, schwarze Pompons saßen; oben auf der Kappe schwankte eine rote Troddel hin und her. Eine schwarze Maske bedeckte zur Hälfte sein Gesicht, dennoch war seine hohe lässige Gestalt unverkennbar. Ihm folgte in weißem Pelz, als Winter verkleidet, der Stallmeister von Stein; Lappländer und Grönländer um ihn herum; sodann altniederländische Ritter in leuchtendem Gold und Rot; und plötzlich – ohne Musik – vier halbwüchsige Knaben in weißer Seide, zu Fuß nebeneinander, mit Fackeln in den Händen; ein allgemeines «Ah» ging durch die Reihen; hinter den Knaben ein einzelner Reiter: Goethe in weißem Atlas. Über dem Rücken trug er einen in schmale Falten gelegten purpurnen Umhang; eine weißseidene Kappe mit zwei weißen Federbüschen saß ihm auf dem dunklen Haar; der Schimmel war überreich mit silbernem Zaumzeug geschmückt. Hinter ihm schritten abermals vier Knaben in Weiß mit Fackeln. Goethe hielt das Gesicht steinern geradeaus gerichtet. Mit zeremonieller Verneigung verbeugte er sich vor der Herzogin. Corona sah ihn an sich vorbeireiten. Er bemerkte sie nicht. Sie erschrak fast; in all dem Trubel der Masken, der Farben, der Töne kam er, umgeben von Stille. Er war der Schönste, ganz zweifellos. Aufgereckt saß er auf seinem Pferd, die Arme eng am Leib. Sonst hatte sie diese ihm so eigentümliche Haltung als unfrei und gehemmt empfunden; jetzt schien sie ihr edel und ritterlich. Das brünette Gesicht mit den dunklen Haaren stach fremdartig gegen das schimmernde Weiß ab. Nach ihm kamen, in bunter Folge, Bergleute, Mönche, Teilnehmer einer Bauernhochzeit, winkende Zigeuner – es schien kein Ende zu nehmen. Corona aber hatte in dem langen Zug eigentlich nur drei

Gestalten erfaßt: den wild seinen Krummsäbel schwingenden Herzog im goldverschnürten Dolman, den lässig überlegenen Pulcinell Einsiedel mit seinem wie lauschend schräg geneigten Kopf und den weißen Reiter Goethe.

«Am schönsten war doch der Traumritter!» meinte Minchen daheim. «Wie er das nur immer fertigbringt, inmitten solch einer Masse von Menschen die Hauptperson zu sein!»

Corona hielt den Kopf dicht vor den Spiegel und betrachtete angelegentlich ihr linkes Ohr, um die künstliche Perle abzunehmen. Die schwierige Handhabung rechtfertigte ihr Schweigen. Endlich war das Schräubchen gelockert. Sie legte den Schmuck behutsam in das Schälchen zu dem dreischnürigen Kollier, das sie bereits abgelegt hatte. Ihre Finger spielten mit den glatten Perlen. Sie fühlte das kühle, ein wenig fettige Wachs. So perlfarben hatte Goethes Anzug geschimmert; sie hatte das Bild deutlich vor sich. So glatt und poliert gab er sich meist, und doch – sie wußte es am besten – war es nur eine Schutzschicht, die er vor den Menschen anlegte. Oder vielleicht auch vor sich selber? Ach, auch er trug einen roten Rock, wie alle!

Wenige Wochen später empfing Corona abermals einen Brief aus London. Dieses Mal enthielt er eine böse Nachricht: Bettys Eltern, die dem genialen Musiklehrer ihrer Tochter «von Herzen gut» gewesen waren, schäumten vor Wut, daß der «hergelaufene» Musikant es gewagt hatte, ihre Tochter zu ehelichen. Sie setzten es beim König durch, daß diese «unwürdige» Ehe geschieden und Samuel aus London verbannt wurde. Er durfte nie wieder öffentlich spielen! «Sieh, Corona, soviel gilt in Wahrheit der Adel der Kunst beim Adel der Geburt! Wie recht hatte doch unser Vater!» Corona ließ den Brief sinken. Samuel, dachte sie traurig, endlich war es dir gelungen, Fuß zu fassen; endlich erkannten die Leute deine hohe Begabung. Da meintest du, den anderen ebenbürtig zu sein, und nahmst dir ein Glück, das dir die Gesellschaft verwehrte! Ihre Augen füllten sich mit Tränen; Mamsell und Musjöh – ob ihr musiziert oder tischlert, kocht oder die Straße fegt, tanzt oder schauspielert – es ist alles eins. Die da oben lassen euch nicht gelten.

Gegen Ostern kam Bescheid von Onkel Adam Hiller aus Leipzig: Es fehle ihm für diese Saison eine Sängerin, wie Corona es gewesen. Ob sie sich nicht frei machen und wenigstens für einige Tage kommen könne, um ihre alten Rollen in Hasses Oratorium und in Händels «Messias» zu übernehmen?

Ob sie sich frei machen könne? Sie war frei – anders, als jeder dachte. Nur Herzogin Anna Amalia mußte ihre Einwilligung geben.

So stand Corona zu Ostern 1783 abermals zwischen den Kulissen in Leipzig und wartete auf ihren Auftritt als Kaiserin Helena. Es war nicht mehr der alte Saal hinter den «Drei Kronen», es war das ehrwürdige Zunfthaus der Schneider, das «Gewandhaus». Wieder sah sie, halb unbewußt, die Choristen und Choristinnen an sich vorüberziehen, geschminkt, kostümiert – gleichgültig, nervös oder gefallsüchtig, leise schurrend, sich in der Enge des Durchgangs in den Hüften biegend. Sie roch den beklemmenden Geruch von Schminke, Schweiß, Pappe und eingemotteten Kleidern. Sie fühlte wieder die seltsame eisigheiße, lähmende und doch beseligende Angst in ihrem Herzen, die immer kam, wenn sie in die Ebene der Kunst, in diese höhere Ebene des Daseins, hinauszutreten hatte. Der kalte, schwere Stein aus dem Diadem hing dicht über ihren Augen. Er störte sie dieses Mal nicht; im Gegenteil, er gab ihr Sicherheit. Sie fühlte seinen Druck wie eine konzentrierte Kraft auf ihrer Stirn. Sie hörte den bekannten Akkord ihres Auftritts; wie von fremder Hand geschoben, trat sie hinaus. Die Leere empfing sie. Sie sang und spielte, wie vor sechs Jahren; und doch anders. Sie zog mit ihrem Gefolge, sie führte suchend Menschen, und endlich fand sie das Kreuz. Da sank sie nieder und begann zu singen. Kein einziger Gedanke mehr daran, wie sie wirken, wie sie aussehen mochte. Sie war auf der Höhe als Sängerin, als Schauspielerin, als Mensch.

Das Publikum war tief ergriffen: Es fühlte, daß dies kein Theater mehr war, sondern ein Stück lebendigen Lebens, daß da ein Mensch stand, der sich hinopferte, daß da wahrhaftig ein Oratorium vor sich ging. Niemand war fähig, sogleich zu applaudieren, obwohl man hier nicht wie in Weimar zu warten hatte, bis die allerhöchsten Herrschaften das Zeichen zum Applaus gaben. Dann aber setzte stürmischer, nicht endender Beifall ein. –

«Willst du nicht wieder ganz hierbleiben, Kind?» fragte Hiller. «Du hast ungeahnte Möglichkeiten; viel größere, als das sonst bei Sängerinnen der Fall ist. Du bist schön, du bist anmutig, du bist klug. Deine Stimme wirkt nicht nur durch deinen Vortrag, sondern auch durch das eigenartige Timbre. Fast ist es, als gebe der leichte Schleier, der darüber liegt, ihr diesen ganz einmaligen Charme.»

Corona schüttelte abwehrend den Kopf, ohne etwas zu antworten.

«Nicht gleich nein sagen», mahnte Hiller, «überleg dir's in Ruhe. Hier in der großen Stadt hast du ein großes, ein immer wechselndes Publikum . . .»

Corona schüttelte wieder stumm den Kopf.

Doch Hiller ließ sich nicht abschrecken. «Hier könntest du lange Zeit noch mit Beifall rechnen», redete er ihr zu.

«Ich trage kein Verlangen nach Beifall», antwortete Corona.

«Hält dich denn jemand dort in Weimar, Kind?» fragte Hiller nun geradezu.

«Der Ort», sagte Corona leise.

«Dieses kleine, dreckige höfische Dorf?» fragte Hiller zweifelnd.

Corona lachte leicht. «Ja, es ist höfisch und dennoch klein und schmutzig wie ein Dorf. Trotzdem – es ist eine Art Bethlehem», fügte sie nach kurzer Pause hinzu.

«Bethlehem?» meinte Hiller skeptisch. «Vergreifst du dich da nicht etwas im Wort?»

Corona sah ihn dunkel an. «Mag sein, Onkel Hiller. Wir modernen Menschen verwenden die alten Worte in einem neuen Sinn. Und den hat die Welt sehr nötig.»

Hiller schob die Lippen vor und schnaufte. Er machte keinen weiteren Versuch, sie zu überreden. Wahrscheinlich liebte sie diesen Goethe und hoffte insgeheim auf eine Ehe mit ihm. Er konnte sich nicht denken, daß das ein Glück für sie sein würde. Jung war sie schließlich nicht mehr. Auf der Bühne hätte man noch eine ganze Zeit mit Schminke nachhelfen können. –

Steinauer war von Meißen, wo er nun der Porzellanmanufaktur vorstand, nach Leipzig gekommen, um die Freundin wieder zu hören.

«Fast ist's wie in alten Zeiten, Corona», sagte er herzlich, «komm doch ganz wieder zurück! Du bist reifer geworden, sowohl in deiner Kunst wie in deinem Menschentum. Hier in dem bürgerlichen, lebendigen Leipzig kämst du erst zu großer Wirkung. Komm zurück!»

«Zurück?» fragte Corona, «kann man denn zurück? Darf man es?» –

Dr. Karl Müller verbeugte sich mit der alten Ehrfurcht vor ihr. Obwohl der stattliche Mann inzwischen die wichtigsten Ämter der Stadt Leipzig bekleidete, war er noch immer unverheiratet.

«Niemand wäre glücklicher als ich», sagte er, in seiner stillen Art werbend, «wenn Sie endlich mein Haus als Herrin beträten . . .»

Corona neigte den Kopf zur Seite. Ihre Augen hatten einen traurigen Glanz.

«Lieber Freund», sagte sie leise, «ich danke Ihnen für Ihre Treue – ganz gewiß; aber ich will nirgendwo mehr Herrin sein.» –

«Bleib doch wieder bei uns», forderte auch die Freundin Friederike Oeser. «Eigentlich zu Hause bist du doch bei uns in Leipzig!»

Corona schaute sich in dem altvertrauten Kabinett auf der Pleißenburg um. Sie kannte jedes Möbelstück, jedes Bild, alles, und doch war ihr alles fremd geworden.

«Der Weimarische Hof ist vertraglich verpflichtet, mir auf Lebenszeit ein Gehalt von vierhundert Talern zu zahlen. Es ist nicht viel, aber für Mine und mich genug.»

«Du bist erst zweiunddreißig Jahre alt – du hättest noch eine Zukunft . . .», redete Friederike der Freundin aufs neue zu.

«Für eine Frau im öffentlichen Leben ist man heutzutage in meinem Alter nicht mehr jung. Außerdem fühle ich mich oftmals krank; meine Lunge oder mein Kehlkopf – ich weiß nicht recht, was es ist; aber ich habe das Gefühl, sie werden es nicht mehr lange machen. Und dann die Hauptsache: Der Herzog und Goethe planen, das Liebhabertheater durch eine ständige Theatertruppe zu ersetzen.»

«Aber um so eher solltest du wieder hierherkommen. Sei ehrlich, Corona, Weimar hat dich im Grunde enttäuscht – auch Goethe!»

Corona sah lange schweigend vor sich hin. «Enttäuscht?» sagte sie schließlich, «ja und nein. Ehe ich damals fortging von Leipzig, fühlte ich mich irgendwie völlig am Ende. Es lag alles so grau vor mir. Da kam der Vertrag aus Weimar. Es war wie eine Erlösung. Und nun begann für mich etwas sehr Schönes: Arbeit für andere, in der Kunst, in dem, was ich liebe – neben, ja mit einem genialen Partner. Ich war nun auf der Hut; ich hielt mein Herz fest. Aber ich merkte, daß das seine sich entzündete, wenn er mich nur sah. Es war vielleicht keine Liebe, sondern nur ein Verliebtsein, aber es machte mich glücklich. Im Laufe der gemeinsamen Arbeit ergab es sich dann, daß auch mein Herz sich gegen ihn öffnete. Da wurde ich zur Schauspielerin; verstehst du, ich spielte vor allem für ihn. Sieh, und jetzt erkenne ich, daß das nicht mehr sein darf. Ich darf die Herzen der Menschen nicht mehr betören, nicht mehr verzaubern. Ich will zwar in diesem Weimar bleiben; aber echt sein, ohne Rolle, ganz wie ich bin, mit einem Herzen für die Kunst, nicht für eine, die man nur so nennt und die im nächsten Augenblick vergessen ist, sondern für eine ernste, die zeigt, wo die Quellen des Reichtums für dieses Dasein liegen. Zweimal durfte ich solche Kunst ausüben – durch ihn: in der ‚Proserpina' und in der ‚Iphigenie'; aber man kann auch malen, komponieren, als Erzieher wirken – vor allem muß man sein, was man lehrt.»

Friederike lächelte ernsthaft, nickte und küßte die Freundin. So ganz verstand sie allerdings nicht, was Corona meinte.

So fuhren Corona und Mine also wieder zurück nach Weimar. Als der Wagen sich dem breiten Talkessel näherte, in dem das Städtchen liegt, beugte sich Mine aus dem Fenster und schaute weit hinaus: rechts abschließender Bergrand, vor ihr abschließende Hügel, zur Linken eine Kette von Hügeln.

«Fast ist's mir, als wären wir in eine Sackgasse geraten!» seufzte sie; «jeder Ausweg ist uns versperrt.»

Corona schloß die Augen; sie hatte auch so das Bild deutlich genug vor sich. «Sackgasse?» murmelte sie. «Mag sein. Aber wenn man selber wählt, so ist man frei.» –

«Sie sind zurückgekommen, Corona. Ich fürchtete, Sie

würden bleiben», sagte Einsiedel leise, als er sie abends begrüßte.

«Freuen Sie sich?»

«Ja. Sie hätten mir gefehlt wie nichts sonst auf der Welt.» Der weiche Zug um seinen Mund vertiefte sich rührend.

Corona sah ihn herzlich an, und er lächelte verlegen. «Ich darf Sie nicht binden, denn ich habe nur mein Herz zu bieten und meine Musik, die mit der Ihren zusammenklingt.»

Coronas Augen füllten sich mit Tränen. Sie streckte ihm ihre Hand hinüber. «Ein Herz und Musik, die zusammenstimmen – etwas Besseres gibt es nicht.»

Hildebrand von Einsiedel beugte sich vor und küßte sie. Und nach einer Weile sagte er: «Und Goethe?»

«Frag nicht», sagte sie. «Er steht neben uns beiden, in uns beiden, er gehört dazu, wie Samuel.»

Nach einer Weile sagte Einsiedel: «Ich habe meine Klarinette mitgebracht. Vor sieben Jahren, ehe du herkamst, spielte ich ihm unter seinem alten Wacholder eine ganze Nacht lang darauf vor. Wir dachten beide an dich und freuten uns auf dich.»

«So spiel jetzt mir etwas vor!»

Er hob das Instrument an die Lippen, blies wie zum Versuch einige Töne darauf und begann dann eine Melodie. Er blies ihr Lied, ihr Eistanzlied: «Wir schweben, wir wallen – so gleiten wir Brüder mit fröhlichem Sinn auf eherner Fläche des Lebens dahin.» Er machte eine kleine Pause, und dann fügte er leise, fast nur erahnbar, ihre Melodie an: «Wie blüht der Winter schön!» Er sah, daß ihre Augen von Tränen glänzten, aber er nahm das Instrument nicht vom Mund, sondern intonierte nun das Motiv aus Händels «Messias»: «Vernehmt, ich künd ein Geheimnis an: Wir entschlafen nicht alle, doch werden alle verwandelt ...»

Corona dachte: Bethlehem – Weimar: welch schweres, reiches Leben!

# NACHBEMERKUNG

Die Quellen zu Coronas Lebensgeschichte sind dürftig. Die autobiographische Skizze, die sie auf Goethes Bitte im Jahre 1778 aufgezeichnet hat, ist verlorengegangen; erhalten sind lediglich ein paar Bilder von ihrer Hand, einige Liedkompositionen und eine geringe Anzahl von Briefen, von denen keiner an Goethe gerichtet ist. So sind wir bei der Darstellung ihres Lebens auf andere Zeugnisse angewiesen: auf Berichte von Zeitgenossen – wie Friederike Oeser, Johann Friedrich Reichardt, Gottfried Körner, Johannes Falk, Wieland, Einsiedel –, auf einzelne Dichtungen Goethes und vor allem auf seine Tagebücher und den aufwühlenden Brief an Corona, der wahrscheinlich aus dem Jahre 1781 stammt.

Daß Goethe sie eine Zeitlang geliebt hat, unterliegt keinem Zweifel. Für viele Gestalten seiner Dichtungen hat sie unstreitig oder doch vermutlich Pate gestanden: für Natalie, Dorothea, die Eugenie in der «Natürlichen Tochter» und die Helena im «Faust.»

Goethes Gedicht «Der Musensohn» mit dem Vers «Wie blüht der Winter schön . . .» ist erst 1799 entstanden; es ist wegen seiner Stimmung, die ganz zu Coronas Geschichte paßt, hier bewußt vorverlegt.

Nach der Auflösung des Liebhabertheaters im Jahre 1782 war Corona nur noch Kammersängerin bei Anna Amalia. Sie blieb in Weimar, aber sie hat nie mehr Theater gespielt, obwohl der Freiherr von Dalberg sie im Jahre 1785 für das Mannheimer Nationaltheater zu engagieren suchte. Als Schiller nach Weimar kam, befreundete sie sich aufs innigste mit ihm. Am 13. Oktober 1787 hat sie ihm und seiner Freundin Charlotte von Kalb die Prosafassung der «Iphigenie» vorgelesen; er war davon tief erschüttert. Sie war auch die Krone jener Mittwochs-Gesellschaft, die er, aus Opposition gegen die Adelskamarilla, in Weimar als rein bürgerlichen Klub gründete.

Corona hat seit 1782 nur noch gemalt, komponiert und Stunden gegeben. Zum Beispiel hat sie die hochbegabte kleine Christiane Neumann, die später als Goethes Euphrosyne berühmt wurde, erzogen und unterrichtet.

In den letzten Jahren des Jahrhunderts fing sie zu kränkeln an und verlegte im Jahre 1800 der besseren Luft wegen, die ihrer kranken Lunge guttat, zusammen mit Minchen ihren Wohnsitz nach Ilmenau.

Dort ist sie am 23. August 1802 gestorben; kein Angehöriger der Weimarer Gesellschaft hat sie auf ihrem letzten Gang begleitet. Die Muse der Weimarer Klassik war vergessen. An seinem Geburtstag, am 28. August 1802, hat Goethe aus dem Weimarer Wochenblatt ihren Tod erfahren. Wie sehr ihn ihr Hingang bewegt hat, zeigt die Tatsache, daß er fast zwei Jahrzehnte später in den kurzen Aufzeichnungen seiner «Tag- und Jahreshefte» dieses Ereignis für erwähnenswert hielt und mit vielen Worten seine zur Schau getragene Gleichgültigkeit zu erklären versuchte.

## Verzeichnis der Abbildungen

### Im Text



### Auf Kunstdrucktafeln

### Nach Seite 96

Nach Seite 192

(18) Corona Schröter, Selbstbildnis. *Kreidezeichnung, um 1780*

(19) Winterliche Mondnacht am Schwansee bei Weimar. *Zeichnung von Johann Wolfgang Goethe. Kohle und Kreide, 1777/78*

(20) Corona Schröter schlafend. *Kohlezeichnung von Johann Wolfgang Goethe, 1781*

(21) Aufführung des Singspiels «Die Fischerin» in Tiefurt. *Aquarell von Georg Melchior Kraus, 1782*

(22) Corona Schröter, Selbstbildnis. *Ölgemälde, um 1780*

(23) Goethes Gartenhaus mit dem Altan. *Kolorierter Stich von Georg Melchior Kraus, 1783*

(24) Corona Schröter an der Staffelei. *Aquarell von Georg Melchior Kraus, 1785*

(25) Corona Schröter. *Ölgemälde von Anton Graff, um 1785*

(26) Schutzumschlag: Uraufführung von Goethes «Iphigenie auf Tauris», veranstaltet vom Weimarer Liebhabertheater in Ettersburg. *Ölgemälde von Georg Melchior Kraus, 1779*

Verlag und Autorin danken den Nationalen Forschungs- und Gedenkstätten der klassischen deutschen Literatur in Weimar für die Reproduktionsvorlagen zu den Abbildungen 14, 15, 16, 17, 18, 19, 20, 21, 22, 23, 24, 25, 26 und dem Museum für Geschichte der Stadt Leipzig für die Vorlagen 10, 11, 12, 13. Die im Text eingestreuten Silhouetten entnahmen wir unserem Verlagsarchiv.